加幻方与乘幻方构造法
——源自方程组的解

王存吉 李健美 著

西北工业大学出版社

西安

【内容简介】 本书采用浅显易懂的数学方法,建立了幻方方程组,求解得到构造加幻方与乘幻方的一组解,据此设计了一种双分幻方构造法。该构造法包括了多种排布规则,不仅可以构造大于3的所有阶数完美加幻方和完美乘幻方,还可以直接构造变量加幻方和变量乘幻方。本书还论证了幻方圆的3种存在形态:方阵型幻方、同心圆型幻圆、圆环面幻圆。

本书的幻方构造法特点是易学、易记、易操作,可解决小学生、初中生的幻方入门难,丰富了中小学数学关于幻方、排列组合等教学资料,可供从事图案及工艺品设计人员阅读参考,期望给有兴趣的老年人带来快乐。

本书给学习计算机编程的大中专学生等提供了大量有难有易的编程题材。

图书在版编目(CIP)数据

加幻方与乘幻方构造法:源自方程组的解/王存吉,李健美著.—西安:西北工业大学出版社,2022.8
ISBN 978-7-5612-8247-2

Ⅰ.①加⋯ Ⅱ.①王⋯ ②李⋯ Ⅲ.①幻方 Ⅳ.①I157

中国版本图书馆 CIP 数据核字(2022)第 106705 号

JIAHUANGFANG YU CHENGHUANFANG GOUZAOFA YUANZI FANGCHENGZU DE JIE

加幻方与乘幻方构造法——源自方程组的解
王存吉 李健美 著

责任编辑:付高明	策划编辑:孙显章
责任校对:肖 莎	装帧设计:李 飞

出版发行:西北工业大学出版社
通信地址:西安市友谊西路127号　　邮编:710072
电　　话:(029)88493844　88491757
网　　址:www.nwpup.com
印 刷 者:兴平市博闻印务有限公司
开　　本:787 mm×1 092 mm　　1/16
印　　张:15.5
字　　数:321千字
版　　次:2022年8月第1版　　2022年8月第1次印刷
书　　号:ISBN 978-7-5612-8247-2
定　　价:88.00元

如有印装问题请与出版社联系调换

前言
PREFACE

幻方起源于我国古代的洛书。13世纪,我国数学家杨辉对幻方构造进行了系统研究,之后数百年来,各国数学家和爱好者对幻方构造的研究从未间断。现在,幻方已纳入组合数学范畴,随着计算技术的发展,幻方已在实验设计、工艺美术、人工智能等方面得到广泛应用。初中数学课本与小学奥数中已有幻方内容。尽管幻方构造方法很多,相关高精尖产品不断出现,但幻方构造对于很多人而言还是陌生的。中小学生和学生家长希望有一本入门容易的专门论述幻方构造方法的书籍。本书就是专门介绍加幻方与乘幻方构造方法的读物,试图解决幻方构造入门难、构造难的问题。让幻方这一古老文化丰富人们的生活,是笔者写这本书的初衷,同时也是为了我国古老幻方文化的传承与发展,为世界的幻方文化添加一点色彩。本书给出的幻方构造方法有以下特点:

(1)易学易记,操作简单,像下棋一样,一次填一个数。构造数字幻方时,会四则运算即可。数分钟内构造一个4阶或5阶完美幻方,不再是难事。

(2)填幻方实际是"算"幻方。在构造幻方前,先计算填入数组是否符合要求。因此本构造方法适宜四则运算练习。

(3)在内容编排上,由浅入深。先是数字幻方构造,适宜初学者及小朋友。后是变量幻方构造,适宜有中学数学基础的读者。

(4)本书适用性强,对不同阶数类别的数字(或变量)完美加幻方与乘幻方,均有相应的构造方法。此外,本构造方法也适用于同心圆型幻圆与圆环面幻圆的构造。

(5)提出一种数学方法,求解加幻方与乘幻方的构造,读者也可以利用它创建新的构造方法。

本书给出的幻方构造方法可以直接构造变量加幻方与乘幻方,变量代号可在字母和汉字中选取,读者可根据自己的爱好,选择变量代号、不同的构造方法和方向组合等,建立自己的变量幻方,需要时,给变量设值,即可得到数字幻方。这种构造幻方的方法,在计算机应用普及的时代,更具有灵活性。

需要说明以下两点:

(1)本书给出的幻方构造方法,均经有限阶幻方验证,对更高阶幻方,也应该是可行的,严格说,是猜想。

(2)本书幻方构造方法的缺陷:不能用36个连续自然数构造6阶幻方,只能用不连续自然数构造6阶幻方。

本书中,元素(数)排布规则均有明确定义,并配以图示或参数方程。适宜的填入数组是需要计算的:采用连续自然数时,计算量很小;采用非连续自然数时,计算较多(多为心算),但对计算机编程的读者,正是练习编程的好题材。有兴趣的读者可利用计算机编程构造幻方(圆),甚至可探讨如何将构造的幻方打印或雕刻在非平面物体的表面上。

本书除绪论外,分为10章:第1~6章介绍数字加幻方的构造;第7和8章分别阐述变量加幻方、乘幻方的构造及所用数学方法,并分析完美幻方的特点;第9章介绍利用幻方练习四则运算的方法、编程题材的选用、幻方游戏玩法以及制作幻方工艺品的知识;第10章阐述简易圆环面幻方表格制作,并介绍两种同心圆型幻圆的构造方法。

本书由王存吉执笔。李健美提出了元素排布规则6的设计构架,并提出了求解乘幻方的数学方法。

受限于水平,仅将几种构造法及其数学依据整理成册,意在抛砖引玉。书中不当之处在所难免,希望得到广大读者指正。

著 者

2021 年 3 月

目录

CONTENTS

绪论 ·· 1

第1章　幻方构造方法1 ··· 3
1.1　范围 ··· 3
1.2　幻方常识 ·· 3
1.3　术语和定义 ··· 6
1.4　构造奇数阶一般幻方的适宜方阵条件 ··· 7
1.5　构造奇数阶一般幻方 ·· 9
1.6　构造更高阶奇数阶一般幻方 ·· 12
1.7　在圆环面上构造奇数阶圆环面一般幻圆 ·· 16

第2章　幻方构造方法2 ··· 18
2.1　范围 ·· 18
2.2　术语和定义 ·· 18
2.3　适宜方阵条件与三三排序特性 ·· 20
2.4　构造 $n \neq 3k$ 的奇数阶一般幻方 ·· 21
2.5　构造 $n = 3k \geqslant 3$ 阶的奇数阶一般幻方 ······································· 26
2.6　构造3阶一般幻方 ·· 30
2.7　在圆环面上构造奇数阶圆环面一般幻圆 ·· 30

第3章　幻方构造方法3 ··· 31
3.1　范围 ·· 31
3.2　术语和定义 ·· 31
3.3　适宜方阵条件与二二排序 ··· 33
3.4　构造 $n \neq 3k$ 的奇数阶完美幻方 ·· 33

	3.5	构造 $n\ne 3k$ 偶数阶完美幻方	40
	3.6	构造 $n=3k>3$ 阶的奇数阶完美幻方	43
	3.7	构造 $n=3k>3$ 阶的奇数阶一般幻方	47
	3.8	构造 $n=3k$ 的偶数阶完美幻方	51
	3.9	构造 $n=3k$ 的偶数阶一般幻方	58
	3.10	构造双偶数阶幻方的顺逆序排布法	60
	3.11	在圆环面上构造圆环面完美幻圆	62

第4章　幻方构造方法4 64

	4.1	范围	64
	4.2	术语和定义	64
	4.3	适宜方阵条件和四四排序	66
	4.4	构造 $n\ne 3k$ 的奇数阶完美幻方	66
	4.5	构造 $n\ne 3k$ 的单偶数阶完美幻方	70
	4.6	构造 $n\ne 3k>4$ 的双偶数阶完美幻方	72
	4.7	构造 $n\ne 3k>4$ 双偶数阶一般幻方	75
	4.8	构造 $n=3k>4$ 奇数阶完美幻方	77
	4.9	构造 $n=3k>4$ 的奇数阶一般幻方	80
	4.10	构造 $n=3k$ 的单偶数阶完美幻方	82
	4.11	构造 $n=3k$ 的单偶数阶一般幻方	85
	4.12	构造 $n=3k$ 的双偶数阶完美幻方	86
	4.13	构造 $n=3k$ 双偶数阶一般幻方	89

第5章　幻方构造方法5 94

	5.1	范围	94
	5.2	术语和定义	94
	5.3	构造 $n\ne 3k$ 的奇数阶完美幻方	94
	5.4	构造 $n=3k>4$ 的奇数阶完美幻方	98

第6章　幻方构造方法6 102

	6.1	范围	102
	6.2	术语和定义	102
	6.3	构造4阶完美幻方	103

6.4	构造 4 阶一般幻方	107
6.5	构造 4 阶幻方时的两反两勾现象	109
6.6	构造 16 阶幻方	109

第 7 章　变量加幻方的构造及数学依据 ………………………… 112

7.1	变量加幻方概述	112
7.2	设计 $n\neq3k$ 奇数阶变量幻方的构造方法	112
7.3	构造变量幻方的双分构造法	117
7.4	按规则 3 构造 $n\neq3k$ 奇数阶一般变量完美幻方	119
7.5	按规则 4 构造 $n\neq3k$ 奇数阶一般变量完美幻方	120
7.6	按规则 5 构造 $n\neq3k$ 奇数阶一般变量完美幻方	121
7.7	按规则 6 构造 4 阶一般变量一般幻方	121
7.8	按规则 1 构造奇数阶条件变量一般幻方	124
7.9	按规则 2 构造 $n\neq3k$ 的奇数阶条件变量一般幻方	126
7.10	按规则 2 构造 $n=3k>3$ 的奇数阶条件变量一般幻方	127
7.11	按规则 3 构造 $n\neq3k$ 双偶数阶条件变量完美幻方	130
7.12	按规则 3 构造 $n\neq3k$ 单偶数阶条件变量完美幻方	130
7.13	按规则 3 构造 $n=3k>3$ 奇数阶条件变量完美幻方	132
7.14	按规则 3 构造 $n=3k>3$ 奇数阶条件变量一般幻方	133
7.15	按规则 3 构造 $n=3k$ 单偶数阶条件变量完美幻方	135
7.16	按规则 3 构造 $n=3k$ 单偶数阶条件变量一般幻方	137
7.17	按规则 3 构造 $n=3k$ 的双偶数阶条件变量完美幻方	138
7.18	按规则 3 构造 $n=3k$ 双偶数阶条件变量一般幻方	140
7.19	按规则 4 构造 $n\neq3k$ 单偶数阶条件变量完美幻方	141
7.20	按规则 4 构造 $n\neq3k>4$ 双偶数阶条件变量完美幻方	143
7.21	按规则 4 构造 $n\neq3k>4$ 双偶数阶条件变量一般幻方	145
7.22	按规则 4 构造 $n=3k>4$ 奇数阶条件变量完美幻方	146
7.23	按规则 4 构造 $n=3k>4$ 奇数阶条件变量一般幻方	148
7.24	按规则 4 构造 $n=3k$ 单偶数阶条件变量完美幻方	149
7.25	按规则 4 构造 $n=3k$ 单偶数阶条件变量一般幻方	152
7.26	按规则 4 构造 $n=3k$ 双偶数阶条件变量完美幻方	152
7.27	按规则 4 构造 $n=3k$ 双偶数阶条件变量一般幻方	156

	7.28	按规则5构造$n=3k>4$奇数阶条件变量完美幻方	160
	7.29	按规则6构造4阶条件变量完美幻方	161
	7.30	加幻方运算	163

第8章 变量乘幻方的构造及数学依据 … 164

	8.1	变量乘幻方概述	164
	8.2	术语和定义	164
	8.3	构造乘幻方的通用代数式基础方阵	166
	8.4	按规则3构造$n\neq3k$奇数阶一般变量完美乘幻方	169
	8.5	按规则4构造$n\neq3k$奇数阶一般变量完美乘幻方	170
	8.6	按规则5构造$n\neq3k$奇数阶一般变量完美乘幻方	171
	8.7	按规则6构造4阶一般变量一般乘幻方	172
	8.8	按规则1构造奇数阶条件变量一般乘幻方	175
	8.9	按规则2构造$n\neq3k$奇数阶条件变量一般乘幻方	177
	8.10	按规则2构造$n=3k>3$奇数阶条件变量一般乘幻方	179
	8.11	按规则3构造$n\neq3k$双偶数阶条件变量完美乘幻方	181
	8.12	按规则3构造$n\neq3k$单偶数阶条件变量完美乘幻方	182
	8.13	按规则3构造$n=3k>3$奇数阶条件变量完美乘幻方	184
	8.14	按规则3构造$n=3k>3$奇数阶条件变量一般乘幻方	187
	8.15	按规则3构造$n=3k$单偶数阶条件变量完美乘幻方	188
	8.16	按规则3构造$n=3k$单偶数阶条件变量一般乘幻方	190
	8.17	按规则3构造$n=3k$双偶数阶条件变量完美乘幻方	191
	8.18	按规则3构造$n=3k$的双偶数阶条件变量一般乘幻方	193
	8.19	按规则4构造$n\neq3k$单偶数阶条件变量完美乘幻方	194
	8.20	按规则4构造$n\neq3k>4$双偶数阶条件变量完美乘幻方	195
	8.21	按规则4构造$n\neq3k>4$双偶数阶条件变量一般乘幻方	198
	8.22	按规则4构造$n\neq3k>4$奇数阶条件变量完美乘幻方	198
	8.23	按规则4构造$n\neq3k>4$奇数阶条件变量一般乘幻方	200
	8.24	按规则4构造$n=3k$单偶数阶条件变量完美乘幻方	201
	8.25	按规则4构造$n=3k$单偶数阶条件变量一般乘幻方	205
	8.26	按规则4构造$n=3k$双偶数阶条件变量完美乘幻方	206
	8.27	按规则4构造$n=3k$双偶数阶条件变量一般乘幻方	209

8.28	按规则 5 构造 $n=3k>3$ 奇数阶条件变量完美乘幻方	212
8.29	按规则 6 构造 4 阶条件变量完美乘幻方	214
8.30	乘幻方运算	215
8.31	一般变量"准加乘"幻方	217

第 9 章 幻方构造制作中的学习与乐趣 ... 219

9.1	幻方构造中学习	219
9.2	幻方与娱乐	223
9.3	制作幻方工艺品	224

第 10 章 简易圆环面幻方表格与幻圆的构造方法 ... 225

| 10.1 | 简易圆环面幻方表格 | 225 |
| 10.2 | 用幻方构造法构造幻圆的探讨 | 229 |

附录 ... 233

| 附录 A | 图 7-2 一般幻方方程组与求解 | 233 |
| 附录 B | 图 8-1 一般乘幻方方程组及解法 | 235 |

绪　　论

　　幻方起源于我国 2 000 多年前的洛书,俗称九宫格,多用于游戏娱乐,还常用于制作幻方吉祥物、护身符等。13 世纪,我国数学家杨辉开创了对幻方的系统研究。之后,经国内外数学家和幻方爱好者的辛勤研究,幻方文化发展很快,新的构造法不断出现。

　　通常所说的幻方是指方阵型的,分为加幻方、乘幻方、加乘幻方、高次幻方等。加幻方通常简称为幻方。乘幻方和加乘幻方的前缀"乘"不可省略。本书中未加前缀"乘"的幻方均指加幻方。

　　本书中,按元素排布规则的不同,给出了 6 种幻方构造法,这是筛选出来的,主要用于方阵型加幻方与乘幻方的构造,统称为双分幻方构造法。构造法是在相同排布规则下构造所有适用幻方的方法的统称,具体到某类别幻方时,还给出了相应的适宜方阵条件。

　　元素排布规则是固定的,但填入数不再局限于连续整数,而是一种具有新特性的数组。因此,本书中不再区分"经典幻方"与"广义幻方",只要符合幻方要求,就统称为幻方。在构造幻方前,需要建立适宜方阵,因此运算较多(多是心算),可以说,填幻方实际是"算"幻方,这是本书幻方构造法的特点,若用连续整数,则计算量大大减少。对大多阶数的幻方,其适宜方阵很容易建立。对某些阶数的幻方,其适宜方阵要求较多,这对学习计算机编程的读者,正是较好的编程题材。本书中定义的几种术语,虽仅适用于本书,仍应给予充分的关注。因此,如何建立适宜方阵比构造幻方本身更有趣,需要更多思考,也是本书学习的重点。

　　按照幻方构成元素的类别,本书将幻方分为数字幻方和变量幻方,顾名思义,前者的幻方元素是具体数字,后者的幻方元素中含有变量。变量幻方又分为一般变量幻方和条件变量幻方,前者中的变量是互相独立的,而后者中的全部或部分变量间存在关联。按幻方特性,幻方又可分为完美幻方(又称完全幻方)和一般幻方。

　　构造幻方时,首先涉及的是幻方的阶数和幻方的构成元素数组(俗称填入数组)。对不同阶数的幻方,其构造方法差异很大。为此,本书根据幻方阶数将其分为 6 类:不含因子 3 的奇数、单偶数(不含因子 4 的偶数)、双偶数(含因子 4 的偶数)及含因子

3的奇数、单偶数、双偶数。对所有阶数类别的幻方,均经过有限阶数幻方的验证,对更高阶幻方,也应该是可行的,严格些说,是猜想。3阶幻方是最小幻方,也是一般幻方,通过旋转与镜像,有8种形态,但在统计上,只算1种。凡大于3阶的幻方,均有完美幻方和一般幻方之分。

构造幻方是本书重点。在内容编排上,数字幻方构造安排在第1~6章,读者应有四则运算基础。构造法中的解析步骤是用于加强记忆的,也是便于小朋友理解的。其中的"斜排图"可看作是按照规则"搭建"的"数字积木",将框外数字移到框内可看作是按照规则"拼"出一个幻方图。到初中时,他们就会发现,这些规则是与坐标、直线、方程有关的。实用方法中的"数出框移入规则"及"二连"规则是应在构造中遵循的(用于检查纠错)。建议读者先从低阶数幻方开始,练习不含因子3的奇数阶幻方。构造方法6只用于构造4阶幻方,有其特殊用途,宜放到最后阅读。熟悉构造法后,读者再阅读第7,8章的变量幻方构造(需要中学数学基础)就容易理解了。第7章和第8章阐述变量加幻方与变量乘幻方的构造及数学依据,分析完美幻方的新形态,并期望这种概念能用于工艺品创新上。如何将完美幻方的数据输出在立体物品的表面上,是学习计算机和智能制造的读者可以考虑的较有挑战性的练习题材。第9章介绍简单的幻方游戏和利用幻方练习四则运算的方法。第10章给出几种简易圆环面幻方表格的制作,并给出2种同心圆型幻圆的构造方法。圆环面幻圆的构造方法在第1~3章的最后章节介绍,阅读时参考第7章。

需要说明,不提倡学童构造高阶幻方。年龄较小的小朋友,宜在教师或家长指导下,选择相适宜的内容。有些排布规则类似象棋棋步,学象棋的小朋友,若有一定的加减法能力,在家长指导下,就可以学习第1章、第3章及第9章的部分内容,待阅读能力稍有提高后,便可图文对照阅读。

在数学上,幻方是一种符合幻方特性的方阵。方阵有专用的的数学符号表达,方阵与方阵运算属高等数学范畴。但方阵的加、减、数乘是简单的、容易理解的,可以运用到加幻方中,进行四则运算,增加趣味性。

在本书中,幻方用带粗框线的表格图表示:一是便于利用计算机进行验算;二是便于读者观察元素排布规律;三是有时需要在幻方框外围标注验算结果或排序代号。填入数组用不带粗框线的表格图,以示区别。

平面上的方阵型幻方、平面上的同心圆型幻圆与圆环面幻圆可统称为幻方(圆),它们是幻方(圆)的三种存在形态。前者的元素排布规则稍加变通后,即可用于幻圆构造,且更有趣味性。

第1章

幻方构造方法1

1.1 范　　围

本章给出了构造幻方时填入数排布规则1的定义。

本章给出了按照填入数排布规则1构造幻方的方法步骤及相应的适宜方阵条件。

幻方构造法1包括填入数排布规则1和相应的适宜方阵条件,适用于所有奇数阶一般幻方的构造。

1.2 幻方常识

1. 矩阵与方阵

将 $m \times n$ 个数排列成 m 行 n 列的矩形阵列,称为 $m \times n$ 矩阵。将 $1 \sim 12$ 的整数排成 4 行 3 列,如图 1-1 所示,则称为 4×3 矩阵。将 $1 \sim 16$ 的整数,排成 4 行 4 列,如图 1-2 所示,则称为 4×4 矩阵。$n \times n$ 矩阵,也称为 n 阶方阵,在数学上记作

$$A = \begin{bmatrix} a_{11} & a_{12} & \cdots & a_{1n} \\ a_{21} & a_{22} & \cdots & a_{2n} \\ \vdots & \vdots & & \vdots \\ a_{n1} & a_{n2} & \cdots & a_{nn} \end{bmatrix}$$

矩阵 A 中,横的一排叫作行,竖的一排叫作列。

$a_{11}, a_{22}, \cdots, a_{nn}$ 称为方阵 A 的主对角线上的数。另一对角线上的数称为副对角线上的数。在图 1-2 中,1,6,11,16 是主对角线上的数;4,7,10,13 是副对角线上的数。

在图 1-3 中的 12,14,5,3;7,13,4,10;… 称为副泛对角线(也称弯折对角线)上的数;6,4,11,13;9,3,14,8;… 称为主泛对角线上的数。

形象点说,在常见的游行方队中,若每个人都手举一个数字牌,则可看作一个数字方阵。若这些数字组合符合幻方要求,则可称为幻方方阵。

  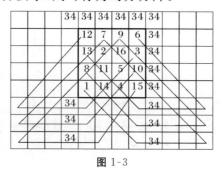 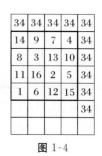

图 1-1　　　　图 1-2　　　　　　图 1-3　　　　　　图 1-4

2. 完美幻方

在完美幻方中:

　　每行数的连加和 = 每列数的连加和 = 每条对角线数的连加和 =

　　每条泛对角线数的连加和

这是完美幻方的基本特性,符合这一基本特性的方阵称为完美幻方(又称完全幻方),该连加和称为幻方常数,俗称幻和,是(加)幻方的特性值,即

　　幻和 = 幻方全部数的和 / 幻方阶数

对完美幻方验算,应按其基本特性进行。例如,在图 1-3 中,各连加和计算如下:

第 1~4 行:$12+7+9+6=34$,$13+2+16+3=34$,$8+11+5+10=34$,$1+14+4+15=34$。

第 1~4 列:$12+13+8+1=34$,$7+2+11+14=34$,$9+16+5+4=34$,$6+3+10+15=34$。

主对角线:$12+2+5+15=34$。

主泛对角线:$1+7+16+10=34$,$8+14+9+3=34$,$13+11+4+6=34$。

副对角线:$1+11+16+6=34$。

副泛对角线:$15+8+2+9=34$,$10+4+13+7=34$,$3+5+14+12=34$。

由计算结果判定,图 1-3 符合完美幻方特性,是一个 4 阶完美幻方,幻和 = 34。

3. 一般幻方

在一般幻方中:

　　每行数的连加和 = 每列数的连加和 = 每条对角线数的连加和

但至少有一条泛对角线数的相加和不等于前述连加和,这是一般幻方的基本特性,符合这一基本特性的方阵称为一般幻方,该连加和称为幻方常数,俗称幻和。对一般幻方验算,应按其基本特性进行。以图 1-4 为例,各连加和计算如下:

第 1~4 行:$14+9+7+4=34$,$8+3+13+10=34$,$11+16+2+5=34$,$1+$

$6+12+15=34$。

第 1~4 列：$14+8+11+1=34, 9+3+16+6=34, 7+13+2+12=34, 4+10+5+15=34$。

主对角线：$14+3+2+15=34$。

副对角线：$1+16+13+4=34$。

主泛对角线：$1+9+13+5=28\neq 34$。

由计算结果可判定，图 1-4 符合一般幻方特性，是 4 阶一般幻方，幻和为 34。

需要说明，有些幻方构造方法或某些情况下是只能构造一般幻方的，此时不需要验算泛对角线连加和。

4. 完美乘幻方（又称完全乘幻方）

完美乘幻方要求：

每行数的连乘积 = 每列数的连乘积 = 每条对角线数的连乘积 = 每条泛对角线数的连乘积

这是完美乘幻方的基本特性，连乘积称为乘幻方的幻方常数，俗称幻积。幻积等于所有幻方数的连乘积的 n（n 是幻方阶数）次方根。图 1-5 粗框内方阵是完美乘幻方。在图 1-5 和图 1-6 中，N_P 为幻积。

N_P	N_P	N_P	N_P	N_P	N_P
	40	12	5	6	N_P
	15	2	120	4	N_P
	24	20	3	10	N_P
	1	30	8	60	N_P

图 1-5

N_P	N_P	N_P	N_P	N_P
24	7	3	10	N_P
15	2	28	6	N_P
14	18	5	4	N_P
1	20	12	21	N_P

图 1-6

对图 1-5 进行验算，各连乘积计算如下：

第 1~4 行：$40\times 12\times 5\times 6=15\times 2\times 120\times 4=24\times 20\times 3\times 10=1\times 30\times 8\times 60=14\,400$。

第 1~4 列：$40\times 15\times 24\times 1=12\times 2\times 20\times 30=5\times 120\times 3\times 8=6\times 4\times 10\times 60=14\,400$。

主对角线：$40\times 2\times 3\times 60=14\,400$。

副对角线：$1\times 20\times 120\times 6=14\,400$。

主泛对角线：$15\times 20\times 8\times 6=24\times 30\times 5\times 4=1\times 12\times 120\times 10=14\,400$。

副泛对角线：$4\times 3\times 30\times 40=10\times 8\times 15\times 12=60\times 24\times 2\times 5=14\,400$。

由计算结果可判定，图 1-5 是一个 4 阶完美乘幻方，幻积为 $N_P=14\,400$。

5. 一般乘幻方

一般乘幻方只要求方阵的每行、每列、每条对角线数的连乘积都等于幻方常数，至少有1条泛对角线数的连乘积不等于幻积。这是一般乘幻方的基本特性。图1-6粗框内方阵是一个一般乘幻方。对图1-6进行验算,各连乘积计算如下：

第1~4行：$24×7×3×10=15×2×28×6=14×18×5×4=1×20×12×21=5\,040$。

第1~4列：$24×15×14×1=7×2×18×20=3×28×5×12=10×6×4×21=5\,040$。

主对角线：$24×2×5×21=5\,040$。

副对角线：$1×18×28×10=5\,040$。

主泛对角线：$1×7×28×4=784≠5\,040$。

由计算结果可判定,图1-6是一个4阶一般乘幻方,幻积为5 040。

1.3　术语和定义

下列术语和定义适用于本书。

1. 填入数（组）

填入数（组）指构成幻方的全部元素（数）。

2. 适宜方阵

适宜方阵是由填入数组排列成的并符合适宜方阵条件的方阵。只要将其元素（数）依据从左到右、从上至下顺序（本书约定）按照相应的排布规则排布,就能构造出所需幻方。

3. 适宜方阵条件

适宜方阵条件指按照幻方构造法构造某阶数类别幻方时对填入数适宜方阵的要求。适宜方阵条件包括通用必要条件、附加条件及构造时要求。

4. 填入数组基础方阵

填入数组基础方阵指符合适宜方阵通用必要条件的方阵,一般每行（列）是按从小到大排列的。

5. 首数与首数组

在构造幻方时,可按适宜方阵的行（或列）分组,选某一列（或行）的数作为各行（或列）排布的起始数,称为首数,该列（或行）的数就组成首数组,也可称首数列（行）。填入的第一个首数称为开始首数,依序最后填入的首数称为最末首数。各首数间的排列视为环状排列。

6. 组内数、非首数、尾数

在按适宜方阵的行（或列）分组时,组内数是每组内全部数的统称,它包括该组的首数和非首数。组内数中除首数外的其余数统称为非首数。尾数是组内数中依次最后填入的数。组内数间的排列视为环状排列。

7. 方向组合

首数在幻方中的排布方向与组内数在幻方中的排布方向的组合,称为方向组合,用一组字母或度数表示,且约定首数排布方向代号在前,如 $ac,a'b,a45°,45°×135°$ 等。

8. 排布规则1(简称规则1,俗称双士步)

在平面幻方表格上构造幻方时,排布规则1规定:

(1) 适宜方阵中的前后相邻首数在幻方中按照选定首数方向的中国象棋"士步"排布。

(2) 适宜方阵中每组内的前后相邻数按照选定组内数方向的中国象棋"士步"排布。

(3) 填入数出幻方框后,应直移或斜移 n 格(或 n 格整数倍,n 是幻方阶数)入框内。

(4) 无重叠。

(5) "士步"及4种"士步"方向:$45°,135°,225°,315°$,如图1-7所示。图中,a_1,a_2 为适宜方阵的行或列中的前后相邻元素(数)。

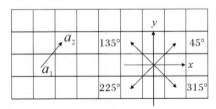

图 1-7

9. 算术平均值行(简称平均值行)

平均值行是指在适宜方阵中,行和等于全部行和之算术平均值的行。

10. 算术平均值列(简称平均值列)

平均值列是指在适宜方阵中,列和等于全部列和之算术平均值的列。

1.4 构造奇数阶一般幻方的适宜方阵条件

1. 适宜方阵条件

按照规则1构造奇数阶一般幻方时,适宜方阵应同时符合以下3个要求:

(1) 通用必要条件;

(2) 方阵中同时有平均值行与平均值列;

(3) 构造幻方时,应将平均值行与平均值列的交叉数排布在幻方正中心。

其中,通用必要条件是(加幻方)适宜方阵通用必要条件的简称,它是本书中各(加幻方)构造法通用的必要条件,即填入数排列成方阵 $A = (a_{ij})$ 时, $a_{ij} - a_{1j} = a_{i1} - a_{11}$($i$ 和 j 均为正整数),可表述为方阵中任意两行(或列)间相同列(或行)数之差都相等。方阵 A 称为填入数组通用基础方阵。

图 1-8 ~ 图 1-11 均是按规则 1 构造奇数阶一般幻方的适宜方阵。

1	2	4	5	3
6	7	9	10	8
16	17	19	20	18
21	22	24	25	23
11	12	14	15	13

图 1-8

1	2	3	4	5
6	7	8	9	10
11	12	13	14	15
16	17	18	19	20
21	22	23	24	25

图 1-9

0	1	2	3	9
60	61	62	63	69
70	71	72	73	79
80	81	82	83	89
90	91	92	93	99

图 1-10

2	1	5	8	4
27	26	30	33	29
10	9	13	16	12
37	36	40	43	39
19	18	22	25	21

图 1-11

2. 通用基础方阵的建立方法

根据通用基础方阵的定义,计算方法较多,下述方法仅是其中之一。

(1) 以图 1-11 说明通用基础方阵的建立方法。由第 1 行数 2,1,5,8,4,第 1 列数 2,27,10,37,19 建立通用基础方阵。根据通用必要条件,则由第 1 行和第 1 列数,可计算出方阵中其他数:

因为 $27 - 2 = 25$,所以第 2 行数 = 第 1 行数 + 25,即
$$1 + 25 = 26, 5 + 25 = 30, 8 + 25 = 33, 4 + 25 = 29.$$

因为 $10 - 2 = 8$,所以第 3 行数 = 第 1 行数 + 8,即
$$1 + 8 = 9, 5 + 8 = 13, 8 + 8 = 16, 4 + 8 = 12.$$

因为 $37 - 2 = 35$,所以第 4 行数 = 第 1 行数 + 35,即
$$1 + 35 = 36, 5 + 35 = 40, 8 + 35 = 43, 4 + 35 = 39.$$

因为 $19 - 2 = 17$,所以第 5 行数 = 第 1 行数 + 17,即
$$1 + 17 = 18, 5 + 17 = 22, 8 + 17 = 25, 4 + 17 = 21.$$

(2) 验证图 1-9 是否符合通用必要条件。

验算方法:计算任意一行与另一行(如第一行)间的相同列数的差,检查是否相等。

在图 1-9 中,因为第 1 行数字较小,所以计算每一行数减去第一行数的差。

第 2 行与第 1 行相同列数之差 $6 - 1 = 7 - 2 = 8 - 3 = 9 - 4 = 10 - 5$,都相等。

第 3 行与第 1 行相同列数之差 $11 - 1 = 12 - 2 = 13 - 3 = 14 - 4 = 15 - 5$,都相等。

第 4 行与第 1 行相同列数之差 $16 - 1 = 17 - 2 = 18 - 3 = 19 - 4 = 20 - 5$,都相等。

第 5 行与第 1 行相同列数之差 $21-1=22-2=23-3=24-4=25-5$，都相等。

可见图 1-9 符合通用必要条件。

(3) n^2 个连续自然数按从小到大(或从大到小) 排列成 n 阶方阵时，是通用基础方阵。

3. 幻和计算公式

采用通用基础方阵构造幻方时，幻和计算公式为

幻和 = 方阵任意一行数连加和 + 任意一列数连加和 −
该行与该列交叉数 × 幻方阶数

1.5　构造奇数阶一般幻方

1. 解析步骤

根据规则 1 的定义，在平面幻方表格上排布填入数组，生成斜排图，然后按框外数移入规则将幻方框外数移入框内，构成幻方。框外数移入规则是：直移或斜移 n 格或 n 格的整数倍。移动的数学依据见第 7 章，该规则适用于本书所有幻方构造方法。

(1) 建立适宜方阵。以 5 阶幻方为例。填入数组用 $1\sim25$ 的整数，排列成图 1-8。经验算，它符合通用必要条件。又因为第 1 行第 5 位的 $3=(1+2+3+4+5)/5$， 第 1 列第 5 位的 $11=(1+6+11+16+21)/5$，所以 3 所在的第 5 列是平均值列，11 所在的第 5 行是平均值行，二者交叉数是 13，所以图 1-8 是适宜方阵。

(2) 选任意一列为首数组，如第 5 列：3,8,18,23,13。选方向组合 $45°\times135°$。

(3) 画出幻方表格，排布斜排图。

1) 按首数方向 45° 的"士步"，依适宜方阵中从上往下顺序($3\rightarrow 8\rightarrow 18\rightarrow 23\rightarrow 13$)将首数组填入表格，如图 1-12(a) 所示。

注：设想首数围成圆，最末首数与开始首数在幻方中以"士步"相连。

2) 填"3"组非首数：按 135° "士步"，在 3 后依序填 $3\rightarrow 1\rightarrow 2\rightarrow 4\rightarrow 5$，如图 1-12(b) 所示。

注：设想每组数围成圆，每组首数和尾数也是"士步"相连，即 1 在 3 后。

3) 参照"3"组，填上其余组的数，如图 1-12(b) 所示。

(4) 画出 5 阶幻方框。应以平均值行与平均值列的交叉数"13"为中心，画出 5 阶幻方框(即 5 格 × 5 格)，如图 1-12(b) 粗框所示。

(5) 将粗框外数移入粗框内。按数出框移入规则，直移或斜移 5 格或 5 格的整数倍，直至入框内。即：1,3,8 斜移 5 格入框；2,6,4,7,16,9,17,10,19,22,20,24 右移 5 格入框；5 右移 10 格入框；14,15,25 向右下斜移 5 格入框。要求全部入框，无空格，无重

复,如图 1-12(c)所示。图中仅画出 2 个移动箭头示意。

（6）对图 1-12(c)粗框内方阵检查验算,其每行数连加和＝每列数连加和＝每条对角线数连加和＝65,但有泛对角线数连加和 12＋2＋7＋17＋22＝60≠65,所以粗框内方阵是 5 阶一般幻方,幻和为 65。按规则 1 构造的幻方都是一般幻方,所以以后验算时不再验算泛对角线。

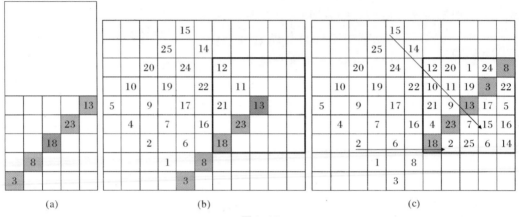

图 1-12

（7）需要说明,按双"士步"排布的"斜排图",通过移入操作,只能生成 1 个一般幻方。

2. 实用填法一（先填首数组）

（1）建立适宜方阵。将 1～25 的整数排列成图 1-9,经验证,它是适宜方阵,第 3 行是平均值行,第 3 列是平均值列,二者的交叉数是 13。

（2）构造时,先画好 5 阶幻方框,应选交叉数"13"为起始数,排布在幻方框正中心,选其所在列为首数组,选方向组合 135°×45°,如图 1-13(a)所示。

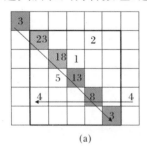

图 1-13

（3）按规则 1（即双"士步"）排布。

1）按首数方向 135°顺序填入首数组 13 → 18 → 23 → 3（出框移入）→ 8,如图 1-13(a)所示。

2）按组内数方向 45°填各组非首数。先填"3"组非首数 3 → 4（出框移入）→ 5 → 1 → 2,如图 1-13(a)所示。再参照"3"组,填其余组的非首数:8 → 9 → 10（出框移入）→

$6 \to 7$(出框移入),$13 \to 14 \to 15 \to 11$(出框移入)$\to 12, 18 \to 19 \to 20$(出框移入)$\to 16 \to 17$(出框移入),$23 \to 24$(出框移入)$\to 25 \to 21 \to 22$,如图 1-13(b) 所示。

3) 检查验算,按验证内容,每行、每列、每条对角线和都等于 65,如图 1-13(c) 所示,粗框外标示数"65"。粗框内方阵即为所构造的 5 阶一般幻方,图中画出的箭头,仅作移入示意。

(4) 口诀：

平均交叉数中间,首数士步先填完,非首士步随自首,
出框数移框里面。始末连与首尾连,填数检查记心间。

"始末连"表示开始首数与最末首数在幻方中"相连",填完首数应检查"始末连"。
"首尾连"表示每组的首数与尾数是"相连"的,填完每组数应检查"首尾连"。
"始末连和首尾连"简称为"二连"规则,适用于本书所有幻方构造方法。

(5) 说明。在实用填法中,填入数一旦出框,立即移入框内,然后再按原方向排布。而在解析步骤中,是全部数填完后,再移入。二者均应考虑起始数的选择与排布位置。

3. 实用填法二(分组填法)

先填首数组法与分组填法不同之处：前者是先填完首数组,再填各组的非首数；后者是一组一组地填,即先填"13"组首数和非首数,填完后再填"18"组的首数和非首数,之后再填"8"组,……,直至所有组的数全填完。其余构造要求,二者相同。

4. 构造奇数阶幻方的方法步骤

按照规则 1 构造奇数阶一般幻方的步骤：

(1) 按 1.4 节中要求,建立或验证适宜方阵。

(2) 构造时起始数应选平均值行与平均值列的交叉数,并填在幻方正中心。选起始数所在列(或行)为首数组,可任意选择可行方向组合。

(3) 按照规则 1 排布,按 1.5 节中实用填法操作。当用连续数构造高阶幻方且不给出适宜方阵图时,参照例 1-7 中的方法。

【例 1-1】 用图 1-10,按规则 1 构造 5 阶一般幻方,步骤如下。

(1) 对图 1-10 进行验算,它符合通用必要条件。因为第 1 行的第 4 位 $3 = (0+1+2+9)/4$,是第 1 行的平均值,所以第 4 列是平均值列。因为第 1 列的第 2 位 $60 = (0+70+80+90)/4$,是第 1 列的平均值,所以第 2 行是平均值行,它与第 4 列的交叉数是 63。图 1-10 是适宜方阵。

(2) 构造时,选 63 为起始数,排布在幻方正中心,选 63 所在的第 4 列为首数组,选方向组合 $45° \times 135°$。

(3) 按规则 1 排布。

1) 将 63 所在列的数依照图 1-10 中的顺序填在 45° 对角线上。

2) 按135°组内数方向,依照图1-10中的顺序填入剩余各组的非首数,如图1-14所示。

3) 检查验算,无误。图1-14即是所构造的一般幻方,幻和为315。

60	92	79	1	83
82	69	91	73	0
9	81	63	90	72
71	3	80	62	99
93	70	2	89	61

图 1-14

5. 批量构造5阶一般幻方的主要途径

(1) 改变适宜方阵,即改变其行(或列)的排列顺序。当平均值行与平均值列的交叉数在幻方正中心不变时,其余4行之间为环状排列,其余4列间为环状排列,见例1-2和例1-3。

(2) 改变方向组合,也可构造幻方,但只是旋转或镜像。

(3) 选择首数行,也可构造出幻方,因为对称关系,也只是旋转或镜像。

【例1-2】 将图1-10中的第4,5行对调,适宜方阵变为图1-15(a),选方向组合45°×135°,按规则1构造的5阶一般幻方如图1-15(b)所示,幻和为315。

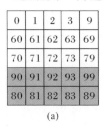
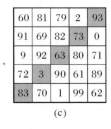

图 1-15

将图1-15(b)与图1-14对比,其首数83与93的位置对调了,"83"组与"93"组的数都对调了,其余各组的数位置未变。

【例1-3】 将图1-15(a)的第2,3列对调(图略)。仍选方向组合45°×135°,构造时,只需在图1-15(b)中将每组的第2,3位数对调即可,即:2和1对调,61与62对调,71与72对调,91与92对调,81与82对调。这样构造的5阶一般幻方如图1-15(c)所示,幻和为315。

1.6 构造更高阶奇数阶一般幻方

【例1-4】 任意选11个数,建立适宜方阵后,按照规则1构造7阶一般幻方。步骤如下。

(1) 建立填入数组及适宜方阵。

1) 确定第 1 行数。任选 6 个数,如 1,2,3,7,8,9,其平均值 = (1+2+3+7+8+9)/6 = 5,将平均值 5 放入第 1 行中任意位置,如最左边,使第 1 行排列为 5,1,2,3,7,8,9。

2) 确定第 1 列数。第 1 个数是 5,再任选 5 个数,如 15,35,55,75,85,其 6 个数的算术平均值 = (5+15+35+55+75+85)/6 = 45。将平均值 45 放到第 1 列中任意位置,如第 4 位,使第 1 列排序为 5,15,35,45,75,85,如图 1-16(a) 的第 4 行与第 1 列所示。

3) 建立适宜方阵。因为 15−5 = 10,所以第 2 行数为"15",1+10,2+10,3+10,7+10,8+10,9+10;因为 35−5 = 30,所以第 3 行数为"35",1+30,2+30,3+30,7+30,8+30,9+30;等等。

如此建立的方阵如图 1-16(a) 所示,它符合通用必要条件,又因平均值行是第 4 行,平均值列是第 1 列,二者交叉数是 45,所以图 1-16(a) 是适宜方阵。

5	1	2	3	7	8	9
15	11	12	13	17	18	19
35	31	32	33	37	38	39
45	41	42	43	47	48	49
55	51	52	53	57	58	59
75	71	72	73	77	78	79
85	81	82	83	87	88	89

(a)

43	9	52	18	71	37	85
89	42	8	51	17	75	33
32	88	41	7	55	13	79
78	31	87	45	3	59	12
11	77	35	83	49	2	58
57	15	73	39	82	48	1
5	53	19	72	38	81	47

(b)

43	8	52	19	81	37	75
78	42	9	51	17	85	33
32	79	41	7	55	13	88
89	31	77	45	3	58	12
11	87	35	73	48	2	59
57	15	83	38	72	49	1
5	53	18	82	39	71	47

(c)

图 1-16

(2) 将交叉数 45 排布在幻方正中心,选 45 所在列为首数组,选方向组合 45°×135°。

(3) 按规则 1 排布,构造的 7 阶一般幻方,如图 1-16(b) 所示,幻和为 315。

(4) 如果将图 1-16(a) 中的第 6 行、第 7 行互换位置,再将第 6 列、第 7 列互换位置,生成新的适宜方阵。用其构造的 7 阶一般幻方如图 1-16(c) 所示,幻和为 315。

【例 1-5】 用 9 阶方阵 D_9,按照规则 1 构造 9 阶一般幻方。方法步骤如下。

$$D_9 = \begin{bmatrix} 1 & 2 & \cdots & 9 \\ 11 & 12 & \cdots & 19 \\ \vdots & \vdots & & \vdots \\ 81 & 91 & \cdots & 89 \end{bmatrix}$$

特别说明,在构造高阶幻方时,由于某种原因往往不把适宜方阵写出来,而用基础方阵行号、列号的排列顺序表示,并将行号排序与列号排序分别标示在幻方框外的左侧和上方。当选首数列时,行号的排列顺序可直接在幻方中显示出来(有底色)。组内数排布时,可按上方的列号顺序排布。

D_9 是基础方阵,用 1♯ ~ 9♯ 表示 D_9 的第 1 ~ 9 列,用 1* ~ 9* 表示 D_9 的第

| 加幻方与乘幻方构造法 | —— 源自方程组的解 |

1～9行。

在这个例题中,选择不同的首数列,观察对构造幻方的影响。

(1) 选起始数所在列为首数组,构造步骤如下:

1) 经验证,D_9 是适宜方阵,平均值行是第5行,平均值列是第5列,交叉数是45。

2) 将交叉数45排布在幻方正中心,选45所在列为首数组,选组合 45°×135°。

3) 按规则1排布,先将首数组排布在副对角线上"45"→55→65→75→85→5→15→25→35,再按135°排布各组的非首数。这样构造的9阶一般幻方如图1-17(a) 所示,幻和为405。

	1#	2#	3#	4#	5#	6#	7#	8#	9#
1*	49	4	58	13	67	22	76	31	85
2*	84	48	3	57	12	66	21	75	39
3*	38	83	47	2	56	11	65	29	74
4*	73	37	82	46	1	55	19	64	28
5*	27	72	36	81	45	9	54	18	63
6*	62	26	71	35	89	44	8	53	47
7*	16	61	25	79	34	88	43	7	52
8*	51	15	69	24	78	33	87	42	6
9*	5	59	14	68	23	77	32	86	41

(a)

	1#	2#	3#	4#	5#	6#	7#	8#	9#
1*	49	4	58	13	67	22	76	31	85
2*	84	48	3	57	12	66	21	75	39
3*	38	83	47	2	56	11	65	29	74
4*	73	37	82	46	1	55	19	64	28
5*	27	72	36	81	45	9	54	18	63
6*	62	26	71	35	89	44	8	53	47
7*	16	61	25	79	34	88	43	7	52
8*	51	15	69	24	78	33	87	42	6
9*	5	59	14	68	23	77	32	86	41

(b)

图 1-17

(2) 选第2列为首数组,方向组合不变,构造步骤如下:

1) 将45放在幻方正中心。

2) 将平均值行(第5行)的其他数"45"→46→47→48→49→41→42→43→44排布在135°(组内数方向)对角线上。

3) 因选第2列是首数组(2,12,22,32,42,52,62,72,82,),所以平均值行中的"42"是首数,按首数方向45°填入首数组"42"→52→62→72→82→2→12→22→32,如图1-17(b) 有底色的数所示。

4) 以首数为依据,填入各组的非首数。构造的一般幻方如图1-17(b) 所示,幻和为405。

仔细观察,幻方图1-17(b) 与图1-17(a) 完全相同。这说明,在选择首数列的情况下,选择第1列或其他列为首数组,构造结果相同。

【例 1-6】 改变 D_9 中数的排序,构成新基础方阵,按规则1构造9阶一般幻方的步骤。

(1) 建立新的基础方阵:将 D_9 中的数重新排列成图1-18(a),经验算,它是新基础方阵,因为第1行平均值是 $(1+2+3+11+12+13+21+22+23)/9=12$,第1列平均值是 $(1+4+7+31+34+37+61+64+67)/9=34$,所以第5行是平均值行,第5列是平均值列,二者交叉数是45,所以图1-18(a) 是新适宜方阵(每行与每列都不是等差数列)。

(2) 构造时,将交叉数 45 排布在幻方正中心,选第 5 列为首数组,选组合 135°×45°。

(3) 按规则 1 排布,先按 135°方向排布首数组“45”→48→72→75→78→12→15→18→42。再按 45°方向排布各组非首数:“12”→13→21→22→23→1→2→3→11;“15”→16→24→25→26→4→5→6→14;… 直到全部完成。然后,检查验证,无误。构造的 9 阶一般幻方如图 1-18(b) 所示,幻和为 405。

1	2	3	11	12	13	21	22	23
4	5	6	14	15	16	24	25	26
7	8	9	17	18	19	27	28	29
31	32	33	41	42	43	51	52	53
34	35	36	44	45	46	54	55	56
37	38	39	47	48	49	57	58	59
61	62	63	71	72	73	81	82	83
64	65	66	74	75	76	84	85	86
67	68	69	77	78	79	87	88	89

(a)

78	31	76	8	81	6	58	11	56
53	75	7	73	5	57	3	55	77
74	29	72	4	49	2	54	69	52
28	71	26	48	1	46	68	51	66
63	25	47	23	45	67	43	65	27
24	39	22	44	89	42	64	19	62
38	21	36	88	41	86	18	61	16
13	35	87	33	85	17	83	15	37
34	79	32	84	9	82	14	59	12

(b)

图 1-18

【例 1-7】 按规则 1 用 1～225 整数构造 15 阶一般幻方。步骤如下。

(1) 建立适宜方阵:填入数组是 1～225 的整数,按从小到大排列成 15 阶方阵,它是适宜方阵,平均值行是第 8 行,平均值列是第 8 列,二者交叉数是 113。

第 1 行数:1,2,3,4,5,6,7,8,9,10,11,12,13,14,15。

第 1 列数:1,16,31,46,61,76,91,106,121,136,151,166,181,196,211。

(2) 构造时将交叉数 113 排布在幻方正中心,选第 1 列为首数组:1,16,31,46,61,76,91,106,121,136,151,166,181,196,211。选方向组合 45°×135°。

(3) 按照规则 1 排布。

1) 按照 135°(组内数方向),依次填入第 8 行 “113”→114→115→116→117→118→119→120→106→107→108→109→110→111→112。其中第 1 列的 106 是首数。

2) 以 106 为参照,按照 45°(首数方向) 填入其他的首数:“106”→121→136→151→166→181→196→211→1→16→31→46→61→76→91。

3) 从各自的首数开始,按 135°方向填入所有组的非首数。

4) 检查验算,无误。所构造的 15 阶一般幻方如图 1-19 所示,幻和为 1 695。

(4) 说明。若选 113 所在列为首数组,方向组合不变,构造的 15 阶幻方同图 1-19。构造时选第 1 列为首数组,其首数是 1,16,31,46,61,…,而选择 113 所在列为首数组时,首数是 8,23,38,53,68,…。显然,前者计算容易些。

	1#	2#	3#	4#	5#	6#	7#	8#	9#	10#	11#	12#	13#	14#	15#
1*	120	7	134	21	148	35	162	49	176	63	190	77	204	91	218
2*	217	119	6	133	20	147	34	161	48	175	62	189	76	203	105
3*	104	216	118	5	132	19	146	33	160	47	174	61	188	90	202
4*	201	103	215	117	4	131	18	145	32	159	46	173	75	187	89
5*	88	200	102	214	116	3	130	17	144	31	158	60	172	74	186
6*	185	87	199	101	213	115	2	129	16	143	45	157	59	171	73
7*	72	184	86	198	100	212	114	1	128	30	142	44	156	58	170
8*	169	71	183	85	197	99	211	113	15	127	29	141	43	155	57
9*	56	168	70	182	84	196	98	225	112	14	126	28	140	42	154
10*	153	55	167	69	181	83	210	97	224	111	13	125	27	139	41
11*	40	152	54	166	68	195	82	209	96	223	110	12	124	26	138
12*	137	39	151	53	180	67	194	81	208	95	222	109	11	123	25
13*	24	136	38	165	52	179	66	193	80	207	94	221	108	10	122
14*	121	23	150	37	164	51	178	65	192	79	206	93	220	107	9
15*	8	135	22	149	36	163	50	177	64	191	78	205	92	219	106

图 1-19

【例 1-8】 用 1～9 整数,按规则 1 构造 3 阶一般幻方。

用 1～9 整数排列成图 1-20,经验算,它是适宜方阵,第 2 行是平均值行,第 2 列是平均值列,二者交叉数是 5。按规则 1 构造的 3 阶幻方如图 1-21 所示,幻和为 15。

图 1-20

图 1-21

1.7　在圆环面上构造奇数阶圆环面一般幻圆

1. 圆环面幻方表格

圆环面幻方表格就是在圆环胎外表面上画的幻圆表格。在现实生活中,圆环胎型物品很多,如游泳圈、塑料圆环等。

2. 7 阶圆环面幻圆表格的制作及排布练习

采用 1～49 整数,按从小到大排列成 7 阶方阵。它符合适宜方阵条件。

(1) 根据游泳圈圈身横截面周长,画出 7 阶幻方表格,用铅笔小号字按规则 1 构造一般幻方,并把第 1 行的数字按顺序记录下来。

(2) 将做好的幻方表格按列剪成7条,按第1行数顺序将每条套在游泳圈上,并粘接牢固。要求7条间隔均匀,表格线对齐,第1行数应在同一环线上。

(3) 仔细观察,并按原铅笔小号字位置排布一遍,熟悉"士步"在圆环面上的排布方法及字体方向。

3. 构造圆环面幻圆的步骤

用1~49整数按规则1在圆环面幻圆表格中构造7阶一般幻圆,步骤如下。

(1) 在游泳圈最大外径处的任意一格填上25。

(2) 填首数组,按"士步"的(右前)方向填"25"→32→39→46→4→11→18。

(3) 填各组非首数,按士步的另一方向填"4"→5→6→7→1→2→3,…,直到各组全填完。

(4) 以25为中心,检查有无重叠,有无空格,有无填错。若无误,则是一个以25为中心的圆环面7阶一般幻圆。

(5) 根据一般幻方特性,验算:

1) 每行数,即与游泳圈中心轴同轴的相邻两环线间数的连加和。

2) 每列数(泳圈圈身横截面圆周上的数,即原来粘接的条)的连加和。

3) 包含"25"的以"士步"相连的对角线数连加和。

4) 包含"25"的另一方向上的以"士步"相连的对角线数连加和。

这4个连加和都应该等于幻和,否则有错。只有以25为中心的幻圆是一般幻圆。

4. 设想

在圆环面上按照规则1构造的幻圆上,适宜方阵上的平均值列的数以"士步"在圆环胎表面上盘旋一周后与"原点"对接,而每组数以另一方向的"士步"在圆环胎表面盘旋一周与其首数对接。假设每一组数用同一种颜色(或底色),则似有7种彩带在环绕。

第2章 幻方构造方法2

2.1 范　围

本章给出了构造幻方时填入数排布规则2的定义。

本章还给出了按照填入数排布规则2构造幻方的方法步骤及相应的适宜方阵条件。

幻方构造方法2由填入数排布规则2和相应的适宜方阵条件组成,适用于下列奇数阶幻方的构造:

(1) $n \neq 3k(k \in \mathbf{N},$下同)奇数阶一般幻方;

(2) $n = 3k > 3$ 的奇数阶一般幻方;

(3) 3 阶幻方。

2.2　术语和定义

下述术语和定义适用于本书。

1. 排布规则2(简称规则2,俗称"马士步")

在平面幻方表格上构造幻方时,规则2规定:

(1) 适宜方阵中前后相邻首数在幻方中按照首数方向的国际象棋"马步"排布。

(2) 适宜方阵中每组内前后相邻数按照组内数方向的中国象棋"士步"排布。

(3) 在填入数出幻方框后,直移或斜移 n 格(或 n 格的整数倍,n 是幻方阶数)入框内。

(4) 无重叠。

(5) "马步"方向有8种,即 a,b,c,d,e,f,g,h,如图2-1所示。图中,a_1,a_2 为适宜

方阵的行或列中的前后相邻元素(数)。

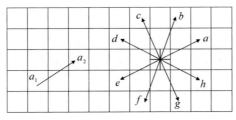

图 2-1

2. 三分组合、三三排序、三三组合、三三数组、147 排序、258 排序、369 排序、三分排序

一个数组含有 $n = 3m > 3 (m \in \mathbf{N})$ 个数,排成数列 $\{a_n\}$:$a_1, a_2, a_3, \cdots, a_n$,若:

(1) 其中 m 个数之和等于 $(a_1 + a_2 + a_3 + \cdots + a_n)/3$,则称该 m 个数构成的组合为一个三分组合。

(2) 满足 $(a_1 + a_4 + a_7 + \cdots + a_{n-2}) = (a_2 + a_5 + a_8 + \cdots + a_{n-1}) = (a_3 + a_6 + a_9 + \cdots + a_n)$,则称该数组为三三排序(数组),必要时,也可以写成 33 排序(读作三三排序)。能够构成三三排序的 3 个三分组合称为一组三三组合。能够排成三三或三分排序的数组称为三三数组。

一个非三三排序数组中,若 $a_1 + a_4 + a_7 + \cdots + a_{n-2} = (a_1 + a_2 + a_3 + \cdots + a_n)/3$,则称该数组为 147 排序(数组)(读作一四七排序)。同样,可定义 258 排序(数组)和 369 排序(数组)(分别读作二五八排序、三六九排序)。

147 排序、258 排序和 369 排序(数组)统称为三分排序(数组),并约定:不论 $3m$ 数组中数的个数等于 6 或大于 9,本书中均称为 147(258 或 369)排序。

注:排序名称采用阿拉伯数字,采用单个数字的读音,以适应非汉语读者。

3. 构成三分排序的数、构成三分排序的列(或行)

在一个三分(如 147 或 258 或 369)排序数组中,称第 1,4,7(或 2,5,8 或 3,6,9)位的数为构成三分排序的数。

在一个三三排序数组中,每一位的数都可称为构成三分排序的数。

在适宜方阵中,当每行(列)是三分(如 147 或 258 或 369)排序时,称第 1,4,7(或 2,5,8 或 3,6,9)列(行)为构成三分排序的列(行)。

在适宜方阵中,构成每行(列)三三排序的是所有列(行)的数,即全部数。

2.3 适宜方阵条件与三三排序特性

1. 适宜方阵条件

按照规则 2 构造奇数阶幻方时,对不同阶数类别的幻方,相应的适宜方阵条件也不同,具体见相应章节。

2. 三三排序与三分排序数组的特性

(1) 三三排序与三分排序数组的每个数同加减一个数,其排序不变。

(2) 三三排序与三分排序数组的每个数同乘(或除以)不等于零的数,其排序不变。

(3) 在符合通用必要条件的方阵中,每行数的排序都相同,每列数的排序都相同。

(4) 连续整数、等差数组都是三三数组。连续的 $3m$ 个整数从小到大排列(或从大到小),就是 258 排序。

(5) 举例说明建立三三排序和三分排序的方法。

1) 将数组 A:1,2,3,4,5,6,7,8,12 排列成三三排序。一个三三数组的必要条件是数组中至少有 3 个数的连加和等于数组全部数连加和的 1/3。因 $1+2+3+4+5+6+7+8+12=48$,又 $1+3+12=16=48/3$,所以 1,2,3,4,5,6,7,8,12 是三三数组。

A. 计算数组 A 的三分组合:1,3,12;1,7,8;2,6,8;3,5,8;3,6,7;4,5,7。

其中 (1,3,12)(2,6,8)(4,5,7) 是一组三三组合,9 个数中无相同数字。

B. 建立三三排序数组时,(1,3,12)(2,6,8)(4,5,7) 间可互换位置,每个三分组合内的 3 个数也可互换位置,即 (1,3,12) 和 (3,1,12) 都是三分组合。

示例 1:将 (1,3,12)(2,6,8)(4,5,7) 分别放在新数组的第 1,4,7 位,第 2,5,8 位,第 3,6,9 位,则新数组 1,2,4,3,6,5,12,8,7 是三三排序。

示例 2:将 (2,6,8)(1,3,12)(4,5,7) 分别放在新数组的第 1、4、7 位,第 2、5、8 位,第 3、6、9 位,则新数组 2,1,4,6,3,5,8,12,7 是三三排序。

2) 将数组 A:1,2,3,4,5,6,7,8,12 排列成 147 排序。将它的任意一个三分组合,如 3,5,8 排布在第 1,4,7 位,并使第 2、5、8 位数不构成三分组合,就可构成 147 排序。如 3,1,2,5,4,6,8,7,12 就是 147 排序,因 $1+4+7=12 \neq 48/3$。

3) 将连续的整数(或等差数组)排列成三三排序或三分排序。以 1~9 整数为例。它的三分组合有 8,1,6;3,5,7;4,9,2;8,3,4;1,5,9;6,7,2;2,5,8;4,5,6。

这些正是图 1-21 幻方中的 3 行、3 列与 2 条对角线的值。

它有 2 组三三组合:(1,5,9)(2,6,7)(3,4,8) 和 (1,6,8)(2,4,9)(3,5,7)。它们正

是图1-21中3阶幻方的三列与三行的数。若将前者的3个三分组合分别放在数组的第1,4,7位,第2,5,8位和第3,6,9位,则生成的数组1,2,3,5,6,4,9,7,8就是三三排序。

若将1,5,9放在第1,4,7位,其余顺排,则是147排序。

连续9个整数按从小到大排列,则是258排序,显然2,3,4,5,6,7,8,9,1是147排序。

2.4 构造 $n \ne 3k$ 的奇数阶一般幻方

2.4.1 适宜方阵条件

按照规则2构造 $n \ne 3k$ 奇数阶一般幻方时,适宜方阵条件应同时符合以下两条要求:

(1) 通用必要条件。

(2) 方阵中有平均值行(或列,或兼而有之)。构造时起始数应取平均值行(或列)中任意一个数,排布在幻方正中心,且相应选首数列(行)。

2.4.2 解析步骤(以构造5阶幻方为例)

按照规则2,在平面幻方表格上排布填入数组,生成斜排图,通过移入构成幻方。

(1) 建立适宜方阵:将 1～25 整数排列成方阵图 1-9。经验算,它符合通用必要条件,且第3行是平均值行,第3列是平均值列,所以是适宜方阵。

(2) 起始数选平均值行中的11,并选11所在列为首数组,方向组合选 $b45°$(首数方向为 b)。

(3) 在幻方表格上排布斜排图,如图2-2所示。

1) 按 b 向马步填入首数组 11,16,21,1,6,如图2-2(a)所示。

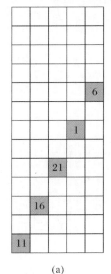
(a)

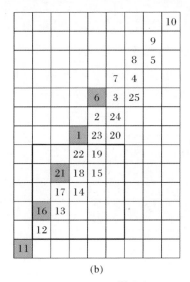
(b)

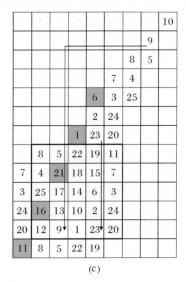
(c)

图 2-2

2）每组的非首数按 45°±步顺序填在首数后，如图 2-2(b) 所示。

（4）因为选择首数列，所以在斜排图上，选择平均值行中的任意一个数，如 14，以其为中心，画出 5 阶幻方框（粗框），如图 2-2(b) 所示。

（5）按"出框移入规则"，将粗框外的数移入框内。要求无空格、无重复，如图 2-2(c) 所示。

（6）对粗框内方阵进行检查、验算。因每行数连加和＝每列数连加和＝每条对角线数连加和＝65，但泛对角线 $8+9+10+6+7=40 \neq 65$，所以粗框内方阵即是所构造的 5 阶一般幻方，如图 2-2(c) 所示，幻和为 65。

按规则 2 构造的幻方都是一般幻方，以后验算时不再验算泛对角线。

（7）需要说明，上述按马±步排布的"斜排图"，通过框外数移入操作，可以生成 5 个一般幻方，这是因为幻方框的中心可以是平均值行的任意一个数。

2.4.3 实用填法

（1）对填入数方阵图 1-9 验算，它符合通用必要条件，且第 3 行是平均值行，第 3 列是平均值列，所以它是适宜方阵，可选首数列（或行）。画 5 阶幻方框，如图 2-3(a) 所示。

（2）构造时可选平均值行中任意一个数（如 12）为起始数，排布在幻方正中心，并选其所在列为首数列，可选任意方向组合，如 $a315°$。

（3）按规则 2 排布。

1）填首数组，从首数 12 开始，按照选定的 a 向马步依照首数顺序填入首数组"12"→17→22→2→7(22,2 和 7 出框，移入)，如图 2-3(a) 所示。

2）按 315°方向填非首数，可先填"2"组："2"→3→4→5→1(1 出框移入)，如图 2-3(b) 所示。再参照"2"组，填入"7""12""17""22"组的非首数。若数出框，则移入，直到所有数全部填入框内，无重叠，无空格，如图 2-3(c) 所示。

3）检查验算，应无误。构造的一般幻方如图 2-3(c) 所示（粗框内），幻和为 65。

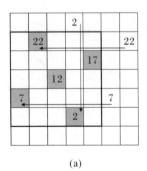
(a)

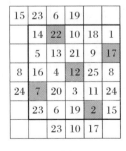
(c)

(b)

图 2-3

(4) 口诀：

平均值数正中间，首数马步先填完，非首士步随自首，

出框数移框里面，始末连和首尾连，填数检查记心间。

"二连"规则仍适用。在填完一组数后，应检查一下是否符合"二连"要求。

(5) 说明："1"组是指首数为 1 的组，其余类同。在实用填法中，也可采用分组填法。实用填法中，数出框后，立即移入框内。

2.4.4 不改变适宜方阵，批量构造一般幻方的途径

改变方向组合（见例 2-1）或选择首数行（见例 2-2）或改变起始数，均可构造新幻方。

【例 2-1】 用适宜方阵图 1-9，采用不同方向组合，按规则 2 构造 5 阶一般幻方。

在规则 2 中，"马步"有 8 个方向，"士步"有 4 个方向，二者计有 32 种组合。用数组图 1-9，可构造 32 个 5 阶一般幻方。经核对，32 个幻方中，多为"重复"。给出下述 4 个独立幻方，如图 2-4(a)～(d) 所示，其方向组合分别为 $a45°$、$c45°$、$d45°$ 和 $e45°$。幻和都是 65。

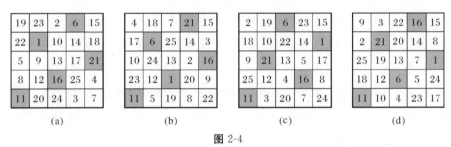

图 2-4

对于方向组合中的"重复"现象，分析如下。以幻方图 2-4(a) 为例，若：

1) 将其整体逆时针转动 90°，则组合就变成 $c135°$；再逆时针转动 90°，则组合又变成 $e225°$……

2) 将其往右翻转 180°，则组合就变成 $d135°$……

若将一个写在平面表格中的幻方，经过上述转动或翻转后，会出现 8 种形态，但在幻方数量统计上只算一种。

【例 2-2】 用适宜方阵图 1-9，选择首数行，按规则 2 构造 5 阶幻方。步骤如下。

(1) 图 1-9 是适宜方阵，其第 3 列 (3,8,13,18,23) 是平均值列。

(2) 构造时，应选平均值列中任意一个数（如 13）为起始数，排布在幻方正中心。选 13 所在行为首数行。选任意可行组合，如 $a45°$。

(3) 按规则 2 排布时，先从首数 13 开始，将其余首数按 a 向马步填入 "13" → 14 → 15 → 11 → 12，再按 45° 方向，分别填入 "13""14""15""11""12"组的非首数。

(4)检查验证,无误。按规则 2 构造的 5 阶一般幻方如图 2-5 所示,幻和为 65。

(5)说明:如果将 1～25 整数排列成图 2-6,构造时将平均值行中 13 排布在幻方正中心,选 13 所在列为首数列,选组合 $a45°$,按规则 2 构造的新幻方如图 2-7 所示。通过比较可发现,用图 2-6 选首数列构造的幻方图 2-7 与用图 1-9 选首数行构造的幻方图 2-5 完全相同。

图 1-9 以其主对角线为轴转动 $180°$ 即可得到新方阵(见图 2-6)。数学上,称图 2-6 方阵是图 1-9 方阵的转置方阵。

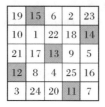
图 2-5

图 2-6

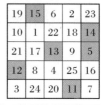
图 2-7

2.4.5 改变适宜方阵,可批量构造幻方

改变适宜方阵中的行或列的排序,可建立新适宜方阵,构造新幻方,见例 2-3 和例 2-4。

在选首数列时,平均值行固定在幻方的一条对角线上,其余 4 行可按环状排列。此时,5 个列号(即组内数)的排列也属环状排列。选首数行时,亦然。

【例 2-3】 将图 1-9 的第 4 行、第 5 行对调位置,按规则 2 构造一般幻方,步骤如下。

(1)图 1-9 的第 4 行、第 5 行对调后,变为图 2-8。经验算,它仍是适宜方阵。

(2)构造时,选 13 为起始数,排布在幻方正中心。选 13 所在列为首数组,选组合 $a45°$。

(3)按规则 2 构造的 5 阶一般幻方如图 2-9 所示,幻和为 65。

【例 2-4】 将图 2-8 的第 4 列、第 5 列对调,变成图 2-10,仍是适宜方阵,仍选组合 $a45°$。

| 图 2-8 | 图 2-9 | 图 2-10 | 图 2-11 |

构造时仍将 13 排布在幻方正中心,按规则 2 构造的幻方如图 2-11 所示。与图 2-9 比较,只是每组的末两位交换了位置。

【例 2-5】 按照规则 2,用填入数图 2-12 构造 5 阶幻方。步骤如下。

(1)经验算,图 2-12 所示为适宜方阵。因为 $25 = (1+11+40+48)/4$,所以第 3 行是平均值行。因为无平均值列,所以只能选首数列。

(2) 构造时,应选第 3 行中任意一个数(如 26)为起始数,排布在幻方正中心。选 26 所在列为首数组,选组合 $a45°$。

(3) 按规则 2 排布,首数组按 a 向马步,组内数按 $45°$ 士步,构造的 5 阶一般幻方如图 2-13 所示,幻和为 143。

图 2-12　　　图 2-13　　　图 2-14　　　图 2-15

【例 2-6】　将图 2-12 中的第 3、第 4 列对调,方阵变成图 2-14,方向组合改为 $a135°$,构造 5 阶一般幻方。步骤如下。

经验算,图 2-14 是适宜方阵,平均值行是第 3 行。构造时先选第 3 行中的 26,排布在幻方正中心,再选 26 所在列为首数组,选组合 $a135°$,然后按规则 2,首数组按 a 向马步排布,组内数按 $135°$ 士步排布,构造的 5 阶一般幻方如图 2-15 所示,幻和为 143。

2.4.6　构造 $n \neq 3k$ 奇数阶一般幻方的方法步骤

按照规则 2 构造 $n \neq 3k$ 奇数阶一般幻方的方法步骤如下:

(1) 按 2.4.1 节中要求,建立或验证适宜方阵。

(2) 构造时,应按 2.4.1 节中要求选择起始数及排布,并相应选择首数组及方向组合。

(3) 按规则 2 排布,即按 2.4.3 节中的实用填法操作和验算。

2.4.7　举例验证

【例 2-7】　用 1~49 整数,按规则 2 构造 7 阶幻方。步骤如下。

(1) 建立适宜方阵:将 1~49 整数按从小到大排列成方阵,如图 2-16 所示,它是适宜方阵。第 4 行是平均值行,第 4 列是平均值列。因此可选首数列,也可选首数行。

(2) 构造时选平均值行中的任意一个数,如 22,排布在幻方正中心,选 22 所在列为首数组,选组合 $a45°$。

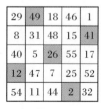

图 2-16　　　　　　　　　图 2-17

(3) 按规则2排布,构造的7阶一般幻方如图2-17所示,幻和为175。

(4) 改变方向组合,可以构造新幻方,见例2-8。

【例2-8】 填入数组用图2-16,选组内数方向为45°时,改变方向组合,按规则2可构造8个幻方,现给出4个7阶一般幻方,如图2-18～图2-21所示,方向组合分别为$a45°,e45°,c45°,d45°$。其余4个是其旋转或镜像。

34	40	46	3	9	15	28
39	45	2	8	21	27	33
44	1	14	20	26	32	38
7	13	19	25	31	37	43
12	18	24	30	36	49	6
17	23	29	42	48	5	11
22	35	41	47	4	10	16

图 2-18

20	12	4	45	37	29	28
11	3	44	36	35	27	19
2	43	42	34	26	18	10
49	41	33	25	17	9	1
40	32	24	16	8	7	48
31	25	15	14	6	47	39
22	21	13	5	46	38	30

图 2-19

38	6	16	33	43	11	28
5	15	32	49	10	27	37
21	31	48	9	26	36	4
30	47	8	25	42	3	20
46	14	24	41	2	19	29
13	23	40	1	18	35	45
22	39	7	17	34	44	12

图 2-20

40	3	15	34	46	9	28
2	21	33	45	8	27	39
20	32	44	14	26	38	1
31	43	13	25	37	7	19
49	12	24	36	6	18	30
11	23	42	5	17	29	48
22	41	4	16	35	47	10

图 2-21

2.5 构造 $n = 3k > 3$ 阶的奇数阶一般幻方

2.5.1 适宜方阵条件

按照规则2构造$n = 3k > 3$阶的奇数阶一般幻方时,适宜方阵条件应同时符合通用必要条件和下述(1)或(2)项要求:

(1) 方阵中有三三排序的平均值行(或列,或兼而有之),构造时起始数应取该行(或列)中任意一位数排布在幻方正中心,相应选择首数列(或行)。

(2) 方阵中有147(或258或369)排序的平均值行(或列,或兼而有之),构造时起始数应取该行(或列)中第1、4、7(或第2、5、8或第3、6、9)位中的任意一位数,排布在幻方正中心,相应选择首数列(或行)。

2.5.2 构造方法步骤

按照规则2构造$n = 3k > 3$阶的奇数阶一般幻方的步骤:

(1) 按 2.5.1 节中要求，建立或验证适宜方阵。

(2) 构造时，按 2.5.1 节中要求，选择起始数及排布，并相应选择首数组及方向组合。

(3) 按规则 2 排布，并验证。

2.5.3 举例验证

【例 2-9】 用 1～81 的整数，按规则 2 构造 9 阶一般幻方。步骤如下。

(1) 将 1～81 整数排成方阵图见图 2-22。第 5 行是平均值行，第 5 列是平均值列。每行是连续整数，它是 258 排序。每列是等差数组，它是 258 排序。图 2-22 所示为适宜方阵。

(2) 构造时，应将平均值行的第 2,5,8 位数（即 38,41,44）中的任意一个数，如 38，作为起始数，排布在幻方正中心，选"38"所在列为首数组，选组合 $a45°$。

	1#	2#	3#	…	9#
1*	1	2	3	…	9
2*	10	11	12	…	18
3*	19	20	21	…	27
4*	28	29	30	…	36
5*	37	38	39	…	45
6*	46	47	48	…	54
7*	55	56	57	…	63
8*	64	65	66	…	72
9*	73	74	75	…	81

图 2-22

1#	2#	3#	4#	5#	6#	7#	8#	9#
50	58	66	74	1	18	26	34	42
57	65	73	9	17	25	33	41	49
64	81	8	16	24	32	40	48	56
80	7	15	23	31	39	47	55	72
6	14	22	30	38	46	63	71	79
13	21	29	37	54	62	70	78	5
20	28	45	53	61	69	77	4	12
36	44	52	60	68	76	3	11	19
43	51	59	67	75	2	10	27	35

图 2-23

1#	2#	3#	4#	5#	6#	7#	8#	9#
47	55	72	80	7	15	23	31	39
63	71	79	6	14	22	30	38	46
70	78	5	13	21	29	37	54	62
77	4	12	20	28	45	53	61	69
3	11	19	36	44	52	60	68	76
10	27	35	43	51	59	67	75	2
26	34	42	50	58	66	1	18	…
33	41	49	57	65	73	9	17	25
40	48	56	64	81	8	16	24	32

图 2-24

(3) 按规则 2 排布。先从 38 开始，按 a 向马步依顺序填入首数组 "38" → 47 → 56 → 65 → 74 → 2 → 11 → 20 → 29，再按 45° 方向，从各自的首数开始，填入所有组的非首数，然后检查验算，无误，图 2-23 即为所构造的一般幻方，幻和为 369。

(4) 批量构造新幻方的主要途径见 2.4.4 节及 2.4.5 节。

如改变放在中心的起始数，构造的一般幻方如图 2-24 所示。在改变适宜方阵的行（列）号排序时，可在第 2,5,8 列间交换位置及改变其余 6 列间的环状排列，还可改变除平均值行外的 8 行间的环状排列，见例 2-10 和例 2-11。

【例 2-10】 将图 2-22 中的第 5 列与第 8 列对调，构造 9 阶一般幻方。步骤如下。

(1) 验证适宜方阵。第 5 列与第 8 列对调后，因为这两列都是构成每行是 258 排序的列，所以每行仍是 258 排序，列号的排序变为 1#,2#,3#,4#,8#,6#,7#,5#,9#，标示在幻方框外上方，作为填数时参照。

(2) 仍可采用与图 2-23 相同的首数组和方向组合。这样，只要在图 2-23 中，将每

加幻方与乘幻方构造法——源自方程组的解

组的第5位数与第8位数对调位置即可。如此生成的方阵如图2-25所示。

（3）经验证，图2-25是9阶一般幻方，幻和为369。

	1#	2#	3#	4#	8#	6#	7#	5#	9#
1*	53	58	66	74	1	18	23	34	42
2*	57	65	73	9	14	25	33	44	49
3*	64	81	5	16	24	35	40	48	56
4*	77	7	15	26	31	39	47	55	72
5*	6	17	22	30	38	46	63	68	79
6*	13	21	29	37	54	59	70	78	8
7*	20	28	45	50	61	69	80	4	12
8*	36	41	52	60	71	76	3	11	19
9*	43	51	62	67	75	2	10	27	32

图 2-25

【例2-11】将图2-22重新排列成图2-26，按规则2构造9阶一般幻方。步骤如下。

（1）经验算可知，图2-26所示为适宜方阵，平均值行改排在第9行，其余行号的排列是随意的，如图2-26所示。因为第1行的数 $1+5+9=2+6+7=3+4+8$，所以每行是三三排序：1♯，2♯，3♯，5♯，6♯，4♯，9♯，7♯，8♯。

（2）构造时，选第9行中的任意一个数，如37，排布在幻方正中心，选37所在列为首数组，选组合 $a45°$。

（3）按规则2构造的9阶一般幻方如图2-27所示，幻和为369。

	1#	2#	3#	5#	6#	4#	9#	7#	8#
1*	1	2	3	5	6	4	9	7	8
3*	19	20	21	23	24	22	27	25	26
2*	10	11	12	14	15	13	18	16	17
4*	28	29	30	32	33	31	36	34	35
9*	73	74	75	77	78	76	81	79	80
6*	46	47	48	50	51	49	54	52	53
7*	55	56	57	59	60	58	63	61	62
8*	64	65	66	68	69	67	72	70	71
5*	37	38	39	41	42	40	45	43	44

图 2-26

	1#	2#	3#	5#	6#	4#	9#	7#	8#
1*	5	21	11	28	80	52	63	67	42
3*	20	10	35	79	54	58	69	41	3
2*	17	34	81	49	60	68	39	2	19
4*	36	76	51	59	66	38	1	26	16
9*	78	50	57	65	37	8	25	18	31
6*	48	56	64	44	7	27	13	33	77
7*	55	71	43	9	22	15	32	75	47
8*	70	45	4	24	14	30	74	46	62
5*	40	6	23	12	29	73	53	61	72

图 2-27

【例2-12】用图2-28中的数，按规则2构造9阶一般幻方。构造步骤如下：

（1）经验算，图2-28符合适宜方阵通用必要条件，第5行是平均值行，无平均值列。

计算第1行的排序。因第1行数之和 $=0+1+2+3+4+5+6+7+11=39$，其第2，5，8位数之和 $=1+4+7=12\neq 39/3$，第1，4，7位数之和 $=0+3+6=$

$9 \neq 13$,第 3,6,9 位数之和 $= 2+5+11 = 18 \neq 13$,所以第 1 行不是三三排序、三分排序,所以第 5 行不是三分排序,图 2-28 不是适宜方阵。

但第 1 行数和 $= 39$,是 3 的倍数,若重新排列,有可能使其符合适宜方阵要求。

(2) 试排列号,使每行成三分排序后,构造幻方。

将图 2-28 中的 2♯,3♯ 互换,则第 1 行的第 2、5、8 位数和 $= 2+4+7 = 13 = 39/3$,这样列号排列就成 258 排序,即每行变成 258 排序。列号排序见图 2-29 幻方框外上方 1♯,3♯,2♯,4♯,5♯,6♯,7♯,8♯,9♯,行号排列不变。它符合适宜方阵要求。

构造时,将第 5 行的第 2、5、8 位数(61,64,67)中任意一个数,如 64,放在正中心,选 64 所在列为首数组,选组合 $a45°$。按规则 2 构造的一般幻方如图 2-29 所示,幻和为 579。

	1#	2#	3#	4#	5#	6#	7#	8#	9#
1*	0	1	2	3	4	5	6	7	11
2*	15	16	17	18	19	20	21	22	26
3*	30	31	32	33	34	35	36	37	41
4*	45	46	47	48	49	50	51	52	56
5*	60	61	62	63	64	65	66	67	71
6*	75	76	77	78	79	80	81	82	86
7*	90	91	92	93	94	95	96	97	101
8*	105	106	107	108	109	110	111	112	116
9*	120	121	122	123	124	125	126	127	131

图 2-28

	1#	3#	2#	4#	5#	6#	7#	8#	9#
1*	82	96	110	124	3	16	32	45	71
2*	95	109	123	1	17	30	56	67	81
3*	108	121	2	15	41	52	66	80	94
4*	122	0	26	37	51	65	79	93	106
5*	11	22	36	50	64	78	91	107	120
6*	21	35	49	63	76	92	105	131	7
7*	34	48	61	77	90	116	127	6	20
8*	46	62	75	101	112	126	5	19	33
9*	60	86	97	111	125	4	18	31	47

图 2-29

(3) 再重排列号,使每行成三三排序后,构造幻方。

将图 2-28 列号改排成 1♯,2♯,4♯,3♯,6♯,5♯,9♯,8♯,7♯,再将第 3、4 行位置对调,如图 2-30 所示。因为第 1 行 $0+2+11 = 1+5+7 = 3+4+6 = 13 = 39/3$,所以每行都是三三排序,又第 5 行是平均值行,所以图 2-30 是适宜方阵。构造时选第 5 行任一数(如 66),放在正中心,选 66 所在列为首数组,选组合 $a45°$。构造的一般幻方如图 2-31 所示,幻和为 579。

	1#	2#	4#	3#	6#	5#	9#	8#	7#
1*	0	1	3	2	5	4	11	7	6
2*	15	16	18	17	20	19	26	22	21
4*	45	46	48	47	50	49	56	52	51
3*	30	31	33	32	35	34	41	37	36
5*	60	61	63	62	65	64	71	67	66
6*	75	76	78	77	80	79	86	82	81
7*	90	91	93	92	95	94	101	97	96
8*	105	106	108	107	110	109	116	112	111
9*	120	121	123	122	125	124	131	127	126

图 2-30

	1#	2#	4#	3#	6#	5#	9#	8#	7#
1*	78	91	105	126	7	26	49	35	62
2*	90	111	127	11	19	50	32	63	76
4*	112	131	4	20	47	33	61	75	96
3*	124	5	17	48	31	60	81	97	116
5*	2	18	46	30	66	82	101	109	125
6*	16	45	36	67	86	110	122	3
7*	51	37	71	79	95	107	123	1	15
8*	41	64	80	92	108	121	0	21	52
9*	65	77	93	106	120	6	22	56	34

图 2-31

2.6 构造 3 阶一般幻方

1. 适宜方阵条件

按照规则 2 构造 3 阶一般幻方时,适宜方阵条件应同时符合通用必要条件、方阵中同时有平均值行与平均值列,构造幻方时应将平均值行与平均值列的交叉数排布在幻方正中心。

2. 用图 2-32,按规则 2 构造 3 阶幻方

对图 2-32 进行验算,符合通用必要条件,第 3 行是平均值行,第 3 列是平均值列,构造时,选方向组合 $a45°$,选平均值行与平均值列的交叉数"8",排布在幻方正中心,选 8 所在列为首数组,按规则 2 排布,如图 2-33(a) ~ (c)所示。构造的 3 阶幻方如图 2-33(c)所示(粗框内),幻和为 24。

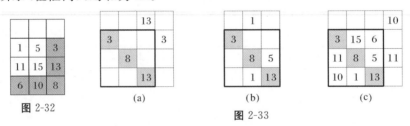

图 2-32　　　　　(a)　　　　　(b)　　　　　(c)

　　　　　　　　　　　图 2-33

2.7 在圆环面上构造奇数阶圆环面一般幻圆

按规则 2 在圆环面上构造 $n \neq 3k$ 奇数阶一般幻圆,步骤如下。

采用 1 ~ 49 整数,按从小到大排列成 7 阶方阵。它符合适宜方阵条件。

(1) 在适宜方阵平均值行中选任意一个数(如 23)为起始数,填在"泳圈表格"最大外径处的任意一格内。选 23 所在列为首数组,选方向组合 $a45°$(在圆环曲面上)。

(2) 填首数组,按马步方向填"23"→ 30 → 37 → 44 → 2 → 9 → 16。

(3) 填各组非首数,按士步填"2"→ 3 → 4 → 5 → 6 → 7 → 1,"9"→ 10 → 11 → 12 → 13 → 14 → 8,…直到各组全填完。

(4) 检查验算,无误,则是一个以 23 为中心的圆环面 7 阶一般幻圆。

(5) 说明:在圆环面幻圆表格中按规则 2 构造 $n \neq 3k$ 的奇数阶幻圆时,平均值行中的任意一个数在幻方正中心时都是一般幻圆,因此,应分别验算以 22,23,24,25,26,27,28 位于幻方正中心时的幻圆。验算项目见 1.7 节,也就是说,该圆环面幻圆展示了 7 个 7 阶一般幻圆。

第3章

幻方构造方法3

3.1 范 围

本章给出了构造幻方时填入数排布规则3的定义。

本章给出了按照填入数排布规则3构造幻方的方法步骤及相应的适宜方阵条件。

幻方构造方法3由填入数排布规则3和相应的适宜方阵条件组成,适用于以下阶数类别幻方的构造:

(1) 阶数 $n \neq 3k$ 的奇数阶完美幻方。

(2) 阶数 $n = 3k > 3$ 的奇数阶完美幻方和一般幻方。

(3) 阶数 $n \neq 3k > 3$ 的偶数阶完美幻方。

(4) 阶数 $n = 3k$ 的偶数阶完美幻方和一般幻方。

3.2 术语和定义

下述术语和定义适用于本书。

1. **排布规则3（简称规则3,俗称"双马步"）**

在平面幻方表格上构造幻方时,规则3规定:

(1) 适宜方阵中前后相邻首数在幻方中按选定首数方向的国际象棋"马步"排布。

(2) 适宜方阵中每组内前后相邻数在幻方中按选定组内数方向的国际象棋"马步"排布。

(3) 当填入数出幻方框后,直移或斜移 n 格(或 n 格整数倍,n = 幻方阶数)入框内。

(4) 无重叠。

2. 二分组合、二二排序、二二组合、二二数组、135 排序、246 排序、二分排序

一个数组含有 $n = 2m \geq 4 (m \in \mathbf{N})$ 个数，排成数列 $\{a_n\}: a_1, a_2, a_3, \cdots, a_n$，若：

(1) 其中 m 个数之和等于 $(a_1 + a_2 + a_3 + \cdots + a_n)/2$，则该 m 个数构成的组合，称为一个二分组合。

(2) 满足 $(a_1 + a_3 + a_5 + \cdots + a_{n-1}) = (a_2 + a_4 + a_6 + \cdots + a_n)$，则称该数组为二二排序（数组），必要时，可以写成 22 排序（读作二二排序）。能够构成二二排序的两个二分组合构成一组二二组合，能够排成二二排序的数组称为二二数组。

一个二二数组，当 $a_1 + a_3 + a_5 + \cdots + a_{n1} = (a_1 + a_2 + a_3 + \cdots + a_n)/2$ 时，称为 135 排序（读作一三五排序），此时必有 $a_2 + a_4 + a_6 + \cdots + a_n = (a_1 + a_2 + a_3 + \cdots + a_n)/2$，也可称为 246 排序（读作二四六排序），也称二二排序数组。二二排序数组的奇数位连加和等于偶数位连加和。135 排序、246 排序（数组）统称为二分排序（数组），并约定：不论数组中有几个数，均称 135 排序或 246 排序。

注：排序名称采用阿拉伯数字及采用单个数字的读音，以适应非汉语读者。

3. 主 3 格线和副 3 格线

在一个 9 阶幻方中，主对角线和与其平行的相互间隔 3 格的短斜线合称为主 3 格线，副对角线和与其平行的相互间隔 3 格的短斜线合称为副 3 格线，对 6 阶、9 阶、12 阶、15 阶 …… 的幻方，都称主（副）3 格线，只是短斜线条数不同。

4. 小中心

将阶数 $n = 3k$ 的幻方框均分成 $k \times k$ 个 3 格×3 格的小区块，每个小区块的中心称为小中心。

小中心是主 3 格线与副 3 格线的交叉点，小中心的个数为 $n^2/9$。

对 9 阶幻方，其 3 格线如图 3-1 所示。对 6 阶幻方，其 3 格线如图 3-2 所示。

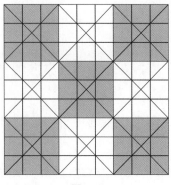

图 3-1

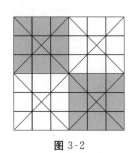

图 3-2

3.3 适宜方阵条件与二二排序

1. 适宜方阵条件

按规则 3 构造幻方时,对不同阶数类别的幻方适宜方阵条件不同,具体见相应章节。

2. 二二排序与二分排序数组的特性

(1) 二二排序与二分排序数组的每个数同加减一个数,其排序不变。

(2) 二二排序与二分排序数组的每个数同乘(或除以)不等于零的数,其排序不变。

(3) 符合通用必要条件的方阵中,每行数的排序都相同,每列数的排序都相同。

3.4 构造 $n \neq 3k$ 的奇数阶完美幻方

3.4.1 适宜方阵条件

按照规则 3 构造 $n \neq 3k$ 的奇数阶完美幻方时,适宜方阵条件就是通用必要条件,构造时无特殊要求(即起始数可任意选择,可排布在任意位置,可任选首数组和任意可行方向组合)。

3.4.2 解析步骤

根据规则 3 定义,在平面幻方表格上排布填入数组,生成斜排图,通过移动,构成幻方。以构造 5 阶幻方为例,设填入数为 $1 \sim 25$ 的整数。

(1) 建立适宜方阵。将 $1 \sim 25$ 整数,排列成图 1-9,经验算,它符合适宜方阵条件。

(2) 选第 1 列为首数组,方向组合选 ab。

说明:方向组合有可行和不可行之分,且随阶数不同而异。"不可行"指排布数时出现重叠现象,可通过试验确定,方法见 3.4.5 节。

(3) 在平面幻方表格上排布斜排图。

1) 按 a 向马步填入首数组 1,6,11,16,21,如图 3-3(a) 所示。

2) 按 b 向马步,填入每组的非首数,依顺序填在首数后,如图 3-3(b) 所示。

3) 画出幻方框(可在任意位置),如图 3-3(b) 所示(粗框)。

4) 将粗框外的数按"数出框移入规则",移入粗框内,如图 3-3(b) 所示(粗框内)。

(4) 对粗框内方阵检查、验算,得

每行数连加和 = 每列数连加和 = 每条对角线数连加和 =
每条泛对角线数连加和 = 65

图 3-3(b) 粗框内方阵即为 5 阶完美幻方,幻和为 65。

(5) 需要说明,按双马步排布的"斜排图",通过框外数移入操作,可以生成 5×5 个不同的完美幻方,这是因为幻方框的位置是任意的,即每个数都可排布在完美幻方的左下角。

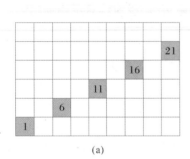

(a)

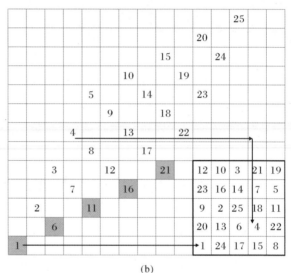

(b)

图 3-3

3.4.3 实用填法一(先填首数组)

(1) 填入数组仍用图 1-9,经验算,是适宜方阵。画出 5 阶幻方框,如图 3-4(a) 所示。

(2) 起始数可选适宜方阵中任意一个数,如 1,可排布在幻方中任意位置,如左下角。选"1"所在列为首数组,选任意可行组合,如 ab。

(3) 按规则 3 排布。

1) 填首数组,即按 a 向马步依首数顺序填入"1"、6、11、16、21,当"16"出框后,先按"数出框移入规则"移入框内,再填"21",如图 3-4(a) 所示。

2) 按 b 向马步填各组非首数,即按"1"组数的顺序,将"1"、2、3、4(出框移入)、5 填入,如图 3-4(b) 所示。同样,填其余各组的非首数,如图 3-4(c) 所示。检查验算,无误,则图 3-4(c) 粗框内即是构造的 5 阶完美幻方,幻和为 65。

(4) 说明:"二连"规则与出框移入规则均适用。

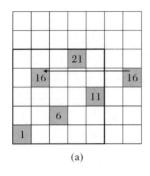
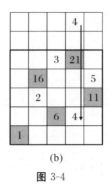

13	4	22	20	
24	17	15	8	
12	10	3	21	19	12
23	16	14	7	5	23
9	2	25	18	11	9
20	13	6	4	22	
1	24	17	15	8	

(a)　　　　　　　(b)　　　　　　　(c)

图 3-4

3.4.4 实用填法二（分组填法）

先填首数组法与分组填法不同之处：前者是先填完首数组，再填各组的非首数。分组填法是一组一组地填，即填完一组的数，再填另一组的数，……直至所有组的数全填完。

3.4.5 方向组合

按照规则 3 构造 5 阶完美幻方时，首数方向有 8 个，在每个方向上有 4 个可行组合。如对图 1-9 所示适宜方阵，当"1"放在左下角时，通过方向组合可得到 32 个幻方，此处只给出 16 个幻方（其余 16 个幻方是其转向或镜像），如图 3-5 所示。这 16 个幻方是不同的完美幻方，幻和为 65。

图 3-5

17	25	3	6	14
8	11	19	22	5
24	2	10	13	16
15	18	21	4	7
1	9	12	20	23

(m)

18	24	5	6	12
10	11	17	23	4
22	3	9	15	16
14	20	21	2	8
1	7	13	19	25

(n)

20	22	4	6	13
9	11	18	25	2
23	5	7	14	16
12	19	21	3	10
1	8	15	17	24

(o)

19	23	2	6	15
7	11	20	24	3
25	4	8	12	16
13	17	21	5	9
1	10	14	18	22

(p)

续图 3-5

图 3-5(a) ～ (p) 对应的组合分别是 ab, ad, af, ah, cb, cd, cf, ch, da, dc, de, dg, eb, ed, ef, eh。

应当说明,通过改变"1"的位置,这 16 个幻方可生成 $25 \times 16 = 400$ 个完美幻方,其中只有 100 个是独立的,这是因为 16 个幻方可分为 4 组,每组中的 4 个幻方各自生成的 25 个完美幻方是相同的,如图 3-5(b)(g)(i)(p) 就是其中一组。

不可行组合的确定方法,即先填上首数组,再填一组非首数,若出现数重叠,则说明该组合不可行。如图 3-6(a) ～ (c) 的组合 ac, ae, ag 均不可行。

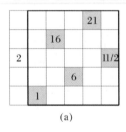
(a)

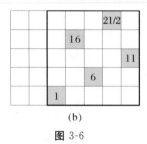
(b)

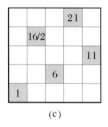
(c)

图 3-6

3.4.6 批量构造幻方的主要途径

(1) 改变起始数(或位置)。如改变"1"的位置,可得到 25 个完美幻方。如对幻方图 3-5(a),连续将第 1 列移到第 5 列,则得到图 3-7 ～ 图 3-10。

10	3	21	19	12
16	14	7	5	23
2	25	18	11	9
13	6	4	22	20
24	17	15	8	1

图 3-7

3	21	19	12	10
14	7	5	23	16
25	18	11	9	2
6	4	22	20	13
17	15	8	1	24

图 3-8

21	19	12	10	3
7	5	23	16	14
18	11	9	2	25
4	22	20	13	6
15	8	1	24	17

图 3-9

19	12	10	3	21
5	23	16	14	7
11	9	2	25	18
22	20	13	6	4
8	1	24	17	15

图 3-10

(2) 改变方向组合,可构造新幻方。

(3) 改变适宜方阵,即改变行和列的排序,可构造新幻方。对 5 阶幻方,5 个行号间是环状排列,5 个列号间也是环状排列,见例 3-1 和例 3-2。

(4) 选择首数行,也可构造幻方,见例 3-3。需要说明,由于首数和组内数都按"马步"(方向不同)排布,所以选首数行与选首数列构造的幻方互为镜像或旋转。

【例3-1】 在填入数组图1-9中,将第2行调到第5行,使首数顺序变为1,11,16,21,6,当方向组合选 ab 时,按规则3构造的幻方如图3-11所示。经验证,这是一个完美幻方,幻和为65。

【例3-2】 在例3-1基础上,再将适宜方阵第4列、第5列对调,则可将幻方图3-11中每组的第4位与第5位数对调位置(如4与5对调等),生成新的完美幻方如图3-12所示。

【例3-3】 填入数组用图1-9,选第1行为首数组,按规则3可构造完美幻方如图3-13所示。

17	15	3	6	24
8	21	19	12	5
14	2	10	23	16
25	18	11	4	7
1	9	22	20	13

图 3-11

17	14	3	6	25
8	21	20	12	4
15	2	9	23	16
24	18	11	5	7
1	10	22	19	13

图 3-12

8	22	11	5	19
15	4	18	7	21
17	6	25	14	3
24	13	2	16	10
1	20	9	23	12

图 3-13

3.4.7 自建适宜方阵,按照规则3构造5阶完美幻方

【例3-4】 按规则3,构造含有1,2,5,6,9,11,32,60,71的5阶完美幻方。方法步骤如下:

(1)先将题中的9个数排成第1行和第1列,根据3.4.1节,建立适宜方阵如图3-14所示。

(2)选第1列为首数组,方向组合 ab,按规则3构造的完美幻方如图3-15所示,幻和为193。

说明:这只是9个数的一种排列。改变9个数的排列,可批量构造幻方。

1	2	5	6	9
11	12	15	16	19
32	33	36	37	40
60	61	64	65	68
71	72	75	76	79

图 3-14

33	19	5	71	65
75	60	37	12	9
16	2	79	64	32
68	36	11	6	72
1	76	61	40	15

图 3-15

3.4.8 构造 n ≠ 3k 的更高奇数阶完美幻方

【例3-5】 用1~49整数,按照规则3构造7阶完美幻方。方法步骤如下:

(1)用1~49整数,排列成图3-16,它符合适宜方阵条件。

(2)构造时,起始数选"1",选其所在列为首数组,ab 组合。

(3)按规则3排布:先排布首数组及"1"组,按规则3构造的7阶完美幻方如图

3-17(a)(b) 所示，幻和为 175。

1	2	3	4	5	6	7
8	9	10	11	12	13	14
15	16	17	18	19	20	21
22	23	24	25	26	27	28
29	30	31	32	33	34	35
36	37	38	39	40	41	42
43	44	45	46	47	48	49

图 3-16

			4		43	
			36			7
	29	3				
					6	22
	2			15		
		8		5		
1						

(a)

40	14	30	4	27	43	17
23	46	20	36	10	33	7
13	29	3	26	49	16	39
45	19	42	9	32	6	22
35	2	25	48	15	38	12
18	41	8	31	5	28	44
1	24	47	21	37	11	34

(b)

图 3-17

(4) 对于 7 阶完美幻方，其可行组合与 5 阶完美幻方不同。当首数方向为 a 时，有 6 种可行组合，如图 3-17(b) 及图 3-18(a) ～ (e) 所示，对应的方向组合是 ab 及 ac，ad，af，ag，ah。

30	27	17	14	4	43	40
10	7	46	36	33	23	20
39	29	26	16	13	3	49
19	9	6	45	42	32	22
48	38	35	25	15	12	2
28	18	8	5	44	41	31
1	47	37	34	24	21	11

(a)

25	37	7	19	31	43	13
49	12	24	36	6	18	30
17	29	48	11	23	42	5
41	4	16	35	47	10	22
9	28	40	3	15	34	46
33	45	8	27	39	2	21
1	20	32	44	14	26	38

(b)

39	9	35	5	24	43	20
28	47	17	36	13	32	2
10	29	6	25	44	21	40
48	18	37	14	33	3	22
30	7	26	45	15	41	11
19	38	8	34	4	23	49
1	27	46	16	42	12	31

(c)

35	24	20	9	5	43	39
13	2	47	36	32	28	17
40	29	25	21	10	6	44
18	14	3	48	37	33	22
45	41	30	26	15	11	7
23	19	8	4	49	38	34
1	46	42	31	27	16	12

(d)

26	42	2	18	34	43	10
44	11	27	36	3	19	35
20	29	45	12	28	37	4
38	5	21	30	46	13	22
14	23	39	6	15	31	47
32	48	8	24	40	7	16
1	17	33	49	9	25	41

(e)

图 3-18

【例 3-6】 填入数组用图 3-19，按照规则 3 构造 25 阶完美幻方。方法步骤如下：

因为 $25 = 5 \times 5$，25 不是质数，也不含因子 3，所以图 3-19 的行与列均不是等差数组。经验算，它是适宜方阵。选第 1 列为首数组，ab 组合，选 1301 为起始数，排布在左下角，用图 3-19 按规则 3 可构造 25 阶完美幻方，如图 3-20 所示，幻和为 32 926。

101	102	103	…	124	126
201	202	203	…	224	226
…	…	…	…	…	…
2401	2402	2403	…	2424	2426
2601	2602	2603	…	2624	2626

图 3-19

517	1426	2308	716	1624	2607	915	1823	206	1114	2022	405	1313	2221	604	1512	2420	803	1711	119	1002	1910	318	1201	2109
2208	616	1524	2407	815	1723	106	1014	1922	305	1213	2121	504	1412	2320	703	1611	2619	902	1810	218	1101	2009	417	1326
1424	2307	715	1623	2606	914	1822	205	1113	2021	404	1312	2220	603	1511	2419	802	1710	118	1001	1909	317	1226	2108	516
615	1523	2406	814	1722	105	1013	1921	304	1212	2120	503	1411	2319	702	1610	2618	901	1809	217	1126	2008	416	1324	2207
2306	714	1622	2605	913	1821	204	1112	2020	403	1311	2219	602	1510	2418	801	1709	117	1026	1908	316	1224	2107	515	1423
1522	2405	813	1721	104	1012	1920	303	1211	2119	502	1410	2318	701	1609	2617	926	1808	216	1124	2007	415	1323	2206	614
713	1621	2604	912	1820	203	1111	2019	402	1310	2218	601	1509	2417	826	1708	116	1024	1907	315	1223	2106	514	1422	2305
2404	812	1720	103	1011	1919	302	1210	2118	501	1409	2317	726	1608	2616	924	1807	215	1123	2006	414	1322	2205	613	1521
1620	2603	911	1819	202	1110	2018	401	1309	2217	626	1508	2416	824	1707	115	1023	1906	314	1222	2105	513	1421	2304	712
811	1719	102	1010	1918	301	1209	2117	526	1408	2316	724	1607	2615	923	1806	214	1122	2005	413	1321	2204	612	1520	2403
2602	910	1818	201	1109	2017	426	1308	2216	624	1507	2415	823	1706	114	1022	1905	313	1221	2104	512	1420	2303	711	1619
1718	101	1009	1917	326	1208	2116	524	1407	2315	723	1606	2614	922	1805	213	1121	2004	412	1320	2203	611	1519	2402	810
909	1817	226	1108	2016	424	1307	2215	623	1506	2414	822	1705	113	1021	1904	312	1220	2103	511	1419	2302	710	1618	2601
126	1008	1916	324	1207	2115	523	1406	2314	722	1605	2613	921	1804	212	1120	2003	411	1319	2202	610	1518	2401	809	1717
1816	224	1107	2015	423	1306	2214	622	1505	2413	821	1704	112	1020	1903	311	1219	2102	510	1418	2301	709	1617	2626	908
1007	1915	323	1206	2114	522	1405	2313	721	1604	2612	920	1803	211	1119	2002	410	1318	2201	609	1517	2426	808	1716	124
223	1106	2014	422	1305	2213	621	1504	2412	820	1703	111	1019	1902	310	1218	2101	509	1417	2326	708	1616	2624	907	1815
1914	322	1205	2113	521	1404	2312	720	1603	2611	919	1802	210	1118	2001	409	1317	2226	608	1516	2424	807	1715	123	1006
1105	2013	421	1304	2212	620	1503	2411	819	1702	110	1018	1901	309	1217	2126	508	1416	2324	707	1615	2623	906	1814	222
321	1204	2112	520	1403	2311	719	1602	2610	918	1801	209	1117	2026	408	1316	2224	607	1515	2423	806	1714	122	1005	1913
2012	420	1303	2211	619	1502	2410	818	1701	109	1017	1926	308	1216	2124	507	1415	2323	706	1614	2622	905	1813	221	1104
1203	2111	519	1402	2310	718	1601	2609	917	1826	208	1116	2024	407	1315	2223	606	1514	2422	805	1713	121	1004	1912	320
419	1302	2210	618	1501	2409	817	1726	108	1016	1924	307	1215	2123	506	1414	2322	705	1613	2621	904	1812	220	1103	2011
2110	518	1401	2309	717	1626	2608	916	1824	207	1115	2023	406	1314	2222	605	1513	2421	804	1712	120	1003	1911	319	1202
1301	2209	617	1526	2408	816	1724	107	1015	1923	306	1214	2122	505	1413	2321	704	1612	2620	903	1811	219	1102	2010	418

图 3-20

3.4.9　构造 $n \neq 3k$ 奇数阶完美幻方的方法步骤

按照规则 3 构造 $n \neq 3k$ 奇数阶完美幻方的方法步骤如下：

(1) 按 2.4.1 节要求，建立或验证适宜方阵。

(2) 构造时无特殊要求。即起始数可选适宜方阵中任意一个数，可排布在幻方的任意位置，可任意选择首数组和可行方向组合。

(3) 按规则 3 排布，并验证。

3.5 构造 $n \neq 3k$ 偶数阶完美幻方

3.5.1 适宜方阵条件

按规则 3 构造 $n \neq 3k$ 偶数阶完美幻方时，适宜方阵条件应同时符合以下两个要求：

(1) 通用必要条件。

(2) 每行与每列是二二排序。构造时无特殊要求。

3.5.2 构造方法步骤

按规则 3 构造 $n \neq 3k$ 偶数阶完美幻方的方法步骤如下：

(1) 建立或验证适宜方阵，使符合 3.5.1 节要求。

(2) 构造时无特殊要求，任意选择起始数及排布位置、首数组和可行方向组合。

(3) 按规则 3 排布，并验证。

3.5.3 举例验证

【例 3-7】 用 $1 \sim 16$ 整数，按照规则 3 构造 4 阶完美幻方。

用 $1 \sim 16$ 的整数可排列成 3 种基础方阵，分别进行幻方构造。

(1) 用 $1 \sim 16$ 整数，按通用必要条件排成图 3-21，因 $1+4=2+3$，$1+13=5+9$，所以图 3-21 是适宜方阵。选 8 为起始数，选 8 所在列为首数组，ac 组合，构造的 4 阶完美幻方如图 3-22 所示。

(2) 同样，用 $1 \sim 16$ 整数，排列成图 3-23，经验算，它是适宜方阵。起始数选 2，选 2 所在列为首数组，ab 组合，构造的 4 阶完美幻方如图 3-24 所示。

(3) 同样，用 $1 \sim 16$ 整数，排列成图 3-25，经验算，它是适宜方阵。起始数选 1，选 1 所在列为首数组，ab 组合，构造的 4 阶完美幻方如图 3-26 所示。

1	3	4	2
5	7	8	6
13	15	16	14
9	11	12	10

图 3-21

15	1	14	4
6	12	7	9
3	13	2	16
10	8	11	5

图 3-22

1	3	7	5
2	4	8	6
10	12	16	14
9	11	15	13

图 3-23

15	6	9	4
10	3	16	5
8	13	2	11
1	12	7	14

图 3-24

1	2	6	5
3	4	8	7
11	12	16	15
9	10	14	13

图 3-25

14	7	9	4
11	2	16	5
8	13	3	10
1	12	6	15

图 3-26

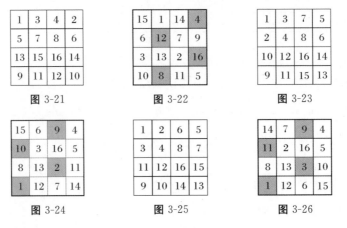

对完美幻方图 3-22、图 3-24 和图 3-26，通过改变起始数的位置，每一个均可再生成 15 个新完美幻方。也就是说，这 3 个幻方总共包含了 48 个完美幻方。幻和为 34。

【例 3-8】 按规则 3 构造 4 阶完美幻方，使其含有 1，3，6，7，11，方法步骤如下：

(1) 建立适宜方阵：取第 1 行为 1，3，6，4，其中 4 ＝ 1＋6－3；第 1 列为 1，7，17，11，其中 17 ＝ 7＋11－1，行与列均符合二二排序。建立的适宜方阵如图 3-27 所示。

(2) 选第 1 列为首数组，*ab* 组合，按规则 3 构造的 4 阶完美幻方如图 3-28 所示，幻和为 46。

若将图 3-27 的第 2 列与第 4 列对调，仍是适宜方阵，选第 1 列为首数组，*ab* 组合，构造的幻方如图 3-29 所示。

1	3	6	4
7	9	12	10
17	19	22	20
11	13	16	14

图 3-27

16	10	11	9
17	3	22	4
12	14	7	13
1	19	6	20

图 3-28

16	9	11	10
17	4	22	3
12	13	7	14
1	20	6	19

图 3-29

【例 3-9】 填入数组用图 3-30 方阵，按照规则 3 构造 8 阶完美幻方，方法步骤如下：

(1) 建立适宜方阵。经验算，方阵图 3-30 的每行与每列都不是等差数列，但符合通用必要条件。现重排行、列号顺序，使行与列都符合二二排序。

11	12	13	…	17	20
21	22	23	…	27	30
⋮	⋮	⋮	⋮	⋮	⋮
71	72	73	…	77	80
101	102	103	…	107	110

图 3-30

1) 使每行符合二二排序，现取列号排序为 1＃，2＃，3＃，4＃，5＃，6＃，8＃，7＃；第 1 行行和 ＝ 11＋12＋…＋17＋20 ＝ 118，奇数位数和 ＝ 11＋13＋15＋20 ＝ 59，第 1 行是二二排序。

2) 使每列符合二二排序，现取行号排序为 1*，2*，3*，4*，5*，6*，8*，7*，第 1 列列和 ＝ 11＋21＋31＋41＋51＋61＋71＋101 ＝ 388，奇数位数和 11＋31＋51＋101 ＝ 194，第 1 列是二二排序。新适宜方阵生成，如图 3-31 所示。

(2) 选任意数(如 11) 为起始数，可排布在任意位置，如左下角，选 11 所在列为首数组，*ab* 组合。

(3) 按照规则 3 构造的完美幻方，如图 3-32 所示，幻和为 418。

(4) 若将图 3-31 中第 6 列、第 8 列对调(仍二二排序)，则构造的完美幻方如图 3-33

加幻方与乘幻方构造法 —— 源自方程组的解

所示。

	1#	2#	3#	4#	5#	6#	8#	7#
1*	11	12	13	14	15	16	20	17
2*	21	22	23	24	25	26	30	27
3*	31	32	33	34	35	36	40	37
4*	41	42	43	44	45	46	50	47
5*	51	52	53	54	55	56	60	57
6*	61	62	63	64	65	66	70	67
8*	101	102	103	104	105	106	110	107
7*	71	72	73	74	75	76	80	77

图 3-31

	1#	2#	3#	4#	5#	6#	8#	7#
1*	43	27	75	62	50	24	71	66
2*	105	52	40	14	101	56	33	17
3*	30	74	61	46	23	77	65	42
4*	51	36	13	107	55	32	20	104
5*	73	67	45	22	80	64	41	26
6*	35	12	110	54	31	16	103	57
8*	70	44	21	76	63	47	25	72
7*	11	106	53	37	15	102	60	34

图 3-32

	1#	2#	3#	4#	5#	7#	8#	6#
1*	43	26	75	62	50	24	71	67
2*	105	52	40	14	101	57	33	16
3*	30	74	61	47	23	76	65	42
4*	51	37	13	106	55	32	20	104
5*	73	66	45	22	80	64	41	27
6*	35	12	110	54	31	17	103	56
8*	70	44	21	77	63	46	25	72
7*	11	107	53	36	15	102	60	34

图 3-33

【例 3-10】 填入数组用图 3-34,按照规则 3 构造 14 阶完美幻方,方法步骤如下:

因为 $1+2+3+\cdots+14=105$ 是奇数,所以 14 个连续整数不能排成二二排序。因此,填入数组选择方阵图 3-34。

101	102	103	⋯	113	115
201	202	203	⋯	213	215
⋮	⋮	⋮		⋮	⋮
1301	1302	1303	⋯	1313	1315
1501	1502	1503	⋯	1513	1515

图 3-34

(1) 建立适宜方阵。经验算,方阵图 3-34 符合通用必要条件,但不符合每行每列二二排序的要求。现重排行、列号顺序,使行与列都符合二二排序。

1) 使列号排列为 1#,2#,3#,4#,5#,6#,7#,8#,9#,10#,14#,12#,13#,11#,则

第 1 行数连加和 $=101+102+\cdots+113+115=1506,1506/2=753$

第 1 行奇数位数连加和 $=101+103+105+107+109+115+113=753$

第 1 行是二二排序。

2) 使行号排列为 1*,2*,3*,4*,5*,6*,7*,8*,9*,10*,14*,12*,13*,11*,则

第 1 列奇数位数连加和 $=101+301+501+701+901+1501+1301=5307$

第 1 列偶数位数连加和 $=201+401+601+801+1001+1201+1101=5307$

第 1 列是二二排序。

每行与每列都是二二排序,适宜方阵建成,将行号与列号排序标示在图 3-35 框外左侧与上方。

(2) 起始数选任意数,如 101,排布在左下角,选第 1 列为首数组,ab 组合。

(3) 按照规则 3 构造的 14 阶完美幻方如图 3-35 所示,幻和为 10 706。

	1#	2#	3#	4#	5#	6#	7#	8#	9#	10#	14#	12#	13#	11#
1*	605	211	1209	804	413	1108	1003	612	207	1202	815	406	1101	1010
2*	1509	704	313	1308	903	512	107	1502	715	306	1301	910	505	111
3*	213	1208	803	412	1107	1002	615	206	1201	810	405	1111	1009	604
4*	703	312	1307	902	515	106	1501	710	305	1311	909	504	113	1508
5*	1207	802	415	1106	1001	610	205	1211	809	404	1113	1008	603	212
6*	315	1306	901	510	105	1511	709	304	1313	908	503	112	1507	702
7*	801	410	1105	1011	609	204	1213	808	403	1112	1007	602	215	1206
8*	1305	911	509	104	1513	708	303	1312	907	502	115	1506	701	310
9*	409	1104	1013	608	203	1212	807	402	1115	1006	601	210	1205	811
10*	913	508	103	1512	707	302	1315	906	501	110	1505	711	309	1304
14*	1103	1012	607	202	1215	806	401	1110	1005	611	209	1204	813	408
12*	507	102	1515	706	301	1310	905	511	109	1504	713	308	1303	912
13*	1015	606	201	1210	805	411	1109	1004	613	208	1203	812	407	1102
11*	101	1510	705	311	1309	904	513	108	1503	712	307	1302	915	506

图 3-35

3.6 构造 $n = 3k > 3$ 阶的奇数阶完美幻方

3.6.1 适宜方阵条件

按规则3构造 $n = 3k > 3$ 的奇数阶完美幻方时,适宜方阵条件应同时符合以下两条要求:

(1) 通用必要条件。

(2) 每行与每列都是三三排序。构造时无特殊要求。

3.6.2 构造方法步骤

按规则3构造 $n = 3k > 3$ 的奇数阶完美幻方的步骤如下:

(1) 按 3.6.1 节要求,建立或验证适宜方阵。

(2) 构造时无特殊要求,任意选择起始数及排布位置、首数组和可行方向组合。

(3) 按规则3排布,并验证。

3.6.3 举例验证

【例3-11】 填入数组用图3-36方阵,按规则3构造9阶完美幻方。方法步骤如下:

(1) 适宜方阵的计算和建立。经验算,图3-36符合通用必要条件,但不符合3.6.1节要求,应重排行列号顺序。

1) 第1行行和 $= 11 + 12 + \cdots + 19 = 135, 135/3 = 45$

加幻方与乘幻方构造法 —— 源自方程组的解

使列号排序 1#,2#,3#,5#,6#,4#,9#,7#,8#。验算第 1 行

$$11+15+19=12+16+17=13+14+18=45$$

第 1 行是三三排序。

2) 第 1 列列和 $=11+21+\cdots+81+121=489,489/3=163$

使行号排序 $1^*,2^*,4^*,3^*,6^*,5^*,9^*,8^*,7^*$。验算第 1 列

$$11+31+121=21+61+81=41+51+71=163$$

第 1 列是三三排序。

于是,每行三三排序,每列三三排序,适宜方阵建成,如图 3-37 所示。

	1#	2#	…	9#
1*	11	12	…	19
2*	21	22	…	29
⋮	⋮	⋮	⋮	⋮
8*	81	82	…	89
9*	121	122	…	129

图 3-36

(2) 构造时选任意一个数(如 12)作起始数,可排布在任意位置,如图 3-38 所示。选 12 所在列为首数组,方向组合 ac。

	1#	2#	3#	5#	6#	4#	9#	7#	8#
1*	11	12	13	15	16	14	19	17	18
2*	21	22	23	25	26	24	29	27	28
4*	41	42	43	45	46	44	49	47	48
3*	31	32	33	35	36	34	39	37	38
6*	61	62	63	65	66	64	69	67	68
5*	51	52	53	55	56	54	59	57	58
9*	121	122	123	125	126	124	129	127	128
8*	81	82	83	85	86	84	89	87	88
7*	71	72	73	75	76	74	79	77	78

图 3-37

	1#	2#	3#	5#	6#	4#	9#	7#	8#
1*	47	124	25	52	18	69	76	33	81
2*	15	62	78	39	86	43	121	27	54
4*	88	49	126	23	51	17	64	75	32
3*	56	13	61	77	34	85	42	128	29
6*	31	87	44	125	22	58	19	66	73
5*	24	55	12	68	79	36	83	41	127
9*	72	38	89	46	123	21	57	14	65
8*	129	26	53	11	67	74	35	82	48
7*	63	71	37	84	45	122	28	59	16

图 3-38

(3) 按规则 3 排布,先按 a 向马步填首数组,再按 c 向马步填入各组非首数,然后检查验证。无误,则图 3-38 即为所构造的 9 阶完美幻方,幻和为 525。

(4) 批量构造 9 阶完美幻方的主要途径见 3.4.6 节,三三排序使适宜方阵排序变化减少。

构造 9 阶幻方时,可行组合:$ac,ad,ag,ah/bd,bc,bg,bh/ca,cb,\cdots$ 例如,在例 3-11 中,若方向组合改为 ad,则构造的完美幻方如图 3-39 所示,幻和为 525。

	1#	2#	3#	5#	6#	4#	9#	7#	8#
1*	46	19	88	52	35	24	77	121	63
2*	128	62	45	14	87	51	33	26	79
4*	25	74	127	61	43	16	89	58	32
3*	57	31	23	76	129	68	42	15	84
6*	13	86	59	38	22	75	124	67	41
5*	69	48	12	85	54	37	21	73	126
9*	72	125	64	47	11	83	56	39	28
8*	34	27	71	123	66	49	18	82	55
7*	81	53	36	29	78	122	65	44	17

图 3-39

欲改变适宜方阵，可将三分组合中的3个数重新排序，见例3-12。还可以将三三组合中的3个三分组合调换排布位置，或者选不同的三三组合、不同的基础方阵等。

【例 3-12】在图 3-37 中，将行号三三组合中的(4*,5*,7*)改为(4*,7*,5*)，如图 3-40 所示。按规则3构造的9阶完美幻方如图 3-41 所示，幻和为 525。

	1#	2#	3#	5#	6#	4#	9#	7#	8#
1*	11	12	13	15	16	14	19	17	18
2*	21	22	23	25	26	24	29	27	28
4*	41	42	43	45	46	44	49	47	48
3*	31	32	33	35	36	34	39	37	38
6*	61	62	63	65	66	64	69	67	68
7*	71	72	73	75	76	74	79	77	78
9*	121	122	123	125	126	124	129	127	128
8*	81	82	83	85	86	84	89	87	88
5*	51	52	53	55	56	54	59	57	58

图 3-40

	1#	2#	3#	5#	6#	4#	9#	7#	8#
1*	47	124	25	72	18	69	56	33	81
2*	15	62	58	39	86	43	121	27	74
4*	88	49	126	23	71	17	64	55	32
3*	76	13	61	57	34	85	42	128	29
6*	31	87	44	125	22	78	19	66	53
7*	24	75	12	68	59	36	83	41	127
9*	52	38	89	46	123	21	77	14	65
8*	129	26	73	11	67	54	35	82	48
5*	63	51	37	84	45	122	28	79	16

图 3-41

【例 3-13】填入数组用图 3-42，按照规则3构造15阶完美幻方。方法步骤如下：
（1）经验算，图 3-42 符合通用必要条件，应重排行列序号，计算见表 3-1 及表 3-2。

	1#	2#	3#	⋯	14#	15#
1*	101	102	103	⋯	114	118
2*	201	202	203	⋯	214	218
⋮	⋮	⋮	⋮	⋮	⋮	⋮
14*	1401	1402	1403	⋯	1414	1418
15*	1801	1802	1803	⋯	1814	1818

图 3-42

表 3-1　图 3-43 的适宜方阵第 1 行排序计算表

方阵 1* 数	101	102	103	104	105	106	107	108	109	110	111	112	113	114	118	计 1623
对应列号	1#	2#	3#	4#	5#	6#	7#	8#	9#	10#	11#	12#	13#	14#	15#	
三三排序	101			104			107			118			111			541
		102			105			108			112			114		541
			103			106			109			113			110	541
适宜列序	1#	2#	3#	4#	5#	6#	7#	8#	15#	12#	13#	11#	14#	10#		图 3-43 上方

表 3-2　图 3-43 的适宜方阵第 1 列排序计算表

方阵 1# 数	101	201	301	401	501	601	701	801	901	1001	1101	1201	1301	1401	1801	计 12 315
对应行号	1*	2*	3*	4*	5*	6*	7*	8*	9*	10*	11*	12*	13*	14*	15*	
三三排序	101			401			801			1001			1801			4105
		201			601			701			1201			1401		4105
			301			501			901			1101			1301	4105
适宜行序	1*	2*	3*	4*	6*	5*	8*	7*	9*	10*	12*	11*	15*	14*	13*	图 3-43 左侧

（2）起始数选任意一个数，如 806，可排布在任意位置，如图 3-43 所示，选 cf 组合。选 806 所在列为首数组。

（3）按照规则 3 排布，如图 3-43 所示。

1）填首数组："806", 706, 906, 1006, 1206, 1106, 1806, 1406, 1306, 106, 206, 306, 406, 606, 506。

2）按 f 向马步填入"106"组的非首数：107, 108, 109, 118, 112, 113, 111, 114, 110, 101, 102, 103, 104, 105。

	1#	2#	3#	4#	5#	6#	7#	8#	9#	15#	12#	13#	11#	14#	10#
1*	101	708	1310	807	1414	506	1811	605	1113	404	1212	303	1018	202	909
2*	1105	413	1204	312	1003	218	902	109	701	1308	810	1407	514	1806	611
3*	709	1301	808	1410	507	1814	606	1111	405	1213	304	1012	203	918	102
4*	411	1205	313	1004	212	903	118	702	1309	801	1408	510	1807	614	1106
6*	1302	809	1401	508	1810	607	1114	406	1211	305	1013	204	912	103	718
5*	1206	311	1005	213	904	112	703	1318	802	1409	501	1808	610	1107	414
8*	818	1402	509	1801	608	1110	407	1214	306	1011	205	913	104	712	1303
7*	314	1006	211	905	113	704	1312	803	1418	502	1809	601	1108	410	1207
9*	1403	518	1802	609	1101	408	1210	307	1014	206	911	105	713	1304	812
10*	1007	214	906	111	705	1313	804	1412	503	1818	602	1109	401	1208	310
12*	512	1803	618	1102	409	1201	308	1010	207	914	106	711	1305	813	1404
11*	210	907	114	706	1311	805	1413	504	1812	603	1118	402	1209	301	1008
15*	1804	612	1103	418	1202	309	1001	208	910	107	714	1306	811	1405	513
14*	908	110	707	1314	806	1411	505	1813	604	1112	403	1218	302	1009	201
13*	613	1104	412	1203	318	1002	209	901	108	710	1307	814	1406	511	1805

图 3-43

3) 参照"106"组,填入其余组的非首数。

4) 检查验算,无误,则构造的 15 阶完美幻方如图 3-43 所示,幻和为 12 423。

(4) 说明:对 15 阶幻方,规则 3 的可行组合有 ad,ah/bg,bc/cb,cf/da,de/ed,$eh\cdots$

3.7 构造 $n = 3k > 3$ 阶的奇数阶一般幻方

3.7.1 适宜方阵条件

按照规则 3 构造 $n = 3k > 3$ 阶的奇数阶一般幻方时,适宜方阵条件应同时符合通用必要条件和下述(1)或(2)或(3)项要求:

(1) 方阵每行是三三排序,而每列是三分(如 147)排序。构造时起始数应选第 1,4,7,… 行中任意一个数,排布在幻方小中心。若选首数列时,起始数可排布在幻方主 3 格线上(当组内数方向是 a,b,e,f 时)或副 3 格线上(当组内数方向是 c,d,g,h 时)。

(2) 方阵每列是三三排序,而每行是三分(如 369)排序。构造时起始数应选第 3,6,9,… 列中任意一个数,排布在幻方小中心。若选首数列时,起始数可排布在幻方主 3 格线上(当组内数方向是 c,d,g,h 时)或副 3 格线上(当组内数方向是 a,b,e,f 时)。

(3) 方阵每行是三分(如 369)排序,每列也是三分(如 147)。构造时,起始数应选第 3,6,9,… 列与第 1,4,7,… 行的交叉数,排布在幻方小中心。

3.7.2 构造方法步骤

按照规则 3 构造 $n = 3k > 3$ 阶的奇数阶一般幻方的步骤如下:

(1) 按 3.7.1 节中的要求,建立或验证适宜方阵。

(2) 构造时按 3.7.1 节中的要求,选择起始数及位置、首数组及可行方向组合。

(3) 按规则 3 排布,并验证。

3.7.3 举例验证

【例 3-14】 对方阵图 3-36 重新排列,使每行都是三三排序,而列是三分(如 147)排序。按照规则 3 构造 9 阶一般幻方。方法步骤如下:

(1) 对图 3-36 重排,建立适宜方阵图 3-44,计算见表 3-3 及表 3-4。

表 3-3 图 3-44 第 1 行排序计算表

方阵 1* 数	11	12	13	14	15	16	17	18	19	计 135
对应列号	1#	2#	3#	4#	5#	6#	7#	8#	9#	
三三排序	11				15			19		45
		12				16		17		45
			13				14		18	45
适宜列序	1#	2#	3#	5#	6#	4#	9#	7#	8#	

表 3-4　图 3-44 第 1 列排序计算表

方阵 1# 数	11	21	31	41	51	61	71	81	121	计 489
对应行号	1*	2*	3*	4*	5*	6*	7*	8*	9*	
147 排序	11		31						121	163
		21				61	71			153
				41	51			81		173
适宜行序	1*	2*	4*	3*	6*	5*	9*	7*	8*	

第 1 行是三三排序,第 1 列是 147 排序,图 3-44 是适宜方阵。

(2) 构造时,选方向组合 ac,起始数选图 3-44 中第 1,4,7 行的任意一个数,如 123,放在任意小中心处(如图示),并选其所在列为首数组。

(3) 按规则 3 排布。

1) 按 a 向马步,依次填入其余首数"123",73,83,13,23,43,33,63,53。

2) 按 c 向马步,依次填入"13"组的数:"13",15,16,14,19,17,18,11,12。

3) 参照"13"组,填入其他组的全部数,如图 3-45 所示。

4) 检查验算,无误,图 3-45 即所构造的 9 阶一般幻方,幻和为 525。

图 3-44

图 3-45

(4) 批量构造 9 阶一般幻方的主要途径见 3.4.6 节,与 9 阶完美幻方比较,适宜方阵的排序变化较多,这是因为当每列是 147 排序时,其余 6 行间可环状排列。

说明:当列是 258 或 369 排序时,同样可构造 9 阶一般幻方。

【例 3-15】 对方阵图 3-36 重新排列,使每列都是三三排序,而每行是三分(如 147)排序时,按照规则 3 构造 9 阶一般幻方。方法步骤如下:

(1) 建立适宜方阵。

1) 将行号三三组合 (1*,3*,9*),(2*,6*,8*),(4*,5*,7*) 分别放在方阵第 1、4、7 行,第 2、5、8 行和第 3、6、9 行,使每列都是三三排序,行号排列为 1*,2*,4*,3*,6*,5*,9*,8*,7*。

2) 将列序号三分组合 (1#,5#,9#) 放在第 (1,4,7) 列上,列号排序为 1#,2#,3#,5#,6#,4#,9#,8#,7#,每行都是 147 排序,适宜方阵生成,如图 3-46 所示。

(2) 构造时,选方向组合 ac,起始数选图 3-46 第 1,4,7 列中任意一个数(如 125)。排布在左下角小中心处,并选其所在列为首数组。

(3) 按规则 3 排布,构造的一般幻方如图 3-47 所示,幻和为 525。

(4) 说明:当每列是三三排序,每行是 258 或 369 排序时,也可构造 9 阶一般幻方。

	1#	2#	3#	5#	6#	4#	9#	8#	7#
1*	11	12	13	15	16	14	19	18	17
2*	21	22	23	25	26	24	29	28	27
4*	41	42	43	45	46	44	49	48	47
3*	31	32	33	35	36	34	39	38	37
6*	61	62	63	65	66	64	69	68	67
5*	51	52	53	55	56	54	59	58	57
9*	121	122	123	125	126	124	129	128	127
8*	81	82	83	85	86	84	89	88	87
7*	71	72	73	75	76	74	79	78	77

图 3-46

	1#	2#	3#	5#	6#	4#	9#	8#	7#
1*	89	46	123	21	58	14	65	72	37
2*	53	11	68	74	35	82	47	129	26
4*	38	84	45	122	27	59	16	63	71
3*	25	52	17	69	76	33	81	48	124
6*	77	39	86	43	121	28	54	15	62
5*	126	23	51	18	64	75	32	87	49
9*	61	78	34	85	42	127	29	56	13
8*	44	125	22	57	19	66	73	31	88
7*	12	67	79	36	83	41	128	24	55

图 3-47

【例 3-16】 对方阵图 3-36 重新排列,使每行、每列均三分(如 147)排序,按规则 3 构造 9 阶一般幻方。方法步骤如下:

(1) 建立适宜方阵。将列号 1# 放在第 9 列,其余从小到大顺排,使列号排成 2#,3#,4#,5#,6#,7#,8#,9#,1#,使第 1 行变成 147 排序。将行号三分组合(1*,3*,9*)放在第 1、4、7 行,行号排成 1*,2*,4*,3*,6*,5*,9*,7*,8*,又 21+61+71 = 153 ≠ 163,使第 1 列则变成 147 排序,适宜方阵建成,如图 3-48 所示。

(2) 在方阵第 1,4,7 列与第 1,4,7 行的交叉数(12,32,122,15,35,125,18,38,128)中任意选择一个数(如 15)作为起始数,排布在幻方框小中心,选其所在列为首数组,任意的可行组合,如 cf。

(3) 按规则 3 构造的 9 阶一般方阵如图 3-49 所示,幻和为 525。

	2#	3#	4#	5#	6#	7#	8#	9#	1#
1*	12	13	14	15	16	17	18	19	11
2*	22	23	24	25	26	27	28	29	21
4*	42	43	44	45	46	47	48	49	41
3*	32	33	34	35	36	37	38	39	31
6*	62	63	64	65	66	67	68	69	61
5*	52	53	54	55	56	57	58	59	51
9*	122	123	124	125	126	127	128	129	121
7*	72	73	74	75	76	77	78	79	71
8*	82	83	84	85	86	87	88	89	81

图 3-48

	2#	3#	4#	5#	6#	7#	8#	9#	1#
1*	36	71	45	129	24	58	13	67	82
2*	54	18	63	87	32	76	41	125	29
4*	72	46	121	25	59	14	68	83	37
3*	19	64	88	33	77	42	126	21	55
6*	47	122	26	51	15	69	84	38	73
5*	65	89	34	78	43	127	22	56	11
9*	123	27	52	16	61	85	39	74	48
7*	81	35	79	44	128	23	57	12	66
8*	28	53	17	62	86	31	75	49	124

图 3-49

【例 3-17】 填入数组用图 3-42,按规则 3 构造 15 阶一般幻方。方法步骤如下:将图 3-42 行列重排,使每行都是三三排序,每列是 147 排序,可构造 15 阶一般幻方。

(1) 建立适宜方阵。

1) 列号排序仍按表 3-1 处理,则第 1 行是三三排序。

2) 将表 3-2 适宜行序中的 13* 与 14* 对调位置,则 258 位与 369 位均不再是三分排序。

此时,行号排序 1*,2*,3*,4*,6*,5*,8*,7*,9*,10*,12*,11*,15*,13*,14*。验算第 1 列的第 1、4、7 位数和 101+401+801+1001+1801=4105,第 2,5,8 位数和 201+601+701+1201+1301=4005≠4105。因第 1 列列和 = 12 315,又 12 315/3 = 4105,所以第 1 列是 147 排序。

适宜方阵生成,图略。行号和列号排列标示在图 3-50 框外左侧和上方。

	1#	2#	3#	4#	5#	6#	7#	8#	9#	15#	12#	13#	11#	14#	10#
1*	101	708	1410	807	1314	506	1811	605	1113	404	1212	303	1018	202	909
2*	1105	413	1204	312	1003	218	902	109	701	1408	810	1307	514	1806	611
3*	709	1401	808	1310	507	1814	606	1111	405	1213	304	1012	203	918	102
4*	411	1205	313	1004	212	903	118	702	1409	801	1308	510	1807	614	1106
6*	1402	809	1301	508	1810	607	1114	406	1211	305	1013	204	912	103	718
5*	1206	311	1005	213	904	112	703	1418	802	1309	501	1808	610	1107	414
8*	818	1302	509	1801	608	1110	407	1214	306	1011	205	913	104	712	1403
7*	314	1006	211	905	113	704	1412	803	1318	502	1809	601	1108	410	1207
9*	1303	518	1802	609	1101	408	1210	307	1014	206	911	105	713	1404	812
10*	1007	214	906	111	705	1413	804	1312	503	1818	602	1109	401	1208	310
12*	512	1803	618	1102	409	1201	308	1010	207	914	106	711	1405	813	1304
11*	210	907	114	706	1411	805	1313	504	1812	603	1118	402	1209	301	1008
15*	1804	612	1103	418	1202	309	1001	208	910	107	714	1406	811	1305	513
13*	908	110	707	1414	806	1311	505	1813	604	1112	403	1218	302	1009	201
14*	613	1104	412	1203	318	1002	209	901	108	710	1407	814	1306	511	1805

图 3-50

(2) 构造时选 cf 组合,选第 1,4,7,10,13 行中的任意一个数(如 810)为起始数,放在任意一个小中心(如图示),并选 810 所在列为首数组。

(3) 按规则 3 排布,如图 3-50 所示。

1) 填首数组 "810",710,910,1010,1210,1110,1810,1310,1410,110,210,310,610,510。

2) 填 "110" 组非首数: "110",101,102,103,104,105,106,107,108,109,118,112,113,111,114。

参照 "110" 组,填入所有组的非首数,如图 3-50 所示。

3) 检查验算,无误,则图 3-50 即为所构造的 15 阶一般幻方,幻和为 12 423。

(4) 当每列是 258 或 369 排序时，也可构造 15 阶一般幻方（略）。

3.8 构造 $n = 3k$ 的偶数阶完美幻方

3.8.1 适宜方阵条件

按照规则 3 构造 $n = 3k$ 的偶数阶完美幻方时，适宜方阵条件应同时符合以下 3 条要求：

(1) 通用必要条件。
(2) 每行都是二二排序和三三排序。
(3) 每列都是二二排序和三三排序。构造时无特殊要求。

3.8.2 构造方法步骤

按照规则 3 构造 $n = 3k$ 的偶数阶完美幻方的步骤如下：

(1) 按 3.8.1 节中的要求，建立或验证适宜方阵。
(2) 构造时无特殊要求，任意选择起始数及排布位置、首数组和可行方向组合。
(3) 按规则 3 排布，并验证。

3.8.3 举例验证

【例 3-18】 自建适宜方阵，按照规则 3 构造 6 阶完美幻方。

因为 $1+2+3+4+5+6=21$，是奇数，6 个连续整数不能排列成二二排序，所以填入数组选用方阵图 3-51，它符合通用必要条件，但不是适宜方阵。

(1) 重排图 3-51，建立适宜方阵图 3-52，其排序计算见表 3-5 及表 3-6。

表 3-5　图 3-52 第 1 行排序计算表

方阵 1# 行数	1	2	3	5	6	7	和 24
对应列号	1#	2#	3#	4#	5#	6#	
二二排序	5		1		6		12
		2		3		7	12
三三排序	5		3				8
		2			6		8
			1			7	8
适宜列序	4#	2#	1#	3#	5#	6#	

表 3-6　图 3-52 第 1 列排序计算表

方阵 1# 列数	1	11	21	41	51	61	和 186
对应行号	1*	2*	3*	4*	5*	6*	
二二排序	41		1		51		93
		11		21		61	93

加幻方与乘幻方构造法 —— 源自方程组的解

续表

方阵1#列数	1	11	21	41	51	61	和186
三三排序		41		21			62
		11			51		62
	1					61	62
适宜行序	4*	2*	1*	3*	5*	6*	

（2）构造时选任意一个数，如45，排布在任意位置，如左下角，并选其所在列为首数组，ac组合，按照规则3排布，构造的完美幻方如图3-53所示，幻和为204。

（3）若将方向组合改为ag，其余设置不变，按规则3构造的完美幻方如图3-54所示。

（4）构造新的完美幻方可通过改变起始数或排布位置，或改变方向组合。可行组合有ac，ag/bd，bh，等等。

	1#	2#	3#	4#	5#	6#
1*	1	2	3	5	6	7
2*	11	12	13	15	16	17
3*	21	22	23	25	26	27
4*	41	42	43	45	46	47
5*	51	52	53	55	56	57
6*	61	62	63	65	66	67

图 3-51

	4#	2#	1#	3#	5#	6#
4*	45	42	41	43	46	47
2*	15	12	11	13	16	17
1*	5	2	1	3	6	7
3*	25	22	21	23	26	27
5*	55	52	51	53	56	57
6*	65	62	61	63	66	67

图 3-52

	4#	2#	1#	3#	5#	6#
4*	11	63	26	17	65	22
2*	6	47	55	2	41	53
1*	25	12	61	23	16	67
3*	51	3	46	57	5	42
5*	66	27	15	72	21	13
6*	45	52	1	43	56	7

图 3-53

	4#	2#	1#	3#	5#	6#
	16	63	21	12	65	27
	1	42	55	7	46	53
	25	17	66	23	11	62
	56	3	41	52	5	47
	61	22	15	67	26	13
	45	57	6	43	51	2

图 3-54

【例3-19】 试用1～50内的整数，按照规则3构造6阶完美幻方。方法步骤如下：

（1）建立适宜方阵。填入数组用基础方阵图3-55，通过计算，排列成适宜方阵如图3-56所示。

	1#	2#	3#	4#	5#	6#
1*	1	2	3	5	6	7
2*	8	9	10	12	13	14
3*	15	16	17	19	20	21
4*	29	30	31	33	34	35
5*	36	37	38	40	41	42
6*	43	44	45	47	48	49

图 3-55

对图 3-56 进行验算。第 1 行：$1+6+5=3+7+2,1+7=3+5=6+2$，符合二二排序、三三排序；第 1 列：$1+36+29=15+43+8,1+43=15+29=36+8$，符合二二排序、三三排序。

(2) 起始数选"1"，选第 1 列为首数组，ac 组合，按规则 3 构造的 6 阶完美幻方如图 3-57 所示，幻和为 150。

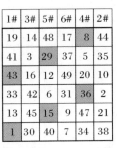

图 3-56　　　　　图 3-57　　　　　图 3-58

(3) 选第 1 列为首数组，ag 组合，按规则 3 构造的 6 阶完美幻方如图 3-58 所示，幻和为 150。

【例 3-20】　填入数组用图 3-59，按照规则 3 构造 12 阶完美幻方。方法步骤如下：经验算，图 3-59 符合通用必要条件，是基础方阵。

	1#	2#	…	12#
1*	101	102	…	112
2*	201	202	…	212
⋮	⋮	⋮		⋮
12*	1201	1202	…	1212

图 3-59

(1) 重排图 3-59 的行列序号，建成适宜方阵图 3-60，其排序计算见表 3-7 与表 3-8。

表 3-7　图 3-60 第 1 行排序计算表

方阵 1* 数	101	102	103	104	105	106	107	108	109	110	111	112	和 1278
对应列号	1#	2#	3#	4#	5#	6#	7#	8#	9#	10#	11#	12#	
二二排序	101		103		105			112			111		639
		102		104		106		108		109		110	639
三三排序	101			104			112		109				426
		102			105			108			111		426
			103			106			107			110	426
适宜列序	1#	2#	3#	4#	5#	6#	12#	8#	7#	9#	11#	10#	

表 3-8　图 3-60 第 1 列排序计算表

方阵 1# 数	101	201	301	401	501	601	701	801	901	1001	1101	1201	和 7812
对应行号	1*	2*	3*	4*	5*	6*	7*	8*	9*	10*	11*	12*	
二二排序	101		301		501						1101	1201	3906
二二排序		201		401		601		801	901	1001			3906
三三排序	101			401					901			1201	2604
三三排序		201			501			801			1101		2604
三三排序			301			601	701			1001			2604
适宜行序	1*	2*	3*	4*	5*	6*	12*	8*	7*	9*	11*	10*	

	1#	2#	…	6#	12#	8#	7#	9#	11#	10#
1*	101	102	…	106	112	108	107	109	111	110
2*	201	202	…	206	212	208	207	209	211	210
3*	301	302	…	306	312	308	307	309	311	310
4*	401	402	…	406	412	408	407	409	411	410
5*	501	502	…	506	512	508	507	509	511	510
6*	601	602	…	606	612	608	607	609	611	610
12*	1201	1202	…	1206	1212	1208	1207	1209	1211	1210
8*	801	802	…	806	812	808	807	809	811	810
7*	701	702	…	706	712	708	707	709	711	710
9*	901	902	…	906	912	908	907	909	911	910
11*	1101	1102	…	1106	1112	1108	1107	1109	1111	1110
10*	1001	1002	…	1006	1012	1008	1007	1009	1011	1010

图 3-60

（2）构造时，起始数可选图 3-60 中任意一个数，如 101，排布在任意位置，如左下角，选其所在列为首数组，ac 组合。

（3）按照规则 3 构造的 12 阶完美幻方如图 3-61 所示，幻和为 7878。

	1#	2#	3#	4#	5#	6#	12#	8#	7#	9#	11#	10#
1*	803	609	405	210	1012	902	807	604	411	206	1001	908
2*	305	110	1112	702	1207	504	311	106	1101	708	1203	509
3*	912	802	607	404	211	1006	901	808	603	409	205	1010
4*	507	304	111	1106	701	1208	503	309	105	1110	712	1202
5*	1011	906	801	608	403	209	1005	910	812	602	407	204
6*	1201	508	303	109	1105	710	1212	502	307	104	1111	706
12*	203	1009	905	810	612	402	207	1004	911	806	601	408
8*	705	1210	512	302	107	1104	711	1206	501	308	103	1109
7*	412	202	1007	904	811	606	401	208	1003	909	805	610
9*	1107	704	1211	506	301	108	1103	709	1205	510	312	102
11*	611	406	201	1008	903	809	605	410	212	1002	907	804
10*	101	1108	703	1209	505	310	112	1102	707	1204	511	306

图 3-61

(4) 说明：对 12 阶幻方，规则 3 的可行组合：ac，ag / bd，bh / ca，ce / …

【例 3-21】 填入数组用基础方阵图 3-62，按照规则 3 构造 18 阶完美幻方。方法步骤如下：

18 是单偶数，连续的 18 个整数不能排列成二二排序，所以填入数组用方阵图 3-62。

(1) 重排图 3-62 行列顺序，建立适宜方阵，其行列排序计算见表 3-9 与表 3-10。将其行号、列号排序标示在图 3-63 框外。

	1#	2#	…	15#	16#	17#	18#
1*	101	102	…	115	117	118	119
2*	201	202	…	215	217	218	219
⋮	⋮	⋮	⋮	⋮	⋮	⋮	⋮
15*	1501	1502	…	1515	1517	1518	1519
16*	1701	1702	…	1715	1717	1718	1719
17*	1801	1802	…	1815	1817	1818	1819
18*	1901	1902	…	1915	1917	1918	1919

图 3-62

表 3-9 图 3-63 的适宜方阵第 1 行排序计算表

方阵1*数	101	102	103	104	105	106	107	108	109	110	111	112	113	114	115	117	118	119	和 1974
对应列号	1#	2#	3#	4#	5#	6#	7#	8#	9#	10#	11#	12#	13#	14#	15#	16#	17#	18#	
二二排序	117		101		105		106		111		113		107			118			987
		102		104		110		108		103		112		114	115			119	987
三三排序	117			104		106			103		113			115					658
		102			105			108			111		114				118		658
			101			110			109			112			107			119	658
适宜列序	16#	2#	1#	4#	5#	10#	6#	8#	9#	3#	11#	12#	13#	14#	7#	15#	17#	18#	图 3-63 框上

表 3-10 图 3-63 的适宜方阵第 1 列排序计算表

方阵1#数	101	201	301	401	501	601	701	801	901	1001	1101	1201	1301	1401	1501	1701	1801	1901	和 17 418
对应行号	1*	2*	3*	4*	5*	6*	7*	8*	9*	10*	11*	12*	13*	14*	15*	16*	17*	18*	
二二排序	1701		101		501		601		901		1101		1301		701	1801			8709
		201		401		1001		801		301		1201		1401	1501			1901	8709
三三排序	1701			401		601			301		1301			1501		1801			5806
		201			501			801			1101		1401				1801		5806
			101			1001			901			1201			701			1901	5806
适宜行序	16*	2*	1*	4*	5*	10*	6*	8*	9*	3*	11*	12*	13*	14*	7*	15*	17*	18*	图 3-63 左侧

(2) 起始数可选任意一个数，如 1717，可排布在任意位置，如左下角，并选其所在列为首数组，ac 组合。

加幻方与乘幻方构造法 —— 源自方程组的解

(3) 按规则3构造的18阶完美幻方如图3-63所示,幻和为17 574。

	16#	2#	1#	4#	5#	10#	6#	8#	9#	3#	11#	12#	13#	14#	7#	15#	17#	18#
16*	807	1204	1511	219	1006	314	1401	1903	418	810	1213	1502	209	1015	305	1412	1917	408
2*	711	1719	506	914	1301	1803	118	610	1113	702	1709	515	905	1312	1817	108	607	1104
1*	406	814	1201	1503	218	1010	313	1402	1909	415	805	1212	1517	208	1007	304	1411	1919
4*	1101	703	1718	510	913	1302	1809	115	605	1112	717	1708	507	904	1311	1819	106	614
5*	1918	410	813	1202	1509	215	1005	312	1417	1908	407	804	1211	1519	206	1014	301	1403
10*	613	1102	709	1715	505	912	1317	1808	107	604	1111	719	1706	514	901	1303	1818	110
6*	1409	1915	405	812	1217	1508	207	1004	311	1419	1906	414	801	1203	1518	210	1013	302
8*	105	612	1117	708	1707	504	911	1319	1806	114	601	1103	718	1710	513	902	1309	1815
9*	317	1408	1907	404	811	1219	1506	214	1001	303	1418	1910	413	802	1209	1515	205	1012
3*	1807	104	611	1119	706	1714	501	903	1318	1810	113	602	1109	715	1705	512	917	1308
11*	1011	319	1406	1914	401	803	1218	1510	213	1002	309	1415	1905	412	817	1208	1507	204
12*	1306	1814	101	603	1118	710	1713	502	909	1315	1805	112	617	1108	707	1704	511	919
13*	201	1003	318	1410	1913	402	809	1215	1505	212	1017	308	1407	1904	411	819	1206	1514
14*	918	1310	1813	102	609	1115	705	1712	517	908	1307	1804	111	619	1106	714	1701	503
7*	1513	202	1009	315	1405	1912	417	808	1207	1504	211	1019	306	1414	1901	403	818	1210
15*	509	915	1305	1812	117	608	1107	704	1711	519	906	1314	1801	103	618	1110	713	1702
17*	1205	1512	217	1008	307	1404	1911	419	806	1214	1501	203	1018	310	1413	1902	409	815
18*	1717	508	907	1304	1811	119	606	1114	701	1703	518	910	1313	1802	109	615	1105	712

图3-63

(4) 说明:对18阶幻方,规则3的可行组合:ac,ag/bd,bh/ca,$ce/$⋯

(5) 由排序计算表3-9与表3-10探讨批量构造18阶完美幻方的方法。

1) 以表3-9为例。表中的147排序中的117,106,113也是135排序中的数,此3个数互换位置,仍符合适宜方阵条件。又147排序中的104,103,115也是246排序中的数,此3个数互换位置,仍符合适宜方阵条件。258排序、369排序中数与135排序、246排序也有同样关系。还有,在保持表中135排序数不变的情况下,147,258,369排序也可互换位置。

2) 对表3-10,同样有上述变化。二表也可同时变化,只要符合适宜方阵条件即可。

【例3-22】 用填入数组基础方阵图3-64,按照规则3构造24阶完美幻方。方法步骤如下:

(1) 重新排列图3-64的行列序号,建立适宜方阵。由图3-64可知,将其第1行的每个数都减去100后所得到的数组为1,2,3,⋯,24;第1列的每个数都减去1后再乘0.01所得的数组为1,2,3,⋯,24。二者相同,因此可统一计算第1行(列)的排序,见表3-11。

适宜方阵第1行数:101,102,⋯,112,122,114,115,124,117,118,119,123,121,113,120,116。

适宜方阵第1列数是:101,201,301,⋯,1201,2201,1401,1501,2401,1701,1801,

1901,2301,2101,1301,2001,1601。

	1#	2#	…	24#
1*	101	102	…	124
2*	201	202	…	224
⋮	⋮	⋮	⋮	⋮
24*	2401	2402	…	2424

图 3-64

表 3-11　图 3-65 的适宜方阵第 1 行排序计算表

方阵1*数	1	2	3	4	5	6	7	8	9	10	11	12	13	14	15	16	17	18	19	20	21	22	23	24	和300
对应列号	1#	2#	3#	4#	5#	6#	7#	8#	9#	10#	11#	12#	13#	14#	15#	16#	17#	18#	19#	20#	21#	22#	23#	24#	
二二排序	1		3		5		7		9		11		22		15		17		19		21		20		150
		2		4		6		8		10		12		14		24		18		23		13		16	150
三三排序	1			4			7			10			22			24			19			13			100
	2			5			8			11			14			17			23			20			100
			3			6			9			12			15			18			21			16		100
适宜列序	1#	2#	3#	4#	5#	6#	7#	8#	9#	10#	11#	12#	22#	14#	15#	24#	17#	18#	19#	23#	21#	13#	20#	16#	图 3-63 框上

（2）构造时，起始数可选适宜方阵中任意数，如"101"，可排布在任意位置，如左下角，选第 1 列为首数组，ac 组合。

（3）按照规则 3 构造的 24 阶完美幻方如图 3-65 所示，幻和为 30 300。

	1#	2#	3#	4#	5#	6#	7#	8#	9#	10#	11#	12#	22#	14#	15#	24#	17#	18#	19#	23#	21#	13#	20#	16#
1*	2315	610	2405	216	1219	1314	809	1804	420	1418	1622	1008	2303	613	2417	212	1207	1302	821	1824	411	1406	1601	1023
2*	1505	116	1119	2114	709	1704	320	2218	2022	908	1903	513	1517	112	1107	2102	721	1724	311	2206	2001	923	1915	510
3*	1019	2314	609	2404	220	1218	1322	808	1803	413	1417	1612	1007	2302	621	2424	211	1206	1301	823	1815	410	1405	1616
4*	509	1504	120	1118	2122	708	1703	313	2217	2012	907	1902	521	1524	111	1106	2101	723	1715	310	2205	2016	919	1914
5*	1620	1018	2322	608	2403	213	1217	1312	807	1802	421	1424	1611	1006	2301	623	2415	210	1205	1316	819	1814	409	1404
6*	1922	508	1503	123	1117	2112	707	1702	321	2224	2011	906	1901	523	1515	110	1105	2116	719	1714	309	2204	2020	918
7*	1403	1613	1017	2312	607	2402	221	1224	1311	806	1801	423	1415	1610	1005	2316	619	2414	209	1204	1320	818	1822	408
8*	917	1911	507	1502	121	1124	2111	706	1701	323	2215	2010	905	1916	519	1514	109	1104	2120	718	1722	308	2203	2013
9*	407	1402	1621	1024	2311	606	2401	223	1215	1310	805	1816	419	1414	1609	1004	2320	618	2422	208	1203	1320	817	1812
10*	2021	924	1911	506	1501	123	1115	2110	705	1716	319	2214	2009	904	1920	518	1522	108	1103	2113	717	1712	307	2202
11*	1811	406	1401	1623	1015	2310	605	2416	219	1214	1309	804	1820	418	1422	1608	1003	2313	617	2412	207	1202	1321	824
12*	2201	2023	915	1910	505	1516	119	1114	2109	704	1720	318	2222	2008	903	1913	517	1512	107	1102	2121	724	1711	306
22*	815	1810	405	1416	1619	1014	2309	604	2420	218	1222	1308	803	1813	417	1412	1607	1002	2321	624	2411	206	1201	1323
14*	305	2216	2019	914	1909	504	1520	118	1122	2108	703	1713	317	2212	2007	902	1921	524	1511	106	1101	2123	715	1710
15*	1319	814	1809	404	1420	1618	1022	2308	603	2413	217	1212	1307	802	1821	424	1411	1606	1001	2323	615	2410	205	1216
24*	1709	304	2220	2018	922	1908	503	1513	117	1112	2107	702	1721	324	2211	2006	901	1923	515	1510	105	1116	2119	714
17*	1220	1318	822	1808	403	1413	1617	1012	2307	602	2421	224	1211	1306	801	1823	415	1410	1605	1016	2319	614	2409	204
18*	722	1708	303	2213	2017	912	1907	502	1521	124	1111	2106	701	1723	315	2210	2005	916	1919	514	1509	104	1120	2118
19*	203	1213	1317	812	1807	402	1421	1624	1011	2306	601	2423	215	1210	1305	816	1819	414	1409	1604	1020	2318	622	2408
23*	2117	712	1707	302	2221	2024	911	1906	501	1523	115	1110	2105	716	1719	314	2209	2004	920	1918	522	1508	103	1113
21*	2407	202	1221	1324	811	1806	401	1423	1515	1010	2305	616	2419	214	1209	1304	820	1818	422	1408	1603	1013	2317	612
13*	1121	2124	711	1706	301	2223	2015	910	1905	516	1519	114	1109	2104	720	1718	322	2208	2003	913	1917	512	1507	102
20*	611	2406	201	1223	1315	810	1805	416	1419	1614	1009	2304	620	2418	222	1208	1303	813	1817	412	1407	1602	1021	2324
16*	101	1123	2115	710	1705	316	2219	2014	909	1904	520	1518	122	1108	2103	713	1717	312	2207	2002	921	1924	511	1506

图 3-65

3.9 构造 $n=3k$ 的偶数阶一般幻方

3.9.1 适宜方阵条件

按照规则 3 构造 $n=3k$ 的偶数阶一般幻方时，适宜方阵条件应同时符合以下 3 个要求：

(1) 通用必要条件。

(2) 每行与每列都是二二排序。

(3) 下述 1) 或 2) 或 3) 项要求。

1) 每行还是三分排序(如 369 排序)，每列还是三分排序(如 147 排序)。构造时起始数应选第 1、4、… 行与第 3、6、… 列的一个交叉数，排布在幻方小中心。

2) 每行还是三三排序，每列还是三分排序(如 147 排序)。构造时起始数应选第 1、4、… 行中的任意一个数，并排布在幻方小中心。若选择首数列时，起始数可排布在幻方主 3 格线上(组内数方向是 a,b,e,f 时)或副 3 格线上(组内数方向是 c,d,g,h 时)。

3) 每行还是三分排序(如 369 排序)，而每列还是三三排序。构造时起始数应选第 3、6、… 列中的任意一个数，并排布在幻方小中心。若选择首数列，起始数可排布在幻方主 3 格线上(组内数方向是 c,d,g,h 时)或副 3 格线上(组内数方向是 a,b,e,f 时)。

说明：上述各项中的"第 1、4 行"等是对 6 阶幻方而言。对 12 阶、18 阶等，则相应为第 1、4、7、10 行，第 1、4、7、10、13、16 行等。

3.9.2 构造的方法步骤

按照规则 3 构造 $n=3k$ 的偶数阶一般幻方步骤如下：

(1) 按 3.9.1 节中的要求，建立或验证适宜方阵。

(2) 构造时按 3.9.1 节中要求选择起始数及排布位置、首数组及可行方向组合。

(3) 按规则 3 排布，并验证。

3.9.3 举例验证

【例 3-23】 按照规则 3 构造 6 阶一般幻方的方法一。

(1) 在图 3-52 中将第 2 行与第 6 行对调(即表 3-6 中 2^* 行与 6^* 行对调，每列变成 147 排序)，变成图 3-66，则每行仍是二二排序、三三排序，每列变成二二排序、147 排序。

(2) 起始数选第 1、4 行的 21，排布在右下角小中心，选 21 所在列为首数组，ac 组合。

(3) 按规则 3 构造的 6 阶一般幻方如图 3-67 所示，幻和为 204。

	4#	2#	1#	3#	5#	6#
4*	45	42	41	43	46	47
6*	65	62	61	63	66	67
1*	5	2	1	3	6	7
3*	25	22	21	23	26	27
5*	55	52	51	53	56	57
2*	15	12	11	13	16	17

图 3-66

	4#	2#	1#	3#	5#	6#
4*	61	13	26	67	15	22
6*	6	47	55	2	41	53
1*	25	62	11	23	66	17
3*	51	3	46	57	5	42
5*	16	27	65	12	21	63
2*	45	52	1	43	56	7

图 3-67

【例 3-24】 按照规则 3 构造 6 阶一般幻方的方法二。

(1) 在图 3-52 中将第 2 列与第 6 列对调(即表 3-5 中 2♯ 与 6♯ 对调,每行变成 147 排序),变成图 3-68,则每行变成二二排序、147 排序,每列仍是二二排序、三三排序。

	4#	6#	1#	3#	5#	2#
4*	45	47	41	43	46	42
2*	15	17	11	13	16	12
1*	5	7	1	3	6	2
3*	25	27	21	23	26	22
5*	55	57	51	53	56	52
6*	65	67	61	63	66	62

图 3-68

	4#	6#	1#	3#	5#	2#
4*	45	57	1	43	56	2
2*	11	63	26	12	65	27
1*	6	42	55	7	41	53
3*	25	17	61	23	16	62
5*	51	3	46	52	5	47
6*	66	22	15	67	21	13

图 3-69

(2) 起始数选第 1、4 列中的 3,排布在左下角小中心,选 3 所在列为首数组,ac 组合。

(3) 按照规则 3 构造的 6 阶一般幻方如图 3-69 所示,幻和为 204。

【例 3-25】 按照规则 3 构造 6 阶一般幻方的方法三。

(1) 在图 3-52 中,将第 2 行与第 6 行对调,再将第 2 列、第 6 列对调,变成图 3-70,则每行和每列都变成 147 排序。

(2) 起始数可选取第 1、4 行与第 1、4 列的交叉数,如 45,将其排布在幻方左下角小中心,并选其所在列为首数组,ac 组合。

(3) 按照规则 3 构造的 6 阶一般幻方如图 3-71 所示,幻和为 204。

(4) 说明:对 6 阶幻方,规则 3 的可行方向组合为 $ac, ag/bd, bh/ca, ce/db, df, \cdots$

	4#	6#	1#	3#	5#	2#
4*	45	47	41	43	46	42
6*	65	67	61	63	66	62
1*	5	7	1	3	6	2
3*	25	27	21	23	26	22
5*	55	57	51	53	56	52
2*	15	17	11	13	16	12

图 3-70

	4#	6#	1#	3#	5#	2#
4*	53	6	42	55	7	41
6*	12	25	67	11	23	66
1*	47	51	3	46	52	5
3*	63	16	22	65	17	21
5*	2	45	57	1	43	56
2*	27	61	13	26	62	15

图 3-71

【例 3-26】 填入数组用方阵图 3-60,按照规则 3 构造 12 阶一般幻方。

根据3.9.1节要求,调整图3-60的列排序,构造幻方如图3-72所示,方法步骤如下:

(1) 将图3-60的第10列与第12列对调位置(即表3-7中10#与9#对调),则每行变成二二排序、258排序,每列仍为二二排序、三三排序,建立了新适宜方阵(图略)。将行列号示于幻方框外左侧和上方。

(2) 起始数可选第2、5、8、11列中的任意一个数,如605,放在图3-72所示的小中心处,并选其所在列为首数组,ac组合。

(3) 按规则3构造的12阶一般幻方如图3-72所示,幻和为7878。

(4) 说明:根据3.9.1节要求,在另外两种情况下也可构造12阶一般幻方。

	1#	2#	3#	4#	5#	6#	12#	8#	7#	10#	11#	9#
1*	405	209	1012	902	807	604	411	206	1001	908	803	610
2*	1112	702	1207	504	311	106	1101	708	1203	510	305	109
3*	607	404	211	1006	901	808	603	410	205	1009	912	802
4*	111	1106	701	1208	503	310	105	1109	1202	712	507	304
5*	801	608	403	210	1005	909	812	602	407	204	1011	906
6*	303	110	1105	709	1212	502	307	104	1111	706	1201	508
12*	905	809	612	402	207	1004	911	806	601	408	203	1010
8*	512	302	107	1104	711	1206	501	308	103	1110	705	1209
7*	1007	904	811	606	401	208	1003	910	805	609	412	202
9*	1211	506	301	108	1103	710	1205	509	312	102	1107	704
11*	201	1008	903	810	605	409	212	1002	907	804	611	406
10*	703	1210	505	309	112	1102	707	1204	511	306	101	1108

图3-72

3.10 构造双偶数阶幻方的顺逆序排布法

3.10.1 顺逆序排布法

顺逆序排布法是用连续整数按照规则3构造双偶数阶完美幻方的应用,它不需要对填入数进行排序运算。该方法可用于幻方游戏。

构造$n=4k>3$的双偶数阶幻方时,若适宜方阵每行(和列)的n个数都按从小到大排列为$f_1,f_2,f_3,\cdots,f_{n/2},\cdots,f_n$,则在构造幻方时,可根据阶数$n$的大小及是否含因子3进行分组,按双马步排布,排布顺序如下。

(1) 当n是不含因子3的双偶数时(如8阶,16阶,……),可根据n的大小进行如下分组:

1) 可按4个数/组,将n个数分成$f_1\sim f_4,f_5\sim f_8,f_9\sim f_{12},f_{13}\sim f_{16},\cdots$ 计$n/4$组。填数时,每组中前2个按顺序,后2个按逆序,即$(f_1-f_2-f_4-f_3)-(f_5-f_6$

$-f_8-f_7)-(f_9-f_{10}-f_{12}-f_{11})-(f_{13}-f_{14}-f_{16}-f_{15})-\cdots$ 此称为2步顺逆序排布法。

2)可按8个数/组,将n个数分成$f_1\sim f_8,f_9\sim f_{16},\cdots$计$n/8$组。填数时,每组中前4个按顺序,后4个按逆序,即$(f_1-f_2-f_3-f_4-f_8-f_7-f_6-f_5)-(f_9-f_{10}-f_{11}-f_{12}-f_{16}-f_{15}-f_{14}-f_{13})-\cdots$ 此称为4步顺逆序排布法。

3)可按16个数/组,将n个数分成$f_1\sim f_{16}\cdots$计$n/16$组。填数时,每组中前8个按顺序,后8个按逆序,即$(f_1-f_2-f_3-f_4-f_5-f_6-f_7-f_8-f_{16}-f_{15}-f_{14}-f_{13}-f_{12}-f_{11}-f_{10}-f_9)-\cdots$此称为8步顺逆序排布法。

(2)当n是含有因子3的双偶数时(如12阶,24阶,……),可进行如下分组:

1)可按12个数/组,将n个数分成$f_1\sim f_{12},\cdots$计$n/12$组。填数时,每组中前6个数按顺序,后6个数按逆序,即$(f_1-f_2-f_3-f_4-f_5-f_6-f_{12}-f_{11}-f_{10}-f_9-f_8-f_7)-\cdots$ 此称为6步顺逆序排布法。

2)可按24个数/组分组,称为12步顺逆序排布法(略)。

3.10.2 适宜方阵条件

适宜方阵条件应同时符合3条要求:

(1)通用必要条件;

(2)每行与每列都是从小到大(或从大到小)排列的等差数列;

(3)构造时应选第1列(或行)为首数组,并选"a_{11}"作为起始数,可排布在任意位置,按3.10.1节中要求操作。

3.10.3 构造不含因子3的双偶数阶完美幻方

【例3-27】 用$1\sim 16$整数构造4阶完美幻方。

将$1\sim 16$整数排列成图3-73,其每行每列都是等差数列,是适宜方阵。

图 3-73

图 3-74

构造时选1为起始数,第1列为首数组,ab组合,"1"可放在任意位置,如左下角,首数组与每组数都采用2步顺逆序排布法,构造的4阶完美幻方如图3-74所示。

3.10.4 用图3-75构造8阶完美幻方

经验算,图3-75是适宜方阵。用图3-75构造的幻方如图3-76和图3-77所示。

(1)采用4步顺逆序排布法。构造时选第1列为首数组,选11为起始数,ab组合,"11"可放在任意位置,如图3-76所示。首数组和每组数都采用4步顺逆序排布法,构造的8阶完美幻方如图3-76所示。

(2) 首数组采用4步顺逆序排布法,每组数采用2步顺逆序排布法,构造的8阶完美幻方如图3-77所示。幻和为396。

11	12	13	14	15	16	17	18
21	22	23	24	25	26	27	28
31	32	33	34	35	36	37	38
41	42	43	44	45	46	47	48
51	52	53	54	55	56	57	58
61	62	63	64	65	66	67	68
71	72	73	74	75	76	77	78
81	82	83	84	85	86	87	88

图 3-75

15	68	82	36	14	61	87	33
42	26	54	71	47	23	55	78
64	81	37	13	65	88	32	16
27	53	75	48	22	56	74	41
85	38	12	66	84	31	17	63
52	76	44	21	57	73	45	28
34	11	67	83	35	18	62	86
77	43	25	58	72	46	24	51

图 3-76

17	65	82	38	13	61	86	34
42	28	53	71	46	24	57	75
63	81	36	14	67	85	32	18
26	54	77	45	22	58	73	41
87	35	12	68	83	31	16	64
52	78	43	21	56	74	47	25
33	11	66	84	37	15	62	88
76	44	27	55	72	48	23	51

图 3-77

3.10.5 按照顺逆序排布法构造含因子3的双偶数阶完美幻方

将1~144的整数按从小到大顺序排列成12阶方阵,它符合适宜方阵条件,起始数选1,放在图3-78所示位置,选第1列为首数组,ac组合,采用6步顺逆序排布法,按照双马步构造的12阶完美幻方,如图3-78所示。幻和为870。

107	123	69	41	19	84	98	130	64	44	18	73
57	29	7	96	110	142	52	32	6	85	119	135
79	108	122	70	40	20	78	97	131	63	45	17
134	58	28	8	90	109	143	51	33	5	91	120
16	80	102	121	71	39	21	77	103	132	62	46
114	133	59	27	9	89	115	144	50	34	4	92
47	15	81	101	127	72	38	22	76	104	126	61
93	113	139	60	26	10	88	116	138	49	35	3
67	48	14	82	100	128	66	37	23	75	105	125
2	94	112	140	54	25	11	87	117	137	55	36
124	68	42	13	83	99	129	65	43	24	74	106
30	1	95	111	141	53	31	12	86	118	136	56

图 3-78

3.11 在圆环面上构造圆环面完美幻圆

按照规则3在圆环面上可以构造奇数阶完美幻圆,也可以构造双偶数阶完美幻圆。

1. 构造奇数阶完美幻圆

采用1~49的整数,按从小到大排列成7阶方阵,它符合适宜方阵条件。

(1) 起始数可选适宜方阵任意一个数(如1),可排布在任意位置。选ab组合。

(2) 填首数组,按 a 向马步方向填"1",8,15,22,29,36,43(马步是在曲面上)。

(3) 填各组非首数,按 b 向马步先填"1",2,3,4,5,6,7,再填其他组,直到各组全填完。

(4) 检查有无重叠,有无空格,有无填错。若无误,则是一个圆环面7阶完美幻圆。根据完美幻方特性,验算:

1) 每行数(与泳圈中心轴同轴的二条相邻环线之间的数)的连加和;
2) 每列数(泳圈圈身横截面圆周上的数,即原来粘接的条)的连加和;
3) 包含"1"的士步连接的对角线数连加和;
4) 包含"1"的另一方向士步连接的对角线数连加和;
5) "1"所在列每个数的对角线数连加和;
6) "1"所在列每个数另一方向的对角线数连加和。

2. 构造双偶数阶完美幻圆

采用 1~64 的整数,按从小到大排列成8阶方阵。它符合适宜方阵条件。

选"1"为起始数,按 3.10 节中的顺逆序排布法,构造8阶完美幻圆。

3. 特点

按照规则3,在圆环面上构造的完美幻圆中,任意一个数都可以作为一个完美幻方的左上角"a_{11}",而形成一个完美幻方。也就是说,按照规则3在圆环面上构造的 n 阶完美幻圆,向人们展示了 n^2 个完美幻方。

也可以说,所有 n 阶完美幻方,都可以书写在圆环面幻圆表格中。

第4章

幻方构造方法4

4.1 范 围

本章给出了构造幻方时填入数排布规则4的定义。

本章给出了按照填入数排布规则4构造幻方的方法步骤及相应的适宜方阵条件。

幻方构造方法4由填入数排布规则4和相应的适宜方阵条件组成，适用于下列幻方的构造：

(1) $n \neq 3k$ 的奇数阶完美幻方；

(2) $n = 3k > 4$ 奇数阶完美幻方和一般幻方；

(3) $n \neq 3k$ 的单偶数阶完美幻方；

(4) $n = 3k$ 的单偶数阶完美幻方和一般幻方；

(5) $n \neq 3k > 4$ 双偶数阶完美幻方和一般幻方；

(6) $n = 3k$ 的双偶数阶完美幻方和一般幻方。

4.2 术语和定义

下述术语和定义适用于本书。

1. 排布规则4(简称规则4，俗称"3格马步")

在平面幻方表格上构造幻方时，规则4规定：

(1) 适宜方阵中前后相邻首数在幻方中按照选定首数方向的3格马步排布。

(2) 适宜方阵中每组内的相邻数在幻方中按照选定组内数方向的国际象棋马步排布。

(3) 填入数出幻方框后，应移入框内，移入规则是直移或回移 n 格(或 n 格整数倍，

n 是幻方阶数)。

(4) 无重叠。

(5) 3 格马步如图 4-1 所示,方向共有 8 种:$a', b', c', d', e', f', g', h'$。图中,$a_1, a_2$ 为适宜方阵的行或列中的前后相邻元素(数)。

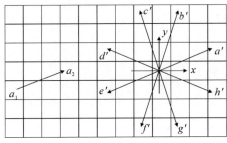

图 4-1

2. 四分组合、四四排序、四四组合、四四数组、15 排序、26 排序、37 排序、48 排序、四分排序

一个数组含有 $n = 4m > 4 (m \in \mathbf{N})$ 个数,排成数列 $a_1, a_2, a_3, a_4, \cdots, a_n$,若:

(1) 其中 m 个数之和等于 $(a_1 + a_2 + a_3 + \cdots + a_n)/4$,则称该 m 个数构成的组合是一个四分组合。

(2) 满足

$$(a_1 + a_5 + a_9 + \cdots + a_{n-3}) = (a_2 + a_6 + a_{10} + \cdots + a_{n-2}) =$$
$$(a_3 + a_7 + a_{11} + \cdots + a_{n-1}) = (a_4 + a_8 + a_{12} + \cdots + a_n) =$$
$$(a_1 + a_2 + a_3 + \cdots + a_n)/4$$

则称该数组为四四排序(数组),必要时,可写成 44 排序(读作四四排序)。能够构成四四排序的四个四分组合构成一组四四组合,能够排成四四或四分排序的数组称为四四数组。

(3) 一个非四四排序数组中,当 $a_1 + a_5 + a_9 + \cdots + a_{n-3} = (a_1 + a_2 + a_3 + \cdots + a_n)/4$ 时,则称该数组为 15 排序(数组)(读作一五排序)。同样,可定义 26 排序(数组)、37 排序(数组)和 48 排序(数组)(分别读作二六排序、三七排序、四八排序)。

不论数组中有多少个数,为表述方便,均称 15 排序、26 排序、37 排序和 48 排序,又统称为四分排序(数组)。

注:排序名称采用阿拉伯数字及采用单个数字的读音,以适应非汉语读者。

3. 主 4 格线、副 4 格线

在双偶数阶幻方中,主对角线和与其平行且相互间隔 4 格的斜短线合称为主 4 格线。

副对角线和与其平行且相互间隔 4 格的斜短线合称为副 4 格线。

4.3 适宜方阵条件和四四排序

1. 适宜方阵条件

按规则 4 构造幻方时,对不同阶数类别,相应适宜方阵条件不同,具体见相应章节。

2. 四四排序与四分排序数组的特性

四四排序与四分排序数组的每个数同加减一个数,其排序不变。

四四排序与四分排序数组的每个数同乘(或除以)不等于零的数,其排序不变。

因此,符合通用必要条件的方阵中,每行数的排序都相同,每列数的排序都相同。

例如,对数列 $1,2,3,4,8,7,6,5$,其 $1+8=2+7=3+6=4+5$,所以它是四四排序。对 $1,2,3,4,8,5,7,6$,因 $(1+2+3+4+8+5+7+6)/4=9$,又 $1+8=9,2+5=7,3+7=10,4+6=10$,所以它是 15 排序。

4.4 构造 $n \neq 3k$ 的奇数阶完美幻方

4.4.1 适宜方阵条件

按照规则 4 构造 $n \neq 3k$ 的奇数阶完美幻方时,适宜方阵条件就是通用必要条件。构造时无特殊要求。

4.4.2 解析步骤

按照规则 4,在平面幻方表格上排布填入数组,生成斜排图,通过移动,构成幻方。

(1) 建立适宜方阵,将 $1 \sim 25$ 整数排列成图 1-9,经验算,它是适宜方阵。

(2) 构造时起始数可选适宜方阵中任意一个数,如"1",选"1"所在列为首数组,选 $a'a$ 组合。

(3) 按规则 4 在幻方表格上排布斜排图。

1) 填首数组,按 a' 向 3 格马步,排布所有首数 $1,6,11,16,21$,如图 4-2 所示。

2) 填非首数,即沿各自的首数,按选定的 a 向马步填非首数,如图 4-2 所示。

(4) 画幻方框(可任意位置)。将框外数按"数出框移入规则"移入框内,如图 4-2 所示。

(5) 对粗框内方阵进行检查与验算,得

每行数连加和 = 每列数连加和 = 每条对角线数连加和
= 每条泛对角线数连加和

图 4-2 粗框内方阵是 5 阶完美幻方,幻和为 65。

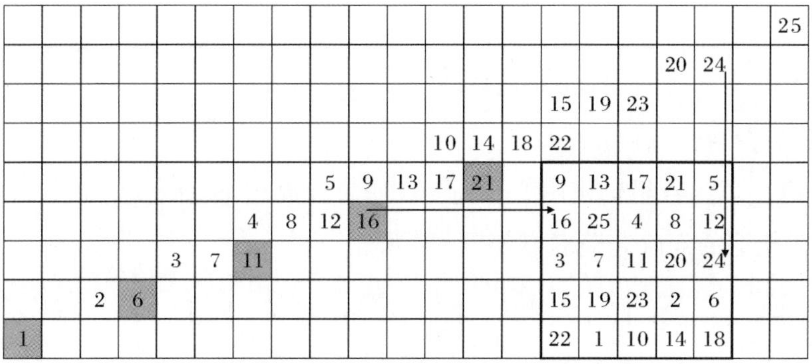

$=65$

图 4-2

(6) 说明:按 3 格马步排布的"斜排图",通过框外数移入操作,可以生成 5×5 个不同的完美幻方。

4.4.3 实用填法

用解析步骤构造幻方,占用表格较多。下述介绍实用填法。

(1) 将 1~25 整数排列成图 1-9,它符合 4.4.1 节要求,是适宜方阵。画出 5 阶幻方框。

(2) 构造时,起始数可选择方阵中任意一个数,如 1,可排布在幻方内任意位置,如左下角。选起始数"1"所在列为首数组。选 $a'a$ 组合。

(3) 按规则 4 排布。

1) 填首数组,即按 a' 向 3 格马步,依据适宜方阵中首数顺序填入其余首数"1",6,11,16,21。"11"和"21"出框应移入,如图 4-3(a) 所示。

2) 填非首数,可先按 a 向马步,随首数"1"填入"1"组的非首数"1",2,3,4,5(4 出框移入),如图 4-3(b) 所示。再参照"1"组,按 a 向马步将其他各组非首数填入,如图 4-3(c) 所示。

3) 按完美幻方特性检查、验算,无误,图 4-3(c) 粗框内即是按规则 4 构造的 5 阶完美幻方。

(4) 说明:"二连"规则与出框移入规则均适用,也可以采用分组填法。

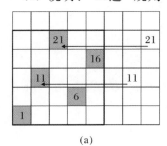

图 4-3

4.4.4 批量构造幻方的主要途径

(1) 改变起始数或其排布位置。
(2) 改变方向组合,见例 4-1。
(3) 改变适宜方阵,如行号和列号的排序,见例 4-2。
(4) 选择首数行,见例 4-3。

【例 4-1】 填入数组仍用图 1-9,选第 1 列为首数组,选择 $a'a, a'c, a'e, a'g$ 可行组合,按规则 4 构造的 5 阶完美幻方如图 4-4 所示。

图 4-4

【例 4-2】 在图 1-9 中,第 4、5 行对调,使首数排列为 1,6,11,21,16,$a'a$ 组合,按规则 4 构造的完美幻方如图 4-5 所示。若再将第 4、5 列对调,则构造的完美幻方如图 4-6 所示,幻和为 65。

【例 4-3】 在图 1-9 中,将第 4、5 列对调后,选第 1 行为首数组,$a'a$ 组合,按规则 4 构造的完美幻方如图 4-7 所示。若再将图 1-9 的第 4、5 行对调,则构造的完美幻方如图 4-8 所示。

图 4-5   图 4-6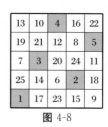

图 4-7   图 4-8

4.4.5 自建适宜方阵,按照规则 4 构造 5 阶完美幻方

【例 4-4】 按规则 4 构造 5 阶完美幻方,使其包含 1,2,5,6,9,11,31,41,71。构造步骤如下:

(1) 建立适宜方阵。按 4.4.1 节要求,参照 1.4 节中的方法,建立的适宜方阵如图 4-9 所示。

(2) 构造时,起始数选择图 4-9 中的"1",排布在左下角,选第 1 列为首数组,$a'a$ 组合,按规则 4 构造的 5 阶完美幻方如图 4-10 所示,幻和为 173。

(3) 首数排序改为 1,11,41,31,71,按规则 4 构造的完美幻方如图 4-11 所示,若再将第 4,5 列对调,按规则 4 构造的完美幻方如图 4-12 所示,幻和为 173。

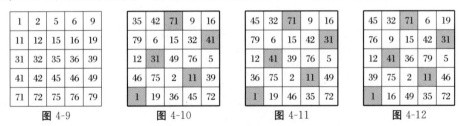

图 4-9　　　图 4-10　　　图 4-11　　　图 4-12

4.4.6　按照规则 4 构造 $n \neq 3k$ 的更高奇数阶完美幻方

【例 4-5】　用 1～49 整数,按规则 4 构造 7 阶完美幻方。构造步骤如下:

(1) 将 1～49 整数按从小到大排成 7 阶方阵,经验算,它是适宜方阵。

(2) 任意选择起始数,如"1",放在左下角,选第 1 列为首数组(1,8,15,22,29,36,43),采用 $a'a$、$a'b$、$a'd$、$a'e$、$a'f$ 和 $a'h$ 方向组合,按规则 4 构造的 7 阶完美幻方如图 4-13～图 4-18 所示。幻和为 175。

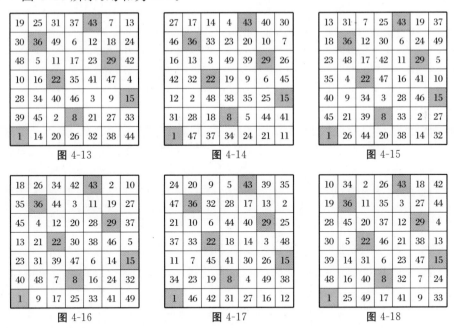

图 4-13　　　图 4-14　　　图 4-15

图 4-16　　　图 4-17　　　图 4-18

(3) 说明:采用规则 3 与规则 4 构造的完美幻方,存在"重复"现象。

【例 4-6】　用 1～625 整数,按规则 4 构造 25 阶完美幻方。构造步骤如下:

(1) 将 1～625 整数从小到大排成 25 阶方阵,经验算,它是适宜方阵。

(2) 起始数选适宜方阵中任意一个数,如"1",可排布在任意位置,如图 4-19 所示。

(3) 选第 1 列为首数组,$a'a$ 组合,按规则 4 构造的 25 阶完美幻方如图 4-19 所示。幻和为 7 825。

84	108	132	156	180	204	228	252	276	325	349	373	397	421	445	469	493	517	541	565	589	613	12	36	60
131	155	179	203	227	251	300	324	348	372	396	420	444	468	492	516	540	564	588	612	11	35	59	83	107
178	202	226	275	299	323	347	371	395	419	443	467	491	515	539	563	587	611	10	34	58	82	106	130	154
250	274	298	322	346	370	394	418	442	466	490	514	538	562	586	610	9	33	57	81	105	129	153	177	201
297	321	345	369	393	417	441	465	489	513	537	561	585	609	8	32	56	80	104	128	152	176	225	249	273
344	368	392	416	440	464	488	512	536	560	584	608	7	31	55	79	103	127	151	200	224	248	272	296	320
391	415	439	463	487	511	535	559	583	607	6	30	54	78	102	126	175	199	223	247	271	295	319	343	367
438	462	486	510	534	558	582	606	5	29	53	77	101	150	174	198	222	246	270	294	318	342	366	390	414
485	509	533	557	581	605	4	28	52	76	125	149	173	197	221	245	269	293	317	341	365	389	413	437	461
532	556	580	604	3	27	51	100	124	148	172	196	220	244	268	292	316	340	364	388	412	436	460	484	508
579	603	2	26	75	99	123	147	171	195	219	243	267	291	315	339	363	387	411	435	459	483	507	531	555
1	50	74	98	122	146	170	194	218	242	266	290	314	338	362	386	410	434	458	482	506	530	554	578	602
73	97	121	145	169	193	217	241	265	289	313	337	361	385	409	433	457	481	505	529	553	577	601	25	49
120	144	168	192	216	240	264	288	312	336	360	384	408	432	456	480	504	528	552	576	625	24	48	72	96
167	191	215	239	263	287	311	335	359	383	407	431	455	479	503	527	551	600	624	23	47	71	95	119	143
214	238	262	286	310	334	358	382	406	430	454	478	502	526	575	599	623	22	46	70	94	118	142	166	190
261	285	309	333	357	381	405	429	453	477	501	550	574	598	21	45	69	93	117	141	165	189	213	237	
308	332	356	380	404	428	452	476	525	549	573	597	621	20	44	68	92	116	140	164	188	212	236	260	284
355	379	403	427	451	500	524	548	572	596	620	19	43	67	91	115	139	163	187	211	235	259	283	307	331
402	426	475	499	547	571	595	619	18	42	66	90	114	138	162	186	210	234	258	282	306	330	354	378	
474	498	522	546	570	594	618	17	41	65	89	113	137	161	185	209	233	257	281	305	329	353	377	401	450
521	545	569	593	617	16	40	64	88	112	136	160	184	208	232	256	280	304	328	352	376	425	449	473	497
568	592	616	15	39	63	87	111	135	159	183	207	231	255	279	303	327	351	400	424	448	472	496	520	544
615	14	38	62	86	110	134	158	182	206	230	254	278	302	326	375	399	423	447	471	495	519	543	567	591
37	61	85	109	133	157	181	205	229	253	277	301	350	374	398	422	446	470	494	518	542	566	590	614	13

图 4-19

4.4.7 构造方法步骤

按照规则 4 构造 $n \neq 3k$ 奇数阶完美幻方时,构造步骤如下:

(1) 按 4.4.1 节要求,建立或验证适宜方阵。

(2) 构造时无特殊要求,任意选择起始数及排布位置、首数组和可行方向组合。

(3) 按规则 4 排布,并验证。

4.5 构造 $n \neq 3k$ 的单偶数阶完美幻方

4.5.1 适宜方阵条件

按规则 4 构造 $n \neq 3k$ 单偶数阶完美幻方时,适宜方阵条件应同时符合通用必要条件、每行与每列都是二二排序。构造时无特殊要求。

4.5.2 构造方法步骤

按照规则 4 构造 $n \neq 3k$ 的单偶数阶完美幻方的步骤如下:

(1) 按 4.5.1 节中要求,建立或验证适宜方阵。

(2) 构造时无特殊要求,任意选择起始数及排布位置、首数组和可行方向组合。

(3) 按规则 4 排布,并验证。

4.5.3 举例验证

【例 4-7】 填入数组用图 4-20,按规则 4 构造 10 阶完美幻方。构造步骤如下:

因 10 是单偶数,10 个连续整数不能排列成二二排序,填入数组选用方阵图 4-20,经验算,图 4-20 符合通用必要条件,但不符合 4.5.1 节要求。

(1) 建立适宜方阵,其第 1 行与第 1 列排序计算见表 4-1 及表 4-2。

表 4-1 图 4-21 的适宜方阵第一行排序计算表

方阵 1# 数	101	102	103	104	105	106	107	108	109	111	和 1056
对应列号	1#	2#	3#	4#	5#	6#	7#	8#	9#	10#	
二二排序	101		103		108		107		109		528
		102		104		106		105		111	528
适宜列序	1#	2#	3#	4#	8#	6#	7#	5#	9#	10#	

表 4-2 图 4-21 的适宜方阵第 1 列排序计算表

方阵 1# 数	101	201	301	401	501	601	701	801	901	11011	和 5610
对应行号	1*	2*	3*	4*	5*	6*	7*	8*	9*	10*	
二二排序	101		301		801		701		901		2805
		201		401		601		501		111	2805
适宜行序	1*	2*	3*	4*	8*	6*	7*	5*	9*	10*	

重排后,新方阵符合 4.5.1 节要求,是适宜方阵(图略)。将行号列号标示幻方框外。

(2) 构造时,起始数选任意一个数,如 101,排布在任意位置,如左下角,选其所在列为首数组,选 $a'c$ 组合。

(3) 按规则 4,构造的完美幻方如图 4-21 所示,幻和为 5 656。

(4) 批量构造幻方的主要途径包括改变起始数、方向组合及适宜方阵行列排序等。

图 4-20

	1#	2#	...	9#	10#
1*	101	102	...	109	111
2*	201	202	...	209	211
⋮	⋮	⋮	⋮	⋮	⋮
9*	901	902	...	909	911
10*	1101	1102	...	1109	1111

图 4-21

	1#	2#	3#	4#	8#	6#	7#	5#	9#	10#
1*	502	409	1106	603	211	507	404	1101	605	208
2*	803	111	707	304	901	805	108	702	309	906
3*	204	501	405	1108	602	209	506	403	1111	607
4*	908	802	109	706	303	911	807	104	701	305
8*	606	203	511	407	1104	601	205	508	402	1109
6*	307	904	801	105	708	302	909	806	103	711
7*	1105	608	202	509	406	1103	611	207	504	401
5*	709	306	903	811	107	704	301	905	808	102
9*	411	1107	604	201	505	408	1102	609	206	503
10*	101	705	308	902	809	106	703	311	907	804

4.6　构造 $n \neq 3k > 4$ 的双偶数阶完美幻方

4.6.1　适宜方阵条件

按规则 4 构造 $n \neq 3k > 4$ 双偶数阶完美幻方时,适宜方阵条件应同时符合以下 3 条要求:

(1) 通用必要条件。

(2) 每行与每列都是二二排序。

(3) 每行(或列,或兼而有之)还是四四排序。构造时,相应选择首数列(或行)。

4.6.2　构造方法步骤

按照规则 4 构造 $n \neq 3k > 4$ 双偶数阶完美幻方的步骤如下:

(1) 按 4.6.1 节要求,建立或验证适宜方阵。

(2) 构造时按 4.6.1 节要求,相应选择首数组,对起始数与可行方向组合无特殊要求。

(3) 按规则 4 排布,并验证。

4.6.3 举例验证

【例 4-8】　填入数组用图 4-22,按照规则 4 构造 8 阶完美幻方。

	1#	2#	3#	...	8#
1*	11	12	13	...	18
2*	21	22	23	...	28
⋮	⋮	⋮	⋮	⋮	⋮
8*	81	82	83	...	88

图 4-22

构造步骤如下：

(1) 建立适宜方阵图 4-23。其第 1 行与第 1 列排序计算表见表 4-3 及表 4-4。

表 4-3　图 4-23 第 1 行排序计算表

方阵 1* 数	11	12	13	14	15	16	17	18	和 116
对应列号	1#	2#	3#	4#	5#	6#	7#	8#	
二二排序				14		12	15		17		58
				13		11	16		18	58
四四排序				14			15				29
				13			16			29
					12			17		29
					11			18		29
适宜列序	4#	3#	2#	1#	5#	6#	7#	8#	

表 4-4　图 4-23 第 1 列排序计算表

方阵 1# 数	11	21	31	41	51	61	71	81	和 368
对应行号	1*	2*	3*	4*	5*	6*	7*	8*	
二二排序				41	21		51		71		184
			31		11		61		81	184
四四排序				41			51				92
			31				61			92
					21			71		92
					11			81		92
适宜行序	4*	3*	2*	1*	5*	6*	7*	8*	

(2) 起始数选任意一个数，如 28，排布在左下角，选其所在列为首数组，选 $a'c$ 组合。

(3) 按照规则 4，构造的完美幻方如图 4-24 所示，幻和为 396。

(4) 批量构造 8 阶完美幻方的主要途径，见 4.4.4 节及例 4-9 与例 4-10。在改变行列号排序时，会受到二二排序和四四排序的限制。

图 4-23

图 4-24

【例 4-9】　将图 4-23 的第 6,8 行对调，每列不再是四四排序，每行仍是四四排序，选首数列，$a'c$ 组合，构造的完美幻方如图 4-25 所示。

加幻方与乘幻方构造法 —— 源自方程组的解

【例 4-10】 将图 4-23 的第 6,8 列对调,每行不再是四四排序,每列仍是四四排序,此时,应选首数行,按规则 4 构造的完美幻方如图 4-26 所示。

	4#	3#	2#	1#	5#	6#	7#	8#
4*	12	31	65	86	17	38	64	83
3*	56	27	48	74	53	22	41	75
2*	84	13	32	61	85	16	37	68
1*	71	55	26	47	78	54	23	42
5*	67	88	14	33	62	81	15	36
8*	43	72	51	25	46	77	58	24
7*	35	66	87	18	34	63	82	11
6*	28	44	73	52	21	45	76	57

图 4-25

	4#	3#	2#	1#	5#	8#	7#	6#
4*	73	86	48	31	23	16	58	61
3*	32	24	17	55	62	74	87	45
2*	51	63	76	88	41	33	26	18
1*	85	42	34	27	15	52	64	77
5*	28	11	53	66	78	81	43	36
6*	67	75	82	44	37	25	12	54
7*	46	38	21	13	56	68	71	83
8*	14	57	65	72	84	47	35	22

图 4-26

【例 4-11】 填入数组用图 4-27,按照规则 4 构造 16 阶完美幻方。构造步骤如下:
经验证,图 4-27 符合通用必要条件。

(1) 对图 4-27 的行列号重排,建立适宜方阵,构造的幻方如图 4-28 所示。

根据排序性质,第 1 行排序可将第 1 行数减去 100 后计算,第 1 列排序可将第 1 列数除以 100 取整后计算。图 4-28 的适宜方阵列号排序计算见表 4-5,行号排序计算见表 4-6。

	1#	2#	3#	…	12#	13#	14#	15#	16#
1*	101	102	103	…	112	114	115	116	117
2*	201	202	203	…	212	214	215	216	217
⋮	⋮	⋮	⋮		⋮	⋮	⋮	⋮	⋮
15*	1501	1502	1503	…	1512	1514	1515	1516	1517
16*	2001	2002	2003	…	2012	2014	2015	2016	2017

图 4-27

表 4-5 图 4-28 的适宜方阵第 1 行列号排序计算

方阵 1* 计算数	1	2	3	4	5	6	7	8	9	10	11	12	14	15	16	17	和 140
对应列号	1#	2#	3#	4#	5#	6#	7#	8#	9#	10#	11#	12#	13#	14#	15#	16#	
135 排序	1		3		5		7			12	10			17	15		70
246 排序		2		4		6		8	11			9	16			14	70
15 排序	1				5					12				17			35
26 排序		2				6					11				16		35
37 排序			3				7					10				15	35
48 排序				4				8	9				14				35
适宜列号排序	1#	2#	3#	4#	5#	6#	7#	8#	12#	11#	10#	9#	16#	15#	14#	13#	
备注								第 1 行数均减去 100 后计算									

表 4-6　图 4-28 的适宜方阵第 1 列行号排序计算

方阵1#计算数	1	2	3	4	5	6	7	8	9	10	11	12	13	14	15	20	和 140
对应行号	1*	2*	3*	4*	5*	6*	7*	8*	9*	10*	11*	12*	13*	14*	15*	16*	
135	1		3		5		7		9		11			20		14	70
246		2		4		6		8		10		12	13		15		70
适宜行号排序	1*	2*	3*	4*	5*	6*	7*	8*	9*	10*	11*	12*	16*	13*	14*	15*	
备注					第 1 列数除以 100 取整后计算												

	1#	2#	3#	4#	5#	6#	7#	8#	12#	11#	10#	9#	16#	15#	14#	13#
1*	1311	817	214	1203	606	1512	1009	415	1302	805	208	1210	616	1501	1004	407
2*	1103	506	1412	909	315	2002	705	108	1110	516	1401	904	307	2011	717	114
3*	809	215	1202	605	1508	1010	416	1301	804	207	1211	617	1514	1003	406	1312
4*	505	1408	910	316	2001	704	107	1111	517	1414	903	306	2012	709	115	1102
5*	216	1201	604	1507	1011	417	1314	803	206	1212	609	1515	1002	405	1308	810
6*	1407	911	317	2014	703	106	1112	509	1415	902	305	2008	710	116	1101	504
7*	1214	603	1506	1012	409	1315	802	205	1208	610	1516	1001	404	1307	811	217
8*	912	309	2015	702	105	1108	510	1416	901	304	2007	711	117	1114	503	1406
9*	602	1505	1008	410	1316	801	204	1207	611	1517	1014	403	1306	812	209	1215
10*	310	2016	701	104	1107	511	1417	914	303	2006	712	109	1115	502	1405	908
11*	1504	1007	411	1317	814	203	1206	612	1509	1015	402	1305	808	210	1216	601
12*	2017	714	103	1106	512	1409	915	302	2005	708	110	1116	501	1404	907	311
16*	1006	412	1309	815	202	1205	608	1510	1016	401	1304	807	211	1217	614	1503
13*	715	102	1105	508	1410	916	301	2004	707	111	1117	514	1403	906	312	2009
14*	408	1310	816	201	1204	607	1511	1017	414	1303	806	212	1209	615	1502	1005
15*	101	1104	507	1411	917	314	2003	706	112	1109	515	1402	905	308	2010	716

图 4-28

(2) 起始数选 101,排布在任意位置,如左下角,并选 101 所在列为首数组,$a'b$ 组合。

(3) 按规则 4,构造的 16 阶完美幻方如图 4-28 所示,幻和为 14 140。

4.7　构造 $n \neq 3k > 4$ 双偶数阶一般幻方

4.7.1　适宜方阵条件

按规则 4 构造 $n \neq 3k > 4$ 双偶数阶一般幻方时,适宜方阵条件应同时符合以下 3 条要求:

(1) 通用必要条件。

(2) 每行与每列都是二二排序。

(3) 每行(或列,或兼而有之)是 15(或 26 或 37 或 48)排序。构造时应相应选择首

加幻方与乘幻方构造法 —— 源自方程组的解

数列(或行)，起始数应选第1、5(或第2、6或第3、7或第4、8)、⋯列(或行)的数，并应排布在主4格线上(当首数方向为a'、b'、e'、f'时)或副4格线上(当首数方向为c'、d'、g'、h'时)。

4.7.2 构造方法步骤

按规则4构造$n \neq 3k > 4$双偶数阶一般幻方的步骤如下：

(1) 按4.7.1节中要求，建立或验证适宜方阵。

(2) 构造时按4.7.1节要求，选择起始数及其位置、首数组及可行方向组合。

(3) 按规则4排布，并验证。

4.7.3 举例验证

【例4-12】调整图4-23的列号排序，按规则4构造8阶一般幻方。构造步骤如下：

(1) 建立适宜方阵，将图4-23的第2、4列对调位置，则每行变成15排序和37排序，如图4-29所示，经验算，它是适宜方阵。

(2) 构造时，先选择方向组合，如$a'c$，起始数选第1,3,5,7列中任意一个数(如85)，排布在幻方主4格线上(因首数方向a')，如左上角。然后选85所在列为首数组。主、副4格线如图4-30所示。

(3) 按规则4排布，先按a'向3格马步填入首数组("85")、45、35、25、15、55、65、75，再按c向马步填入各组的非首数。然后检查验算，无误，构造的8阶一般幻方如图4-31所示，幻和为396。

	4#	1#	2#	3#	5#	6#	7#	8#
4*	44	41	42	43	45	46	47	48
3*	34	31	32	33	35	36	37	38
2*	24	21	22	23	25	26	27	28
1*	14	11	12	13	15	16	17	18
5*	54	51	52	53	55	56	57	58
6*	64	61	62	63	65	66	67	68
7*	74	71	72	73	75	76	77	78
8*	84	81	82	83	85	86	87	88

图4-29

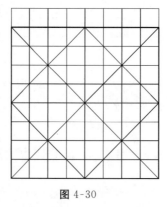

图4-30

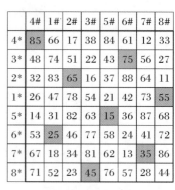

图4-31

【例4-13】对图4-27的行列号重排，按规则4构造16阶一般幻方。构造步骤如下：

在表4-5及表4-6计算表的基础上进行调整，使其满足构造16阶一般幻方的条件。

(1) 在表4-5中，将15排序中的"17"与37排序中的"15"对调位置，则不再是四四排序，而变成26排序和48排序，仍是二二排序。新适宜方阵建成。

(2) 构造时先选$a'b$组合，选新适宜方阵的偶数列中的任意一个数，如106，放在

76

主 4 格线上(首数方向 a'),如图 4-32 所示。选 106 所在列为首数组。

(3) 按照规则 4,构造的一般幻方如图 4-32 所示,幻和为 14 140。

	1#	2#	3#	4#	5#	6#	7#	8#	12#	11#	10#	9#	14#	15#	16#	13#
1*	1311	815	214	1203	606	1512	1009	417	1302	805	208	1210	616	1501	1004	407
2*	1103	506	1412	909	317	2002	705	108	1110	516	1401	904	307	2011	715	114
3*	809	217	1202	605	1508	1010	416	1301	804	207	1211	615	1514	1003	406	1312
4*	505	1408	910	316	2001	704	107	1111	515	1414	903	306	2012	709	117	1102
5*	216	1201	604	1507	1011	415	1314	803	206	1212	609	1517	1002	405	1308	810
6*	1407	911	315	2014	703	106	1112	509	1417	902	305	2008	710	116	1101	504
7*	1214	603	1506	1012	409	1317	802	205	1208	610	1516	1001	404	1307	811	215
8*	912	309	2017	702	105	1108	510	1416	901	304	2007	711	115	1114	503	1406
9*	602	1505	1008	410	1316	801	204	1207	611	1515	1014	403	1306	812	209	1217
10*	310	2016	701	104	1107	511	1415	914	303	2006	712	109	1117	502	1405	908
11*	1504	1007	411	1315	814	203	1206	612	1509	1017	402	1305	808	210	1216	601
12*	2015	714	103	1106	512	1409	917	302	2005	708	110	1116	501	1404	907	311
16*	1006	412	1309	817	202	1205	608	1510	1016	401	1304	807	211	1215	614	1503
13*	717	102	1105	508	1410	916	301	2004	707	111	1115	514	1403	906	312	2009
14*	408	1310	816	201	1204	607	1511	1015	414	1303	806	212	1209	617	1502	1005
15*	101	1104	507	1411	915	314	2003	706	112	1109	517	1402	905	308	2010	716

图 4-32

4.8 构造 $n = 3k > 4$ 奇数阶完美幻方

4.8.1 适宜方阵条件

按规则 4 构造 $n = 3k > 4$ 奇数阶完美幻方时,适宜方阵条件应同时符合通用必要条件、每行与每列都是三三排序。构造时无特殊要求。

4.8.2 构造方法步骤

按规则 4 构造 $n = 3k > 4$ 奇数阶完美幻方的方法步骤如下:

(1) 按照 4.8.1 节要求,建立或验证适宜方阵。

(2) 构造时无特殊要求,可任意选择起始数及排布位置、首数组和可行方向组合。

(3) 按规则 4 排布,并验证。

4.8.3 举例验证

【例 4-14】 填入数组用图 3-36(例 3-11),按规则 4 构造 9 阶完美幻方的方法步骤。

图 3-36 符合通用必要条件,但不符合 4.8.1 节要求,应重排行列号顺序。

(1) 建立适宜方阵,如图 4-33 所示。验算如下。

加幻方与乘幻方构造法 —— 源自方程组的解

1) 第1行行和 = 135，11+15+19 = 12+16+17 = 13+14+18 = 45，第1行是三三排序。

2) 第1列列和 = 489，11+31+121 = 21+61+81 = 41+71+51 = 163，第1列是三三排序。

可见，图4-33是适宜方阵。

	1#	2#	3#	5#	6#	4#	9#	7#	8#
1*	11	12	13	15	16	14	19	17	18
2*	21	22	23	25	26	24	29	27	28
4*	41	42	43	45	46	44	49	47	48
3*	31	32	33	35	36	34	39	37	38
6*	61	62	63	65	66	64	69	67	68
7*	71	72	73	75	76	74	79	77	78
9*	121	122	123	125	126	124	129	127	128
8*	81	82	83	85	86	84	89	87	88
5*	51	52	53	55	56	54	59	57	58

图 4-33

	1#	2#	3#	5#	6#	4#	9#	7#	8#
1*	69	56	33	81	47	124	25	72	18
2*	121	27	74	15	62	58	39	86	43
4*	55	32	88	49	126	23	71	17	64
3*	29	76	13	61	57	34	85	42	128
6*	31	87	44	125	22	78	19	66	53
7*	75	12	68	59	36	83	41	127	24
9*	89	46	123	21	77	14	65	52	38
8*	11	67	54	35	82	48	129	26	73
5*	45	122	28	79	16	63	51	37	84

图 4-34

(2) 起始数选方阵中任意数87，放在图4-34所示位置上。选87所在列为首数组，选 $a'b$ 组合。

(3) 按规则4构造的9阶完美幻方如图4-34所示，幻和为525。

(4) 批量构造9阶完美幻方的主要途径参照4.4.4节。需要说明，在改变行列号排序时，应符合4.7.1节要求，见例4-15。另外，选择首数行也可构造新幻方，见例4-16。

【例 4-15】 在图4-33中，将第4列与第7列对调位置，仍符合适宜方阵条件，仍用 $a'b$ 组合，按规则4构造的9阶完美幻方如图4-35所示，幻和为525。

【例 4-16】 用图4-33，选首数行，按规则4构造的9阶完美幻方。构造步骤如下：

用图4-33，起始数选11，选11所在行为首数组，$a'a$ 组合，按规则4构造的9阶完美幻方如图4-36所示，幻和为525。

	1#	2#	3#	9#	6#	4#	5#	7#	8#
1*	65	56	33	81	47	124	29	72	18
2*	121	27	74	19	62	58	35	86	43
4*	59	32	88	45	126	23	71	17	64
3*	25	76	13	61	57	34	89	42	128
6*	31	87	44	129	22	78	15	66	53
7*	79	12	68	55	36	83	41	127	24
9*	85	46	123	21	77	14	69	52	38
8*	11	67	54	39	82	48	125	26	73
5*	49	122	28	75	16	63	51	37	84

图 4-35

	1#	2#	3#	5#	6#	4#	9#	7#	8#
1*	126	68	45	17	83	79	32	24	51
2*	19	82	74	31	26	58	125	67	43
4*	38	25	57	123	69	42	14	81	76
3*	122	64	41	16	88	75	37	23	59
6*	15	87	73	39	22	54	121	66	48
7*	34	21	56	128	65	47	13	89	72
9*	127	63	49	12	84	71	36	28	55
8*	11	86	78	35	27	53	129	62	44
5*	33	29	52	124	61	46	18	85	77

图 4-36

【例 4-17】 用方阵图 3-42(见例 3-13),按规则 4 构造 15 阶完美幻方。构造步骤如下:

图 3-42 符合通用必要条件,但不符合 4.8.1 节中要求,应重排行列号。

(1) 建立适宜方阵。

1) 使行号排列为 1*,2*,3*,4*,5*,6*,8*,9*,7*,10*,11*,12*,15*,14*,13*。经验算,第 1 列 101+401+801+1001+1801=201+501+901+1101+1401=301+601+701+1201+1301=4105,即每列都是三三排序,标示在图 4-37 幻方框外左侧。

2) 使列号排列为 1#,2#,3#,4#,5#,6#,7#,8#,9#,11#,12#,10#,15#,14#,13#。经验算,第 1 行 101+104+107+111+118=102+105+108+112+114=103+106+109+110+113=541,即每行都是三三排序,标示在幻方框外上方。适宜方阵建成(图略)。

	1#	2#	3#	4#	5#	6#	7#	8#	9#	11#	12#	10#	15#	14#	13#
1*	1810	714	501	103	1205	907	409	1312	1118	813	302	1404	1006	608	211
2*	1303	1105	807	309	1412	1018	613	202	1804	706	508	111	1210	914	401
3*	209	1812	718	513	102	1204	906	408	1311	1110	814	301	1403	1005	607
4*	413	1302	1104	806	308	1411	1010	614	201	1803	705	507	109	1212	918
5*	606	208	1811	710	514	101	1203	905	407	1309	1112	818	313	1402	1004
6*	910	414	1301	1103	805	307	1409	1012	618	213	1802	704	506	108	1211
8*	1003	605	207	1809	712	518	113	1202	904	406	1308	1111	810	314	1401
9*	1209	912	418	1313	1102	804	306	1408	1011	610	214	1801	703	505	107
7*	1413	1002	604	206	1808	711	510	114	1201	903	405	1307	1109	812	318
10*	106	1208	911	410	1314	1101	803	305	1407	1009	612	218	1813	702	504
11*	310	1414	1001	603	205	1807	709	512	118	1213	902	404	1306	1108	811
12*	503	105	1207	909	412	1318	1113	802	304	1406	1008	611	210	1814	701
15*	809	312	1418	1013	602	204	1806	708	511	110	1214	901	403	1305	1107
14*	713	502	104	1206	908	411	1310	1114	801	303	1405	1007	609	212	1818
13*	1106	808	311	1410	1014	601	203	1805	707	509	112	1218	913	402	1304

图 4-37

(2) 构造时,起始数可选适宜方阵中任意一个数,如 1106,可排在任意位置,如左下角。选 1106 所在列为首数列,选 $a'c$ 组合。

(3) 按规则 4 构造的 15 阶完美幻方如图 4-37 所示,幻和为 12 423。

4.9 构造 $n=3k>4$ 的奇数阶一般幻方

4.9.1 适宜方阵条件

按规则 4 构造 $n=3k>4$ 奇数阶一般幻方时,适宜方阵条件应同时符合通用必要条件和下述(1)或(2)要求:

(1) 每行是三三排序,每列是 147(或 258 或 369)排序。构造时应选择首数列,起始数应选第 1,4,7(或第 2,5,8 或第 3,6,9)…行的一个数,排布在幻方小中心或排布在主 3 格线上(当组内数方向 a,b,e,f 时)或副 3 格线上(当组内数方向 c,d,g,h 时)。

(2) 每列是三三排序,每行是 147(或 258 或 369)排序,构造时应选择首数行,起始数应选第 1,4,7(或第 2,5,8 或第 3,6,9)、…列的一个数,排布在幻方小中心或排布在主 3 格线上(当组内数方向 a,b,e,f 时)或副 3 格线上(当组内数方向 c,d,g,h 时)。

4.9.2 构造方法步骤

按照规则 4 构造 $n=3k>4$ 的奇数阶一般幻方的步骤如下:

(1) 按 4.9.1 节要求建立或验证适宜方阵。

(2) 构造时按 4.9.1 节要求,选择起始数及位置、首数组及可行方向组合。

(3) 按规则 4 排布,并验证。

4.9.3 举例验证

【例 4-18】 填入数组用图 3-36,按照规则 4 构造 9 阶一般幻方的方法一。

由 4.9.1 节要求知,当每行是三三排序,每列是三分(如 147)排序时,选首数列,就可按照规则 4 构造 9 阶一般幻方。

(1) 重新排列图 3-36 的行列号,建立适宜方阵,如图 4-38 所示。验算如下。

1) 第 1 行 $11+15+19=12+16+17=13+14+18=45$,是三三排序,符合 4.9.1 节要求。

2) 第 1 列 $11+31+121=(21+41+51+61+71+81)/2 \neq 21+61+71$,是 147 排序,符合 4.9.1 节要求。

(2) 起始数选择方阵中第 1、4、7 行中的任意一个数(如 37),排布在任意一个小中心,如图 4-39 所示,并选其所在列为首数组,选任意可行组合,如 $a'c$。

(3) 按规则 4 构造的 9 阶一般幻方如图 4-39 所示,幻和为 525。

(4) 批量构造 9 阶一般幻方的途径,见 4.4.4 节,当每列三分排序时,其余 6 行环状排列。

(5) 每行都是三三排序，每列都是 258 或 369 排序时，也可构造 9 阶一般幻方(略)。

	1#	2#	3#	5#	6#	4#	9#	7#	8#
1*	11	12	13	15	16	14	19	17	18
2*	21	22	23	25	26	24	29	27	28
4*	41	42	43	45	46	44	49	47	48
3*	31	32	33	35	36	34	39	37	38
6*	61	62	63	65	66	64	69	67	68
5*	51	52	53	55	56	54	59	57	58
9*	121	122	123	125	126	124	129	127	128
7*	71	72	73	75	76	74	79	77	78
8*	81	82	83	85	86	84	89	87	88

图 4-38

	1#	2#	3#	5#	6#	4#	9#	7#	8#
1*	43	27	15	88	76	121	54	62	39
2*	78	126	51	64	32	49	23	17	85
4*	34	42	29	13	87	75	128	56	61
3*	83	77	125	58	66	31	44	22	19
6*	68	36	41	24	12	89	73	127	55
5*	14	82	79	123	57	65	38	46	21
9*	53	67	35	48	26	11	84	72	129
7*	28	16	81	74	122	59	63	37	45
8*	124	52	69	33	47	25	18	86	71

图 4-39

【例 4-19】 填入数组用图 3−36，按照规则 4 构造 9 阶一般幻方的方法二。

由 4.9.1 节要求知，每列是三三排序，每行是三分（如 147）排序时，选择首数行，也可按规则 4 构造 9 阶一般幻方。

(1) 重新排列图 3-36 的行列号，建立适宜方阵图 4-40。验算如下。

1) 第 1 行 11＋15＋19 ＝ (12＋16＋18＋13＋14＋17)/2 ≠ 12＋16＋18，是 147 排序，符合 4.9.1 节要求。

2) 第 1 列 11＋31＋121 ＝ 21＋61＋81 ＝ 41＋71＋51 ＝ 163，是三三排序，符合 4.9.1 节要求。

(2) 起始数选第 1、4、7 列的任意一个数，如 15，排布在图 4-41 左上角小中心。选 15 所在行为首数组，选任意可行组合，如 $a'b$。

(3) 按规则 4 构造的 9 阶一般幻方如图 4-41 所示，幻和为 525。

(4) 每列是三三排序，每行是 258 或 369 排序时，也可构造出一般幻方(略)。

	1#	2#	3#	5#	6#	4#	9#	8#	7#
1*	11	12	13	15	16	14	19	18	17
2*	21	22	23	25	26	24	29	28	27
4*	41	42	43	45	46	44	49	48	47
3*	31	32	33	35	36	34	39	38	37
6*	61	62	63	65	66	64	69	68	67
7*	71	72	73	75	76	74	79	78	77
9*	121	122	123	125	126	124	129	128	127
8*	81	82	83	85	86	84	89	88	87
5*	51	52	53	55	56	54	59	58	57

图 4-40

	1#	2#	3#	5#	6#	4#	9#	8#	7#
1*	59	122	64	41	16	87	75	38	23
2*	47	15	88	73	39	22	54	121	66
4*	72	34	21	56	127	65	48	13	89
3*	55	128	63	49	12	84	71	36	27
6*	44	11	86	77	35	28	53	129	62
7*	78	33	29	52	124	61	46	17	85
9*	51	126	67	45	18	83	79	32	24
8*	43	19	82	74	31	26	57	125	68
5*	76	37	25	58	123	69	42	14	81

图 4-41

4.10 构造 $n = 3k$ 的单偶数阶完美幻方

4.10.1 适宜方阵条件

按规则 4 构造 $n = 3k$ 单偶数阶完美幻方时，适宜方阵条件应同时符合通用必要条件、每行和每列都是二二排序和三三排序。构造时无特殊要求。

4.10.2 构造方法步骤

按规则 4 构造 $n = 3k$ 单偶数阶完美幻方的步骤如下：

(1) 按 4.10.1 节要求建立或验证适宜方阵。

(2) 构造时无特殊要求，任意选择起始数及排布位置、首数组和可行方向组合。

(3) 按规则 4 排布，并验证。

4.10.3 举例验证

【例 4-20】 填入数用图 4-42，按照规则 4 构造 6 阶完美幻方。构造步骤如下：

因连续的 36 个整数不能够排列成适宜方阵，所以填入数用图 4-42。

(1) 建立适宜方阵。经验算，图 4-42 符合通用必要条件，但不符合 4.10.1 节要求。重新排列，使行号排列为 $4^*, 2^*, 1^*, 3^*, 5^*, 6^*$，列序号排列为 $4\#, 2\#, 1\#, 3\#, 5\#, 6\#$，如图 4-43 所示。

验算第 3 行：$15 + 11 + 16 = 12 + 13 + 17$，又 $15 + 13 = 12 + 16 = 11 + 17$，它是二二排序与三三排序。

验算第 3 列：$51 + 11 + 61 = 21 + 31 + 71$，又 $51 + 31 = 21 + 61 = 11 + 71$，它是二二排序与三三排序。

	1#	2#	3#	4#	5#	6#
1*	11	12	13	15	16	17
2*	21	22	23	25	26	27
3*	31	32	33	35	46	47
4*	51	52	53	55	56	57
5*	61	62	63	65	66	67
6*	71	72	73	75	76	77

图 4-42

	4#	2#	1#	3#	5#	6#
4*	55	52	51	53	56	57
2*	25	22	21	23	26	27
1*	15	12	11	13	16	17
3*	35	32	31	33	36	37
5*	65	62	61	63	66	67
6*	75	72	71	73	76	77

图 4-43

	4#	2#	1#	3#	5#	6#
4*	13	26	57	75	62	31
2*	65	32	11	23	56	77
1*	53	76	67	35	12	21
3*	15	22	73	51	66	37
5*	63	36	17	25	52	71
6*	55	72	61	33	16	27

图 4-44

(2) 起始数选适宜方阵中任意一个数，如 55，排布在任意位置，如左下角，并选其所在列为首数组，$a'd$ 组合。

(3) 按规则 4 构造的 6 阶完美幻方如图 4-44 所示。它是完美幻方，幻和为 264。

(4) 构造更多完美幻方的途径，见 4.4.4 节。对 6 阶完美幻方，由于适宜方阵排序要求多，幻方阶数小，因而能构造的完美幻方较少，见例 4-21 和例 4-22。

【例 4-21】 用图 4-43,选第 1 行为首数组,$a'd$ 组合,按规则 4 构造的完美幻方如图 4-45 所示。

	4#	2#	1#	3#	5#	6#
4*	31	62	75	57	26	13
2*	56	23	11	32	65	77
1*	35	67	76	53	21	12
3*	51	22	15	37	66	73
5*	36	63	71	52	25	17
6*	55	27	16	33	61	72

图 4-45

【例 4-22】 用小于 50 的正整数,按照规则 4 构造 6 阶完美幻方,构造步骤如下:

(1) 先建立基础方阵,如图 4-46 所示,其行号与列号标示在左侧和上方。它不符合适宜方阵要求。现重排行列号顺序,建立的适宜方阵,如图 4-47 所示,经核算,其每行和每列都是二二排序和三三排序。

(2) 起始数选任意一个数,如 1,可排布在任意位置,如左下角。选第 1 列为首数组。选方向组合 $a'a$。

(3) 按规则 4 构造的 6 阶完美幻方如图 4-48 所示,幻和为 150。

(4) 改变方向组合,可构造的 6 阶完美幻方如图 4-48~图 4-51 所示。对应的方向组合是 $a'a, a'b, a'e, a'f$,互不相同。

	1#	2#	3#	4#	5#	6#
1*	1	2	3	5	6	7
2*	8	9	10	12	13	14
3*	15	16	17	19	20	21
4*	29	30	31	33	34	35
5*	36	37	38	40	41	42
6*	43	44	45	47	48	49

图 4-46

	1#	3#	5#	6#	4#	2#
1*	1	3	6	7	5	2
3*	15	17	20	21	19	16
5*	36	38	41	42	40	37
6*	43	45	48	49	47	44
4*	29	31	34	35	33	30
2*	8	10	13	14	12	9

图 4-47

	1#	3#	5#	6#	4#	2#
	42	48	31	8	2	19
	29	9	5	21	41	45
	7	20	38	43	30	12
	36	44	33	14	6	17
	35	13	3	15	37	47
	1	16	40	49	34	10

图 4-48

	1#	3#	5#	6#	4#	2#
1*	14	47	16	8	45	20
3*	29	38	6	35	40	2
5*	49	19	5	43	17	17
6*	36	3	34	42	5	30
4*	21	12	44	15	10	48
2*	1	31	41	7	33	37

图 4-49

42	47	30	8	3	20
29	10	6	21	40	44
7	19	37	43	31	13
36	45	34	14	5	16
35	12	2	16	38	48
1	17	41	49	33	9

图 4-50

14	48	17	8	44	19
29	37	5	35	41	3
49	20	10	43	16	12
36	2	33	42	6	31
21	13	15	15	9	47
1	30	7	34	38	

图 4-51

(5) 仍用图 4-47,选第 1 行为首数组,按照规则 4 构造的 6 阶完美幻方如图 4-52～图 4-55 所示。对应的方向组合是 $a'a, a'b, a'e, a'f$,幻和为 150。

48	42	19	2	8	31
5	9	29	45	41	21
43	38	20	7	12	30
6	14	33	44	36	17
47	37	15	3	13	35
1	10	34	49	40	16

图 4-52

44	35	10	2	21	38
5	20	36	47	34	8
49	31	9	7	17	37
6	15	40	48	29	12
45	30	14	3	16	42
1	19	41	43	33	13

图 4-53

48	35	12	2	15	38
5	16	36	45	34	14
43	31	7	7	19	37
6	21	40	44	29	10
47	30	8	3	20	42
1	17	47	49	33	9

图 4-54

44	42	17	2	14	31
5	13	29	47	41	15
49	38	16	7	10	30
6	8	33	48	36	19
45	37	21	3	9	35
1	12	34	43	40	20

图 4-54

【例 4-23】 用图 3-62(见例 3-21),按照规则 4 构造 18 阶完美幻方。构造步骤如下:

因为规则 4 与规则 3 构造 $n=3k$ 的单偶数阶完美幻方时的适宜方阵条件相同,所以,可利用例 3-21 中的适宜方阵按规则 4 构造 18 阶完美幻方。

(1) 现将例 3-21 中适宜方阵行列号排序拷贝过来,如图 4-56 幻方框外标示。

	16#	2#	1#	4#	5#	10#	6#	8#	9#	3#	11#	12#	13#	14#	7#	15#	17#	18#
16*	1204	1511	219	1006	314	1401	1903	418	810	1213	1502	209	1015	305	1412	1917	408	807
2*	506	914	1301	1803	118	610	1113	702	1709	515	905	1312	1817	108	607	1104	711	1719
1*	1503	218	1010	313	1402	1909	415	805	1212	1517	208	1007	304	1411	1919	406	814	1201
4*	913	1302	1809	115	605	1112	717	1708	507	904	1311	1819	106	614	1101	703	1718	510
5*	215	1005	312	1417	1908	407	804	1211	1519	206	1014	301	1403	1918	410	813	1202	1509
10*	1317	1808	107	604	1111	719	1706	514	901	1303	1818	110	613	1102	709	1715	505	912
6*	1004	311	1419	1906	414	801	1203	1518	210	1002	302	1409	1915	405	812	1217	1508	207
8*	1806	114	601	1103	718	1710	513	902	1309	1815	105	612	1117	708	1707	504	911	1319
9*	303	1418	1910	413	802	1209	1515	205	1012	317	1408	1907	404	811	1219	1506	214	1001
3*	113	602	1109	715	1705	512	917	1308	1807	104	611	1119	706	1714	501	903	1318	1810
11*	1415	1905	412	817	1208	1507	204	1011	319	1406	1914	401	803	1218	1510	213	1002	309
12*	617	1108	707	1704	511	919	1306	1814	101	603	1118	710	1713	502	909	1315	1805	112
13*	1904	411	819	1206	1514	201	1003	318	1410	1913	402	809	1215	1505	212	1017	308	1407
14*	1106	714	1701	503	918	1310	1813	102	609	1115	705	1712	517	908	1307	1804	111	619
7*	403	818	1210	1513	202	1009	315	1405	1912	417	808	1207	1504	211	1019	306	1414	1901
15*	713	1702	509	915	1305	1812	117	608	1107	704	1711	519	906	1314	1801	103	618	1110
17*	815	1205	1512	217	1008	307	1404	1911	419	806	1214	1501	203	1018	310	1413	1902	409
18*	1717	508	907	1304	1811	119	606	1114	701	1703	518	910	1313	1802	109	615	1105	712

图 4-56

(2) 构造时在图 3-62 中选任意一个数,如 1717,放在任意位置,如左下角,并选 1717 所在列为首数组,$a'b$ 组合。

(3) 按规则 4,构造的完美幻方如图 4-56 所示,幻和为 17 574。

(4) 关于批量构造 18 阶完美幻方的方法见第 3 章例 3-21 中的分析。需要说明,按规则 4 构造时,可行方向组合较多,且可以选择首数行,因此可构造的数量较多。

4.11 构造 $n = 3k$ 的单偶数阶一般幻方

4.11.1 适宜方阵条件

按照规则 4 构造 $n = 3k$ 单偶数阶一般幻方时,适宜方阵条件应同时符合以下 3 条要求:

(1) 通用必要条件。

(2) 每行与每列都是二二排序。

(3) 下述 1) 或 2) 条要求。

1) 每行还是三三排序,而每列还是 147(或 258 或 369)排序。构造时应选首数列,起始数应选第 1,4(或第 2,5 或第 3,6)、… 行的数,并排布在幻方小中心(与组合无关),或幻方主 3 格线上(当组内数方向 a,b,e,f 时)或副 3 格线上(当组内数方向 c,d,g,h 时)。

2) 每列还是三三排序,每行还是 147(或 258 或 369)排序。构造时应选首数行,起始数应选择第 1,4(或第 2,5 或第 3,6)、… 列中的数,并排布在幻方小中心(与组合无关),或幻方主 3 格线上(当组内数方向 a,b,e,f 时)或副 3 格线上(当组内数方向 c,d,g,h 时)。

4.11.2 构造方法步骤

按照规则 4 构造 $n = 3k$ 单偶数阶一般幻方的步骤如下:

(1) 按 4.11.1 节要求,建立或验证适宜方阵。

(2) 构造时,按 4.11.1 节要求,选择起始数及其位置、首数组及可行方向组合。

(3) 按规则 4 排布,并验证。

4.11.3 举例验证

【例 4-24】 用图 4-43,按规则 4 构造 6 阶一般幻方。

根据 4.11.1 节要求,在两种情况下,按规则 4 可构造 6 阶一般幻方。

(1) 建立适宜方阵,使每行是二二排序、三三排序,每列是二二排序、三分排序。如将图 4-43 中的第 2 行与第 6 行对调位置,如图 4-57 所示,它符合 4.11.1 节中要求,每列变成 147 排序。

构造时在第 1、4 行中选任意一个数,如 36,作为起始数,排布在左下角小中心,并选 36 所在列为首数组,选 $a'd$ 组合。按规则 4 构造的 6 阶一般幻方如图 4-58 所示,幻和为 264。

	4#	2#	1#	3#	5#	6#
4*	55	52	51	53	56	57
6*	75	72	71	73	76	77
1*	15	12	11	13	16	17
3*	35	32	31	33	36	37
5*	65	62	61	63	66	67
2*	25	22	21	23	26	27

图 4-57

	4#	2#	1#	3#	5#	6#
4*	13	76	57	25	62	31
6*	65	32	11	73	56	27
1*	53	26	67	35	12	71
3*	15	72	51	23	66	37
5*	63	36	17	75	52	21
2*	55	22	61	33	16	77

图 4-58

(2) 建立适宜方阵,使每行是二二排序、三分排序,每列是二二排序、三三排序。如将图 4-43 中的第 4 列与第 6 列对调位置(见图 4-59),则每行变成 258 排序。构造时,仍选 $a'd$ 组合,选第 2,5 列中任意一个数(如 36),作为起始数,放在左下小中心,并选 36 所在行为首数组。按照规则 4 构造的一般幻方如图 4-60 所示,幻和为 264。

	4#	2#	1#	6#	5#	3#
4*	55	52	51	57	56	53
2*	25	22	21	27	26	23
1*	15	12	11	17	16	13
3*	35	32	31	37	36	33
5*	65	62	61	67	66	63
6*	75	72	71	77	76	73

图 4-59

	4#	2#	1#	6#	5#	3#
4*	17	31	62	75	53	26
2*	73	56	27	11	32	65
1*	12	35	63	76	57	21
3*	77	51	22	15	33	66
5*	13	36	67	71	52	25
6*	72	55	23	16	37	61

图 4-60

4.12 构造 $n = 3k$ 的双偶数阶完美幻方

4.12.1 适宜方阵条件

按规则 4 构造 $n = 3k$ 双偶数阶完美幻方时,适宜方阵条件应同时符合 3 条要求:
(1) 通用必要条件。
(2) 每行与每列都是二二排序和三三排序。
(3) 每行(或列,或兼而有之)还是四四排序。构造时,应相应选择首数列(或行)。

4.12.2 构造方法步骤

按规则 4 构造 $n = 3k$ 双偶数阶完美幻方的步骤如下:
(1) 按 4.12.1 节要求建立或验证适宜方阵。
(2) 构造时按 4.12.1 节要求选择首数组。对起始数及方向组合无特殊要求。
(3) 按规则 4 排布,并验证。

4.12.3 举例验证

【例 4-25】 填入数组用图 4-61,按规则 4 构造 12 阶完美幻方。构造步骤如下:

(1) 建立适宜方阵。经验算,图 4-61 符合通用必要条件,但不符合 4.12.1 节要求,应重排行列号,建立的适宜方阵如图 4-62 所示。第 1 行排序计算见表 4-7,第 1 列排序计算见表 4-8。

由计算表可知,图 4-62 每行符合二二排序、三三排序和四四排序,每列符合二二排序和三三排序,符合 4.12.1 节要求。

	1#	2#	3#	...	6#	7#	8#	...	12#
1*	101	102	103	...	106	108	109	...	113
2*	201	202	203	...	206	208	209	...	213
⋮	⋮	⋮	⋮	⋮	⋮	⋮	⋮	⋮	⋮
12*	1201	1202	1203	...	1206	1208	1209	...	1213

图 4-61

表 4-7 图 4-62 第 1 行排序计算表

方阵 1* 数	101	102	103	104	105	106	108	109	110	111	112	113	和 1284
对应列序号	1#	2#	3#	4#	5#	6#	7#	8#	9#	10#	11#	12#	
二二排序	101		103		108		113		112		105		642
		106		110		111		109		104		102	642
四四排序	101				108				112				321
		106				111				104			321
			103				113				105		321
				110				109				102	321
三三排序	101			110			113			104			428
		106			108			109			105		428
			103			111			112			102	428
适宜列序	1#	6#	3#	9#	7#	10#	12#	8#	11#	4#	5#	2#	

表 4-8 图 4-62 第 1 列排序计算表

方阵 1# 数	101	201	301	401	501	601	701	801	901	1001	1101	1201	和 7812
对应行序号	1*	2*	3*	4*	5*	6*	7*	8*	9*	10*	11*	12*	
二二排序	101		301		501				1201		701		3906
		201		401		601		801			901		1001	3906
三三排序	101			401					1201		901		2604
		201			501			801			1101		2604
			301			601			701			1001	2604
适宜行序	1*	2*	3*	4*	5*	6*	12*	8*	7*	9*	11*	10*	

(2) 起始数选图 4-62 中任意数,如 101,填在左下角。选第 1 列为首数组,$a'b$ 组合。

(3) 按照规则 4 构造的完美幻方如图 4-63 所示,幻和为 7 884。

(4) 说明:1～12 的整数连加和 = 78,不能被 4 整除,图 4-62 的列不能排成四四排序。

	1#	6#	3#	9#	7#	10#	12#	8#	11#	4#	5#	2#
1*	101	106	103	110	108	111	113	109	112	104	105	102
2*	201	206	203	210	208	211	213	209	212	204	205	202
3*	301	306	303	310	308	311	313	309	312	304	305	302
4*	401	406	403	410	408	411	413	409	412	404	405	402
5*	501	506	503	510	508	511	513	509	512	504	505	502
6*	601	606	603	610	608	611	613	609	612	604	605	602
12*	1201	1206	1203	1210	1208	1211	1213	1209	1212	1204	1205	1202
8*	801	806	803	810	808	811	813	809	812	804	805	802
7*	701	706	703	710	708	711	713	709	712	704	705	702
9*	901	906	903	910	908	911	913	909	912	904	905	902
11*	1101	1106	1103	1110	1108	1111	1113	1109	1112	1104	1105	1102
10*	1001	1006	1003	1010	1008	1011	1013	1009	1012	1004	1005	1002

图 4-62

	1#	6#	3#	9#	7#	10#	12#	8#	11#	4#	5#	2#
1*	604	408	202	1013	906	812	610	405	211	1001	909	803
2*	1113	706	1212	510	305	111	1101	709	1203	504	308	102
3*	410	205	1011	901	809	603	404	208	1002	913	806	612
4*	701	1209	503	304	108	1102	713	1206	512	310	105	1111
5*	204	1008	902	813	606	412	210	1005	911	801	609	403
6*	1213	506	312	110	1105	711	1201	509	303	104	1108	702
12*	1010	905	811	601	409	203	1004	908	802	613	406	212
8*	501	309	103	1104	708	1202	513	306	112	1110	705	1211
7*	904	808	602	413	206	1012	910	805	611	401	209	1003
9*	313	106	1112	710	1205	511	301	109	1103	704	1208	502
11*	810	605	411	201	1009	903	804	608	402	213	1006	912
10*	101	1109	703	1204	508	302	113	1106	712	1210	505	311

图 4-63

【例 4-26】 将图 4-62 方阵绕其主对角线,转动 180°,得到的新方阵记为图 4-64。用图 4-64 按照规则 4 构造 12 阶完美幻方。

(1) 对图 4-64 进行验算。由图 4-64 与图 4-62 的关系可知,图 4-64 的每行都符合二二排序、三三排序,但不符合四四排序及四分排序,而每列都符合二二排序、三三排序、四四排序。所以用图 4-64,应选择首数行,才可以按规则 4 构造 12 阶完美幻方。

(2) 起始数仍选 101,排布在左下角。选第 1 行为首数组,$a'b$ 组合。

(3) 按照规则 4 构造的完美幻方与幻方图 4-63 相同(图略)。

101	201	301	401	501	601	1201	801	701	901	1101	1001
106	206	306	406	506	606	1206	806	706	906	1106	1006
103	203	303	403	503	603	1203	803	703	903	1103	1003
110	210	310	410	510	610	1210	810	710	910	1110	1010
108	208	308	408	508	608	1208	808	708	908	1108	1008
111	211	311	411	511	611	1211	811	711	911	1111	1011
113	213	313	413	513	613	1213	813	713	913	1113	1013
109	209	309	409	509	609	1209	809	709	909	1109	1009
112	212	312	412	512	612	1212	812	712	912	1112	1012
104	204	304	404	504	604	1204	804	704	904	1104	1004
105	205	305	405	505	605	1205	805	705	905	1105	1005
102	202	302	402	502	602	1202	802	702	902	1102	1002

图 4-64

4.13 构造 $n = 3k$ 双偶数阶一般幻方

4.13.1 适宜方阵条件

（1）在选首数列时，按照规则 4 构造 $n = 3k$ 的双偶数阶一般幻方，适宜方阵条件应同时符合以下 4 条要求：

1）通用必要条件。

2）每行是二二排序和三三排序。

3）每列是二二排序。

4）下述 a) 或 b) 或 c) 条要求。

a) 每列还是三三排序，每行还是 15（或 26 或 37 或 45）排序。构造时应将第 1, 5, 9（或第 2, 6, 10 或第 3, 7, 11 或第 4, 8, 12）、…列的数排布在主 4 格线上（当首数方向为 a', b', e', f' 时）或副 4 格线上（当首数方向为 c', d', g', h' 时）。

b) 每行还是四四排序，每列还是 147（或 258 或 369）排序。构造时起始数应选第 1, 4, 7, 10（或第 2, 5, 8, 11 或第 3, 6, 9, 12）、…行中任意一个数，排布在幻方的小中心，或主 3 格线上（当组内数方向是 a, b, e, f 时）或副 3 格线上（当组内数方向是 c, d, g, h 时）。

c) 每行还是 15（或 26 或 37 或 48）排序，每列还是 147（或 258 或 369）排序。构造时起始数应相应选择第 1, 5, 9（或第 2, 6, 10 或第 3, 7, 11 或第 4, 8, 12）、…列与第 1, 4, 7, 10（或第 2, 5, 8, 11 或第 3, 6, 9）、…行的交叉数排布在主对角线上的小中心（当首数方向为 a', b', e', f' 时）或副对角线上的小中心（当首数方向为 c', d', g', h' 时）。

注意：上述 a) 和 b) 条的起始数也可采用 c) 条中的排布位置。

汇总 a), b) 和 c), 3 项中的起始数都可按 c) 中的规定排布在主对角线上的小中心

（当首数方向为 a',b',e',f' 时）或副对角线上的小中心（当首数方向为 c',d',g',h' 时）。

（2）在适宜方阵只能采用首数行时，可将适宜方阵绕其主对角线翻转 $180°$ 得到新方阵（数学上称为原方阵的转置方阵），然后，采用新方阵按照本节（1）中要求构造一般幻方。不用计算机的读者可将适宜方阵图 4-64 在平面上逆时针转动 $90°$ 后，按本节（1）中要求构造 12 阶一般幻方。

4.13.2 构造方法步骤

按照规则 4 构造 $n = 3k$ 的双偶数阶一般幻方的步骤如下：

（1）按 4.13.1 节要求建立或验证适宜方阵。

（2）构造时按 4.13.1 节要求，选择起始数及其位置、首数组及可行方向组合。

（3）按规则 4 排布，并验证。

4.13.3 举例验证

【例 4-27】 填入数组用图 4-62，按照规则 4 选首数列构造 12 阶一般幻方。构造步骤如下：

图 4-62 是按规则 4 构造 12 阶完美幻方的适宜方阵，根据 4.13.1 节要求，在下列 3 种情况下可构造 12 阶一般幻方。

（1）适宜方阵每行是二二排序、三三排序、四分排序且每列是二二排序、三三排序。

在图 4-62 中，若将第 6 列与第 12 列（即 10# 与 2#）对调位置，其余不变，对照第 1 行排序计算表 4-7 可知，此时仅每行的四四排序变成了 15 排序和 37 排序，其余排序未变，则构造一般幻方的适宜方阵建成，如图 4-65 所示。

构造时选 $a'b$ 组合，起始数选第 1，3，5，7，9，11 列中的任一个数，如 108，排布在主 4 格线上任意位置（首数方向 a'），并选其所在列为首数组。按规则 4 构造的一般幻方如图 4-66 所示，幻和为 7884。

	1#	6#	3#	9#	7#	2#	12#	8#	11#	4#	5#	10#
1*	101	106	103	110	108	102	113	109	112	104	105	111
2*	201	206	203	210	208	202	213	209	212	204	205	211
3*	301	306	303	310	308	302	313	309	312	304	305	311
4*	401	406	403	410	408	402	413	409	412	404	405	411
5*	501	506	503	510	508	502	513	509	512	504	505	511
6*	601	606	603	610	608	602	613	609	612	604	605	611
12*	1201	1206	1203	1210	1208	1202	1213	1209	1212	1204	1205	1211
8*	801	806	803	810	808	802	813	809	812	804	805	811
7*	701	706	703	710	708	702	713	709	712	704	705	711
9*	901	906	903	910	908	902	913	909	912	904	905	911
11*	1101	1106	1103	1110	1108	1102	1113	1109	1112	1104	1105	1111
10*	1001	1006	1003	1010	1008	1002	1013	1009	1012	1004	1005	1011

图 4-65

	1#	6#	3#	9#	7#	2#	12#	8#	11#	4#	5#	10#
1*	408	211	1013	906	812	610	405	202	1001	909	803	604
2*	706	1212	510	305	102	1101	709	1203	504	308	111	1113
3*	205	1002	901	809	603	404	208	1011	913	806	612	410
4*	1209	503	304	108	1111	713	1206	512	310	105	1102	701
5*	1008	911	813	606	412	210	1005	902	801	609	403	204
6*	506	312	110	1105	702	1201	509	303	104	1108	711	1213
12*	905	802	601	409	203	1004	908	811	613	406	212	1010
8*	309	103	1104	708	1211	513	306	112	1110	705	1202	501
7*	808	611	413	206	1012	910	805	602	401	209	1003	904
9*	106	1112	710	1205	502	301	109	1103	704	1208	511	313
11*	605	402	201	1009	903	804	608	411	213	1006	912	810
10*	1109	703	1204	508	311	113	1106	712	1210	505	302	101

图 4-66

(2) 适宜方阵每行是二二排序、三三排序、四四排序，每列是二二排序、三分排序。

在图 4-62 中，将第 6 行与第 10 行(即 6* 与 9*)对调位置，其余不变。对照第 1 列排序计算表 4-8 可知，此时仅每列的三三排序变成了 258 排序，其余排序未变。于是，构造一般幻方的适宜方阵建成，如图 4-67 所示。

	1#	6#	3#	9#	7#	10#	12#	8#	11#	4#	5#	2#
1*	101	106	103	110	108	111	113	109	112	104	105	102
2*	201	206	203	210	208	211	213	209	212	204	205	202
3*	301	306	303	310	308	311	313	309	312	304	305	302
4*	401	406	403	410	408	411	413	409	412	404	405	402
5*	501	506	503	510	508	511	513	509	512	504	505	502
9*	901	906	903	910	908	911	913	909	912	904	905	902
12*	1201	1206	1203	1210	1208	1211	1213	1209	1212	1304	1205	1202
8*	801	806	803	810	808	811	813	809	812	804	805	802
7*	701	706	703	710	708	711	713	709	712	704	705	702
6*	601	606	603	610	608	611	613	609	612	604	605	602
11*	1101	1106	1103	1110	1108	1111	1113	1109	1112	1104	1105	1102
10*	1001	1006	1003	1010	1008	1011	1113	1009	1012	1004	1005	1002

图 4-67

构造时选 $a'b$ 组合,起始数选第 2、5、8、11 行中任意数(如 802),排布在幻方小中心,选 802 所在列为首数组,按规则 4 构造的一般幻方如图 4-68 所示,幻和为 7 884。

	1#	6#	3#	9#	7#	10#	12#	8#	11#	4#	5#	2#
1*	208	1002	613	806	912	410	205	1011	601	809	903	404
2*	1206	512	310	105	1111	701	1209	503	304	108	1102	713
3*	1005	611	801	909	403	204	1008	602	813	906	412	210
4*	509	303	104	1108	702	1213	506	312	110	1105	711	1201
5*	608	802	913	406	212	1010	605	811	901	409	203	1004
9*	306	112	1110	705	1211	501	309	103	1104	708	1202	513
12*	805	911	401	209	1003	604	808	902	413	206	1012	610
8*	109	1103	704	1208	502	313	106	1112	710	1205	511	301
7*	908	402	213	1006	612	810	905	411	201	1009	603	804
6*	1106	712	1210	505	311	101	1109	703	1204	508	302	113
11*	405	211	1001	609	803	904	408	202	1013	606	812	910
10*	709	1203	504	308	102	1113	706	1212	510	305	111	1101

图 4-68

(3)适宜方阵每行是二二排序、三三排序、四分排序,每列是二二排序、三分排序。在图 4-62 中,将 6 行与第 10 行对调位置,再将第 6 列与第 12 列对调位置,其余不变。

对照排序计算表可知,此时仅每列的三三排序变成了 258 排序、每行的四四排序变成了 15 排序和 37 排序,则适宜方阵变成图 4-69。

	1#	6#	3#	9#	7#	2#	12#	8#	11#	4#	5#	10#
1*	101	106	103	110	108	102	113	109	112	104	105	111
2*	201	206	203	210	208	202	213	209	212	204	205	211
3*	301	306	303	310	308	302	313	309	312	304	305	311
4*	401	406	403	410	408	402	413	409	412	404	405	411
5*	501	506	503	510	508	502	513	509	512	504	505	511
9*	901	906	903	910	908	902	913	909	912	904	905	911
12*	1201	1206	1203	1210	1208	1202	1213	1209	1212	1304	1205	1211
8*	801	806	803	810	808	802	813	809	812	804	805	811
7*	701	706	703	710	708	702	713	709	712	704	705	711
6*	601	606	603	610	608	602	613	609	612	604	605	611
11*	1101	1106	1103	1110	1108	1102	1113	1109	1112	1104	1105	1111
10*	1001	1006	1003	1010	1008	1002	1113	1009	1012	1004	1005	1011

图 4-69

构造时先选 $a'b$ 组合,将第 2,5,8,11 行与第 1,3,5,7,9,11 列交叉数中的任意数(如 205)排布在主对角线上的小中心处(见图 4-70),选 205 所在列为首数组,按规则 4 构造的一般幻方如图 4-70 所示,幻和为 7 884。

	1#	6#	3#	9#	7#	2#	12#	8#	11#	4#	5#	10#
1*	213	1006	612	810	905	402	201	1009	603	804	908	411
2*	1210	505	302	101	1109	703	1204	508	311	113	1106	712
3*	1001	609	803	904	408	211	1013	606	812	910	405	202
4*	504	308	111	1113	706	1212	510	305	102	1101	709	1203
5*	613	806	912	410	205	1002	601	809	903	404	208	1011
9*	310	105	1102	701	1209	503	304	108	1111	713	1206	512
12*	801	909	403	204	1008	611	813	906	412	210	1005	602
8*	104	1108	711	1213	506	312	110	1105	702	1201	509	303
7*	913	406	212	1010	605	802	901	409	203	1004	608	811
6*	1110	705	1202	501	309	103	1104	708	1211	513	306	112
11*	401	209	1003	604	808	911	413	206	1012	610	805	902
10*	704	1208	511	313	106	1112	710	1205	502	301	109	1103

图 4-70

第5章

幻方构造方法5

5.1 范　围

本章给出了构造幻方时填入数排布规则5的定义。

本章给出了按照填入数排布规则5构造幻方的方法步骤及相应的适宜方阵条件。

幻方构造方法5由填入数排布规则5和相应的适宜方阵条件组成,适用于 $n \neq 3k$ 的奇数阶完美幻方与 $n = 3k > 4$ 奇数阶完美幻方的构造。

5.2 术语和定义

下述术语和定义适用于本书。

排布规则5,简称规则5,俗称"双3格马步"。在平面幻方表格上构造幻方时,规则5规定:

(1) 适宜方阵中前后相邻首数在幻方中按照选定首数方向的3格马步排布。

(2) 适宜方阵中每组内的相邻数在幻方中按照选定组内数方向的3格马步排布。

(3) 当填入数出幻方框后,直移或斜移 n 格(或 n 格的整数倍)入框内。

(4) 无重叠。

5.3 构造 $n \neq 3k$ 的奇数阶完美幻方

5.3.1 适宜方阵条件

按照规则5构造 $n \neq 3k$ 的奇数阶完美幻方时,适宜方阵条件就是通用必要条件,构造时无特殊要求。

5.3.2 解析步骤

根据规则5,在平面幻方表格上排布填入数组,生成斜排图,通过移动,构成幻方。

(1) 建立适宜方阵:将1~25整排成5阶方阵图1-9,它是适宜方阵。

(2) 构造时,起始数可选适宜方阵中任意一个数,如"1",选"1"所在列为首数组,选$a'b'$组合。

(3) 按规则5在幻方表格上排布斜排图:

1) 填首数组。按a'向3格马步,布置所有首数1、6、11、16、21,如图5-1所示。

2) 填各组非首数,沿各自的首数,按选定的b'向3格马步填非首数,如图5-1所示。

(4) 画出幻方框(可任意位置)。将框外数按"出框移入规则"移入框内,如图5-1所示。

(5) 对粗框内方阵检查、验算

每行数连加和=每列数连加和=每条对角线数连加和=

每条泛对角线数连加和=65

图5-1粗框内即所构造的5阶完美幻方,幻和为65。

(6) 需要说明,上述按规则5排布的"斜排图",通过框外数移入操作,可以生成5×5个不同的完美幻方,这是因为每个数都可以排布在完美幻方的左上格。

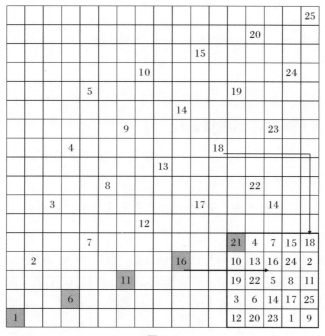

图 5-1

5.3.3 实用填法

(1) 填入数组用图1-9,是适宜方阵。画出幻方框。

(2) 构造时,起始数可选方阵中任意数,如1,可排布在幻方内任意位置,如左下角。选起始数"1"所在列为首数组。选 $a'b'$ 组合。

(3) 按规则5排布。

1) 填首数组。按 a' 向3格马步,依据适宜方阵中首数顺序填入其余首数"1",6,11,16,21。11和21出框应立即移入,如图5-2(a)所示。

2) 填非首数。先按 b' 向3格马步,随首数"1"填入"1"组的非首数"1",2,3,4,5 (3,5出框立即移入),如图5-2(b)所示。再参照"1"组,按 b' 向3格马步将其他各组非首数填入(执行数出框移入规则),如图5-2(b)所示。

3) 检查验算,无误,图5-2(c)粗框内即是所构造的5阶完美幻方。

(4) 说明:"二连"规则与出框移入规则均适用,也可用分组填法。

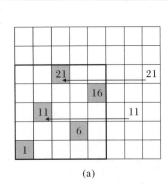 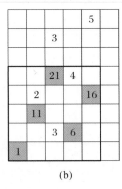 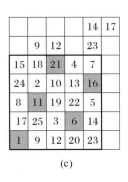

(a)　　　　　　　　(b)　　　　　　　　(c)

图 5-2

5.3.4 批量构造完美幻方的主要途径

批量构造完美幻方的主要途径包括改变起始数或其位置、改变适宜方阵的行(列)排序、改变方向组合,见例5-1。

【例5-1】 填入数组用图1-9,选第1列为首数组,选择 $a'd'$, $a'f'$, $a'h'$ 组合,按规则5构造的完美幻方如图5-3~图5-5所示。

说明:采用规则5与规则4构造的完美幻方,存在"重复"现象。

13	17	21	5	9
25	4	8	12	16
7	11	20	24	3
19	23	2	6	15
1	10	14	18	22

图 5-3

12	19	21	3	10
23	5	7	14	16
9	11	18	25	2
20	22	4	6	13
1	8	15	17	24

图 5-4

14	20	21	2	8
22	3	9	15	16
10	11	17	23	4
18	24	5	6	12
1	7	13	19	25

图 5-5

5.3.5 构造 $n \neq 3k$ 的更高奇数阶完美幻方

【例 5-2】 用 1~121 整数,按规则 5 构造 11 阶完美幻方。构造步骤如下:

(1)按 5.3.1 节要求建立适宜方阵。将 1~121 整数按从小到大排列成 11 阶方阵,它符合通用必要条件。用 1♯~11♯ 和 1*~11* 分别标示第 1~11 列和第 1~11 行。将第 10、11 列对调位置,将第 10、11 行对调位置,使列号排序为 1♯,2♯,3♯,4♯,5♯,6♯,7♯,8♯,9♯,11♯,10♯,行号排序为 1*,2*,3*,4*,5*,6*,7*,8*,9*,11*,10*。第 1 列数为 1,12,23,34,45,56,67,78,89,111,110。

(2)选 1 为起始数,排布在图 5-6 图示位置,选第 1 列为首数组,$a'b'$ 组合。

(3)按规则 5 排布,构造的 11 阶完美幻方如图 5-6 所示,幻和为 671。

	1#	2#	3#	4#	5#	6#	7#	8#	9#	11#	10#
1*	97	79	72	66	47	40	32	15	8	100	115
2*	55	36	29	21	4	107	111	93	86	68	61
3*	10	103	118	89	82	75	57	50	44	25	18
4*	78	71	64	46	39	33	14	7	109	114	96
5*	35	28	22	3	106	120	92	85	67	60	53
6*	102	117	98	81	74	56	49	42	24	17	11
7*	70	63	45	38	31	13	6	110	113	95	87
8*	27	20	2	105	121	91	84	76	59	52	34
9*	116	99	80	73	65	48	41	23	16	9	101
11*	62	54	37	30	12	5	108	112	94	88	69
10*	19	1	104	119	90	83	77	58	51	43	26

图 5-6

【例 5-3】 用 1~625 整数,按规则 5 构造 25 阶完美幻方。构造步骤如下:

(1)建立适宜方阵。将 1~625 整数从小到大排成 25 阶方阵,是适宜方阵,第 1 列数为 1,26,51,76,101,126,151,176,201,226,251,276,301,326,351,376,401,426,451,476,501,526,551,576,601。

(2)起始数选方阵中任意一个数,如"1",可排布在任意位置,如左下角。选第 1 列为首数组,$a'b'$ 组合。

(3)按规则 5 构造的 25 阶完美幻方如图 5-7 所示,幻和为 7 825。

	1#	2#	3#	4#	5#	6#	7#	8#	9#	10#	11#	12#	13#	14#	15#	16#	17#	18#	19#	20#	21#	22#	23#	24#	25#
1*	560	338	116	519	297	75	453	231	9	412	190	593	371	149	527	305	83	486	264	42	445	223	601	379	157
2*	494	272	50	428	206	609	387	165	568	346	124	502	280	58	461	239	17	420	198	576	354	132	535	313	91
3*	403	181	584	362	140	543	321	99	477	255	33	436	214	617	395	173	551	329	107	510	288	66	469	247	25
4*	337	115	518	296	74	452	230	8	411	189	592	370	148	526	304	82	485	263	41	444	222	625	378	156	559
5*	271	49	427	205	608	386	164	567	345	123	501	279	57	460	238	16	419	197	600	353	131	534	312	90	493
6*	180	583	361	139	542	320	98	476	254	32	435	213	616	394	172	575	328	106	509	287	65	468	246	24	402
7*	114	517	295	73	451	229	7	410	188	591	369	147	550	303	81	484	262	40	443	221	624	377	155	558	336
8*	48	426	204	607	385	163	566	344	122	525	278	56	459	237	15	418	196	599	352	130	533	311	89	492	270
9*	582	360	138	541	319	97	500	253	31	434	212	615	393	171	574	327	105	508	286	64	467	245	23	401	179
10*	516	294	72	475	228	6	409	187	590	368	146	549	302	80	483	261	39	442	220	623	376	154	557	335	113
11*	450	203	606	384	162	565	343	121	524	277	55	458	236	14	417	195	598	351	129	532	310	88	491	269	47
12*	359	137	540	318	96	499	252	30	433	211	614	392	170	573	326	104	507	285	63	466	244	22	425	178	581
13*	293	71	474	227	5	408	186	589	367	145	548	301	79	482	260	38	441	219	622	400	153	556	334	112	515
14*	202	605	383	161	564	342	120	523	276	54	457	235	13	416	194	597	375	128	531	309	87	490	268	46	449
15*	136	539	317	95	498	251	29	432	210	613	391	169	572	350	103	506	284	62	465	243	21	424	177	580	358
16*	70	473	226	4	407	185	588	366	144	547	325	78	481	259	37	440	218	621	399	152	555	333	111	514	292
17*	604	382	160	563	341	119	522	300	53	456	234	12	415	193	596	374	127	530	308	86	489	267	45	448	201
18*	538	316	94	497	275	28	431	209	612	390	168	571	349	102	505	283	61	464	242	20	423	176	579	357	135
19*	472	250	3	406	184	587	365	143	546	324	77	480	258	36	439	217	620	398	151	554	332	110	513	291	69
20*	381	159	562	340	118	521	299	52	455	233	11	414	192	595	373	126	529	307	85	488	266	44	447	225	603
21*	315	93	496	274	27	430	208	611	389	167	570	348	101	504	282	60	463	241	19	422	200	578	356	134	537
22*	249	2	405	183	586	364	142	545	323	76	479	257	35	438	216	619	397	175	553	331	109	512	290	68	471
23*	158	561	339	117	520	298	51	454	232	10	413	191	594	372	150	528	306	84	487	265	43	446	224	602	380
24*	92	495	273	26	429	207	610	388	166	569	347	125	503	281	59	462	240	18	421	199	577	355	133	536	314
25*	1	404	182	585	363	141	544	322	100	478	256	34	437	215	618	396	174	552	330	108	511	289	67	470	248

图 5-7

5.3.6 构造方法步骤

按规则 5 构造 $n \neq 3k$ 奇数阶完美幻方的步骤如下：

(1) 建立或验证适宜方阵，应符合 5.3.1 节要求。

(2) 构造时无特殊要求，任意选择起始数及排布位置、首数组和可行方向组合。

(3) 按规则 5 排布，并验证。

5.4 构造 $n=3k>4$ 的奇数阶完美幻方

5.4.1 适宜方阵条件

按规则 5 构造 $n=3k>4$ 奇数阶完美幻方时，适宜方阵条件应同时符合通用必要条件、每行与每列都是三三排序。构造时无特殊要求。

5.4.2 构造方法步骤

按规则 5 构造 $n=3k>4$ 奇数阶完美幻方的方法步骤如下：

(1) 建立或验证适宜方阵，使其符合 5.4.1 节要求。

(2) 构造时无特殊要求，任意选择起始数及排布位置、首数组和可行方向组合。

(3) 按规则 5 排布，并验证。

【例 5-4】 填入数组用图 3-36(见例 3-11),按规则 5 构造 9 阶完美幻方,构造步骤如下:

(1) 建立适宜方阵,重排图 3-36 的行(列)号,建立适宜方阵图 5-8。验算如下。

1) 列号排列为 1♯,2♯,3♯,5♯,6♯,8♯,9♯,7♯,4♯,第 1 行数的连加和为 135,11+15+19=12+16+17=13+18+14=45,第 1 行为三三排序。

2) 行号排列为 1*,2*,4*,3*,6*,5*,9*,8*,7*,第 1 列数的连加和为 489。11+31+121=21+61+81=41+51+71=163,第 1 列为三三排序。

(2) 起始数选方阵中的 11,排布在左下角。选 11 所在列为首数组,选 $a'b'$ 组合。

(3) 按规则 5 构造的 9 阶完美幻方如图 5-9 所示,幻和为 525。

	1♯	2♯	3♯	5♯	6♯	8♯	9♯	7♯	4♯
1*	11	12	13	15	16	18	19	17	14
2*	21	22	23	25	26	28	29	27	24
4*	41	42	43	45	46	48	49	47	44
3*	31	32	33	35	36	38	39	37	34
6*	61	62	63	65	66	68	69	67	64
5*	51	52	53	55	56	58	59	57	54
9*	121	122	123	125	126	128	129	127	124
8*	81	82	83	85	86	88	89	87	84
7*	71	72	73	75	76	78	79	77	74

图 5-8

	1♯	2♯	3♯	5♯	6♯	8♯	9♯	7♯	4♯
1*	75	56	48	79	57	44	71	52	43
2*	89	67	24	81	62	23	85	66	28
4*	121	32	13	125	36	18	129	37	14
3*	55	46	78	59	47	74	51	42	73
6*	69	27	84	61	22	83	65	26	88
5*	31	12	123	35	16	128	39	17	124
9*	45	76	58	49	77	54	41	72	53
8*	29	87	64	21	82	63	25	86	68
7*	11	122	33	15	126	38	19	127	34

图 5-9

(4) 批量构造 9 阶完美幻方的主要途径,见 5.3.4 节要求。由于三三排序要求,限制了适宜方阵行列排序的变化数量。但对 9 阶幻方,改变基础方阵也可构造新幻方,见例 5-5。

【例 5-5】 将 1~81 整数排列成新基础方阵,按规则 5 构造 9 阶完美幻方。构造步骤如下:

(1) 建立适宜方阵。将 1~81 整数排列成图 5-10,经验算,它符合通用必要条件,是新基础方阵,但不是适宜方阵。欲构造 9 阶完美幻方,重新排序计算见表 5-1 和表 5-2。

表 5-1 图 5-11 的适宜方阵第 1 行重新排序计算表

方阵 1* 数	1	2	3	10	11	12	19	20	21	和 99
对应序号	1♯	2♯	3♯	4♯	5♯	6♯	7♯	8♯	9♯	
147	1			11			21			33
258		2			12			19		33
369			3			10			20	33
适宜列序	1♯	2♯	3♯	5♯	6♯	4♯	9♯	7♯	8♯	

表 5-2 图 5-11 的适宜方阵第 1 列重新排序计算表

方阵1#数	1	4	7	28	31	34	55	58	61	和 279
对应序号	1*	2*	3*	4*	5*	6*	7*	8*	9*	
147	1				31				61	93
258		4				34	55			93
369			7	28				58		93
适宜行序	1*	2*	3*	5*	6*	4*	9*	7*	8*	

(2) 选 1 为起始数,排布在左下角,选第 1 列为首数组,选 $a'c'$ 组合。

(3) 按规则 5 排布,构造的 9 阶完美幻方如图 5-11 所示,幻和为 369。

图 5-10

图 5-11

【例 5-6】 用 1~225 整数,按规则 5 构造 15 阶完美幻方,构造步骤如下:

(1)将 1~225 整数按从小到大排列基础方阵,再重排其行列号顺序,见表 5-3 和表 5-4。

(2)构造时起始数可选适宜方阵中的 1,排布左下角。选 1 所在列为首数列,选 $a'b'$ 组合。按规则 5 构造的 15 阶完美幻方如图 5-12 所示,幻和为 1 695。

表 5-3 图 5-12 的适宜方阵第 1 行排序计算表

方阵1*数	1	2	3	4	5	6	7	8	9	10	11	12	13	14	15	和 120
对应列号	1#	2#	3#	4#	5#	6#	7#	8#	9#	10#	11#	12#	13#	14#	15#	
147	1			4			7						13		15	40
258		2			5			8			11			14		40
369			3			6			9	12					10	40
适宜列序	1#	2#	3#	4#	5#	6#	7#	8#	9#	15#	11#	12#	13#	14#	10#	

表 5-4 图 5-12 的适宜方阵第 1 列排序计算表

方阵1#数	1	16	31	46	61	76	91	106	121	136	151	166	181	196	211	和 1590
对应行号	1*	2*	3*	4*	5*	6*	7*	8*	9*	10*	11*	12*	13*	14*	15*	
147	1			46			91						211		181	530
258		16			61			106			151			196		530
369			31			76			121	166					136	530
行号排序	1*	2*	3*	4*	5*	6*	7*	8*	9*	15*	11*	12*	13*	14*	10*	

	1#	2#	3#	4#	5#	6#	7#	8#	9#	15#	11#	12#	13#	14#	10#
1*	45	128	141	79	167	40	133	146	84	172	35	123	136	89	177
2*	64	152	25	118	206	69	157	20	108	196	74	162	30	113	201
3*	103	191	54	217	5	93	181	59	222	15	98	186	49	212	10
4*	127	140	78	166	44	132	150	83	171	34	122	145	88	176	39
5*	151	29	117	210	68	156	19	107	205	73	161	24	112	200	63
6*	195	53	216	4	92	190	58	221	9	97	185	48	211	14	102
7*	139	77	175	43	131	144	82	170	33	121	149	87	180	38	126
8*	28	116	204	67	155	18	106	209	72	165	23	111	199	62	160
9*	52	215	3	91	194	57	225	8	96	184	47	220	13	101	189
15*	76	179	42	135	143	81	169	32	130	148	86	174	37	125	138
11*	120	203	66	154	17	115	208	71	159	22	110	198	61	164	27
12*	214	2	100	193	56	219	7	95	183	46	224	12	105	188	51
13*	178	41	129	142	80	168	31	134	147	90	173	36	124	137	85
14*	202	65	153	16	119	207	75	158	21	109	197	70	163	26	114
10*	1	104	192	60	218	6	94	182	55	223	11	99	187	50	213

图 5-12

第6章　幻方构造方法6

6.1 范　围

本章给出了构造4阶幻方时填入数排布规则6的定义。

本章还给出了按照填入数排布规则6构造4阶幻方的方法步骤和相应的适宜方阵条件。

幻方构造方法6由填入数排布规则6和相应的适宜方阵条件组成,仅适用于构造4阶完美幻方和4阶一般幻方。

6.2 术语和定义

下列术语和定义适用于本书。

1. 马士马步

它是构造4阶幻方的组合步法,由国际象棋"马步"和中国象棋"士步"组合而成。它表示了适宜方阵中一行(或一列)相邻4个数间的位置关系。它有两种形式,如图6-1所示,分为直士马士马步与勾士马士马步,"A"和"E"称为马士马步的起始数。

(1) 直士马士马步:4个数的位置连起来成平行四边形,$\angle ABC > 90°$,其方向以 AB 方向为准,CD 方向同 AB。图6-1中的直士马士马步,简称为"a 向直士"。

(2) 勾士马士马步:4个数连起来成菱形,拐角 $\angle EFG < 90°$(所以称"勾"),其方向以 EF 方向为准,GH 方向同 EF。图6-1中的勾士马士马步,简称为"a 向勾士"。

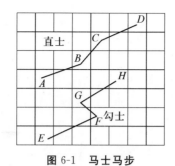

图 6-1 马士马步

A,B,C,D 与 E,F,G,H—4阶适宜方阵中的一行或列的4个元素(数)

2. 排布规则6

在平面幻方表格上构造4阶幻方时,排布规则6(简称规则6)规定:

(1) 以共用起始数为起始数,先按首数方向的直士马士马步排布首数组,再按组内数方向的马士马步排布组内数。

(2) 其余3组非首数均以各自的首数为马士马步的起始数进行排布。

(3) 在"士步"之后出框再执行"数出框移入规则"。

(4) 要求无重叠、无空格。

3. 对折和相等

一数组有 n 个数(n 为偶数),排列成 $a_1,a_2,\cdots,a_i,\cdots,a_n$。若 $a_{i+1}+a_{n-i}=a_1+a_n$,称该数组对折和相等。

例如:一数组是 1,3,4,5,6,7,8,10,因 1+10=3+8=4+7=5+6,所以它符合对折和相等。

6.3 构造4阶完美幻方

6.3.1 适宜方阵条件

按照规则6构造4阶完美幻方时,适宜方阵条件应同时符合以下3条要求:

(1) 通用必要条件。

(2) 每行与每列都是对折和相等。

(3) 构造时,应选方阵的"a_{11}"为共用起始数,可排布在任意位置。

6.3.2 实用方法步骤

(1) 建立适宜方阵。1~16整数可排列成3种4阶基础方阵,如图6-2~图6-4所示。经验算,它们均符合构造4阶完美幻方的适宜方阵条件。现选用图6-2为填入数组。

(2) 画4阶幻方框。共用起始数选"1",选第1列为首数组,排布在任意位置,如左下角。选组合方向 ab。

图 6-2   图 6-3   图 6-4

（3）按规则 6 排布。

1）填首数组，即在共用起始数"1"后填 5（a 向马步）、9（直士）、13（a 向马步，13 出框移入），如图 6-5(a) 所示。

2）填"1"组非首数。按"b 向直士"，即填"1"、2（b 向马步）、3（只能直士）、4（b 向马步，4 出框移入），如图 6-5(a) 所示（图题中的"直"表示直士）。

3）填"5"组非首数。只能选"同向勾士"，即填"5"、6（只能同向）、7（只能勾士，出框移入）、8（出框移入），如图 6-5(b) 所示（图题中的"同"指与"1"组 b 向相同，"勾"表示勾士）。

4）填"9"组非首数。只能选"反向勾士"，即填"9"、10（只能反向）、11（只能勾士）、12（反向，12 出框移入）。如图 6-5(c) 所示（图题中的"反"指与"1"组 b 向相反，"勾"表示勾士）。

5）填"13"组非首数。只能选"反向直士"，即填"13"、14（只能反向）、15（只能直士，出框移入）、16（出框移入），如图 6-5(d) 所示。

（4）检查验证，无误，图 6-5(d) 粗框内方阵即所造 4 阶完美幻方，幻和为 34。

（5）说明：

1）对任意一组马士马步，只有在第 3 个数（士步）出框后，才能开始执行移入操作。

2）在幻方图下面标注的"直同勾反勾"等"5 字标识"，表示各组马士马步间的关系。详见第 6.5 节，仅为学习时和检查时用。

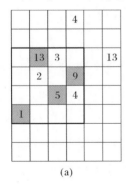   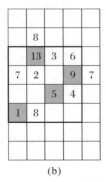      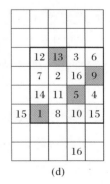

(a)   (b)   (c)   (d)

图 6-5

(a)直；(b)直同勾；(c)直同勾反勾；(d)直同勾反勾

6.3.3 方向组合

(1) 在首数 a 向直士时，改变方向组合构造的幻方如图 6-6～图 6-8 所示，相对的组合是 ae, ah, ag。在首数 a 向时，只有 ab, ae, ag, ah 是可行的，只有 2 个是独立的。

(2) 在首数 b 向直士，也可构造幻方，如图 6-9～图 6-12 所示。它们是首数 a 向幻方的镜像或旋转。

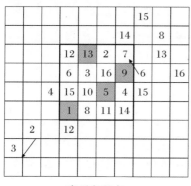

直反勾同勾

图 6-6

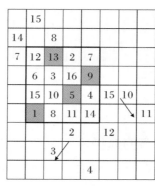

勾反直同直

图 6-7

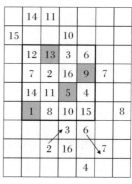

勾同直反直

图 6-8

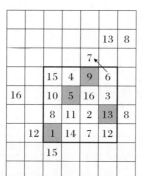

直同勾反勾

图 6-9

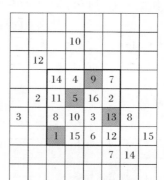

勾反直同直

图 6-10

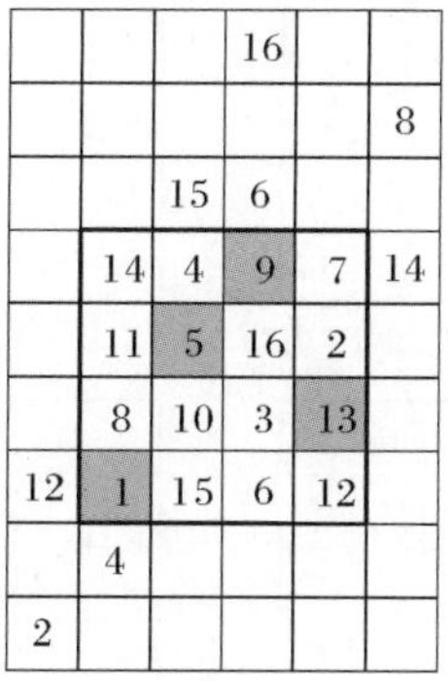

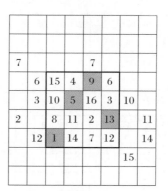

直反勾同勾

图 6-11

勾同直反直

图 6-12

6.3.4 在首数组的两个马步间以"勾士"连接,也可构造幻方

【例 6-1】 采用"首数勾士"时,组合选 ac 和 ae 时,构造的幻方如图 6-13 和图 6-14 所示。

说明:"首数勾士"与"首数直士"构造的幻方存在重复现象,以下不再讨论。

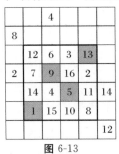
图 6-13

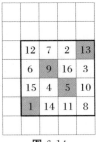
图 6-14

6.3.5 批量构造完美幻方的途径

通过改变起始数的位置、方向组合、首数组及适宜方阵可批量构造 4 阶完美幻方,见例 6-2~例 6-5。

【例 6-2】 采用基础方阵图 6-3,共用起始数选 1,选第 1 列为首数组,ah 组合,构造的完美幻方如图 6-15 所示。

图 6-15

【例 6-3】 对完美幻方图 6-8,改变"1"位置,可得 16 个完美幻方,并给新图号图 6-16。

12	13	3	6
7	2	16	9
14	11	5	4
1	8	10	15

(a)

13	3	6	12
2	16	9	7
11	5	4	14
8	10	15	1

(b)

3	6	12	13
16	9	7	2
5	4	14	11
10	15	1	8

(c)

6	12	13	3
9	7	2	16
4	14	11	5
15	1	8	10

(d)

7	2	16	9
14	11	5	4
1	8	10	15
12	13	3	6

(e)

2	16	9	7
11	5	4	14
8	10	15	1
13	3	6	12

(f)

16	9	7	2
5	4	14	11
10	15	1	8
3	6	12	13

(g)

9	7	2	16
4	14	11	5
15	1	8	10
6	12	13	3

(h)

14	11	5	4
1	8	10	15
12	13	3	6
7	2	16	9

(i)

11	5	4	14
8	10	15	1
13	3	6	12
2	16	9	7

(j)

5	4	14	11
10	15	1	8
3	6	12	13
16	9	7	2

(k)

4	14	11	5
15	1	8	10
6	12	13	3
9	7	2	16

(l)

图 6-16

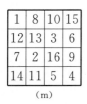

| (m) | (n) | (o) | (p) |

续图 6-16

【**例 6-4**】 对完美幻方图 6-10,通过改变"1"位置,同样可得 16 个完美幻方,并给新图号图 6-17(仅给出 4 个)。

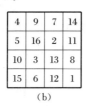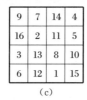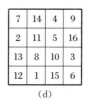

  (a)   (b)   (c)   (d)

图 6-17

【**例 6-5**】 对完美幻方图 6-15,通过改变"1"位置,同样可得 16 个完美幻方,并给新图号图 6-18(仅给出 4 个)。

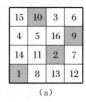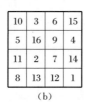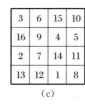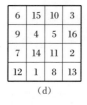

  (a)   (b)   (c)   (d)

图 6-18

由例 6-3～例 6-5,合计生成 16×3＝48 个互不相同的 4 阶完美幻方。

6.4 构造 4 阶一般幻方

6.4.1 适宜方阵条件

按照规则 6 构造 4 阶一般幻方时,适宜方阵条件应同时符合以下 3 条要求:

(1)通用必要条件。

(2)不符合"每行每列都对折和相等"。

(3)构造时应选方阵的"a_{11}"为共用起始数,并排布在幻方的副 2 格线上(当首数方向是 a,b,e,f 时)或主 2 格线上(当首数方向是 c,d,g,h 时)。主、副 2 格线如图 6-19 所示。

特别说明:如果适宜方阵的第 1 行(或列)的 4 个数无论如何排列都不符合对折和相等,则构造时的共用起始数可选适宜方阵中的任意一个数,见例 6-6。

图 6-19　主、副 2 格线

6.4.2　构造方法步骤

按规则 6 构造 4 阶一般幻方的方法步骤如下：

（1）按 6.4.1 节要求，建立或验证适宜方阵。

（2）构造时按 6.4.1 节中的要求，选择共用起始数和排布位置。

（3）按规则 6 排布，并验证。

6.4.3　举例验证

【例 6-6】　用图 6-20，按规则 6 构造 4 阶一般幻方。构造步骤如下：

（1）验算图 6-20，符合构造 4 阶一般幻方适宜方阵条件。又因第 1 行数 1,2,5,9 不论如何排列都不会符合对折和相等，所以共用起始数可选图 6-20 中任意一个数。

（2）构造时选第 1 列为首数列，选 1 为共用起始数，首数组按直士马士马步，ab 组合，将"1"排布在左下角（副 2 格线上），构造的一般幻方如图 6-21 所示，幻和为 107。

（3）若首数组改序为 1,51,31,11, ab 组合，则构造的一般幻方如图 6-22 所示，幻和为 107。

（4）用图 6-20，选 12 为共用起始数，排布在左下角。选 12 所在列为首数组，首数组按直士马士马步，ab 组合，则构造的一般幻方如图 6-23 所示。

（5）用图 6-20，选 15 为共用起始数，排布在图 6-24 的所示位置，选 15 所在列为首数组，首数组按直士马士马步，ab 组合，则构造的一般幻方如图 6-24 所示。

（6）若选 dc 组合，再选 1 为共用起始数，排布在右下角，选 1 所在列为首数组，首数组按直士马士马步，则构造的一般幻方如图 6-25 所示。

6.5 构造4阶幻方时的两反两勾现象

按照规则6构造4阶幻方时存在以下现象。

(1)"两反两勾"现象。仔细观察前述构造过程,发现四组组内数的马士马步必是两"勾士"和两"直士";方向上均与共用起始数组内数比较,只有一个"同"向,两个"反"向。

(2)首数组的马步方向由选择确定,士步应为"直士"。

(3)共用起始数所在组的马步方向是选定的组内数方向。

(4)用"5字标识"说明前三组的填数方法。以"直同勾反勾"说明。

1)第1字:表示共用起始数组(称第1组)的"士步":"直"或"勾"。

2)第2,3字,表示第2组数的马士马步结构。

a)"同"表示马步方向与第1组同向,"反"表示马步方向与第1组反方向。

b)"直"表示"直士","勾"表示"勾士"。

3)第4,5字,表示第3组马士马步结构。"同""反""直""勾"含义同2)。

4)第4组数(第4步)马士马步结构按"两反两勾"现象来确定。

a)若"5个字"中,已有1个"同",则第4组必为反向;若无"同",则为同向。

b)若"5个字"中,若只有1个"直",则第4组为直士,若有2个"直",则第4组必为勾士。

(5)说明:在1~4组数的排布中,存在两同两反两直两勾现象。由于以"共用起始数"所在组的方向为参考,在标记中只有1个"同"。期待这一现象能有助于读者的阅读和练习。其实,在6.3.2节实用方法步骤中,在选择了方向组合并排布了首数组之后,几组非首数的马士马步的排布没有利用"两勾两反"现象,而是根据排布"可行"性来判断的。

6.6 构造16阶幻方

在本书中,只有规则6能够构造4阶一般幻方,且适宜方阵符合通用必要条件即可,对填入数适宜方阵要求较低。虽然对起始数位置有要求,在构造幻方时照办即可。这一特性对合成高阶一般幻方和构造一般变量幻方提供了方便,同时也增加了构造4阶幻方的数量。这是排布规则6的重要用途。

【例6-7】 用填入数组方阵图6-26,按规则6构造16阶一般幻方。

审查图6-26方阵,其任意两行间的相同列数的差都相等,但行与列都不符合等差数列,也不符合二二排序与对折和相等。若将填入数方阵划分成16个4×4区块

加幻方与乘幻方构造法 —— 源自方程组的解

(每个区块也不符合等差、二二排序和对折和相等要求)。因为图 6-26 方阵符合适宜方阵条件,所以 16 个小区块都符合构造 4 阶一般幻方的适宜方阵条件。因此,可采用规则 6 构造 16 阶一般幻方。构造步骤如下:

(1) 将图 6-26 方阵划分成 16 个 4 格×4 格区域,顺序编号为:1♯、2♯、…、16♯,如图 6-26 外围编号所示。用每 4 格×4 格区中的 16 个数构造 4 阶幻方,并对应编号为 1♯~16♯。

(2) 按照规则 6,用 1~16 的整数构造 4 阶幻方,并加上"♯",如图 6-27 所示(模板)。

(3) 画出 16 阶幻方框,并均分成 16 个 4 格×4 格区,如图 6-28 所示。

(4) 按图 6-27 模板中的序号位置,将(1)中构造的 1♯~16♯ 的 4 阶幻方复制到图 6-28 中,如:将 1♯ 幻方复制到图 6-28 的左下角,将 12♯ 复制到图 6-28 的左上角。

说明:也可直接在图 6-28 相应编号的 4 格×4 格中构造 4 阶幻方。

(5) 检查、验证无误,图 6-28 即构造的 16 阶一般幻方,幻和为 2 767。

							2♯			3♯					
	0	1	2	4	5	6	7	9	10	11	12	14	15	16	17	18
1♯	20	21	22	24	25	26	27	29	30	31	32	34	35	36	37	38	4♯
		40	41	42	44	45	46	47	49	50	51	52	54	55	56	57	58
		70	71	72	74	75	76	77	79	80	81	82	84	85	86	87	88
5♯	90	91	92	94	95	96	97	99	100	101	102	104	105	106	107	108
		110	111	112	114	115	116	117	119	120	121	122	124	125	126	127	128	8♯
		130	131	132	134	135	136	137	139	140	141	142	144	145	146	147	148
		160	161	162	164	165	166	167	169	170	171	172	174	175	176	177	178
9♯	180	181	182	184	185	186	187	189	190	191	192	194	195	196	197	198
		200	201	202	204	205	206	207	209	210	211	212	214	215	216	217	218
		220	221	222	224	225	226	227	229	230	231	232	234	235	236	237	238	12♯
		240	241	242	244	245	246	247	249	250	251	252	254	255	256	257	258
		260	261	262	264	265	266	267	269	270	271	272	274	275	276	277	278
13♯	280	281	282	284	285	286	287	289	290	291	292	294	295	296	297	298	16♯
		300	301	302	304	305	306	307	309	310	311	312	314	315	316	317	318
		320	321	322	324	325	326	327	329	330	331	332	334	335	336	337	338
								14♯			15♯					

图 6-26

12♯	13♯	3♯	6♯
7♯	2♯	16♯	9♯
14♯	11♯	5♯	4♯
1♯	8♯	10♯	15♯

图 6-27

第6章 幻方构造方法6

						13#			3#							
	238	255	197	216	304	320	262	281	54	80	12	31	139	165	97	116
12#	217	196	258	235	282	261	324	300	32	11	84	50	117	96	169	135	6#
	256	237	215	198	321	302	280	264	81	52	30	14	166	137	115	99
	195	218	236	257	260	284	301	322	10	34	51	82	95	119	136	167
	144	170	102	121	49	75	7	26	318	335	277	296	224	240	182	201
7#	122	101	174	140	27	6	79	45	297	276	338	315	202	181	244	220	9#
	171	142	120	104	76	47	25	9	336	317	295	278	241	222	200	184
	100	124	141	172	5	29	46	77	275	298	316	337	180	204	221	242
	309	325	267	286	234	250	192	211	134	160	92	111	58	85	17	36
14#	287	266	329	305	212	191	254	230	112	91	164	130	37	16	88	55	4#
	326	307	285	269	251	232	210	194	161	132	110	94	86	57	35	18
	265	289	306	327	190	214	231	252	90	114	131	162	15	38	56	87
	44	70	2	21	148	175	107	126	229	245	187	206	314	330	272	291
1#	22	1	74	40	127	106	178	145	207	186	249	225	292	271	334	310	15#
	71	42	20	4	176	147	125	108	246	227	205	189	331	312	290	274
	0	24	41	72	105	128	146	177	185	209	226	247	270	294	311	332
					8#			10#								

图 6-28

第7章 变量加幻方的构造及数学依据

7.1 变量加幻方概述

本章只涉及变量加幻方,以下均简称为变量幻方。变量幻方是幻方构成元素中含有变量的幻方,是一般变量幻方和条件变量幻方的统称。前者中的变量之间是互相独立的,后者中的变量之间应满足一定条件或方程。二者又均有完美幻方和一般幻方之分。

利用变量幻方,使幻方构造更具灵活性。

直接构造变量幻方的构造方法应解决以下两个主要问题:

(1)含变量元素的排布规则。

(2)用变量表示的基础方阵及适宜方阵附加条件。

7.2 设计 $n \neq 3k$ 奇数阶变量幻方的构造方法

7.2.1 圆环面幻方表格和排布规则设计

1. 圆环面幻方表格设计

将一个填入数组排列成方阵 F_5,若设想 F_5 的每一行都是环状排列,则可将 F_5 书写在直立圆柱表面上,使其围成一周;若设想 F_5 的每一列都是环状排列,则可将 F_5 书写在水平放置的圆柱表面上,使其围成一周;若设想 F_5 的每一行和每一列都是环状排列,则可将 F_5 书写在圆环面(如游泳圈表面)上。这一设想也是很容易实现的:将方阵 F_5 的每一列剪成一条,按顺序等间隔地套在泳圈上,并将第1行的数定位排布在泳圈最小内径(或最大外径)处,这样就将方阵 F_5 排布在圆环面表格上了。显然,若将 F_5 填入方阵型表格内,此时 F_5 的右边线与左边线是重合的,上边线与下边线是重合的,5 阶方阵表格就像一个网套在圆环面上。假如 F_5 是一个完美幻方,显然,也可以在这样的圆环面表格上构造幻方。将这样形成的幻方表格称为 5 阶圆环面幻方表格。构造 n 阶幻方时,就需要 n 阶圆环面幻方表格:

$$F_5 = \begin{bmatrix} f_{11} & f_{12} & f_{13} & f_{14} & f_{15} \\ f_{21} & f_{22} & f_{23} & f_{24} & f_{25} \\ f_{31} & f_{32} & f_{33} & f_{34} & f_{35} \\ f_{41} & f_{42} & f_{43} & f_{44} & f_{45} \\ f_{51} & f_{52} & f_{53} & f_{54} & f_{55} \end{bmatrix}$$

2. 选择元素排布规则

(1) 排布规则是指填入数方阵中相邻元素在幻方中的位置关系,它包括每行内的相邻元素在幻方中的位置关系和每列内的相邻元素在幻方中的位置关系。要求:二者是不同的。因而,排布规则需要 2 个参数方程表示。

(2) 对排布规则的要求,一是基本要求,即在圆环面幻方表格上,能够使填入数组的 n^2 个元素正好排布在 n 阶幻方的 n^2 个格子中,一一对应,无重叠、无空格;二是在相应的适宜方阵配合下,能构造成幻方。

(3) 选择双马步排布规则,用构造 5 阶幻方验证。验证时,填入数组采用方阵 F_5。排布时,选 f_{11} 为起始数,将 F_5 中的元素按 ab 方向组合(即列内元素按 a 向马步,行内元素按 b 向马步)排布到 5 阶圆环面幻方表格中,此时的"马步"是在曲面上的。

排布结果是:F_5 中元素与圆环面幻方表格一一对应,无空格,无重叠,得到一个在圆环面上排列的新形态数组。在排布过程中,不存在出框移入的问题。这说明,在圆环面幻方表格上,双马步规则符合排布规则的基本要求。根据本节前述分析,也可反过来将该新形态数组展开,得到方阵 H_5。因此,可以说,圆环面幻方表格与平面幻方表格是一一对应的。围绕圆环胎身圆周上的两条格线间的 5 个数对应于平面幻方中某一列的数,而圆环面上以圆环胎中心(轴)为圆心的两条圆环格线间的数对应的是某一行中的数。平面上的长方形表格对应的是圆环面上的"部分圆环"形表格。

(4) 在平面上排布与在圆环面幻方表格上排布的关联性分析。

1) 在平面表格上仍用填入数组 F_5 构图:选 f_{11} 为起始数,排布在坐标(1,1)处,仍用方向组合 ab,按双马步规则排布,则得到"斜排图",如图 7-1 中阴影所示。

2) 将 H_5 放到图 7-1 中的直角坐标系中,使其 f_{11} 位于坐标 (1,1) 位置,如图 7-1 所示。

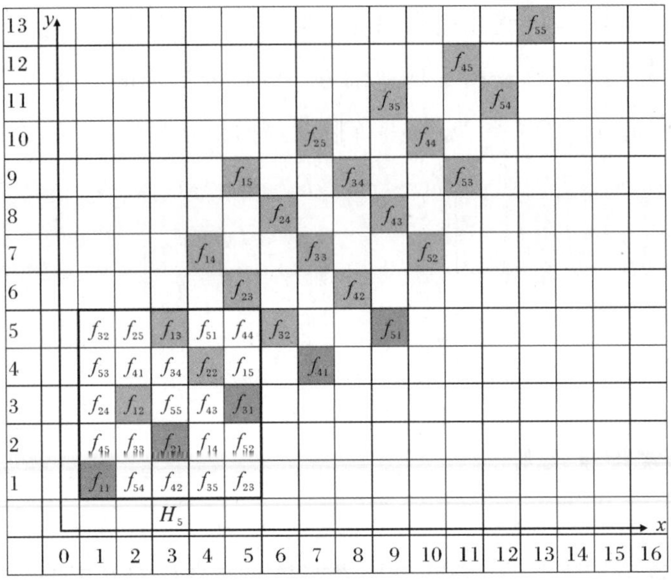

图 7-1

设想圆环面表格是多层重叠的,放到直角坐标系上展开,则坐标上的间隔 5 (阶数) 格的第 "1" "6" "11" "16" 列在圆环面幻方表格上是重合的,同样,间隔 5 格的第 "1" "6" "11" "16" 行在圆环面幻方表格上也是重合的。

如:F_5 的第 1 列元素在斜排图上的坐标分别为 $f_{11}(1,1), f_{21}(3,2), f_{31}(5,3), f_{41}(7,4), f_{51}(9,5)$,其 f_{11}, f_{21}, f_{31} 坐标与 H_5 中 f_{11}, f_{21}, f_{31} 坐标相同 (即重合)。因第 "1" "6" 列在圆环面上是重合的,所以出框的 $f_{41}(7,4)、f_{51}(9,5)$ 左移 5 格,即可与 H_5 中的 $f_{41}(2,4), f_{51}(4,5)$ 重合。于是,在平面上排布元素时,出框元素应移 5 格入框内。

同样,F_5 的第 1 行元素在斜排图中的坐标 $f_{11}(1,1), f_{12}(2,3), f_{13}(3,5), f_{14}(4,7), f_{15}(5,9)$,其 f_{11}, f_{12}, f_{13} 坐标与 H_5 中同样元素坐标相同,出框的 $f_{14}(4,7), f_{15}(5,9)$ 下移 5 格,可与 H_5 中的 $f_{14}(4,2), f_{15}(5,4)$ 重合。

其余 4 行的元素坐标具有同样关联性,因此,在平面表格上构造幻方时,当数出框后应移入框内,移动格数等于幻方阶数或其整数倍。

(5) 排布规则的参数方程。在平面上排布时,马步的参数方程见表 7-1,可根据参数方程计算出各元素的坐标。

根据 a 向马步,设 $f_{11}(1,1)$,F_5 第 1 列元素坐标为 $f_{11}(1,1), f_{21}(3,2), f_{31}(5,3)$,

$f_{41}(7,4), f_{51}(9,5)$,移入后,即 $f_{11}(1,1), f_{21}(3,2), f_{31}(5,3), f_{41}(2,4), f_{51}(4,5)$。

根据 b 向马步,F_5 第 1 行元素坐标为 $f_{11}(1,1), f_{12}(2,3), f_{13}(3,5), f_{14}(4,7), f_{15}(5,9)$,后两个元素移入后为 $f_{14}(4,2), f_{15}(5,4)$。

第 2 行元素坐标为 $f_{21}(3,2), f_{22}(4,4), f_{23}(5,6), f_{24}(6,8), f_{25}(7,10)$。后三个元素移入后为 $f_{23}(5,1), f_{24}(1,3), f_{25}(2,5)$。

其余各行依此类推。若采用计算机编程,则分组排布及移入计算更为简便。

对 5 行元素通过计算得到的元素坐标与斜排图相同,按"数出框移入规则"操作,得到的方阵与 H_5 重合。

表 7-1　马步的的参数方程

马　步	a 向	b 向	c 向	d 向	e 向	f 向	g 向	h 向
参数方程 (t 为参数)	$\begin{cases}x=x_0+2t\\y=y_0+t\end{cases}$	$\begin{cases}x=x_0+t\\y=y_0+2t\end{cases}$	$\begin{cases}x=x_0-t\\y=y_0+2t\end{cases}$	$\begin{cases}x=x_0-2t\\y=y_0+t\end{cases}$	$\begin{cases}x=x_0-2t\\y=y_0-t\end{cases}$	…	…	…

(6) 在平面上的双马步排布规则。由前分析,可得出在平面上的双马步排布规则如下:

1) 每列上的相邻元素间按选定方向的国际象棋马步排布;
2) 每行上的相邻元素间按选定方向的国际象棋马步排布;
3) 构造幻方时,元素出框应移入框内,移入规则是直移或斜移 n 格(或 n 格整数倍,n 是幻方阶数);
4) 无重叠。

7.2.2　求解构造 $n \neq 3k$ 奇数阶变量一般幻方的基础方阵

在排布规则确定后,还需要设计与其匹配的填入数组方阵特性。

仍以 5 阶幻方为例,假设 F_5 是填入数组方阵,按照双马步排布的 5 阶方阵是一般幻方,则 F_5 应具有什么样的特性(即 F_5 中各变量元素间的关系如何)呢?这是下面要解决的问题。

(1) 将 F_5 中的每个元素分解成两个变量之和。因为任意一个数都可用两个数的和表示,所以可设 $f_{11}=a_1+x_1$。又因任意一个数都可用一个已知数与一个未知数的和表示,所以可设 $f_{12}=a_1+x_2, f_{13}=a_1+x_3, f_{14}=a_1+x_4, f_{15}=a_1+x_5; f_{21}=b_1+x_1, f_{22}=b_2+x_2,\cdots; f_{31}=c_1+x_1, f_{32}=c_2+x_2,\cdots; f_{41}=d_1+x_1, f_{42}=d_2+x_2,\cdots; f_{51}=e_1+x_1, f_{52}=e_2+x_2,\cdots$ 于是可得到方阵 F_5:

| 加幻方与乘幻方构造法 ── 源自方程组的解

$$F_5 = \begin{bmatrix} a_1+x_1 & a_1+x_2 & a_1+x_3 & a_1+x_4 & a_1+x_5 \\ b_1+x_1 & b_2+x_2 & b_3+x_3 & b_4+x_4 & b_5+x_5 \\ c_1+x_1 & c_2+x_2 & c_3+x_3 & c_4+x_4 & c_5+x_5 \\ d_1+x_1 & d_2+x_2 & d_3+x_3 & d_4+x_4 & d_5+x_5 \\ e_1+x_1 & e_2+x_2 & e_3+x_3 & e_4+x_4 & e_5+x_5 \end{bmatrix}$$

(2) 用 F_5 按照双马步排布 5 阶方阵。选 F_5 中任意一个元素(如 c_1+x_1)为起始元素,可排布在任意位置,如图 7-2 所示。选 ab 组合,选起始元素所在列为首数组(如阴影所示),按规则 3 排布的方阵见图 7-2。

$a_1+b_2+c_5+$ $d_3+e_1+\sum\limits_{i=1}^{5}x_i$	$a_1+b_3+c_1+$ $d_4+e_2+\sum\limits_{i=1}^{5}x_i$	$a_1+b_4+c_2+$ $d_5+e_3+\sum\limits_{i=1}^{5}x_i$	$a_1+b_5+c_3+$ $d_1+e_4+\sum\limits_{i=1}^{5}x_i$	$a_1+b_1+c_4+$ $d_2+e_5+\sum\limits_{i=1}^{5}x_i$	$a_1+b_1+c_2+d_3+e_4+\sum\limits_{i=1}^{5}x_i$
a_1+x_4	e_2+x_2	d_5+x_5	c_3+x_3	b_1+x_1	$a_1+b_1+c_3+d_5+e_2+\sum\limits_{i=1}^{5}x_i$
c_5+x_5	b_3+x_3	a_1+x_1	e_4+x_4	d_2+x_2	$a_1+b_3+c_5+d_2+e_4+\sum\limits_{i=1}^{5}x_i$
e_1+x_1	d_4+x_4	c_2+x_2	b_5+x_5	a_1+x_3	$a_1+b_5+c_2+d_4+e_1+\sum\limits_{i=1}^{5}x_i$
b_2+x_2	a_1+x_5	e_3+x_3	d_1+x_1	c_4+x_4	$a_1+b_2+c_4+d_1+e_3+\sum\limits_{i=1}^{5}x_i$
d_3+x_3	c_1+x_1	b_4+x_4	a_1+x_2	e_5+x_5	$a_1+b_4+c_1+d_3+e_5+\sum\limits_{i=1}^{5}x_i$

$$a_1+b_3+c_2+d_1+e_5+\sum_{i=1}^{5}x_i$$

图 7-2

图 7-2 中,$\sum\limits_{i=1}^{5}a_i = a_1+a_2+a_3+a_4+a_5$;$\sum\limits_{i=1}^{5}x_i = x_1+x_2+x_3+x_4+x_5$。

(3) 对图 7-2 计算,其每行行和标示在方阵框外右侧,每列列和标示在方阵框外上方,副、主对角线和标示在右侧上下两角。

(4) 假设图 7-2 是一般加幻方,设幻和 $= y+\sum\limits_{i=1}^{5}x_i$,由第 1 行得 $a_1+b_1+c_3+d_5+e_2+\sum\limits_{i=1}^{5}x_i = y+\sum\limits_{i=1}^{5}x_i$,整理得 $b_1+c_3+d_5+e_2 = y-a_1$。于是由前述计算可得到图 7-2 一般幻方方程组。该方程组及求解见附录 A。由附录 A 得到的解可知,当同时有 $b_1=b_2=b_3=b_4=b_5$、$c_1=c_2=c_3=c_4=c_5$、$d_1=d_2=d_3=d_4=d_5$,$e_1=e_2=e_3=e_4=e_5$ 时,图 7-2 是一般幻方。

将方程组的这一组解代入 F_5 并令 $a_2=b_1,a_3=c_1,a_4=d_1,a_5=e_1$,得到 F_5 的表达式,将代号改为 A_5(为方便引用),则 A_5 即是构造 5 阶变量一般幻方的代数式基础方阵:

$$A_5 = \begin{bmatrix} a_1+x_1 & a_1+x_2 & a_1+x_3 & \cdots & a_1+x_5 \\ a_2+x_1 & a_2+x_2 & a_2+x_3 & \cdots & a_2+x_5 \\ a_3+x_1 & a_3+x_2 & a_3+x_3 & \cdots & a_3+x_5 \\ \vdots & \vdots & \vdots & & \vdots \\ a_5+x_1 & a_5+x_2 & a_5+x_3 & \cdots & a_5+x_5 \end{bmatrix}$$

用 A_5，选 ab 组合，将 a_1+x_1 排布在图 7-3 所示位置，a_1+x_1 所在列为首数组，按双马步构造，得到图 7-3。经验证，它是 5 阶变量完美幻方，幻和为 $\sum_{i=1}^{5}a_i+\sum_{i=1}^{5}x_i$。

a_1+x_4	a_5+x_2	a_4+x_5	a_3+x_3	a_2+x_1
a_3+x_5	a_2+x_3	a_1+x_1	a_5+x_4	a_4+x_2
a_5+x_1	a_4+x_4	a_3+x_2	a_2+x_5	a_1+x_3
a_2+x_2	a_1+x_5	a_5+x_3	a_4+x_1	a_3+x_4
a_4+x_3	a_3+x_1	a_2+x_4	a_1+x_2	a_5+x_5

图 7-3

(5) 经对较高阶变量幻方、起始数选择及排布位置、首数组选择、可行组合及不同排布规则验证，A_5 可扩展到 A_n，作为构造变量(加)幻方的通用代数式基础方阵，其特性可表述为，方阵的任意两行(列)间的相同列(行)元素差都相等：

$$A_n=\begin{bmatrix} a_1+x_1 & a_1+x_2 & a_1+x_3 & \cdots & a_1+x_n \\ a_2+x_1 & a_2+x_2 & a_2+x_3 & \cdots & a_2+x_n \\ a_3+x_1 & a_3+x_2 & a_3+x_3 & \cdots & a_3+x_n \\ \vdots & \vdots & \vdots & & \vdots \\ a_n+x_1 & a_n+x_2 & a_n+x_3 & \cdots & a_n+x_n \end{bmatrix}$$

(6) 通用基础方阵的建立。在通用基础方阵 $A_n=(a_{ij})$ 中，$a_{ij}-a_{1j}=a_{i1}-a_{11}$（$i$ 和 j 均为正整数），即 $a_{22}=a_{12}+a_{21}-a_{11}$，$a_{23}=a_{13}+a_{21}-a_{11}$，…在第 1 行与第 1 列确定后，就可建立整个方阵。

7.3 构造变量幻方的双分构造法

7.3.1 双分构造法的特点

在前述构造幻方时有两个变换：①将填入数由一维数组排列成方阵，变成二维数组，行元素和列元素分别采用不同方向的排布规则；②在构造变量幻方中，将每个元素变量改写成两个变量之和。通过两种变换方法，就把填入数排序号与幻方元素坐标联系起来了。本书将这种构造法称为幻方的双分构造法，其基础是在圆环面幻方表格上构造幻方。若在平面上的幻方表格中构造幻方，应执行元素出框移入规则。

7.3.2 适用于构造变量幻方的排布规则

构造法是按排布规则区分的。为适应不同阶数变量幻方的构造，需要不同的排布规则。经过筛选，前几章中定义的排布规则 1～规则 6 均符合 7.2.1 节中的对排布规则的要求。读者也可以根据 7.2.1 节中的要求，开发出新的排布规则，如 3 格马士步、象士步、双象步等。

将元素分组排布是本书构造法的特点,也是各构造法能够成立的基本条件。对任意一种排布规则,在某一方向排布元素时,可用参数方程表达,而且由于行元素与列元素的排布细则不同,因此,需用2个参数方程表示。

"士步"与"3格马步"参数方程见表 7-2,应用在平面幻方表格时,应考虑幻方阶数及出框移入规则。f'向、g'向和 h'向的 3 格马步参数方程,留给读者。

需要说明,前述排布规则 1~规则 6 不仅在实际排布时符合排布规则基本要求,在引入参数方程后,也可通过数学证明它们符合排布规则的基本要求。

表 7-2　士步与 3 格马步参数方程

3格马步参数方程 (t 为参数)	a' 向	b' 向	c' 向	d' 向	e' 向	f' 向	g' 向	h' 向
	$\begin{cases}x=x_0+3t\\y=y_0+t\end{cases}$	$\begin{cases}x=x_0+t\\y=y_0+3t\end{cases}$	$\begin{cases}x=x_0-t\\y=y_0+3t\end{cases}$	$\begin{cases}x=x_0-3t\\y=y_0+t\end{cases}$	$\begin{cases}x=x_0-3t\\y=y_0-t\end{cases}$			
士步	45°	135°	225°	315°				
参数方程 (t 为参数)	$\begin{cases}x=x_0+t\\y=y_0+t\end{cases}$	$\begin{cases}x=x_0-t\\y=y_0+t\end{cases}$	$\begin{cases}x=x_0-t\\y=y_0-t\end{cases}$	$\begin{cases}x=x_0+t\\y=y_0-t\end{cases}$				

7.3.3　构造变量幻方时适宜方阵的通用必要条件

在构造变量幻方时,都要先排布方阵 A_n,因此称方阵 A_n 为填入数组适宜方阵的通用必要条件,简称为通用必要条件。

利用 A_n 构造的幻方为

$$幻和 = n\left(\sum_{i=1}^{n}a_i + \sum_{i=1}^{n}x_i\right) \div n = \sum_{i=1}^{n}a_i + \sum_{i=1}^{n}x_i$$

利用基础方阵的行与列元素计算幻和的公式为

幻和＝任意一行的行和＋任意一列的列和－该行与该列的交叉元素×幻方阶数

7.3.4　求解构造不同阶数幻方的适宜方阵条件

在元素排布规则、首数组选择、方向组合、起始数及位置确定后,幻方中的元素位置(坐标)与适宜方阵中元素一一对应。知道了适宜方阵中元素代号,就可以计算出它在幻方表格中的坐标。同样,根据幻方中元素的相对位置,也可推导出采用的排布规则、首数组选择、行列排序、方向组合及起始数的选择方法及位置。也就是说,可以根据已知变量幻方推导出应采用的构造信息,从而推导出适宜方阵的附加条件。

适宜方阵条件与排布规则、幻方阶数类别有关,除通用必要条件外,它往往带有附加条件。这些附加条件可在下述构造变量幻方的过程中求解。

(1) 按照选定的排布规则,用通用代数式基础方阵 A_n 排布新方阵。

(2) 假设该新方阵是一个符合要求的幻方,根据幻方要求,可列出相应的"幻方方程组"。求解该方程组,即可选得一组适宜的"解"。它即是 A_n 应有的附加条件。

(3) 汇总整理。在(2)中得到的"解"往往与起始数的位置、首数组选择、方向组合有关。必要时,应对得到的"解"进行汇总整理,给出简明扼要、易于操作的条款,作为适宜方阵的附加条件和构造时要求,以方便不同的读者在构造幻方时使用。

将适宜方阵的附加条件以图的脚注的方式标注在幻方图代号的左侧,则构成了条件变量幻方,若无附加条件,则是一般变量幻方。本书中以粗框线界定变量幻方。

(4) 变量幻方的验证方法。

1)连加和表达式查验法,即查验每行、每列、每条对角线和泛对角线上的元素连加和表达式是否符合幻方要求,对条件变量幻方验证时,应将脚注中的"条件"代入。

2)变量设值验证,即给每个变量设值(对条件变量幻方,应先使其满足变量幻方条件),后代入变量幻方,计算每一格,然后验算得到的数字方阵是否符合幻方要求。

3)对适宜方阵条件,可通过构造数字幻方的方法进行验证。

(5) 需要说明,上述方法得到的适宜方阵条件均是通过有限阶幻方验证,而不是适用于无限阶幻方的证明,但由于是按照幻方类别分析的,而同类别幻方元素的排布规律具有相似性,因而前述适用于某阶数类别的结论具有很好的参考性,严格地说,应是"猜想"。

本章中构造变量幻方时均选择首数列。选择首数行也可构造变量幻方。选择首数行与选择首数列构造的变量幻方,不论采用怎样的可行组合,实质上都是相同的。

在选择首数列构造变量幻方过程中,求解得到适宜方阵附加条件后,还应考虑到选择首数行的情况,以适应数字幻方的构造。这也是本章要解决的问题。

前几章中的术语和定义适用于本章。

7.4 按规则 3 构造 $n \neq 3k$ 奇数阶一般变量完美幻方

以 5 阶幻方为例,采用通用代数式基础方阵 A_5,构造步骤如下:

(1)用 A_5,选 ab 组合,按照规则 3 构造的 5 阶一般幻方如图 7-3 所示。

(2)对幻方图 7-3 再计算,主泛对角线和与副泛对角线和均等于 $\sum_{i=1}^{5}a_i + \sum_{i=1}^{5}x_i$。这说明图 7-3 是一个 5 阶一般变量完美幻方,其变量是 $a_1 \sim a_5$、$x_1 \sim x_5$。幻和等于 10 个变量之和。A_5 是按规则 3 构造 5 阶完美幻方的适宜方阵。

(3)观察发现,按照规则 3 构造的 $n \neq 3k$ 奇数阶完美幻方中,任意一行(或一列或一条对角线或一条泛对角线)的 n 个元素都包含了适宜方阵中每行中的 1 个元素、每列中的1个元素。这种排布匀称性是很好的。

(4)适宜方阵条件整理。根据对 $n \neq 3k$ 的更高奇数阶幻方、起始数与位置、首数组选择及可行组合的适用性验证,可得出结论,按照规则3构造 $n \neq 3k$ 奇数阶完美幻方时,适宜方阵条件就是通用必要条件。构造时无特殊要求。"无特殊要求"即指起始数可任选,可排布在任意位置,可选择首数列或首数行,可选择任意可行组合。

(5)适宜方阵条件的验证,见第3章。

7.5 按规则4构造 $n \neq 3k$ 奇数阶一般变量完美幻方

以5阶幻方为例,填入数用通用代数式基础方阵 A_5,构造步骤如下:

(1)在 A_5 中,选任意一个元素(如 a_5+x_1)为起始数,排布在任意位置,如图7-4所示。选起始数所在列为首数组,选任意可行组合,如 $a'a$,按规则4排布的5阶方阵如图7-4所示。

(2)对图7-4计算:

行和=列和=主(副)对角线和=每条泛对角线和
$$= a_1+a_2+a_3+a_4+a_5+x_1+x_2+x_3+x_4+x_5$$

(3)由计算可知,图7-4符合完美幻方要求,它是5阶一般变量完美幻方,其变量是 $a_1 \sim a_5$、$x_1 \sim x_5$。幻和等于10个变量的连加和。

(4)观察发现,按规则4构造 $n \neq 3k$ 奇数阶完美幻方时,其排布匀称性也是很好的。

(5)适宜方阵条件整理。根据对更高阶 $n \neq 3k$ 奇数阶完美幻方、起始数与位置、首数组选择及可行组合的适用性验证,可得出结论,按照规则4构造 $n \neq 3k$ 奇数阶完美幻方时,适宜方阵条件就是通用必要条件。构造时无特殊要求。

(6)适宜方阵条件的验证,见第4章。

	$\sum_{i=1}^{5}a_i+\sum_{i=1}^{5}x_i$				$\sum_{i=1}^{5}a_i+\sum_{i=1}^{5}x_i$
a_3+x_3	a_4+x_2	a_5+x_1	a_1+x_5	a_2+x_4	
a_5+x_5	a_1+x_4	a_2+x_3	a_3+x_2	a_4+x_1	
a_2+x_2	a_3+x_1	a_4+x_5	a_5+x_4	a_1+x_3	$\sum_{i=1}^{5}a_i+\sum_{i=1}^{5}x_i$
a_4+x_4	a_5+x_3	a_1+x_2	a_2+x_1	a_3+x_5	
a_1+x_1	a_2+x_5	a_3+x_4	a_4+x_3	a_5+x_2	
	$\sum_{i=1}^{5}a_i+\sum_{i=1}^{5}x_i$				

图7-4

7.6 按规则 5 构造 $n \neq 3k$ 奇数阶一般变量完美幻方

5 阶幻方为例,填入数用通用代数式基础方阵 A_5,构造步骤如下:

(1) 在 A_5 中选任意一个数(如 a_1+x_1)为起始数,可排布在任意位置,如左下角。选起始数所在列为首数组,选任意可行组合,如 $a'b'$,按照规则 5 排布的 5 阶方阵如图 7-5 所示。

(2) 对方阵图 7-5 计算:

行和＝列和＝主(副)对角线和＝每条泛对角线和

(3) 由计算可知,图 7-5 符合完美幻方要求。这说明,图 7-5 所示为一个一般变量完美幻方,其变量是 $a_1 \sim a_5$、$x_1 \sim x_5$。幻和为 $\sum_{i=1}^{5} a_i + \sum_{i=1}^{5} x_i$。用 A_5 按规则 4 构造完美幻方时无附加条件。

		$\sum_{i=1}^{5} a_i + \sum_{i=1}^{5} x_i$			$\sum_{i=1}^{5} a_i + \sum_{i=1}^{5} x_i$
a_3+x_5	a_4+x_3	a_5+x_1	a_1+x_4	a_2+x_2	
a_5+x_4	a_1+x_2	a_2+x_5	a_3+x_3	a_4+x_1	
a_2+x_3	a_3+x_1	a_4+x_4	a_5+x_2	a_1+x_5	$\sum_{i=1}^{5} a_i + \sum_{i=1}^{5} x_i$
a_4+x_2	a_5+x_5	a_1+x_3	a_2+x_1	a_3+x_4	
a_1+x_1	a_2+x_4	a_3+x_2	a_4+x_5	a_5+x_3	
		$\sum_{i=1}^{5} a_i + \sum_{i=1}^{5} x_i$			

图 7-5

(4) 观察发现,按规则 5 构造 $n \neq 3k$ 奇数阶完美幻方时,其排布匀称性是很好的。

(5) 适宜方阵条件整理。根据对更高阶 $n \neq 3k$ 奇数阶完美幻方、起始数与位置、首数组选择及可行组合的适用性验证,可得出结论,按照规则 5 构造 $n \neq 3k$ 奇数阶完美幻方时,适宜方阵条件就是通用必要条件。构造时无特殊要求。

(6) 适宜方阵条件的验证,见第 5 章。

7.7 按规则 6 构造 4 阶一般变量一般幻方

采用通用代数式基础方阵 A_4,按首数方向分两种情况进行分析。

(1) 首数方向是马步 a, b, e, f 时。

1) 排布时先选可行组合,如 ab,再在 A_4 中选 a_1+x_1 作为共用起始元素,排布在副 2 格线上。选第 1 列为首数列,按规则 6 排布的 4 阶方阵如图 7-6 所示。

2) 计算图 7-6:

$$\text{行和} = \text{列和} = \text{主对角线和} = \text{副对角线和} = \sum_{i=1}^{4} a_i + \sum_{i=1}^{4} x_i$$

有的泛对角线,如 $a_2+x_2+a_2+x_3+a_3+x_3+a_3+x_2 = 2(a_2+a_3+x_2+x_3) \neq \sum_{i=1}^{4} a_i + \sum_{i=1}^{4} x_i$,图 7-6 是 4 阶一般变量一般幻方,其变量是 $a_1 \sim a_4$、$x_1 \sim x_4$,幻和为 $\sum_{i=1}^{4} a_i + \sum_{i=1}^{4} x_i$。

$\sum_{i=1}^{4}a_i+\sum_{i=1}^{4}x_i$				$\sum_{i=1}^{4}a_i+\sum_{i=1}^{4}x_i$
a_3+x_4	a_4+x_1	a_1+x_3	a_2+x_2	
a_2+x_3	a_1+x_2	a_4+x_4	a_3+x_1	$\sum_{i=1}^{4}a_i+\sum_{i=1}^{4}x_i$
a_4+x_2	a_3+x_3	a_2+x_1	a_1+x_4	
a_1+x_1	a_2+x_4	a_3+x_2	a_4+x_3	
				$\sum_{i=1}^{4}a_i+\sum_{i=1}^{4}x_i$

图 7-6

$\sum_{i=1}^{4}a_i+\sum_{i=1}^{4}x_i$				$\sum_{i=1}^{4}a_i+\sum_{i=1}^{4}x_i$
a_2+x_2	a_1+x_3	a_4+x_1	a_3+x_4	
a_3+x_1	a_4+x_4	a_1+x_2	a_2+x_3	$\sum_{i=1}^{4}a_i+\sum_{i=1}^{4}x_i$
a_1+x_4	a_2+x_1	a_3+x_3	a_4+x_2	
a_4+x_3	a_3+x_2	a_2+x_4	a_1+x_1	
				$\sum_{i=1}^{4}a_i+\sum_{i=1}^{4}x_i$

图 7-7

(2) 首数方向是马步 c,d,g,h 时。

1) 若选组合 dc,再选 a_1+x_1 为共用起始元素,排布在主 2 格线上。选第 1 列为首数组,按规则 6 排布的方阵如图 7-7 所示。

2) 计算图 7-7:

$$\text{行和} = \text{列和} = \text{主对角线和} = \text{副对角线和} = \sum_{i=1}^{4} a_i + \sum_{i=1}^{4} x_i$$

有的泛对角线和不等于 $\sum_{i=1}^{4} a_i + \sum_{i=1}^{4} x_i$,因此,图 7-7 是一般变量一般幻方,其变量为 $a_1 \sim a_4$、$x_1 \sim x_4$,幻和为 $\sum_{i=1}^{4} a_i + \sum_{i=1}^{4} x_i$。

仔细观察,图 7-6 右翻 180° 就是图 7-7。

(3) 设值验证图 7-6。设 $x_1=1, x_2=2, x_3=3, x_4=27, a_1=4, a_2=8, a_3=13, a_4=17$,代入图 7-6,得到图 7-8,计算后得到图 7-9,经验证,它是一般幻方,幻和为 75。说明图 7-6 是一般变量一般幻方。

若将上述设值代入图 7-7,则得到图 7-10,经验证,它是一般幻方,幻和为 75。说明图 7-7 是一般变量一般幻方。

13+27	17+1	4+3	8+2
8+3	4+2	17+27	13+1
17+2	13+3	8+1	4+27
4+1	8+27	13+2	17+3

图 7-8

40	18	7	10
11	6	44	14
19	16	9	31
5	35	15	20

图 7-9

10	7	18	40
14	44	6	11
31	9	16	19
20	15	35	5

图 7-10

(4) 适宜方阵条件整理。经过反复验证,得出结论,按照规则 6 构造 4 阶一般幻

方时,适宜方阵条件应同时符合以下 3 条要求:

1)通用必要条件;

2)不符合"每行每列都对折和相等";

3)构造时共用起始数应选适宜方阵中"a_1+x_1",排布在幻方副 2 格线上(当首数方向为 a、b、e、f 时)或主 2 格线上(当首数方向为 c、d、g、h 时)。

(5)利用规则 6,通过合成法能构造 16 阶、20 阶、28 阶、44 阶、52 阶、64 阶,等一般变量一般幻方。

【例 7-1】 用 26 个英文字母和 6 个汉字构造 16 阶一般变量一般幻方,构造步骤如下:

(1)建立 16 阶基础方阵,如图 7-11 所示。经验算,它符合通用必要条件。

	甲+a	甲+b	甲+c	甲+d	甲+e	甲+f	甲+g	甲+h	甲+i	甲+j	甲+k	甲+l	甲+m	甲+n	甲+o	甲+p
	q+a	q+b	q+c	q+d	q+e	q+f	q+g	q+h	q+i	q+j	q+k	q+l	q+m	q+n	q+o	q+p
1#	r+a	r+b	r+c	r+d	r+e	r+f	r+g	r+h	r+i	r+j	r+k	r+l	r+m	r+n	r+o	r+p	4#
	s+a	s+b	s+c	s+d	s+e	s+f	s+g	s+h	s+i	s+j	s+k	s+l	s+m	s+n	s+o	s+p
	t+a	t+b	t+c	t+d	t+e	t+f	t+g	t+h	t+i	t+j	t+k	t+l	t+m	t+n	t+o	t+p
5#	u+a	u+b	u+c	u+d	u+e	u+f	u+g	u+h	u+i	u+j	u+k	u+l	u+m	u+n	u+o	u+p	8#
	v+a	v+b	v+c	v+d	v+e	v+f	v+g	v+h	v+i	v+j	v+k	v+l	v+m	v+n	v+o	v+p
	w+a	w+b	w+c	w+d	w+e	w+f	w+g	w+h	w+i	w+j	w+k	w+l	w+m	w+n	w+o	w+p
	x+a	x+b	x+c	x+d	x+e	x+f	x+g	x+h	x+i	x+j	x+k	x+l	x+m	x+n	x+o	x+p
9#	y+a	y+b	y+c	y+d	y+e	y+f	y+g	y+h	y+i	y+j	y+k	y+l	y+m	y+n	y+o	y+p	12#
	z+a	z+b	z+c	z+d	z+e	z+f	z+g	z+h	z+i	z+j	z+k	z+l	z+m	z+n	z+o	z+p
	东+a	东+b	东+c	东+d	东+e	东+f	东+g	东+h	东+i	东+j	东+k	东+l	东+m	东+n	东+o	东+p
	西+a	西+b	西+c	西+d	西+e	西+f	西+g	西+h	西+i	西+j	西+k	西+l	西+m	西+n	西+o	西+p
13#	南+a	南+b	南+c	南+d	南+e	南+f	南+g	南+h	南+i	南+j	南+k	南+l	南+m	南+n	南+o	南+p	16#
	北+a	北+b	北+c	北+d	北+e	北+f	北+g	北+h	北+i	北+j	北+k	北+l	北+m	北+n	北+o	北+p
	中+a	中+b	中+c	中+d	中+e	中+f	中+g	中+h	中+i	中+j	中+k	中+l	中+m	中+n	中+o	中+p

图 7-11

将该 16 阶方阵划分为 16 个 4×4 小区块,并依次编号为 1♯～16♯。对每个小区块验算,均符合按规则 6 构造 4 阶一般幻方的适宜方阵条件。

(2)构造步骤如下:

1)用 1♯～16♯ 编号,按从小到大排成 4 阶适宜方阵。构造时选第 1 列为首数组,ab 组合,"1♯"为共用起始数,并放在左下角。按规则 6 构造 4 阶一般幻方作为模板,如图 7-12 所示。

2)画好 16 阶幻方框,并划分成 16 个 4×4 区块,如图 7-13 所示。每个小区块的编号与模板图 7-12 中的号码相对应,如左上角小区块编号为 12♯,与模板一致。

3)在图 7-11 上,选 1♯ 区块填入数组,在图 7-13 中的 1♯ 区块位置构造 4 阶幻方。同样方法,依次选择图 7-11 上 2♯～16♯ 区块的填入数组,分别在幻方图 7-13

中的 2#～16# 区块位置构造 4 阶幻方。构造时的要求宜相同。

12#	13#	3#	6#
7#	2#	16#	9#
14#	11#	5#	4#
1#	8#	10#	15#

图 7-12

						13#				3#							
	z+p	东+m	x+o	y+n	北+d	中+a	西+c	南+b	r+l	s+i	甲+k	q+j	v+h	w+e	t+g	u+f	
	y+o	x+n	东+p	z+m	南+c	西+b	中+d	北+a	q+k	甲+j	s+l	r+i	u+g	t+f	w+h	v+e	
12#	东+n	z+o	y+m	x+p	中+b	北+c	南+a	西+d	s+j	r+k	q+i	甲+l	w+f	v+g	u+e	t+h	6#
	x+m	y+p	z+n	东+o	西+a	南+d	北+b	中+c	甲+i	q+l	r+j	s+k	t+e	u+h	v+f	w+g	
	v+l	w+i	t+k	u+j	r+h	s+e	甲+g	q+f	北+p	中+m	西+o	南+n	z+d	东+a	x+c	y+b	
7#	u+k	t+j	w+l	v+i	q+g	甲+f	s+h	r+e	南+o	西+n	中+p	北+m	y+c	x+b	东+d	z+a	
	w+j	v+k	u+i	t+l	s+f	r+g	q+e	甲+h	中+n	北+o	南+m	西+p	东+b	z+c	y+a	x+d	9#
	t+i	u+l	v+j	w+k	甲+e	q+h	r+f	s+g	西+m	南+p	北+n	中+o	x+a	y+d	z+b	东+c	
	北+h	中+e	西+g	南+f	z+l	东+i	x+k	y+j	v+d	w+a	t+c	u+b	r+p	s+m	甲+o	q+n	
14#	南+g	西+f	中+h	北+e	y+k	x+j	东+l	z+i	u+c	t+b	w+d	v+a	q+o	甲+n	s+p	r+m	4#
	中+f	北+g	南+e	西+h	东+j	z+k	y+i	x+l	w+b	v+c	u+a	t+d	s+n	r+o	q+m	甲+p	
	西+e	南+h	北+f	中+g	x+i	y+l	z+j	东+k	t+a	u+d	v+b	w+c	甲+m	q+p	r+n	s+o	
	r+d	s+a	甲+c	q+b	v+p	w+m	t+o	u+n	z+h	东+e	x+g	y+f	北+l	中+i	西+k	南+j	
1#	q+c	甲+b	s+d	r+a	u+o	t+n	w+p	v+m	y+g	x+f	东+h	z+e	南+k	西+j	中+l	北+i	15#
	s+b	r+c	q+a	甲+d	w+n	v+o	u+m	t+p	东+f	z+g	y+e	x+h	中+j	北+k	南+i	西+l	
	甲+a	q+d	r+b	s+c	t+m	u+p	v+n	w+o	x+e	y+h	z+f	东+g	西+i	南+l	北+j	中+k	

图 7-13

(3)连加和表达式查验。经查验,图 7-13 是 16 阶一般变量一般幻方。其变量是 26 个英文字母和东、西、南、北、中、甲。

$$幻和=a+b+c+d+e+f+g+h+i+j+k+l+m+n+o+p+q+r+s+t+u+v+w+x+y+z+东+西+南+北+中+甲$$

(4)说明:若给 32 个变量设值,代入幻方图 7-13 中,并计算每一格,则得到一个 16 阶数字一般幻方。

7.8 按规则 1 构造奇数阶条件变量一般幻方

以 5 阶幻方为例,填入数采用通用代数式基础方阵 $\mathbf{A}_5$,构造步骤如下:

(1)在 $\mathbf{A}_5$ 中选任意一个数(如 a_1+x_1)为起始数,排布在幻方中任意位置,如图 7-14 所示。选起始数所在列为首数组,选任意可行组合 315°×45°,按规则 1 排布的 5 阶方阵如图 7-14 所示。

		$\sum_{i=1}^{5}a_i+\sum_{i=1}^{5}x_i$			$5a_5+\sum_{i=1}^{5}x_i$
a_3+x_5	a_1+x_3	a_4+x_1	a_2+x_4	a_5+x_2	
a_1+x_2	a_4+x_5	a_2+x_3	a_5+x_1	a_3+x_4	
a_4+x_4	a_2+x_2	a_5+x_5	a_3+x_3	a_1+x_1	$\sum_{i=1}^{5}a_i+\sum_{i=1}^{5}x_i$
a_2+x_1	a_5+x_4	a_3+x_2	a_1+x_5	a_4+x_3	
a_5+x_3	a_3+x_1	a_1+x_4	a_4+x_2	a_2+x_5	
					$\sum_{i=1}^{5}a_i+5x_5$

要求：$\begin{cases} a_5=(a_1+a_2+a_3+a_4)\div 4 \\ x_5=(x_1+x_2+x_3+x_4)\div 4 \end{cases}$

图 7-14

(2) 对方阵图 7-14 计算：

$$行和 = 列和 = \sum_{i=1}^{5}a_i + \sum_{i=1}^{5}x_i$$

主对角线上元素全部是第 5 列元素，其连加和为 $\sum_{i=1}^{5}a_i + 5x_5$，副对角线上元素全部是第 5 行元素，其连加和为 $5a_5 + \sum_{i=1}^{5}x_i$。

(3) 假设图 7-14 是条件变量一般幻方，根据一般幻方要求可列出方程组：

$$\begin{cases} 5a_5 \sum_{i=1}^{5}x_i = \sum_{i=1}^{5}a_i + \sum_{i=1}^{5}x_i \\ \sum_{i=1}^{5}a_i + 5x_5 = \sum_{i=1}^{5}a_i + \sum_{i=1}^{5}x_i \end{cases}$$

解 第 1 个方程两端消去相同项，将 $\sum_{i=1}^{5}a_i$ 代入，化简得式(7.1)。

同理，由第 2 个方程可解得式(7.2)，即

$$\begin{cases} a_5=(a_1+a_2+a_3+a_4)\div 4 & (7.1) \\ x_5=(x_1+x_2+x_3+x_4)\div 4 & (7.2) \end{cases}$$

式(7.1)表示方阵 A_5 中第 5 行元素和应等于行平均值，式(7.2)表示方阵 A_5 中第 5 列元素和应等于列平均值，二者的交叉元素在幻方正中心。

将式(7.1)、式(7.2)代入方程组，全满足，它们是方程组的解。这说明图 7-14 是一个 5 阶条件变量一般幻方，其变量是 $a_1\sim a_4$、$x_1\sim x_4$，要求同时满足式(7.1)、式(7.2)，并标注在脚注中。幻和 $=5(a_1+a_2+a_3+a_4+x_1+x_2+x_3+x_4)\div 4$。也就是说，$A_5$ 应同时有平均值行与平均值列，构造时，应分别排布在幻方的两条对角线上，即二者交叉元素排布在幻方正中心，可作为按照规则 1 构造 5 阶一般幻方应具有的附加条件。

(4) 适宜方阵条件整理。根据对更高阶奇数阶幻方、起始数与位置、首数组选择及可行组合的适用性验证，可得出结论：按照规则 1 构造奇数阶一般幻方时，适宜方

阵条件应同时符合通用必要条件、方阵中同时存在平均值行与平均值列,且构造时应将平均值行与平均值列的交叉元素排布在幻方正中心。

(5)设值验证,见例 7-2。适宜方阵条件的验证,见第 1 章。

【例 7-2】 设值验证图 7-14 是条件变量一般幻方。方法步骤如下。

设图 7-14 中,$x_1=1, x_2=2, x_3=3, x_4=4$,计算平均值 $x_5=(1+2+3+4)\div 4=2.5$。设 $a_1=0, a_2=5, a_3=12, a_4=23$,计算得平均值 $a_5=(0+5+12+23)\div 4=10$。

将上述 a、x 值代入图 7-14,得到图 7-15,计算后得到图 7-16,经验证,它是 5 阶一般幻方,幻和为 62.5。说明图 7-14 是一个条件变量一般幻方。

12+2.5	0+3	23+1	5+4	10+2
0+2	23+2.5	5+3	10+1	12+4
23+4	5+2	10+2.5	12+3	0+1
5+1	10+4	12+2	0+2.5	23+3
10+3	12+1	0+4	23+2	5+2.5

图 7-15

14.5	3	24	9	12
2	25.5	8	11	16
27	7	12.5	15	1
6	14	14	2.5	26
13	13	4	25	7.5

图 7-16

7.9 按规则 2 构造 $n \neq 3k$ 的奇数阶条件变量一般幻方

以 5 阶幻方为例,采用通用代数式基础方阵 $\mathbf{A}_5$。

(1)在 $\mathbf{A}_5$ 中选任意一个元素(如 a_3+x_1)为起始数,排布在任意位置,如图 7-17 所示。选 a_3+x_1 所在列为首数组,选任意可行组合,如 $a45°$,按规则 2 排布的 5 阶方阵如图 7-17 所示。

(2)对图 7-17 计算:

$$行和 = 列和 = 主对角线和 = \sum_{i=1}^{5} a_i + \sum_{i=1}^{5} x_i$$

$$副对角线和 = 5a_1 + \sum_{i=1}^{5} x_i$$

		$\sum_{i=1}^{5} a_i + \sum_{i=1}^{5} x_i$			$5a_1 + \sum_{i=1}^{5} x_i$
a_2+x_4	a_3+x_3	a_4+x_2	a_5+x_1	a_1+x_5	
a_3+x_2	a_4+x_1	a_5+x_5	a_1+x_4	a_2+x_3	
a_4+x_5	a_5+x_4	a_1+x_3	a_2+x_2	a_3+x_1	$\sum_{i=1}^{5} a_i + \sum_{i=1}^{5} x_i$
a_5+x_3	a_1+x_2	a_2+x_1	a_3+x_5	a_4+x_4	
a_1+x_1	a_2+x_5	a_3+x_4	a_4+x_3	a_5+x_2	
a 要求:$a_1=(a_2+a_3+a_4+a_5)/4$					$\sum_{i=1}^{5} a_i + \sum_{i=1}^{5} x_i$

图 7-17

(3) 假设图 7-17 是条件变量一般幻方,根据一般幻方要求可列出方程

$$5a_1 + \sum_{i=1}^{5} x_i = \sum_{i=1}^{5} a_i + \sum_{i=1}^{5} x_i$$

解 两端消去相同项,得 $5a_1 = \sum_{i=1}^{5} a_i$,代入 $\sum_{i=1}^{5} a_i = a_1 + a_2 + a_3 + a_4 + a_5$,整理得

$$a_1 = (a_2 + a_3 + a_4 + a_5) \div 4 \tag{7.3}$$

将式(7.3)式代入方程,满足,它是方程的解。这说明图 7-17 是一个条件变量一般幻方,其变量是 $a_2 \sim a_5$、$x_1 \sim x_5$,要求满足式(7.3),并标注在脚注中。当排布在 45°对角线上(此例为方阵第 1 行)的元素和等于 $\sum_{i=1}^{5} a_i + \sum_{i=1}^{5} x_i$ 时,图 7-17 才为一般幻方。也就是说,将平均值行排布在与组内数方向一致的对角线上可作为构造一般幻方应具有的附加条件。

(4) 适宜方阵条件整理。考虑到更高阶幻方、起始数与位置、首数组选择及可行组合的适用性验证,可得出结论,按照规则 2 构造 $n \neq 3k$ 奇数阶一般幻方时,适宜方阵条件应同时符合以下两个要求:

1) 通用必要条件。

2) 方阵中有平均值行(或列,或者兼而有之)。构造时起始数应取平均值行(或列)中的任意一个元素,排布在幻方正中心,且相应选择首数列(或行)。

(5) 适宜方阵条件的验证,见第 2 章。

7.10 按规则 2 构造 $n = 3k > 3$ 的奇数阶条件变量一般幻方

以 9 阶幻方为例,采用通用代数式基础方阵 $\boldsymbol{A}_9$,构造步骤如下:

(1) 在 $\boldsymbol{A}_9$ 中选任意一个元素(如 $a_4 + x_1$)为起始数,排布在任意位置,如图 7-18 所示。选 $a_4 + x_1$ 所在列为首数组,选任意可行组合,如 $a45°$,按规则 2 排布的 5 阶方阵如图 7-18 所示。

(2) 对图 7-18 计算:

$$行和 = 列和 = \sum_{i=1}^{9} a_i + \sum_{i=1}^{9} x_i$$

$$主对角线和 = \sum_{i=1}^{9} a_i + 3(x_2 + x_5 + x_8)$$

$$副对角线和 = 9a_9 + \sum_{i=1}^{9} x_i$$

加幻方与乘幻方构造法 —— 源自方程组的解

(3)假设图 7-18 是条件变量一般幻方,根据一般幻方要求可得到方程组:

$$\begin{cases} 9a_9 + \sum_{i=1}^{9} x_i = \sum_{i=1}^{9} a_i + \sum_{i=1}^{9} x_i \\ \sum_{i=1}^{9} a_i + 3(x_2 + x_5 + x_8) = \sum_{i=1}^{9} a_i + \sum_{i=1}^{9} x_i \end{cases}$$

解 第 1 式两端消去相同项,代入 $\sum_{i=1}^{9} a_i$,得式(7.4)。第 2 式两端消去相同项,化简得式(7.5)。即

$$\begin{cases} a_9 = (a_1 + a_2 + a_3 + a_4 + a_5 + a_6 + a_7 + a_8) \div 8 & (7.4) \\ x_2 + x_5 + x_8 = (x_1 + x_4 + x_7 + x_3 + x_6 + x_9) \div 2 & (7.5) \end{cases}$$

式(7.5)表示,每行是三三排序(当 $x_3 + x_6 + x_9 = x_1 + x_4 + x_7$ 时)或者是 258 排序(当 $x_3 + x_6 + x_9 \ne x_1 + x_4 + x_7$ 时)。

				$\sum_{i=1}^{9} a_i + \sum_{i=1}^{9} x_i$					$9a_9 + \sum_{i=1}^{9} x_i$
a_1+x_8	a_2+x_7	a_3+x_6	a_4+x_5	a_5+x_4	a_6+x_3	a_7+x_2	a_8+x_1	a_9+x_9	
a_2+x_6	a_3+x_5	a_4+x_4	a_5+x_3	a_6+x_2	a_7+x_1	a_8+x_9	a_9+x_8	a_1+x_7	
a_3+x_4	a_4+x_3	a_5+x_2	a_6+x_1	a_7+x_9	a_8+x_8	a_9+x_7	a_1+x_6	a_2+x_5	
a_4+x_2	a_5+x_1	a_6+x_9	a_7+x_8	a_8+x_7	a_9+x_6	a_1+x_5	a_2+x_4	a_3+x_3	
a_5+x_9	a_6+x_8	a_7+x_7	a_8+x_6	a_9+x_5	a_1+x_4	a_2+x_3	a_3+x_2	a_4+x_1	$\sum_{i=1}^{9} a_i + \sum_{i=1}^{9} x_i$
a_6+x_7	a_7+x_6	a_8+x_5	a_9+x_4	a_1+x_3	a_2+x_2	a_3+x_1	a_4+x_9	a_5+x_8	
a_7+x_5	a_8+x_4	a_9+x_3	a_1+x_2	a_2+x_1	a_3+x_9	a_4+x_8	a_5+x_7	a_6+x_6	
a_8+x_3	a_9+x_2	a_1+x_1	a_2+x_9	a_3+x_8	a_4+x_7	a_5+x_6	a_6+x_5	a_7+x_4	
a_9+x_1	a_1+x_9	a_2+x_8	a_3+x_7	a_4+x_6	a_5+x_5	a_6+x_4	a_7+x_3	a_8+x_2	

要求: $\begin{cases} a_9 = (a_1+a_2+a_3+a_4+a_5+a_6+a_7+a_8) \div 8 \\ x_2+x_5+x_8 = (x_1+x_3+x_4+x_6+x_7+x_9) \div 2 \end{cases}$ $\sum_{i=1}^{9} a_i + 3(x_2+x_5+x_8)$

图 7-18

将式(7.4)和式(7.5)代入方程组,全满足,它们是方程组的解。这说明图 7-18 是一个 9 阶条件变量一般幻方,其变量是 $a_1 \sim a_9$、$x_1 \sim x_9$,要求同时满足式(7.4)、式(7.5),并标注在脚注中。也就是说,该解与构造时要求可作为构造一般幻方应具有的附加条件。

(4)适宜方阵条件整理。根据对更高奇数阶幻方、起始数与位置、首数组选择及可行组合的适用性验证,可得出结论,按规则 2 构造 $n = 3k > 3$ 奇数阶一般幻方时,适宜方阵条件应同时符合以下 2 条要求:

1)通用必要条件。

2)方阵中有三三排序或者有 147(或 258 或 369)排序的平均值行(或列,或兼而有之),构造时起始数应相应选取该行(或列)中的任意一位数或者该行(或列)的第 1,4,7(或第 2,5,8 或第 3,6,9)位中的一位数,排布在幻方正中心,相应选择首数列(或行)。

(5)适宜方阵条件的验证,见第 2 章。

7.11 按规则 3 构造 $n \neq 3k$ 双偶数阶条件变量完美幻方

以 4 阶幻方为例,用通用代数式基础方阵 A_4,构造步骤如下:

(1)在 A_4 中选任意一个数(如 a_1+x_1)为起始数,排布在任意位置,如左下角。选 a_1+x_1 所在列为首数组,选任意可行组合,如 ab,按规则 3 排布的 4 阶方阵如图 7-19 所示。

(2)对图 7-19 计算:

$$主(副)对角线和 = \sum_{i=1}^{4} a_i + \sum_{i=1}^{4} x_i$$

$$每条泛对角线和 = \sum_{i=1}^{4} a_i + \sum_{i=1}^{4} x_i$$

$$行和交替 = 2a_1 + 2a_3 + \sum_{i=1}^{4} x_i \text{ 和 } 2a_2 + 2a_4 + \sum_{i=1}^{4} x_i$$

$$列和交替 = \sum_{i=1}^{4} a_i + 2x_1 + 2x_3 \text{ 和 } \sum_{i=1}^{4} a_i + 2x_2 + 2x_4$$

$\sum_{i=1}^{4} a_i +$ $2x_1+2x_3$	$\sum_{i=1}^{4} a_i +$ $2x_2+2x_4$			$\sum_{i=1}^{4} a_i + \sum_{i=1}^{4} x_i$
a_4+x_3	a_2+x_4	a_4+x_1	a_2+x_2	$2a_2+2a_4+\sum_{i=1}^{4} x_i$
a_3+x_1	a_1+x_2	a_3+x_3	a_1+x_4	$2a_1+2a_3+\sum_{i=1}^{4} x_i$
a_2+x_3	a_4+x_4	a_2+x_1	a_4+x_2	
a_1+x_1	a_3+x_2	a_1+x_3	a_3+x_4	

要求:$\begin{cases} a_1+a_3=a_2+a_4 \\ x_1+x_3=x_2+x_4 \end{cases}$ $\sum_{i=1}^{4} a_i + \sum_{i=1}^{4} x_i$

图 7-19

(3)假设图 7-19 是完美幻方,由上述计算得到方程组:

$$\begin{cases} 2a_1 + 2a_3 + \sum_{i=1}^{4} x_i = \sum_{i=1}^{4} a_i + \sum_{i=1}^{4} x_i \\ 2a_2 + 2a_4 + \sum_{i=1}^{4} x_i = \sum_{i=1}^{4} a_i + \sum_{i=1}^{4} x_i \\ \sum_{i=1}^{4} a_i + 2x_1 + 2x_3 = \sum_{i=1}^{4} a_i + \sum_{i=1}^{4} x_i \\ \sum_{i=1}^{4} a_i + 2x_2 + 2x_4 = \sum_{i=1}^{4} a_i + \sum_{i=1}^{4} x_i \end{cases}$$

解 前两式相减,移项并系数化1,得式(7.6)。同理,后两式相减,化简得式(7.7),即

$$\begin{cases} a_1 + a_3 = a_2 + a_4 & (7.6) \\ x_1 + x_3 = x_2 + x_4 & (7.7) \end{cases}$$

将式(7.6)和式(7.7)代入方程组,全满足。它们是方程组的解。这说明图7-19是一个4阶条件变量完美幻方,其变量是$a_1 \sim a_4$、$x_1 \sim x_4$,要求同时满足式(7.6)和式(7.7),并标注在脚注中。也就是说,该解与构造时要求可作为构造4阶完美幻方应具有的附加条件。

(4)适宜方阵条件整理。根据对$n \neq 3k$更高双偶数阶幻方、起始数与位置、首数组选择及可行组合的适用性验证,可得出结论,按照规则3构造$n \neq 3k$的双偶数阶完美幻方时,适宜方阵条件应同时符合通用必要条件、每行与每列都是二二排序。构造时无特殊要求。

(5)适宜方阵条件的验证,见第3章。

7.12 按规则3构造 $n \neq 3k$ 单偶数阶条件变量完美幻方

以10阶幻方为例,用通用代数式基础方阵A_{10},构造步骤如下:

(1)在A_{10}中选任意一个数(如a_1+x_1)为起始数,排布在任意位置,如左下角。选a_1+x_1所在列为首数组,选任意可行组合,如ab,按规则3排布的10阶方阵如图7-20所示。

$\sum_{i=1}^{10} a_i +$ $2x_{135}$	$\sum_{i=1}^{10} a_i +$ $2x_{246}$								$\sum_{i=1}^{10} a_i + \sum_{i=1}^{10} x_i$
a_8+x_7	a_2+x_{10}	a_6+x_3	$a_{10}+x_6$	a_4+x_9	a_8+x_2	a_2+x_5	a_6+x_8	$a_{10}+x_1$	a_4+x_4	$2a_{246}+\sum_{i=1}^{10} x_i$
a_5+x_3	a_9+x_6	a_3+x_9	a_7+x_2	a_1+x_5	a_5+x_8	a_9+x_1	a_3+x_4	a_7+x_7	a_1+x_{10}	$2a_{135}+\sum_{i=1}^{10} x_i$
a_2+x_9	a_6+x_2	$a_{10}+x_5$	a_4+x_8	a_8+x_1	a_2+x_4	a_6+x_7	$a_{10}+x_{10}$	a_4+x_3	a_8+x_6	
a_9+x_5	a_3+x_8	a_7+x_1	a_1+x_4	a_5+x_7	a_9+x_{10}	a_3+x_3	a_7+x_6	a_1+x_9	a_5+x_2	
a_6+x_1	$a_{10}+x_4$	a_4+x_7	a_8+x_{10}	a_2+x_3	a_6+x_6	$a_{10}+x_9$	a_4+x_2	a_8+x_5	a_2+x_8	
a_3+x_7	a_7+x_{10}	a_1+x_3	a_5+x_6	a_9+x_9	a_3+x_2	a_7+x_5	a_1+x_8	a_5+x_1	a_9+x_4	
$a_{10}+x_3$	a_4+x_6	a_8+x_9	a_2+x_2	a_6+x_5	$a_{10}+x_8$	a_4+x_1	a_8+x_4	a_2+x_7	a_6+x_{10}	
a_7+x_9	a_1+x_2	a_5+x_5	a_9+x_8	a_3+x_1	a_7+x_4	a_1+x_7	a_5+x_{10}	a_9+x_3	a_3+x_6	
a_4+x_5	a_8+x_8	a_2+x_1	a_6+x_4	$a_{10}+x_7$	a_4+x_{10}	a_8+x_3	a_2+x_6	a_6+x_9	$a_{10}+x_2$	
a_1+x_1	a_5+x_4	a_9+x_7	a_3+x_{10}	a_7+x_3	a_1+x_6	a_5+x_9	a_9+x_2	a_3+x_5	a_7+x_8	

要求: $\begin{cases} a_1+a_3+a_5+a_7+a_9=a_2+a_4+a_6+a_8+a_{10} \\ x_1+x_3+x_5+x_7+x_9=x_2+x_4+x_6+x_8+x_{10} \end{cases}$ $\sum_{i=1}^{10} a_i + \sum_{i=1}^{10} x_i$

图7-20

图 7-20 中,$a_{135}=a_1+a_3+a_5+a_7+a_9$;$a_{246}=a_2+a_4+a_6+a_8+a_{10}$

$$x_{135}=x_1+x_3+x_5+x_7+x_9;x_{246}=x_2+x_4+x_6+x_8+x_{10}$$

(2) 对图 7-20 计算:

$$主(副)对角线和 = \sum_{i=1}^{10}a_i + \sum_{i=1}^{10}x_i$$

$$每条泛对角线和 = \sum_{i=1}^{10}a_i + \sum_{i=1}^{10}x_i$$

$$行和交替 = 2a_{135} + \sum_{i=1}^{10}x_i \text{ 和 } 2a_{246} + \sum_{i=1}^{10}x_i$$

$$列和交替 = \sum_{i=1}^{10}x_i + 2x_{135} \text{ 和 } \sum_{i=1}^{10}a_i + 2x_{246}$$

(3) 假设图 7-20 是完美幻方,由上述计算可得到方程组:

$$\begin{cases} 2(a_1+a_3+a_5+a_7+a_9) + \sum_{i=1}^{10}x_i = \sum_{i=1}^{10}a_i + \sum_{i=1}^{10}x_i \\ 2(a_2+a_4+a_6+a_8+a_{10}) + \sum_{i=1}^{10}x_i = \sum_{i=1}^{10}a_i + \sum_{i=1}^{10}x_i \\ \sum_{i=1}^{10}a_i + 2(x_1+x_3+x_5+x_7+x_9) = \sum_{i=1}^{10}a_i + \sum_{i=1}^{10}x_i \\ \sum_{i=1}^{10}a_i + 2(x_2+x_4+x_6+x_8+x_{10}) = \sum_{i=1}^{10}a_i + \sum_{i=1}^{10}x_i \end{cases}$$

解 前两个方程相减,移项,除以 2,去括号,得式(7.8)。后两个方程相减,移项,除以 2,去括号,得式(7.9),即

$$\begin{cases} a_1+a_3+a_5+a_7+a_9=a_2+a_4+a_6+a_8a+a_{10} & (7.8) \\ x_1+x_3+x_5+x_7+x_9=x_2+x_4+x_6+x_8+x_{10} & (7.9) \end{cases}$$

将式(7.8)和式(7.9)代入方程组,全满足,它们是方程组的解。这说明图 7-20 是一个 10 阶条件变量完美幻方,其变量是 $a_1 \sim a_{10}$,$x_1 \sim x_{10}$,要求同时满足式(7.8)和式(7.9),并标注在脚注中。也就是说,该解及构造时要求可作为构造 10 阶完美幻方应具有的附加条件。

(4) 适宜方阵条件整理。根据对 $n \neq 3k$ 更高单偶数阶幻方、起始数与位置、首数组选择及可行组合的适用性验证,可得出结论,按照规则 3 构造 $n \neq 3k$ 的单偶数阶完美幻方时,适宜方阵条件应同时符合通用必要条件、每行与每列都是二二排序。构造时无特殊要求。

(5) 适宜方阵条件的验证,见第 3 章。

7.13 按规则3构造 $n=3k>3$ 奇数阶条件变量完美幻方

以构造9阶幻方为例说明。填入数用通用代数式基础方阵 A_9。

(1) 选择 A_9 中任意元素（如 a_1+x_1）作为起始数，排布在幻方任意位置，如左下角。选"a_1+x_1"所在列为首数组，选任意可行组合，如 ac，按照规则3排布的9阶方阵如图7-21所示。

(2) 对图7-21计算：

$$\text{行和} = \text{列和} = \sum_{i=1}^{9} a_i + \sum_{i=1}^{9} x_i$$

$$\text{主对角线和} = \sum_{i=1}^{9} a_i + 3(x_3 + x_6 + x_9)$$

$$\text{副对角线和} = 3(a_1 + a_4 + a_7) + \sum_{i=1}^{9} x_i$$

$$\text{每条主泛对角线和交替} = \sum_{i=1}^{9} a_i + 3(x_3 + x_6 + x_9)、\sum_{i=1}^{9} a_i + 3(x_1 + x_4 + x_7) \text{ 和}$$

$$\sum_{i=1}^{9} a_i + 3(x_2 + x_5 + x_8)$$

$$\text{每条副泛对角线和交替} = 3(a_1 + a_4 + a_7) + \sum_{i=1}^{9} x_i、3(a_2 + a_5 + a_8) + \sum_{i=1}^{9} x_i \text{ 和}$$

$$3(a_3 + a_6 + a_9) + \sum_{i=1}^{9} x_i$$

				$\sum_{i=1}^{9} a_i + \sum_{i=1}^{9} x_i$					$3a_{147} + \sum_{i=1}^{9} x_i$
a_8+x_6	a_3+x_4	a_7+x_2	a_2+x_9	a_6+x_7	a_1+x_5	a_5+x_3	a_9+x_1	a_4+x_8	
a_6+x_2	a_1+x_9	a_5+x_7	a_9+x_5	a_4+x_3	a_8+x_1	a_3+x_8	a_7+x_6	a_2+x_4	
a_4+x_7	a_8+x_5	a_3+x_3	a_7+x_1	a_2+x_8	a_6+x_6	a_1+x_4	a_5+x_2	a_9+x_9	
a_2+x_3	a_6+x_1	a_1+x_8	a_5+x_6	a_9+x_4	a_4+x_2	a_8+x_9	a_3+x_7	a_7+x_5	
a_9+x_8	a_4+x_6	a_8+x_4	a_3+x_2	a_7+x_9	a_2+x_7	a_6+x_5	a_1+x_3	a_5+x_1	$\sum_{i=1}^{9} a_i + \sum_{i=1}^{9} x_i$
a_7+x_4	a_2+x_2	a_6+x_9	a_1+x_7	a_5+x_5	a_9+x_3	a_4+x_1	a_8+x_8	a_3+x_6	
a_5+x_9	a_9+x_7	a_4+x_5	a_8+x_3	a_3+x_1	a_7+x_8	a_2+x_6	a_6+x_4	a_1+x_2	
a_3+x_5	a_7+x_3	a_2+x_1	a_6+x_8	a_1+x_6	a_5+x_4	a_9+x_2	a_4+x_9	a_8+x_7	
a_1+x_1	a_5+x_8	a_9+x_6	a_4+x_4	a_8+x_2	a_3+x_9	a_7+x_7	a_2+x_5	a_6+x_3	

要求：$\begin{cases} a_1+a_4+a_7=a_2+a_5+a_8=a_3+a_6+a_9 \\ x_1+x_4+x_7=x_2+x_5+x_8=x_3+x_6+x_9 \end{cases}$ $\quad \sum_{i=1}^{9} a_i + 3(a_3+a_6+a_9)$

图 7-21

(3) 假设图7-21是完美幻方，由上述计算可得方程组：

$$\begin{cases} 3(a_1+a_4+a_7)+\sum_{i=1}^{9}x_i=\sum_{i=1}^{9}a_i+\sum_{i=1}^{9}x_i \\ 3(a_2+a_5+a_8)+\sum_{i=1}^{9}x_i=\sum_{i=1}^{9}a_i+\sum_{i=1}^{9}x_i \\ 3(a_3+a_6+a_9)+\sum_{i=1}^{9}x_i=\sum_{i=1}^{9}a_i+\sum_{i=1}^{9}x_i \\ \sum_{i=1}^{9}a_i+3(x_1+x_4+x_7)=\sum_{i=1}^{9}a_i+\sum_{i=1}^{9}x_i \\ \sum_{i=1}^{9}a_i+3(x_2+x_5+x_8)=\sum_{i=1}^{9}a_i+\sum_{i=1}^{9}x_i \\ \sum_{i=1}^{9}a_i+3(x_3+x_6+x_9)=\sum_{i=1}^{9}a_i+\sum_{i=1}^{9}x_i \end{cases}$$

解 由前 3 个方程左边都相等，消去 $\sum_{i=1}^{9}x_i$、同除以 3，去括号得式(7.10)。同理，由后 3 个方程左边都相等，可得式(7.11)，即

$$\begin{cases} a_1+a_4+a_7=a_2+a_5+a_8=a_3+a_6+a_9 & (7.10) \\ x_1+x_4+x_7=x_2+x_5+x_8=x_3+x_6+x_9 & (7.11) \end{cases}$$

将式(7.10)和式(7.11)代入方程组，全满足，它们是方程组的解。这说明，图 7-21 是一个 9 阶条件变量完美幻方，其变量是 $a_1 \sim a_9$、$x_1 \sim x_9$，要求同时满足式(7.10)、式(7.11)，并标注在脚注中。也就是说，该解与构造时要求可作为构造 9 阶完美幻方应具有的附加条件。

(4)适宜方阵条件整理。根据对 $n=3k$ 更高奇数阶幻方、起始数与位置、首数组选择及可行组合的适用性验证，可得出结论，按照规则 3 构造 $n=3k>3$ 的奇数阶完美幻方时，适宜方阵条件应同时符合通用必要条件、每行与每列都是三三排序。构造时无特殊要求。

(5)连加和表达式查验，图 7-21 中，代入脚注中的要求后，每行、每列、每条对角线及泛对角线连加和都相等，所以图 7-21 是条件变量完美幻方。适宜方阵条件验证，见第 3 章。

7.14 按规则 3 构造 $n=3k>3$ 奇数阶条件变量一般幻方

(1)分析。在选首数列的完美幻方图 7-21 中，脚注要求方阵的行与列都是三三排序。若进行下述 1)或 2)或 3)更改，因有的泛对角线和≠幻和，幻方变成条件变量一般幻方。

加幻方与乘幻方构造法 —— 源自方程组的解

1) 将 A_9 每行改为 369 排序、每列改为 147 排序。此时应新编图号,脚注中要求相应改为

$$\begin{cases} a_1+a_4+a_7=(a_2+a_5+a_8+a_3+a_6+a_9)\div 2\neq a_2+a_5+a_8 \\ x_3+x_6+x_9=(x_1+x_4+x_7+x_2+x_5+x_8)\div 2\neq x_2+x_5+x_8 \end{cases}$$

此时 A_9 中第 3,6,9 列与第 1,4,7 行的 9 个交叉元素正好位于幻方的 9 个小中心。

2) 将 A_9 每列改为 147 排序,其余不变。此时应新编图号,脚注中要求相应改为

$$\begin{cases} a_1+a_4+a_7=(a_2+a_5+a_8+a_3+a_6+a_9)\div 2\neq a_2+a_5+a_8 \\ x_1+x_4+x_7=x_2+x_5+x_8=x_3+x_6+x_9 \end{cases}$$

此时 A_9 第 1,4,7 行的 27 个元素分布在幻方副 3 格线上(组内数方向是 c 时)或主 3 格线上(组内数方向是 e 时)。二者都包含幻方的 9 个小中心。

需要说明,若将图 7-21(ac 组合)整体逆时针转 90°,可视为 ce 组合。

3) 将 A_9 每行变成 369 排序,其余不变。此时应新编图号,脚注中要求相应改为

$$\begin{cases} a_1+a_4+a_7=a_2+a_5+a_8=a_3+a_6+a_9 \\ x_3+x_6+x_9=(x_1+x_4+x_7+x_2+x_5+x_8)\div 2\neq x_2+x_5+x_8 \end{cases}$$

此时 A_9 第 3,6,9 列的 27 个元素分布在幻方主 3 格线上(组内数方向是 c,d,g,h 时)或副 3 格线上(组内数方向时 a,b,e,f 时),二者都包含 9 个小中心。

(2) 适宜方阵条件整理。由以上分析可知,对适宜方阵行列排序的更改与相应的构造时要求都应作为构造一般幻方时应具有的附加条件。

根据对 $n=3k>3$ 更高奇数阶幻方、起始数与位置、首数组选择及可行组合的适用性验证,为便于记忆和操作,采用以下结论,按照规则 3 构造 $n=3k>3$ 奇数阶一般幻方时,适宜方阵条件应同时符合通用必要条件及下述 1)或 2)或 3)项要求:

1) 每行是 369(或 258 或 147)排序,每列也是 147(或 258 或 369)排序。构造时起始元素应选择第 3,6,9(或第 2,5,8 或第 1,4,7)、…列与第 1,4,7(或第 2,5,8 或第 3,6,9)、…行的任意一个交叉元素,排布在幻方小中心。

2) 每行是三三排序而每列是 147(或 258 或 369)排序。构造时起始元素应相应选择第 1,4,7(或第 2,5,8 或第 3,6,9)、…行中的一个元素,并排布在幻方小中心。

若选择首数列,起始元素应排布在幻方主 3 格线上(当组内数方向为 a,b,e,f 时)或副 3 格线上(当组内数方向为 c,d,g,h 时)。

3) 每行是 369(或 258 或 147)排序,每列是三三排序。构造时起始元素应相应选取第 3,6,9(或第 2,5,8 或第 1,4,7)、…列中的一个元素,并排布在幻方小中心。

若选择首数列,起始数应排布在幻方副 3 格线上(当组内数方向为 a,b,e,f 时)或主 3 格线上(当组内数方向为 c,d,g,h 时)。

7.15 按规则 3 构造 $n=3k$ 单偶数阶条件变量完美幻方

以 6 阶幻方为例,用通用代数式基础方阵 A_6,构造步骤如下:

(1)选 A_6 中任意一个元素(如 a_1+x_1)为起始数,排布在幻方任意位置,如左下角。选 a_1+x_1 所在列为首数列,选任意可行组合,如 ac,按照规则 3 排布的方阵如图 7-22 所示。

(2)计算图 7-22:

每行行和交替 $= 2(a_1+a_3+a_5) + \sum_{i=1}^{6} x_i$ 和 $2(a_2+a_4+a_6) + \sum_{i=1}^{6} x_i$

每列的列和交替 $= \sum_{i=1}^{6} a_i + 2(x_1+x_3+x_5)$ 和 $\sum_{i=1}^{6} a_i + 2(x_2+x_4+x_6)$

主对角线和 $= \sum_{i=1}^{6} a_i + 3(x_3+x_6)$

副对角线和 $= 3(a_1+a_4) + \sum_{i=1}^{6} x_i$

主泛对角线和交替 $= \sum_{i=1}^{6} a_i + 3(x_2+x_5)$,$\sum_{i=1}^{6} a_i + 3(x_1+x_4)$ 和

$\sum_{i=1}^{6} a_i + 3(x_3+x_6)$

副泛对角线和交替 $= 3(a_2+a_5) + \sum_{i=1}^{6} x_i$,$3(a_3+a_6) + \sum_{i=1}^{6} x_i$ 和

$3(a_1+a_4) + \sum_{i=1}^{6} x_i$

$\sum_{i=1}^{6}a_i+$ $2x_1+2x_3+2x_5$	$\sum_{i=1}^{6}a_i+$ $2x_2+2x_4+2x_6$					$3a_1+3a_4+\sum_{i=1}^{6}x_i$
a_2+x_3	a_6+x_4	a_4+x_5	a_2+x_6	a_6+x_1	a_4+x_2	$2a_2+2a_4+2a_6+\sum_{i=1}^{6}x_i$
a_3+x_5	a_1+x_6	a_5+x_1	a_3+x_2	a_1+x_3	a_5+x_4	$2a_1+2a_3+2a_5+\sum_{i=1}^{6}x_i$
a_4+x_1	a_2+x_2	a_6+x_3	a_4+x_4	a_2+x_5	a_6+x_6	
a_5+x_3	a_3+x_4	a_1+x_5	a_5+x_6	a_3+x_1	a_1+x_2	
a_6+x_5	a_4+x_6	a_2+x_1	a_6+x_2	a_4+x_3	a_2+x_4	
a_1+x_1	a_5+x_2	a_3+x_3	a_1+x_4	a_5+x_5	a_3+x_6	
要求: $\begin{cases} a_1+a_3+a_5=a_2+a_4+a_6 \\ x_1+x_3+x_5=x_2+x_4+x_6 \\ a_1+a_4=a_2+a_5=a_3+a_6 \\ x_1+x_4=x_2+x_5=x_3+x_6 \end{cases}$						$\sum_{i=1}^{6}a_i+3x_3+3x_6$

图 7-22

(3) 假设图 7-22 是完美幻方，由以上计算可得到方程组：

$$\begin{cases} 2(a_1+a_3+a_5)+\sum_{i=1}^{6}x_i = \sum_{i=1}^{6}a_i+\sum_{i=1}^{6}x_i & (7.12) \\ 2(a_2+a_4+a_6)+\sum_{i=1}^{6}x_i = \sum_{i=1}^{6}a_i+\sum_{i=1}^{6}x_i & (7.13) \\ \sum_{i=1}^{6}a_i+2(x_1+x_3+x_5) = \sum_{i=1}^{6}a_i+\sum_{i=1}^{6}x_i & (7.14) \\ \sum_{i=1}^{6}a_i+2(x_2+x_4+x_6) = \sum_{i=1}^{6}a_i+\sum_{i=1}^{6}x_i & (7.15) \\ 3(a_1+a_4)+\sum_{i=1}^{6}x_i = \sum_{i=1}^{6}a_i+\sum_{i=1}^{6}x_i & (7.16) \\ 3(a_2+a_5)+\sum_{i=1}^{6}x_i = \sum_{i=1}^{6}a_i+\sum_{i=1}^{6}x_i & (7.17) \\ 3(a_3+a_6)+\sum_{i=1}^{6}x_i = \sum_{i=1}^{6}a_i+\sum_{i=1}^{6}x_i & (7.18) \\ \sum_{i=1}^{6}a_i+3(x_1+x_4) = \sum_{i=1}^{6}a_i+\sum_{i=1}^{6}x_i & (7.19) \\ \sum_{i=1}^{6}a_i+3(x_2+x_5) = \sum_{i=1}^{6}a_i+\sum_{i=1}^{6}x_i & (7.20) \\ \sum_{i=1}^{6}a_i+3(x_4+x_6) = \sum_{i=1}^{6}a_i+\sum_{i=1}^{6}x_i & (7.21) \end{cases}$$

解 式(7.12)减式(7.13)，移项，除以 2，去括号，得式(7.22)。

由式(7.16)~式(7.18)左边相等，减去 $\sum_{i=1}^{6}x_i$，除以 3，去括号，得式(7.23)。

由式(7.14)减式(7.15)，移项，除以 2，去括号，得式(7.24)。

由式(7.19)~式(7.21)左边相等，减去 $\sum_{i=1}^{6}a_i$，除以 3，去括号，得式(7.25)。

$$\begin{cases} a_1+a_3+a_5=a_2+a_4+a_6 & (7.22) \\ a_1+a_4=a_2+a_5=a_3+a_6 & (7.23) \\ x_1+x_3+x_5=x_2+x_4+x_6 & (7.24) \\ x_1+x_4=x_2+x_5=x_3+a_x & (7.25) \end{cases}$$

式(7.22)~式(7.25)代入方程组，全满足，它们是方程组的解。这说明图 7-22 是一个 6 阶条件变量完美幻方，其变量是 a_1~a_6，x_1~x_6。要求同时满足式(7.22)~式(7.25)，并标注在脚注中。也就是说，该解与构造时要求可作为构造 6 阶完美幻方应具有的附加条件。

(4) 适宜方阵条件整理。考虑到对更高阶 $n=3k$ 的单偶数阶幻方、起始数与位置、首数组选择及可行组合的适用性验证,可得出结论,按照规则3构造$n=3k$的单偶数阶完美幻方时,适宜方阵条件应同时符合通用必要条件、每行与每列都是二二排序和三三排序。构造时无特殊要求。

（5）适宜方阵条件的验证,见第3章。

7.16 按规则3构造$n=3k$单偶数阶条件变量一般幻方

（1）分析。以6阶幻方为例。在选首数列的完美幻方图7-22中,脚注要求方阵的行与列都是二二排序和三三排序。若进行下述1）或2）或3）更改,因有的泛对角线和$\neq$幻和,幻方变成条件变量一般幻方,应新编图号,脚注中要求相应更改（略）。

1）只将A_6每行的三三排序改成369排序,将每列的三三排序改成如147排序,其余不变。此时A_6第3、6列与第1、4行的交叉元素分布在幻方的4个小中心。

2）只将每列的三三排序改成如147排序,其余不变。此时A_6第1、4行的12个元素分布在幻方副3格线上（组内数方向为c）或主3格线上（组内数方向为e时）。图7-22整体逆时针转90°即是ce组合。

3）只将每行的三三排序改为369排序,其余不变。此时A_6第3、6列的12个元素分布在幻方主3格线上（组内数方向为c）或副3格线上（组内数方向为e）。

（2）适宜方阵条件整理。由上述分析可知,适宜方阵行列排序的更改与相应的构造时要求都应作为构造一般幻方时应具有的附加条件。

根据对$n=3k$更高单偶数阶幻方、起始数与位置、首数组选择及可行组合适用性验证,可得出结论,按照规则3构造$n=3k$单偶数阶一般幻方时,适宜方阵条件应同时符合通用必要条件、每行与每列都是二二排序及下述1）或2）或3）项要求:

1）每行还是369（或258或147）排序,每列还是147（或258或369）排序。构造时起始数应选择第3、6、9（或第2、5、8或第1、4、7）,…列与第1、4、7（或第2、5、8或第3、6、9）,…行的任意一个交叉元素,并排布在幻方小中心。

2）每行还是三三排序,每列还是147（或258或369）排序。构造时起始数应选择第1、4、7（或2、5、8或第3、6、9）,…行的任意一个元素,并排布在幻方小中心。若选择首数列时,起始元素可排布在幻方主3格线上（组内数方向是a,b,e,f时）或副3格线上（组内数方向是c,d,g,h时）。

3）每行还是369（或258或147）排序,每列还是三三排序。构造时起始数应相应选择第3、6、9（或第2、5、8或第1、4、7）,…列的任意一个元素,并排布在幻方小中心。若选择首数列时,起始数可排布在幻方副3格线上（组内数方向是a,b,e,f时）或主3格线上（组内方向是c,d,g,h时）。

7.17 按规则3构造 $n=3k$ 的双偶数阶条件变量完美幻方

以12阶幻方为例,用通用代数式基础方阵 $\mathbf{A}_{12}$,构造步骤如下:

(1)选择 $\mathbf{A}_{12}$ 中任意一个元素(如 a_1+x_1)为起始数,可排布在幻方任意位置,如左下角。选 a_1+x_1 所在列为首数组,选任意可行组合,如 ac,按照规则3排布的12阶方阵如图7-23所示。

$\sum\limits_{i=1}^{12}a_i+$ $2x_{135}$	$\sum\limits_{i=1}^{12}a_i+$ $2x_{246}$											$3a_{147}+\sum\limits_{i=1}^{12}x_i$
a_8+x_3	a_6+x_{10}	a_4+x_5	a_2+x_{12}	$a_{12}+x_7$	$a_{10}+x_2$	a_8+x_9	a_6+x_4	a_4+x_{11}	a_2+x_6	$a_{12}+x_1$	$a_{10}+x_8$	$2a_{246}+\sum\limits_{i=1}^{12}x_i$
a_3+x_5	a_1+x_{12}	$a_{11}+x_7$	a_9+x_2	a_7+x_9	a_5+x_4	a_3+x_{11}	a_1+x_6	$a_{11}+x_1$	a_9+x_8	a_7+x_3	a_5+x_{10}	$2a_{135}+\sum\limits_{i=1}^{12}x_i$
$a_{10}+x_7$	a_8+x_2	a_6+x_9	a_4+x_4	a_2+x_{11}	$a_{12}+x_6$	$a_{10}+x_1$	a_8+x_8	a_6+x_3	a_4+x_{10}	a_2+x_5	$a_{12}+x_{12}$	
a_5+x_9	a_3+x_4	a_1+x_{11}	$a_{11}+x_6$	a_9+x_1	a_7+x_8	a_5+x_3	a_3+x_{10}	a_1+x_5	$a_{11}+x_{12}$	a_9+x_7	a_7+x_2	
$a_{12}+x_{11}$	$a_{10}+x_6$	a_8+x_1	a_6+x_8	a_4+x_3	a_2+x_{10}	$a_{12}+x_5$	$a_{10}+x_{12}$	a_8+x_7	a_6+x_2	a_4+x_9	a_2+x_4	
a_7+x_1	a_5+x_8	a_3+x_3	a_1+x_{10}	$a_{11}+x_5$	a_9+x_{12}	a_7+x_7	a_5+x_2	a_3+x_9	a_1+x_4	$a_{11}+x_{11}$	a_9+x_6	
a_2+x_3	$a_{12}+x_{10}$	$a_{10}+x_5$	a_8+x_{12}	a_6+x_7	a_4+x_2	a_2+x_9	$a_{12}+x_4$	$a_{10}+x_{11}$	a_8+x_6	a_6+x_1	a_4+x_8	
a_9+x_5	a_7+x_{12}	a_5+x_7	a_3+x_2	a_1+x_9	$a_{11}+x_4$	a_9+x_{11}	a_7+x_6	a_5+x_1	a_3+x_8	a_1+x_3	$a_{11}+x_{10}$	
a_4+x_7	a_2+x_2	$a_{12}+x_9$	$a_{10}+x_4$	a_8+x_{11}	a_6+x_6	a_4+x_1	a_2+x_8	$a_{12}+x_3$	$a_{10}+x_{10}$	a_8+x_5	a_6+x_{12}	
$a_{11}+x_9$	a_9+x_4	a_7+x_{11}	a_5+x_6	a_3+x_1	a_1+x_8	$a_{11}+x_3$	a_9+x_{10}	a_7+x_5	a_5+x_{12}	a_3+x_7	a_1+x_2	
a_6+x_{11}	a_4+x_6	a_2+x_1	$a_{12}+x_8$	$a_{10}+x_3$	a_8+x_{10}	a_6+x_5	a_4+x_{12}	a_2+x_7	$a_{12}+x_2$	$a_{10}+x_9$	a_8+x_4	
a_1+x_1	$a_{11}+x_8$	a_9+x_3	a_7+x_{10}	a_5+x_5	a_3+x_{12}	a_1+x_7	$a_{11}+x_2$	a_9+x_9	a_7+x_4	a_5+x_{11}	a_3+x_6	$\sum\limits_{i=1}^{12}a_i+3x_{369}$

要求:
$$\begin{cases} a_1+a_3+a_5+a_7+a_9+a_{11}=a_2+a_4+a_6+a_8+a_{10}+a_{12} \\ x_1+x_3+x_5+x_7+x_9+x_{11}=x_2+x_4+x_6+x_8+x_{10}+x_{12} \\ a_1+a_4+a_7+a_{10}=a_2+a_5+a_8+a_{11}=a_3+a_6+a_9+a_{12} \\ x_1+x_4+x_7+x_{10}=x_2+x_5+x_8+x_{11}=x_3+x_6+x_9+x_{12} \end{cases}$$

图 7-23

图7-23中,

$$a_{135}=a_1+a_3+a_5+a_7+a_9+a_{11}; a_{246}=a_2+a_4+a_6+a_8+a_{10}+a_{12}$$
$$x_{135}=x_1+x_3+x_5+x_7+x_9+x_{11}; x_{246}=x_2+x_4+x_6+x_8+x_{10}+x_{12}$$
$$a_{147}=a_1+a_4+a_7+a_{10}; a_{258}=a_2+a_5+a_8+a_{11}; a_{369}=a_3+a_6+a_9+a_{12}$$
$$x_{147}=x_1+x_4+x_7+x_{10}; x_{258}=x_2+x_5+x_8+x_{11}; x_{369}=x_3+x_6+x_9+x_{12}$$

(2)计算图7-23:

$$每行行和交替=2(a_1+a_3+a_5+a_7+a_9+a_{11})+\sum_{i=1}^{12}x_i \text{ 和}$$
$$2(a_2+a_4+a_6+a_8+a_{10}+a_{12})+\sum_{i=1}^{12}x_i$$
$$每列列和交替=\sum_{i=1}^{12}a_i+2(x_1+x_3+x_5+x_7+x_9+x_{11}) \text{ 和}$$

$$\sum_{i=1}^{12} a_i + 2(x_2 + x_4 + x_6 + x_8 + x_{10} + x_{12})$$

主对角线和 $= \sum_{i=1}^{12} a_i + 3(x_3 + x_6 + x_9 + x_{12})$

主泛对角线和交替 $= \sum_{i=1}^{12} a_i + 3(x_3 + x_6 + x_9 + x_{12})$、$\sum_{i=1}^{12} a_i + 3(x_2 + x_5 + x_8 + x_{11})$ 和 $\sum_{i=1}^{12} a_i + 3(x_1 + x_4 + x_7 + x_{10})$

副对角线和 $= \sum_{i=1}^{12} x_i + 3(a_1 + a_4 + a_7 + a_{10})$

副泛对角线和交替 $= 3(a_1 + a_4 + a_7 + a_{10}) + \sum_{i=1}^{12} x_i$、$3(a_2 + a_5 + a_8 + a_{11}) + \sum_{i=1}^{12} x_i$ 和 $3(a_3 + a_6 + a_9 + a_{12}) + \sum_{i=1}^{12} x_i$

(3) 假设图 7-23 是完美幻方,由上述计算可得到方程组:

$$\begin{cases} 2(a_1 + a_3 + a_5 + a_7 + a_9 + a_{11}) + \sum_{i=1}^{12} x_i = \sum_{i=1}^{12} a_i + \sum_{i=1}^{12} x_i & (7.26) \\ 2(a_2 + a_4 + a_6 + a_8 + a_{10} + a_{12}) + \sum_{i=1}^{12} x_i = \sum_{i=1}^{12} a_i + \sum_{i=1}^{12} x_i & (7.27) \\ \sum_{i=1}^{12} a_i + 2(x_1 + x_3 + x_5 + x_7 + x_9 + x_{11}) = \sum_{i=1}^{12} a_i + \sum_{i=1}^{12} x_i & (7.28) \\ \sum_{i=1}^{12} a_i + 2(x_2 + x_4 + x_6 + x_8 + x_{10} + x_{12}) = \sum_{i=1}^{12} a_i + \sum_{i=1}^{12} x_i & (7.29) \\ \sum_{i=1}^{12} a_i + 3(x_3 + x_6 + x_9 + x_{12}) = \sum_{i=1}^{12} a_i + \sum_{i=1}^{12} x_i & (7.30) \\ \sum_{i=1}^{12} a_i + 3(x_2 + x_5 + x_8 + x_{11}) = \sum_{i=1}^{12} a_i + \sum_{i=1}^{12} x_i & (7.31) \\ \sum_{i=1}^{12} a_i + 3(x_1 + x_4 + x_7 + x_{10}) = \sum_{i=1}^{12} a_i + \sum_{i=1}^{12} x_i & (7.32) \\ 3(a_1 + a_4 + a_7 + a_{10}) + \sum_{i=1}^{12} x_i = \sum_{i=1}^{12} a_i + \sum_{i=1}^{12} x_i & (7.33) \\ 3(a_2 + a_5 + a_8 + a_{11}) + \sum_{i=1}^{12} x_i = \sum_{i=1}^{12} a_i + \sum_{i=1}^{12} x_i & (7.34) \\ 3(a_3 + a_6 + a_9 + a_{12}) + \sum_{i=1}^{12} x_i = \sum_{i=1}^{12} a_i + \sum_{i=1}^{12} x_i & (7.35) \end{cases}$$

解 式(7.26)减式(7.27),移项,除以 2,去括号,得式(7.36)。

由式(7.28)减式(7.29),移项,除以 2,去括号,得式(7.37)。

由式(7.30)~式(7.32)左边相等,同减 $\sum_{i=1}^{12} a_i$,同除以 3,去括号,得式(7.38)。

由式(7.33)~式(7.35)左边相等,同减$\sum_{i=1}^{12}x_i$,同除以 3,去括号,得式(7.39)。

$$\begin{cases} a_1+a_3+a_5+a_7+a_9+a_{11}=a_2+a_4+a_6+a_8+a_{10}+a_{12} & (7.36)\\ x_1+x_3+x_5+x_7+x_9+x_{11}=x_2+x_4+x_6+x_8+x_{10}+x_{12} & (7.37)\\ x_1+x_4+x_7+x_{10}=x_2+x_5+x_8+x_{11}=x_3+x_6+x_9+x_{12} & (7.38)\\ a_1+a_4+a_7+a_{10}=a_2+a_5+a_8+a_{11}=a_3+a_6+a_9+a_{12} & (7.39) \end{cases}$$

将式(7.36)~式(7.39)代入方程组,全满足,它们是方程组的解。这说明图 7-23 是 12 阶条件变量完美幻方,其变量是 $a_1 \sim a_{12}$、$x_1 \sim x_{12}$,要求同时满足式(7.36)~式(7.39),并标注在脚注中。也就是说,该解与构造时要求可作为构造 12 阶完美幻方应具有的附加条件。

(4)适宜方阵条件整理。根据对 $n=3k$ 更高双偶数阶幻方、起始数与位置、首数组选择及可行组合的适用性验证,可得出结论,按照规则 3 构造 $n=3k$ 双偶数阶完美幻方时,适宜方阵条件应同时符合通用必要条件、每行与每列是二二排序和三三排序。构造时无特殊要求。

(5)适宜方阵条件的验证,见第 3 章。

7.18 按规则 3 构造 $n=3k$ 双偶数阶条件变量一般幻方

(1)分析。以 12 阶幻方为例,在选首数列的完美幻方图 7-23 中,脚注要求方阵的行与列都是二二排序和三三排序。若进行下述 1)或 2)或 3)更改,因有的泛对角线和≠幻和,幻方变成条件变量一般幻方,应新编图号,脚注中要求应修改(略)。

1)将 A_{12} 每行的三三排序改成 369 排序,每列的三三排序改成如 147 排序,其余不变。

此时 A_{12} 第 3,6,9,12 列与第 1,4,7,10 行的交叉元素分布在幻方的 16 个小中心。

2)只将每列的三三排序改成 147 排序,其余不变。此时 A_{12} 第 1,4,7,10 行的 48 个元素分布在幻方副 3 格线上(组内数方向为 c)或主 3 格线上(组内数方向为 e 时)。

3)只将每行的三三排序改为 369 排序,其余不变。此时 A_{12} 第 3,6,9,12 列的 48 个元素分布在幻方主 3 格线上(组内数方向为 c)或副 3 格线上(组内数方向为 e)。

(2)适宜方阵条件整理。由上述分析可知,适宜方阵行列排序的改变与相应的构造时要求都应作为构造一般幻方时应具有的附加条件。

根据对 $n=3k$ 更高双偶数阶幻方、起始数与位置、首数组选择及可行组合的适用性验证,可得出结论,按照规则 3 构造 $n=3k$ 的双偶数阶一般幻方时,适宜方阵条件应同时符合通用必要条件、每行与每列都是二二排序及下述 1)或 2)或 3)项要求:

1) 每行还是三分(如369)排序,每列还是三分(如147)排序。构造时起始数应选择第3,6,9,12,…列与第1,4,7,10,…行的任意一个交叉元素,并排布在幻方小中心。

2) 每行还是三三排序,每列还是三分(如147)排序。构造时起始数应选择第1,4,7,10,…行的任意一个元素,并排布在幻方小中心。若选择首数列,起始元素可排布在幻方主3格线上(组内数方向是 a,b,e,f 时)或副3格线上(组内数方向是 c,d,g,h 时)。

3) 每行还是三分(如369)排序,每列还是三三排序。构造时起始数应选择第3,6,9,12,…列的任意一个元素,并排布在幻方小中心。若选择首数列时,起始数可排布在幻方副3格线上(组内数方向是 a,b,e,f 时)或主3格线上(组内方向是 c,d,g,h 时)。

7.19 按规则4构造 $n \neq 3k$ 单偶数阶条件变量完美幻方

以10阶幻方为例。填入数采用前述的 $\boldsymbol{A}_{10}$,构造步骤如下:

(1) 选择 $\boldsymbol{A}_{10}$ 中任意一个元素(如 a_1+x_1)为起始数,可排布在幻方任意位置,如左下角。选 a_1+x_1 所在列为首数组,选任意可行组合,如 $a'c$,按规则4排布的10阶方阵如图7-24所示。

				$\sum_{i=1}^{10}a_i+\sum_{i=1}^{10}x_i$					$\sum_{i=1}^{10}a_i+2x_{135}$
a_8+x_2	a_4+x_9	$a_{10}+x_6$	a_6+x_3	a_2+x_{10}	a_8+x_7	a_4+x_4	$a_{10}+x_1$	a_6+x_8	a_2+x_5	$2a_{246}+\sum_{i=1}^{10}x_i$
a_5+x_3	a_1+x_{10}	a_7+x_7	a_3+x_4	a_9+x_1	a_5+x_8	a_1+x_5	a_7+x_2	a_3+x_9	a_9+x_6	$2a_{135}+\sum_{i=1}^{10}x_i$
a_2+x_4	a_8+x_1	a_4+x_8	$a_{10}+x_5$	a_6+x_2	a_2+x_9	a_8+x_6	a_4+x_3	$a_{10}+x_{10}$	a_6+x_7	
a_9+x_5	a_5+x_2	a_1+x_9	a_7+x_6	a_3+x_3	a_9+x_{10}	a_5+x_7	a_1+x_4	a_7+x_1	a_3+x_8	
a_6+x_6	a_2+x_3	a_8+x_{10}	a_4+x_7	$a_{10}+x_4$	a_6+x_1	a_2+x_8	a_8+x_5	a_4+x_2	$a_{10}+x_9$	
a_3+x_7	a_9+x_4	a_5+x_1	a_1+x_8	a_7+x_5	a_3+x_2	a_9+x_9	a_5+x_6	a_1+x_3	a_7+x_{10}	
$a_{10}+x_8$	a_6+x_5	a_2+x_2	a_8+x_9	a_4+x_6	$a_{10}+x_3$	a_6+x_{10}	a_2+x_7	a_8+x_4	a_4+x_1	
a_7+x_9	a_3+x_6	a_9+x_3	a_5+x_{10}	a_1+x_7	a_7+x_4	a_3+x_1	a_9+x_8	a_5+x_5	a_1+x_2	
a_4+x_{10}	$a_{10}+x_7$	a_6+x_4	a_2+x_1	a_8+x_8	a_4+x_5	$a_{10}+x_2$	a_6+x_9	a_2+x_6	a_8+x_3	
a_1+x_1	a_7+x_8	a_3+x_5	a_9+x_2	a_5+x_9	a_1+x_6	a_7+x_3	a_3+x_{10}	a_9+x_7	a_5+x_4	

要求:$\begin{cases} a_1+a_3+a_5+a_7+a_9=a_2+a_4+a_6+a_8+a_{10} \\ x_1+x_3+x_5+x_7+x_9=x_2+x_4+x_6+x_8+x_{10} \end{cases}$ $\sum_{i=1}^{10}a_i+2x_{246}$

图 7-24

图 7-24 中,$a_{135}=a_1+a_3+a_5+a_7+a_9$;$a_{246}=a_2+a_4+a_6+a_8+a_{10}$

$$x_{135}=x_1+x_3+x_5+x_7+x_9;x_{246}=x_2+x_4+x_6+x_8+x_{10}$$

(2) 计算图 7-24:

行和交替 $= 2(a_1+a_3+a_5+a_7+a_9)+\sum_{i=1}^{10}x_i$ 和

$$2(a_2+a_4+a_6+a_8+a_{10})+\sum_{i=1}^{10}x_i$$

$$\text{列和} = \sum_{i=1}^{10}a_i + \sum_{i=1}^{10}x_i$$

$$\text{主对角线和} = \sum_{i=1}^{10}a_i + 2(x_2+x_4+x_6+x_8+x_{10})$$

$$\text{副对角线和} = 2(x_1+x_3+x_5+x_7+x_9) + \sum_{i=1}^{10}a_i$$

$$\text{主泛对角线和交替} = \sum_{i=1}^{10}a_i + 2(x_2+x_4+x_6+x_8+x_{10}) \text{ 和}$$

$$\sum_{i=1}^{10}a_i + 2(x_1+x_3+x_5+x_7+x_9)$$

$$\text{副泛对角线和交替} = \sum_{i=1}^{10}a_i + 2(x_1+x_3+x_5+x_7+x_9) \text{ 和}$$

$$\sum_{i=1}^{10}a_i + 2(x_2+x_4+x_6+x_8+x_{10})$$

(3) 假设图 7-24 是完美幻方，由上述计算可得到方程组：

$$\begin{cases} 2(a_1+a_3+a_5+a_7+a_9)+\sum_{i=1}^{10}x_i = \sum_{i=1}^{10}a_i + \sum_{i=1}^{10}x_i \\ 2(a_2+a_4+a_6+a_8+a_{10})+\sum_{i=1}^{10}x_i = \sum_{i=1}^{10}a_i + \sum_{i=1}^{10}x_i \\ \sum_{i=1}^{10}a_i + 2(x_1+x_3+x_5+x_7+x_9) = \sum_{i=1}^{10}a_i + \sum_{i=1}^{10}x_i \\ \sum_{i=1}^{10}a_i + 2(x_2+x_4+x_6+x_8+x_{10}) = \sum_{i=1}^{10}a_i + \sum_{i=1}^{10}x_i \end{cases}$$

解 第 1 式减第 2 式，移项、除以 2、去括号，得式(7.40)。

第 3 式减第 4 式，移项、除以 2、去括号，得式(7.41)。

$$\begin{cases} a_1+a_3+a_5+a_7+a_9 = a_2+a_4+a_6+a_8+a_{10} & (7.40) \\ x_1+x_3+x_5+x_7+x_9 = x_2+x_4+x_6+x_8+x_{10} & (7.41) \end{cases}$$

将式(7.40)、式(7.41)代入方程组，全满足，它们是方程组的解。这说明图 7-24 是一个 10 阶条件变量完美幻方，其变量是 $a_1 \sim a_{10}$、$x_1 \sim x_{10}$。幻和 $= \sum_{i=1}^{10}a_i + \sum_{i=1}^{10}x_i$。要求同时满足式(7.40)、式(7.41)，并标注在脚注中。也就是说，该解与构造时要求可作为构造 10 阶完美幻方应具有的附加条件。

(4) 适宜方阵条件整理。考虑到对更高 $n \neq 3k$ 的单偶数阶幻方、起始数与位置、首数组选择及可行组合的适用性验证，可得出结论，按照规则 4 构造 $n \neq 3k$ 的单偶数阶完美幻方时，适宜方阵条件应同时符合通用必要条件、每行与每列都是二二排序。构造时无特殊要求。

(5) 适宜方阵条件的验证，见第 4 章。

7.20 按规则 4 构造 $n\neq 3k>4$ 双偶数阶条件变量完美幻方

以 8 阶幻方为例,采用通用代数式基础方阵 A_8,按首数选择进行分析。

(1)选择首数列。

1) 选 A_8 中任意一个元素(如 a_1+x_1)为起始数,排布在幻方的任意位置,如左下角。选 a_1+x_1 所在列为首数列,选任意可行组合,如 $a'c$,按照则 4 排布的 8 阶方阵如图 7-25 所示。

								$\sum_{i=1}^{8}a_i+2x_{135}$
				$\sum_{i=1}^{8}a_i+\sum_{i=1}^{8}x_i$				
a_2+x_4	a_8+x_5	a_6+x_6	a_4+x_7	a_2+x_8	a_8+x_1	a_6+x_2	a_4+x_3	$2a_{246}+\sum_{i=1}^{8}x_i$
a_3+x_7	a_1+x_8	a_7+x_1	a_5+x_2	a_3+x_3	a_1+x_4	a_7+x_5	a_5+x_6	$2a_{135}+\sum_{i=1}^{8}x_i$
a_4+x_2	a_2+x_3	a_8+x_4	a_6+x_5	a_4+x_6	a_2+x_7	a_8+x_8	a_6+x_1	
a_5+x_5	a_3+x_6	a_1+x_7	a_7+x_8	a_5+x_1	a_3+x_2	a_1+x_3	a_7+x_4	
a_6+x_8	a_4+x_1	a_2+x_2	a_8+x_3	a_6+x_4	a_4+x_5	a_2+x_6	a_8+x_7	
a_7+x_3	a_5+x_4	a_3+x_5	a_1+x_6	a_7+x_7	a_5+x_8	a_3+x_1	a_1+x_2	
a_8+x_6	a_6+x_7	a_4+x_8	a_2+x_1	a_8+x_2	a_6+x_3	a_4+x_4	a_2+x_5	
a_1+x_1	a_7+x_2	a_5+x_3	a_3+x_4	a_1+x_5	a_7+x_6	a_5+x_7	a_3+x_8	$\sum_{i=1}^{8}a_i+4x_4+4x_8$

要求:
$$\begin{cases} a_1+a_3+a_5+a_7=a_2+a_4+a_6+a_8 \\ x_1+x_3+x_5+x_7=x_2+x_4+x_6+x_8 \\ x_1+x_5=x_2+x_6=x_3+x_7=x_4+x_8 \end{cases}$$

图 7-25

图 7-25 中,$a_{135}=a_1+a_3+a_5+a_7$;$a_{246}=a_2+a_4+a_6+a_8$;$x_{135}=x_1+x_3+x_5+x_7$
$$x_{246}=x_2+x_4+x_6+x_8;x_{48}=x_4+x_8$$

2)计算图 7-25:

$$每行行和交替 = \sum_{i=1}^{8}x_i + 2(a_1+a_3+a_5+a_7) \text{ 和}$$

$$\sum_{i=1}^{8}x_i + 2(a_2+a_4+a_6+a_8)。$$

$$每列列和 = \sum_{i=1}^{8}a_i + \sum_{i=1}^{8}x_i$$

$$主对角线和 = \sum_{i=1}^{8}a_i + 4x_4 + 4x_8$$

$$副对角线和 = \sum_{i=1}^{8}a_i + 2(x_1+x_3+x_5+x_7)$$

$$主泛对角线和交替 = \sum_{i=1}^{8}a_i+4x_4+4x_8 \text{、} \sum_{i=1}^{8}a_i+4x_3+4x_7 \text{、} \sum_{i=1}^{8}a_i+4x_2+$$

$4x_6$ 和 $\sum_{i=1}^{8} a_i + 4x_1 + 4x_5$

$$副泛对角线和交替 = \sum_{i=1}^{8} a_i + 2(x_1 + x_3 + x_5 + x_7) \text{ 和}$$

$$\sum_{i=1}^{8} a_i + 2(x_2 + x_4 + x_6 + x_8)$$

3) 假设图 7-25 为完美幻方,由上述计算可得到方程组:

$$\begin{cases} 2(a_1 + a_3 + a_5 + a_7) + \sum_{i=1}^{8} x_i = \sum_{i=1}^{8} a_i + \sum_{i=1}^{8} x_i \\ 2(a_2 + a_4 + a_6 + a_8) + \sum_{i=1}^{8} x_i = \sum_{i=1}^{8} a_i + \sum_{i=1}^{8} x_i \\ \sum_{i=1}^{8} a_i + 2(x_1 + x_3 + x_5 + x_7) = \sum_{i=1}^{8} a_i + \sum_{i=1}^{8} x_i \\ \sum_{i=1}^{8} a_i + 2(x_2 + x_4 + x_6 + x_8) = \sum_{i=1}^{8} a_i + \sum_{i=1}^{8} x_i \\ \sum_{i=1}^{8} a_i + 4(x_1 + x_5) = \sum_{i=1}^{8} a_i + \sum_{i=1}^{8} x_i \\ \sum_{i=1}^{8} a_i + 4(x_2 + x_6) = \sum_{i=1}^{8} a_i + \sum_{i=1}^{8} x_i \\ \sum_{i=1}^{8} a_i + 4(x_3 + x_7) = \sum_{i=1}^{8} a_i + \sum_{i=1}^{8} x_i \\ \sum_{i=1}^{8} a_i + 4(x_4 + x_8) = \sum_{i=1}^{8} a_i + \sum_{i=1}^{8} x_i \end{cases}$$

解 前两式左边相等,减去相同项,除以 2,去括号,得式(7.42)。

同理,由之后两式左边相等,化简得(7.43)。由最后四式左边都相等,化简,得式(7.44),即

$$\begin{cases} a_1 + a_3 + a_5 + a_7 = a_2 + a_4 + a_6 + a_8 & (7.42) \\ x_1 + x_3 + x_5 + x_7 = x_2 + x_4 + x_6 + x_8 & (7.43) \\ x_1 + x_5 = x_2 + x_6 = x_3 + x_7 = x_4 + x_8 & (7.44) \end{cases}$$

将式(7.42)~式(7.44)代入方程组,全满足,它们是方程组的解。这说明图 7-25 是一个 8 阶条件变量完美幻方,其变量是 $a_1 \sim a_8$、$x_1 \sim x_8$,要求同时满足式(7.42)~式(7.44),并标注在脚注中。也就是说,该解与构造时要求可作为 A_8 构造完美幻方应具有的附加条件。

(2)选择首数行。

1)选 A_8 中任意一个元素(如 $a_1 + x_1$)为起始数,排布在幻方的任意位置,如左下角。选 $a_1 + x_1$ 所在行为首数行,选任意可行组合,如 $a'c$,按照规则 4 排布的 8 阶方阵

如图 7-26 所示。

2)同样对图 7-26 计算,设图 7-26 是完美幻方,列出方程组,可求得一组解(过程略):

$$\begin{cases} a_1+a_3+a_5+a_7=a_2+a_4+a_6+a_8 & (7.42) \\ x_1+x_3+x_5+x_7=x_2+x_4+x_6+x_8 & (7.43) \\ a_1+a_5=a_2+a_6=a_3+a_7=a_4+a_8 & (7.45) \end{cases}$$

与选择首数列时的解比较,前两式相同,而式(7.45)表示每列是四四排序。

$\sum\limits_{i=1}^{8}a_i+\sum\limits_{i=1}^{8}x_i$								$2a_{135}+\sum\limits_{i=1}^{8}x_i$
a_4+x_2	a_5+x_8	a_6+x_6	a_7+x_4	a_8+x_2	a_1+x_8	a_2+x_6	a_3+x_4	$\sum\limits_{i=1}^{8}a_i+2x_{246}$
a_7+x_3	a_8+x_1	a_1+x_7	a_2+x_5	a_3+x_3	a_4+x_1	a_5+x_7	a_6+x_5	$\sum\limits_{i=1}^{8}a_i+2x_{135}$
a_2+x_4	a_3+x_2	a_4+x_8	a_5+x_6	a_6+x_4	a_7+x_2	a_8+x_8	a_1+x_6	
a_5+x_5	a_6+x_3	a_7+x_1	a_8+x_7	a_1+x_5	a_2+x_3	a_3+x_1	a_4+x_7	
a_8+x_6	a_1+x_4	a_2+x_2	a_3+x_8	a_4+x_6	a_5+x_4	a_6+x_2	a_7+x_8	
a_3+x_7	a_4+x_5	a_5+x_3	a_6+x_1	a_7+x_7	a_8+x_5	a_1+x_3	a_2+x_1	
a_6+x_8	a_7+x_6	a_8+x_4	a_1+x_2	a_2+x_8	a_3+x_6	a_4+x_4	a_5+x_2	
a_1+x_1	a_2+x_7	a_3+x_5	a_4+x_3	a_5+x_1	a_6+x_7	a_7+x_5	a_8+x_3	$4(a_4+a_8)+\sum\limits_{i=1}^{8}x_i$

要求: $\begin{cases} a_1+a_3+a_5+a_7=a_2+a_4+a_6+a_8 \\ x_1+x_3+x_5+x_7=x_2+x_4+x_6+x_8 \\ a_1+a_5=a_2+a_6=a_3+a_7=a_4+a_8 \end{cases}$

图 7-26

(3)适宜方阵条件整理。根据对 $n\neq 3k$ 的更高双偶数阶幻方、起始数与位置、首数组选择及可行组合的适用性验证,可得出结论,按照规则 4 构造 $n\neq 3k>4$ 的双偶数阶完美幻方时,适宜方阵条件应同时符合通用必要条件、每行与每列都是二二排序、每行(或列,或兼而有之)还是四四排序,构造时相应选首数列(或行)。

(4)适宜方阵条件的验证,见第 4 章。

7.21 按规则 4 构造 $n\neq 3k>4$ 双偶数阶条件变量一般幻方

(1)分析。

1)在选首数列的完美幻方图 7-25 中,脚注要求方阵的行与列都是二二排序,每行还应是四四排序。若只将每行的四四排序改为四分(如 48)排序,其余不变,因有的泛对角线和≠幻和,幻方变成条件变量一般幻方,此时应新编图号,脚注要求也应修改(略)。此时第 4、8 列中的元素分布在主 4 格线上(首数方向是 a')或副 4 格线上(首数方向是 c')。

2)在选首数行构造的完美幻方图 7-26 中,若将 A_8 的每列由四四排序改为 48 排序,其余不变,幻方变成条件变量一般幻方。此时应新编图号,脚注要求也应修改(略)。此时第4、8行的元素分布在主4格线上(首数方向是a')或副4格线上(首数方向是c')。

(2)适宜方阵条件整理。由以上分析可知,A_8的行与列都是二二排序且组内数是四分排序及构造时要求,可作为构造8阶一般幻方应具有的附加条件。

根据对$n\neq 3k$的更高双偶数阶幻方、起始数与位置、首数组选择及可行组合的适用性验证,可得出结论,按照规则4构造$n\neq 3k>4$的双偶数阶一般幻方时,适宜方阵条件应同时符合以下3条要求:

1)通用必要条件;

2)每行与每列都是二二排序;

3)每行(或列,或兼而有之)是15(或26或37或48)排序。构造时应相应选择首数列(或行),起始数应选第1,5(或第2,6或第3,7或第4,8),…列(或行)的数,排布在主4格线上(当首数方向是a',b',e',f'时)或副4格线上(当首数方向是c',d',g',h'时)。

7.22 按规则4构造$n=3k>4$奇数阶条件变量完美幻方

以构造9阶幻方说明,用通用代数式基础方阵A_9,按首数选择进行分析。

(1)选择首数列。

1)起始数选A_9中任意一个元素,如a_1+x_1,可排布在幻方任意位置,如左下角。选a_1+x_1所在列为首数组,选任意可行组合,如$a'c$,按规则4排布的9阶方阵如图7-27所示。

$\sum_{i=1}^{9}a_i+$ $3x_{147}$	$\sum_{i=1}^{9}a_i+$ $3x_{369}$	$\sum_{i=1}^{9}a_i+$ $3x_{258}$							$3a_{147}+\sum_{i=1}^{9}x_i$
a_6+x_7	a_5+x_3	a_4+x_8	a_3+x_4	a_2+x_9	a_1+x_5	a_9+x_1	a_8+x_6	a_7+x_2	
a_2+x_4	a_1+x_9	a_9+x_5	a_8+x_1	a_7+x_6	a_6+x_2	a_5+x_7	a_4+x_3	a_3+x_8	
a_7+x_1	a_6+x_6	a_5+x_2	a_4+x_7	a_3+x_3	a_2+x_8	a_1+x_4	a_9+x_9	a_8+x_5	
a_3+x_7	a_2+x_3	a_1+x_8	a_9+x_4	a_8+x_9	a_7+x_5	a_6+x_1	a_5+x_6	a_4+x_2	
a_8+x_4	a_7+x_9	a_6+x_5	a_5+x_1	a_4+x_6	a_3+x_2	a_2+x_7	a_1+x_3	a_9+x_8	$\sum_{i=1}^{9}a_i+\sum_{i=1}^{9}x_i$
a_4+x_1	a_3+x_6	a_2+x_2	a_1+x_7	a_9+x_3	a_8+x_8	a_7+x_4	a_6+x_9	a_5+x_5	
a_9+x_7	a_8+x_3	a_7+x_8	a_6+x_4	a_5+x_9	a_4+x_5	a_3+x_1	a_2+x_6	a_1+x_2	
a_5+x_4	a_4+x_9	a_3+x_5	a_2+x_1	a_1+x_6	a_9+x_2	a_8+x_7	a_7+x_3	a_6+x_8	
a_1+x_1	a_9+x_6	a_8+x_2	a_7+x_7	a_6+x_3	a_5+x_8	a_4+x_4	a_3+x_9	a_2+x_5	
要求: $\begin{cases}a_1+a_4+a_7=a_2+a_5+a_8=a_3+a_6+a_9\\ x_1+x_4+x_7=x_2+x_5+x_8=x_3+x_6+x_9\end{cases}$									$\sum_{i=1}^{9}a_i+\sum_{i=1}^{9}x_i$

图7-27

图 7-27 中，$a_{147}=a_1+a_4+a_7$；$a_{258}=a_2+a_5+a_8$；$a_{369}=a_3+a_6+a_9$
$$x_{147}=x_1+x_4+x_7；x_{258}=x_2+x_5+x_8；x_{369}=x_3+x_6+x_9$$

2) 对图 7-27 计算：

行和 $=\sum\limits_{i=1}^{9}a_i+\sum\limits_{i=1}^{9}x_i$

各列的列和交替 $=\sum\limits_{i=1}^{9}a_i+3(x_1+x_4+x_7)$、$\sum\limits_{i=1}^{9}a_i+3(x_2+x_5+x_8)$ 和
$$\sum\limits_{i=1}^{9}a_i+3(x_3+x_6+x_9)$$

主对角线和 $=\sum\limits_{i=1}^{9}a_i+\sum\limits_{i=1}^{9}x_i$

每条主泛对角线和 $=\sum\limits_{i=1}^{9}a_i+\sum\limits_{i=1}^{9}x_i$

副对角线和 $=3(a_1+a_4+a_7)+\sum\limits_{i=1}^{9}x_i$

每条副泛对角线和交替 $=3(a_2+a_5+a_8)+\sum\limits_{i=1}^{9}x_i$、$3(a_3+a_6+a_9)+\sum\limits_{i=1}^{9}x_i$ 和
$$3(a_1+a_4+a_7)+\sum\limits_{i=1}^{9}x_i$$

3) 假设图 7-27 是完美幻方，由上述计算可得到方程组：

$$\begin{cases}\sum\limits_{i=1}^{9}a_i+3(x_1+x_4+x_7)=\sum\limits_{i=1}^{9}a_i+\sum\limits_{i=1}^{9}x_i\\ \sum\limits_{i=1}^{9}a_i+3(x_2+x_5+x_8)=\sum\limits_{i=1}^{9}a_i+\sum\limits_{i=1}^{9}x_i\\ \sum\limits_{i=1}^{9}a_i+3(x_3+x_6+x_9)=\sum\limits_{i=1}^{9}a_i+\sum\limits_{i=1}^{9}x_i\\ 3(a_1+a_4+a_7)=\sum\limits_{i=1}^{9}x_i=\sum\limits_{i=1}^{9}a_i+\sum\limits_{i=1}^{9}x_i\\ 3(a_2+a_5+a_8)=\sum\limits_{i=1}^{9}x_i=\sum\limits_{i=1}^{9}a_i+\sum\limits_{i=1}^{9}x_i\\ 3(a_3+a_6+a_9)=\sum\limits_{i=1}^{9}x_i=\sum\limits_{i=1}^{9}a_i+\sum\limits_{i=1}^{9}x_i\end{cases}$$

解 由前三式左边都相等，同减 $\sum\limits_{i=1}^{9}a_i$，除以 3，去括号，得式(7.46)。
同理，由后三式左边相等，化简，得式(7.47)，即

$$\begin{cases}x_1+x_4+x_7=x_2+x_5+x_8=x_3+x_6+x_9 & (7.46)\\ a_1+a_4+a_7=a_2+a_5+a_8=a_3+a_6+a_9 & (7.47)\end{cases}$$

将式(7.46)、式(7.47)代入方程组，全满足，它们是方程组的解，这说明图 7-27

是9阶条件变量完美幻方,其变量是$a_1 \sim a_9$、$x_1 \sim x_9$,幻和$=\sum_{i=1}^{9}a_i+\sum_{i=1}^{9}x_i$,要求同时满足式(7.46)、式(7.47),并标注在脚注中。也就是说,该解与构造时要求可作为构造9阶完美幻方应具有的附加条件。

(2)选择首数行。选a_1+x_1所在行为首数组,选任意可行组合,如$a'c$,按规则4排布的9阶方阵如图7-28所示。

对图7-28计算,同样可建立方程组,求得的解也是式(7.46)、式(7.47)联立(过程略)。

(3)适宜方阵条件整理。根据对$n=3k$更高奇数阶幻方、起始数与位置、首数组选择及可行组合的适用性验证,可得出结论,按照规则4构造$n=3k>4$的奇数阶完美幻方时,适宜方阵条件应同时符合通用必要条件、每行与每列都是三三排序。构造时无特殊要求。

(4)适宜方阵条件的验证,见第4章。

$3a_{147}+\sum_{i=1}^{9}x_i$	$3a_{369}+\sum_{i=1}^{9}x_i$	$3a_{258}+\sum_{i=1}^{9}x_i$							$\sum_{i=1}^{9}a_i+3x_{147}$
a_7+x_6	a_3+x_5	a_8+x_4	a_4+x_3	a_9+x_2	a_5+x_1	a_1+x_9	a_6+x_8	a_2+x_7	
a_4+x_2	a_9+x_1	a_5+x_9	a_1+x_8	a_6+x_7	a_2+x_6	a_7+x_5	a_3+x_4	a_8+x_3	
a_1+x_7	a_6+x_6	a_2+x_5	a_7+x_4	a_3+x_3	a_8+x_2	a_4+x_1	a_9+x_9	a_5+x_8	
a_7+x_3	a_3+x_2	a_8+x_1	a_4+x_9	a_9+x_8	a_5+x_7	a_1+x_6	a_6+x_5	a_2+x_4	$\sum_{i=1}^{9}a_i+\sum_{i=1}^{9}x_i$
a_4+x_8	a_9+x_7	a_5+x_6	a_1+x_5	a_6+x_4	a_2+x_3	a_7+x_2	a_3+x_1	a_8+x_9	
a_1+x_4	a_6+x_3	a_2+x_2	a_7+x_1	a_3+x_9	a_8+x_8	a_4+x_7	a_9+x_6	a_5+x_5	
a_7+x_9	a_3+x_8	a_8+x_7	a_4+x_6	a_9+x_5	a_5+x_4	a_1+x_3	a_6+x_2	a_2+x_1	
a_4+x_5	a_9+x_4	a_5+x_3	a_1+x_2	a_6+x_1	a_2+x_9	a_7+x_8	a_3+x_7	a_8+x_6	
a_1+x_1	a_6+x_9	a_2+x_8	a_7+x_7	a_3+x_6	a_8+x_5	a_4+x_4	a_9+x_3	a_5+x_2	
要求:$\begin{cases}a_1+a_4+a_7=a_2+a_5+a_8=a_3+a_6+a_9\\x_1+x_4+x_7=x_2+x_5+x_8=x_3+x_6+x_9\end{cases}$									$\sum_{i=1}^{9}a_i+\sum_{i=1}^{9}x_i$

图 7-28

7.23 按规则4构造$n=3k>4$奇数阶条件变量一般幻方

(1)在选首数列的完美幻方图7-27中,脚注要求方阵的行与列都是三三排序。若将每列的三三排序改为147排序,因有的泛对角线和$\neq$幻和,幻方变成条件变量一般幻方,应新编图号,脚注中要求应相应更改(略)。

此时A_9第1,4,7行的元素分布在幻方副3格线上(注意:组内数方向是c)。

说明:图7-27方向组合是$a'c$,若将其整体逆时针转$90°$,则组合可视为$c'e$。此时A_9第1,4,7行的元素分布在幻方主3格线上(组内数方向是e)。

(2) 在选择首数行构造的图 7-28 中,脚注要求方阵的行与列都是三三排序。若将每行的三三排序改为 147 排序,因有的泛对角线和≠幻和,幻方变成条件变量一般幻方,应新编图号,脚注要求应相应更改(略)。此时第 1、4、7 列的元素分布在副 3 格线上(注意:组内数方向是 c)。

(3) 适宜方阵条件整理。上述分析中的要求都应作为 A_9 构造一般幻方的附加条件。

根据对 $n=3k$ 的更高奇数阶幻方、起始数与位置、首数组选择及可行组合的适用性验证,可得出结论,按照规则 4 构造 $n=3k>4$ 的奇数阶一般幻方时,适宜方阵条件应同时符合通用必要条件及下述的 1) 或 2) 项要求。

1) 每行是三三排序,每列是三分(如 147)排序。构造时应选择首数列,起始元素应选第 $1,4,7,\cdots$ 行的任一元素,排布在幻方小中心处,也可排布在幻方主 3 格线上(当组内数方向是 a,b,e,f 时)或副 3 格线上(当组内数方向是 c,d,g,h 时)。

2) 每列是三三排序,行是三分(如 147)排序。构造时应选择首数行,起始元素应选第 $1,4,7,\cdots$ 列的任一元素,排布在幻方小中心处,也可排布在主 3 格线上(当组内数方向是 a,b,e,f 时)或副 3 格线上(当组内数方向是 c,d,g,h 时)。

(4) 说明:适宜方阵条件的验证,见第 4 章。

7.24 按规则 4 构造 $n=3k$ 单偶数阶条件变量完美幻方

以 6 阶幻方为例,用通用代数式基础方阵 A_6,按首数选择进行分析。

(1) 选择首数列。

1) 起始数选 A_6 中任意一个元素(如 a_1+x_1),排布在幻方的任意位置,如左下角。选 a_1+x_1 所在列为首数组,选任意可行组合,如 $a'c$,按规则 4 排布的 6 阶方阵如图 7-29 所示。

$\sum_{i=1}^{6} a_i +$ $3(x_1+x_4)$	$\sum_{i=1}^{6} a_i +$ $3(x_3+x_6)$	$\sum_{i=1}^{6} a_i +$ $3(x_2+x_5)$				$3(a_1+a_4)+$ $2(x_1+x_3+x_5)$	
a_6+x_4	a_2+x_3	a_4+x_2	a_6+x_1	a_2+x_6	a_4+x_5	$2(a_2+a_4+a_6)+\sum_{i=1}^{6} x_i$	
a_5+x_1	a_1+x_6	a_3+x_5	a_5+x_4	a_1+x_3	a_3+x_2	$2(a_1+a_3+a_5)+\sum_{i=1}^{6} x_i$	
a_4+x_4	a_6+x_3	a_2+x_2	a_4+x_1	a_6+x_6	a_2+x_5		
a_3+x_1	a_5+x_6	a_1+x_5	a_3+x_4	a_5+x_3	a_1+x_2		
a_2+x_4	a_4+x_3	a_6+x_2	a_2+x_1	a_4+x_6	a_6+x_5		
a_1+x_1	a_3+x_6	a_5+x_5	a_1+x_4	a_3+x_3	a_5+x_2		

要求:
$$\begin{cases} a_1+a_3+a_5=a_2+a_4+a_6 \\ a_1+a_4=a_2+a_5=a_3+a_6 \\ x_1+x_3+x_5=x_2+x_4+x_6 \\ x_1+x_4=x_2+x_5=x_3+x_6 \end{cases}$$

$\sum_{i=1}^{6} a_i + 2(x_2+x_4+x_6)$

图 7-29

2) 计算图 7-29：

每行行和交替 $= 2(a_1+a_3+a_5)+\sum_{i=1}^{6}x_i$ 和 $2(a_2+a_4+a_6)+\sum_{i=1}^{6}x_i$

每列列和交替 $= \sum_{i=1}^{6}a_i+3(x_1+x_4)$、$\sum_{i=1}^{6}a_i+3(x_3+x_6)$ 和 $\sum_{i=1}^{6}a_i+3(x_2+x_5)$

主对角线和 $= \sum_{i=1}^{6}a_i+2(x_2+x_4+x_6)$

主泛对角线和交替 $= \sum_{i=1}^{6}a_i+2(x_1+x_3+x_5)$ 和 $\sum_{i=1}^{6}a_i+2(x_2+x_4+x_6)$

副对角线和 $= 3(a_1+a_4)+2(x_1+x_3+x_5)$

副泛对角线和交替 $= 3(a_2+a_5)+2(x_2+x_4+x_6)$、$3(a_3+a_6)+2(x_2+x_4+x_6)$、
$3(a_1+a_4)+2(x_2+x_4+x_6)$、$3(a_2+a_5)+2(x_1+x_3+x_5)$、
$3(a_3+a_6)+2(x_1+x_3+x_5)$ 和
$3(a_1+a_4)+2(x_1+x_3+x_5)$

3) 假设图 7-29 是完美幻方，由以上计算可得到方程组：

$$
\begin{cases}
2(a_1+a_3+a_5)+\sum_{i=1}^{6}x_i = \sum_{i=1}^{6}a_i + \sum_{i=1}^{6}x_i & (7.48) \\[4pt]
2(a_2+a_4+a_6)+\sum_{i=1}^{6}x_i = \sum_{i=1}^{6}a_i + \sum_{i=1}^{6}x_i & (7.49) \\[4pt]
\sum_{i=1}^{6}a_i+3(x_1+x_4) = \sum_{i=1}^{6}a_i + \sum_{i=1}^{6}x_i & (7.50) \\[4pt]
\sum_{i=1}^{6}a_i+3(x_2+x_5) = \sum_{i=1}^{6}a_i + \sum_{i=1}^{6}x_i & (7.51) \\[4pt]
\sum_{i=1}^{6}a_i+3(x_3+x_6) = \sum_{i=1}^{6}a_i + \sum_{i=1}^{6}x_i & (7.52) \\[4pt]
\sum_{i=1}^{6}a_i+2(x_1+x_3+x_5) = \sum_{i=1}^{6}a_i + \sum_{i=1}^{6}x_i & (7.53) \\[4pt]
\sum_{i=1}^{6}a_i+2(x_2+x_4+x_6) = \sum_{i=1}^{6}a_i + \sum_{i=1}^{6}x_i & (7.54) \\[4pt]
3(a_1+a_4)+2(x_2+x_4+x_6) = \sum_{i=1}^{6}a_i + \sum_{i=1}^{6}x_i & (7.55) \\[4pt]
3(a_2+a_5)+2(x_2+x_4+x_6) = \sum_{i=1}^{6}a_i + \sum_{i=1}^{6}x_i & (7.56) \\[4pt]
3(a_3+a_6)+2(x_2+x_4+x_6) = \sum_{i=1}^{6}a_i + \sum_{i=1}^{6}x_i & (7.57) \\[4pt]
3(a_1+a_4)+2(x_1+x_3+x_5) = \sum_{i=1}^{6}a_i + \sum_{i=1}^{6}x_i & (7.58) \\[4pt]
3(a_2+a_5)+2(x_1+x_3+x_5) = \sum_{i=1}^{6}a_i + \sum_{i=1}^{6}x_i & (7.59) \\[4pt]
3(a_3+a_6)+2(x_1+x_3+x_5) = \sum_{i=1}^{6}a_i + \sum_{i=1}^{6}x_i & (7.60)
\end{cases}
$$

解 式(7.48)减式(7.49):移项,除以 2,去括号,得式(7.61)。

式(7.53)减式(7.54):移项、除以 2,去括号,得(7.62)。

式(7.55)~式(7.57)左边相等,同减 $2(x_2+x_4+x_6)$,除以 3,去括号,得式(7.63)。

式(7.50)~式(7.52)左边相等:同减 $\sum_{i=1}^{6} a_i$,除以 3,去括号,得式(7.64)。即

$$\begin{cases} a_1+a_3+a_5=a_2+a_4+a_6 & (7.61) \\ x_1+x_3+x_3=x_2+x_4+x_6 & (7.62) \\ a_1+a_4=a_2+a_5=a_3+a_6 & (7.63) \\ x_1+x_4=x_2+x_5=x_3+x_6 & (7.64) \end{cases}$$

将式(7.61)~式(7.64)代入方程组,全满足,它们是方程组的解。这说明图 7-29 是条件变量完美幻方,其变量是 $a_1 \sim a_6$,$x_1 \sim x_6$,要求同时满足式(7.61)~式(7.64),并标注在脚注中。A_6 的行和列都应是二二排序与三三排序。也就是说,该解与构造时要求可作为用 A_6 构造完美幻方的附加条件。

(2)选首数行。

1) 起始数选 A_6 中任意一个元素(如 a_1+x_1),排布在幻方的任意位置,如左下角。选 a_1+x_1 所在行为首数组,选任意可行组合,如 $a'c$,按规则 4 排布的 6 阶方阵如图 7-30 所示。

2) 对图 7-30 计算,假设图 7-30 是变量完美幻方,同样可建立方程组,求解。得到的解与选首数列的解相同。即式(7.61)~式(7.64)联立。

(3)适宜方阵条件整理。根据对 $n=3k$ 的更高单偶数阶幻方、起始数与位置、首数组选择及可行组合之适用性验证,可得出结论,按照规则 4 构造 $n=3k$ 的单偶数阶完美幻方时,适宜方阵条件应同时符合通用必要条件、每行与每列都是二二排序和三三排序,构造时无特殊要求。

(4)适宜方阵条件的验证,见第 4 章。

$3a_1+3a_4+\sum_{i=1}^{6} x_i$	$3a_3+3a_6+\sum_{i=1}^{6} x_i$	$3a_2+3a_5+\sum_{i=1}^{6} x_i$				$2(a_1+a_3+a_4)+3(x_1+x_4)$
a_4+x_6	a_3+x_2	a_2+x_4	a_1+x_6	a_6+x_2	a_5+x_4	$\sum_{i=1}^{6} a_i+2(x_2+x_4+x_6)$
a_1+x_5	a_6+x_1	a_5+x_3	a_4+x_5	a_3+x_1	a_2+x_3	$\sum_{i=1}^{6} a_i+2(x_1+x_3+x_5)$
a_4+x_4	a_3+x_6	a_2+x_2	a_1+x_4	a_6+x_6	a_5+x_2	
a_1+x_3	a_6+x_5	a_5+x_1	a_4+x_3	a_3+x_5	a_2+x_1	
a_4+x_2	a_3+x_4	a_2+x_6	a_1+x_2	a_6+x_4	a_5+x_6	
a_1+x_1	a_6+x_3	a_5+x_5	a_4+x_1	a_3+x_3	a_2+x_5	

要求: $\begin{cases} a_1+a_3+a_5=a_2+a_4+a_6 \\ a_1+a_4=a_2+a_5=a_3+a_6 \\ x_1+x_3+x_5=x_2+x_4+x_6 \\ x_1+x_4=x_2+x_5=x_3+x_6 \end{cases}$ $2(a_2+a_4+a_6)+\sum_{i=1}^{6} x_i$

图 7-30

7.25 按规则 4 构造 $n=3k$ 单偶数阶条件变量一般幻方

以 6 阶幻方为例,填入数仍采用 A_6 方阵。

(1)选择首数列。在选择首数列的完美幻方图 7-29 中,若仅将 A_6 每列的三三排序变成 147 排序,其余不变,因有的泛对角线和不等于幻和,使幻方变成条件变量一般幻方,应新编图号,脚注中要求应相应更改(略)。此时 A_6 第 1、4 行的元素分布在副 3 格线上(组内数方向为 c,见图 7-29)或主 3 格线上(组内数方向为 e 时)。

(2)选择首数行。在选择首数行的图 7-30 中,若 A_6 的每行是二二排序和 147 排序、每列是二二排序和三三排序,因有的泛对角线和不等于幻和,使幻方变成条件变量一般幻方。此时 A_6 中第 1、4 列中的元素分布在幻方副 3 格线上(组内数方向是 c)或主 3 格线上(组内数方向是 e)。

(3)适宜方阵条件整理。由分析可知,前述要求与构造时要求都应作为构造一般幻方应具有的附加条件。

根据对 $n=3k$ 的更高单偶数阶幻方、起始数与位置、首数组选择及可行组合之适用性验证,可得出结论,按照规则 4 构造 $n=3k$ 的单偶数阶一般幻方时,适宜方阵条件应同时符合通用必要条件、每行与每列都是二二排序及下述的 1)或 2)要求:

1)每行是三三排序、每列是三分(如 147)排序。构造时应选首数列,起始数应相应选第 $1,4,\cdots$ 行的数,排布在幻方任意一个小中心(与组合无关)或排布在主 3 格线上(当组内数方向为 a,b,e,f 时)或副 3 格线上(当组内数方向为 c,d,g,h 时)。

2)每行是三分排序(如 147)排序、每列是三三排序。构造时应选首数行,起始数应相应选第 $1,4,\cdots$ 列的数,排布在任意一个小中心(与组合无关)或排布在主 3 格线上(当组内数方向为 a,b,e,f 时)或副 3 格线上(当组内数方向为 c,d,g,h 时)。

7.26 按规则 4 构造 $n=3k$ 双偶数阶条件变量完美幻方

(1)选择首数列时。以 12 阶幻方为例。填入数用通用代数式基础方阵 A_{12}。

1)起始数选 A_{12} 中任意一个元素(如 a_1+x_1),排布在幻方任意位置,如左下角。选 a_1+x_1 所在列为首数组,选任意可行组合,如 $a'c$,按规则 4 排布的 12 阶方阵如图 7-31 所示。

$\sum_{i=1}^{12}a_i+3x_{147}$	$\sum_{i=1}^{12}a_i+3x_{369}$	$\sum_{i=1}^{12}a_i+3x_{258}$										$3a_{147}+2x_{135}$
a_6+x_4	a_8+x_9	$a_{10}+x_2$	$a_{12}+x_7$	a_2+x_{12}	a_4+x_5	a_6+x_{10}	a_8+x_3	$a_{10}+x_8$	$a_{12}+x_1$	a_2+x_6	a_4+x_{11}	$2a_{246}+\sum_{i=1}^{12}x_i$
$a_{11}+x_7$	a_1+x_{12}	a_3+x_5	a_5+x_{10}	a_7+x_3	a_9+x_8	$a_{11}+x_1$	a_1+x_6	a_3+x_{11}	a_5+x_4	a_7+x_9	a_9+x_2	$2a_{135}+\sum_{i=1}^{12}x_i$
a_4+x_{10}	a_6+x_3	a_8+x_8	$a_{10}+x_1$	$a_{12}+x_6$	a_2+x_{11}	a_4+x_4	a_6+x_9	a_8+x_2	$a_{10}+x_7$	$a_{12}+x_{12}$	a_2+x_5	
a_9+x_1	$a_{11}+x_6$	a_1+x_{11}	a_3+x_4	a_5+x_9	a_7+x_2	a_9+x_7	$a_{11}+x_{12}$	a_1+x_5	a_3+x_{10}	a_5+x_3	a_7+x_8	
a_2+x_4	a_4+x_9	a_6+x_2	a_8+x_7	$a_{10}+x_{12}$	$a_{12}+x_5$	a_2+x_{10}	a_4+x_3	a_6+x_8	a_8+x_1	$a_{10}+x_6$	$a_{12}+x_{11}$	
a_7+x_7	a_9+x_{12}	$a_{11}+x_5$	a_1+x_{10}	a_3+x_3	a_5+x_8	a_7+x_1	a_9+x_6	$a_{11}+x_{11}$	a_1+x_4	a_3+x_9	a_5+x_2	
$a_{12}+x_{10}$	a_2+x_3	a_4+x_8	a_6+x_1	a_8+x_6	$a_{10}+x_{11}$	$a_{12}+x_4$	a_2+x_9	a_4+x_2	a_6+x_7	a_8+x_{12}	$a_{10}+x_5$	
a_5+x_1	a_7+x_6	a_9+x_{11}	$a_{11}+x_4$	a_1+x_9	a_3+x_2	a_5+x_7	a_7+x_{12}	a_9+x_5	$a_{11}+x_{10}$	a_1+x_3	a_3+x_8	
$a_{10}+x_4$	$a_{12}+x_9$	a_2+x_2	a_4+x_7	a_6+x_{12}	a_8+x_5	$a_{10}+x_{10}$	$a_{12}+x_3$	a_2+x_8	a_4+x_1	a_6+x_6	a_8+x_{11}	
a_3+x_7	a_5+x_{12}	a_7+x_5	a_9+x_{10}	$a_{11}+x_3$	a_1+x_8	a_3+x_1	a_5+x_6	a_7+x_{11}	a_9+x_4	$a_{11}+x_9$	a_1+x_2	
a_8+x_{10}	$a_{10}+x_3$	$a_{12}+x_8$	a_2+x_1	a_4+x_6	a_6+x_{11}	a_8+x_4	$a_{10}+x_9$	$a_{12}+x_2$	a_2+x_7	a_4+x_{12}	a_6+x_5	
a_1+x_1	a_3+x_6	a_5+x_{11}	a_7+x_4	a_9+x_9	$a_{11}+x_2$	a_1+x_7	a_3+x_{12}	a_5+x_5	a_7+x_{10}	a_9+x_3	$a_{11}+x_8$	$\sum_{i=1}^{12}a_i+4(x_4+x_8+x_{12})$

要求:
$$\begin{cases} a_1+a_3+a_5+a_7+a_9+a_{11}=a_2+a_4+a_6+a_8+a_{10}+a_{12} \\ a_1+a_4+a_7+a_{10}=a_2+a_5+a_8+a_{11}=a_3+a_6+a_9+a_{12} \\ x_1+x_3+x_5+x_7+x_9+x_{11}=x_2+x_4+x_6+x_8+x_{10}+x_{12} \\ x_1+x_4+x_7+x_{10}=x_2+x_5+x_8+x_{11}=x_3+x_6+x_9+x_{12} \\ x_1+x_5+x_9=x_2+x_6+x_{10}=x_3+x_7+x_{11}=x_4+x_8+x_{12} \end{cases}$$

图 7-31

图 7-31 中,$a_{135}=a_1+a_3+a_5+a_7+a_9+a_{11}$;$a_{246}=a_2+a_4+a_6+a_8+a_{10}+a_{12}$

$$x_{135}=x_1+x_3+x_5+x_7+x_9+x_{11}; x_{246}=x_2+x_4+x_6+x_8+x_{10}+x_{12}$$

$$a_{147}=a_1+a_4+a_7+a_{10}; a_{258}=a_2+a_5+a_8+a_{11}; a_{369}=a_3+a_6+a_9+a_{12}$$

2)计算图 7-31:

行和交替 = $2(a_1+a_3+a_5+a_7+a_9+a_{11})+\sum_{i=1}^{12}x_i$

和

$$2(a_2+a_4+a_6+a_8+a_{10}+a_{12})+\sum_{i=1}^{12}x_i$$

列和交替 = $\sum_{i=1}^{12}a_i+3(x_1+x_4+x_7+x_{10})$、$\sum_{i=1}^{12}a_i+3(x_2+x_5+x_8+x_{11})$

和

$$\sum_{i=1}^{12}a_i+3(x_3+x_6+x_9+x_{12})$$

主对角线和 = $\sum_{i=1}^{12}a_i+4(x_4+x_8+x_{12})$

主泛对角线和交替 = $\sum_{i=1}^{12}a_i+4(x_3+x_7+x_{11})$、$\sum_{i=1}^{12}a_i+4(x_2+x_6+x_{10})$、

$$\sum_{i=1}^{12}a_i+4(x_1+x_5+x_9) \text{ 和 } \sum_{i=1}^{12}a_i+4(x_4+x_8+x_{12})$$

副对角线和 = $3(a_1+a_4+a_7+a_{10})+2(x_1+x_3+x_5+x_7+x_9+x_{11})$

副泛对角线和交替 $= 3(a_2+a_5+a_8+a_{11})+2(x_2+x_4+x_6+x_8+x_{10}+x_{12})$,
$$3(a_3+a_6+a_9+a_{12})+2(x_2+x_4+x_6+x_8+x_{10}+x_{12}),$$
$$3(a_1+a_4+a_7+a_{10})+2(x_2+x_4+x_6+x_8+x_{10}+x_{12}),$$
$$3(a_2+a_5+a_8+a_{11})+2(x_1+x_3+x_5+x_7+x_9+x_{11}),$$
$$3(a_3+a_6+a_9+a_{12})+2(x_1+x_3+x_5+x_7+x_9+x_{11})$$

和

$$3(a_1+a_4+a_7+a_{10})+2(x_1+x_3+x_5+x_7+x_9+x_{11})$$

3) 假设图 7-31 是完美幻方，由上述计算可得到方程组：

$$\begin{cases} 2(a_1+a_3+a_5+a_7+a_9+a_{11})+\sum_{i=1}^{12}x_i = \sum_{i=1}^{12}a_i+\sum_{i=1}^{12}x_i & (7.65) \\ 2(a_2+a_4+a_6+a_8+a_{10}+a_{12})+\sum_{i=1}^{12}x_i = \sum_{i=1}^{12}a_i+\sum_{i=1}^{12}x_i & (7.66) \\ \sum_{i=1}^{12}a_i+3(x_1+x_4+x_7+x_{10}) = \sum_{i=1}^{12}a_i+\sum_{i=1}^{12}x_i & (7.67) \\ \sum_{i=1}^{12}a_i+3(x_2+x_5+x_8+x_{11}) = \sum_{i=1}^{12}a_i+\sum_{i=1}^{12}x_i & (7.68) \\ \sum_{i=1}^{12}a_i+3(x_3+x_6+x_9+x_{12}) = \sum_{i=1}^{12}a_i+\sum_{i=1}^{12}x_i & (7.69) \\ \sum_{i=1}^{12}a_i+4(x_1+x_5+x_9) = \sum_{i=1}^{12}a_i+\sum_{i=1}^{12}x_i & (7.70) \\ \sum_{i=1}^{12}a_i+4(x_2+x_6+x_{10}) = \sum_{i=1}^{12}a_i+\sum_{i=1}^{12}x_i & (7.71) \\ \sum_{i=1}^{12}a_i+4(x_3+x_7+x_{11}) = \sum_{i=1}^{12}a_i+\sum_{i=1}^{12}x_i & (7.72) \\ \sum_{i=1}^{12}a_i+4(x_4+x_8+x_{12}) = \sum_{i=1}^{12}a_i+\sum_{i=1}^{12}x_i & (7.73) \\ 3(a_1+a_4+a_7+a_{10})+2(x_1+x_3+x_5+x_7+x_9+x_{11}) = \sum_{i=1}^{12}a_i+\sum_{i=1}^{12}x_i & (7.74) \\ 3(a_2+a_5+a_8+a_{11})+2(x_1+x_3+x_5+x_7+x_9+x_{11}) = \sum_{i=1}^{12}a_i+\sum_{i=1}^{12}x_i & (7.75) \\ 3(a_3+a_6+a_9+a_{12})+2(x_1+x_3+x_5+x_7+x_9+x_{11}) = \sum_{i=1}^{12}a_i+\sum_{i=1}^{12}x_i & (7.76) \\ 3(a_1+a_4+a_7+a_{10})+2(x_2+x_4+x_6+x_8+x_{10}+x_{12}) = \sum_{i=1}^{12}a_i+\sum_{i=1}^{12}x_i & (7.77) \\ 3(a_2+a_5+a_8+a_{11})+2(x_2+x_4+x_6+x_8+x_{10}+x_{12}) = \sum_{i=1}^{12}a_i+\sum_{i=1}^{12}x_i & (7.78) \\ 3(a_3+a_6+a_9+a_{12})+2(x_2+x_4+x_6+x_8+x_{10}+x_{12}) = \sum_{i=1}^{12}a_i+\sum_{i=1}^{12}x_i & (7.79) \end{cases}$$

解 式(7.65)减式(7.66),移项,除以2,去括号,得式(7.80)。

由式(7.74)~式(7.76)左边相等,同减 $2(x_1+x_3+x_5+x_7+x_9+x_{11})$,除以3,去括号,得式(7.81)。由式(7.74)减式(7.77),移项、化简,得式(7.82)。

同理,式(7.67)~式(7.69)左边都相等,同减相同项,除以3,去括号,得式(7.83)。

式(7.70)~式(7.73)左边相等,同减相同项,化简,得式(7.84),即

$$\begin{cases} a_1+a_3+a_5+a_7+a_9+a_{11}=a_2+a_4+a_6+a_8+a_{10}+a_{12} & (7.80) \\ a_1+a_4+a_7+a_{10}=a_2+a_5+a_8+a_{11}=a_3+a_6+a_9+a_{12} & (7.81) \\ x_1+x_3+x_5+x_7+x_9+x_{11}=x_2+x_4+x_6+x_8+x_{10}+a_{12} & (7.82) \\ x_1+x_4+x_7+x_{10}=x_2+x_5+x_8+x_{11}=x_3+x_6+x_9+x_{12} & (7.83) \\ x_1+x_5+x_9=x_2+x_6+x_{10}=x_3+x_7+x_{11}=x_4+x_8+x_{12} & (7.84) \end{cases}$$

将式(7.80)~式(7.84)代入方程组,全满足,它们是方程组的解,这说明图7-31是12阶条件变量完美幻方,其变量是 $a_1\sim a_{12}$、$x_1\sim x_{12}$,要求同时符合式(7.80)~式(7.84),并标注在脚注中。A_{12} 的每行与每列都应是二二排序和三三排序,且每行是四四排序。

(2)选择首数行时。

1)起始数选 A_{12} 中任意一个元素(如 a_1+x_1),排布在幻方任意位置,如左下角。选 a_1+x_1 所在行为首数组,选任意可行组合,如 $a'c$,按规则4排布的方阵如图7-32所示。

2)对图7-32计算,同样可建立方程组,求得一组解为

$$\begin{cases} a_1+a_3+a_5+a_7+a_9+a_{11}=a_2+a_4+a_6+a_8+a_{10}+a_{12} \\ a_1+a_4+a_7+a_{10}=a_2+a_5+a_8+a_{11}=a_3+a_6+a_9+a_{12} \\ x_1+x_3+x_5+x_7+x_9+x_{11}=x_2+x_4+x_6+x_8+x_{10}+a_{12} \\ x_1+x_4+x_7+x_{10}=x_2+x_5+x_8+x_{11}=x_3+x_6+x_9+x_{12} \\ a_1+a_5+a_9=a_2+a_6+a_{10}=a_3+a_7+a_{11}=a_4+x_8+a_{12} \end{cases} \quad (7.85)$$

式(7.85)表示每列是四四排序。这说明,当 A_{12} 每行与每列是二二排序和三三排序,且每列还是四四排序时,图7-32才是条件变量完美幻方。

(3)适宜方阵条件整理。对上述两种情况进行汇总,可以说,A_{12} 的每行与每列都是二二排序、三三排序及组内数是四四排序,可作为构造12阶完美幻方应具有的附加条件。

根据对 $n=3k$ 更高双偶数阶幻方、起始数与位置、首数组选择及可行组合之适用性验证,可得出结论,按规则4构造 $n=3k$ 双偶数阶完美幻方时,适宜方阵条件应同

时符合以下 4 条要求：

1) 通用必要条件；

2) 每行是二二排序、三三排序；

3) 每列是二二排序、三三排序；

4) 每行(或列，或兼而有之)还是四四排序。构造时相应选首数列(或行)。

(4) 适宜方阵条件的验证，见第 4 章。

$3a_{147}+\sum_{i=1}^{12}x_i$	$3a_{369}+\sum_{i=1}^{12}x_i$	$3a_{258}+\sum_{i=1}^{12}x_i$										$2a_{135}+3x_{147}$
a_4+x_6	a_9+x_8	a_2+x_{10}	a_7+x_{12}	$a_{12}+x_2$	a_5+x_4	$a_{10}+x_6$	a_3+x_8	a_8+x_{10}	a_1+x_{12}	a_6+x_2	$a_{11}+x_4$	$\sum_{i=1}^{12}a_i+2x_{246}$
a_7+x_{11}	$a_{12}+x_1$	a_5+x_3	$a_{10}+x_5$	a_3+x_7	a_8+x_9	a_1+x_{11}	a_6+x_1	$a_{11}+x_3$	a_4+x_5	a_9+x_7	a_2+x_9	$\sum_{i=1}^{12}a_i+2x_{135}$
$a_{10}+x_4$	a_3+x_6	a_8+x_8	a_1+x_{10}	a_6+x_{12}	$a_{11}+x_2$	a_4+x_4	a_9+x_6	a_2+x_8	a_7+x_{10}	$a_{12}+x_{12}$	a_5+x_2	
a_1+x_9	a_6+x_{11}	$a_{11}+x_1$	a_4+x_3	a_9+x_5	a_2+x_7	a_7+x_9	$a_{12}+x_{11}$	a_5+x_1	$a_{10}+x_3$	a_3+x_5	a_8+x_7	
a_4+x_2	a_9+x_4	a_2+x_6	a_7+x_8	$a_{12}+x_{10}$	a_5+x_{12}	$a_{10}+x_2$	a_3+x_4	a_8+x_6	a_1+x_8	a_6+x_{10}	$a_{11}+x_{12}$	
a_7+x_7	$a_{12}+x_9$	a_5+x_{11}	$a_{10}+x_1$	a_3+x_3	a_8+x_5	a_1+x_7	a_6+x_9	$a_{11}+x_{11}$	a_4+x_1	a_9+x_3	a_2+x_5	
$a_{10}+x_{12}$	a_3+x_2	a_8+x_4	a_1+x_6	a_6+x_8	$a_{11}+x_{10}$	a_4+x_{12}	a_9+x_2	a_2+x_4	a_7+x_6	$a_{12}+x_8$	a_5+x_{10}	
a_1+x_5	a_6+x_7	$a_{11}+x_9$	a_4+x_{11}	a_9+x_1	a_2+x_3	a_7+x_5	$a_{12}+x_7$	a_5+x_9	$a_{10}+x_{11}$	a_3+x_1	a_8+x_3	
a_4+x_{10}	a_9+x_{12}	a_2+x_2	a_7+x_4	$a_{12}+x_6$	a_5+x_8	$a_{10}+x_{10}$	a_3+x_{12}	a_8+x_2	a_1+x_4	a_6+x_6	$a_{11}+x_8$	
a_7+x_3	$a_{12}+x_5$	a_5+x_7	$a_{10}+x_9$	a_3+x_{11}	a_8+x_1	a_1+x_3	a_6+x_5	$a_{11}+x_7$	a_4+x_9	a_9+x_{11}	a_2+x_1	
$a_{10}+x_8$	a_3+x_{10}	a_8+x_{12}	a_1+x_2	a_6+x_4	$a_{11}+x_6$	a_4+x_8	a_9+x_{10}	a_2+x_{12}	a_7+x_2	$a_{12}+x_4$	a_5+x_6	
a_1+x_1	a_6+x_3	$a_{11}+x_5$	a_4+x_7	a_9+x_9	a_2+x_{11}	a_7+x_1	$a_{12}+x_3$	a_5+x_5	$a_{10}+x_7$	a_3+x_9	a_8+x_{11}	

要求：
$\begin{cases} a_1+a_3+a_5+a_7+a_9+a_{11}=a_2+a_4+a_6+a_8+a_{10}+a_{12} \\ a_1+a_4+a_7+a_{10}=a_2+a_5+a_8+a_{11}=a_3+a_6+a_9+a_{12} \\ x_1+x_3+x_5+x_7+x_9+x_{11}=x_2+x_4+x_6+x_8+x_{10}+x_{12} \\ x_1+x_4+x_7+x_{10}=x_2+x_5+x_8+x_{11}=x_3+x_6+x_9+x_{12} \\ a_1+a_5+a_9=a_2+a_6+a_{10}=a_3+a_7+a_{11}=a_4+a_8+a_{12} \end{cases}$

$\sum_{i=1}^{12}x_i+4(a_4+a_8+a_{12})$

图 7-32

7.27 按规则 4 构造 $n=3k$ 双偶数阶条件变量一般幻方

7.27.1 选择首数列时

在选首数列的完美幻方图 7-31 中，脚注要求 A_{12} 的行与列均二二排序和三三排序，每行还是四四排序。若进行下述(1)或(2)或(3)更改，因有的泛对角线和≠幻和，幻方变成条件变量一般幻方，应新编图号，脚注要求应相应更改（略）。

(1) 在选择首数列的完美幻方图 7-31 中，只将 A_{12} 每行的四四排序改为 48 排序，其余不变。此时 A_{12} 第 4、8、12 列的 36 个元素分布在幻方主 4 格线上（首数方向为 a'）或副 4 格线上（首数方向为 c'）。

(2) 在完美幻方图 7-31 中，只将 A_{12} 每列的三三排序改为 147 排序，其余不变。

此时 A_{12} 第 1,4,7,10 行的 48 个元素分布在副 3 格线上(组内数方向为 c)或主 3 格线上(组内数方向为 e 时),但总有 16 个元素分布在幻方小中心(与组合无关)。

(3)在完美幻方图 7-31 中,将每行的四四排序改为 48 排序,又将每列的三三排序改为 147 排序,其余不变。此时 A_{12} 第 4,8,12 列与第 1,4,7,10 行的 12 个交叉元素分布随不同组合而异:

1) 12 个元素全部分布在主对角线上(首数组与组内数方向都在第 1,3 象限,见 $a'a$ 组合的图 7-33 阴影元素)或副对角线上(首数组与组内数方向都在第 2,4 象限,见 $d'c$ 组合的图 7-34 阴影元素)。

2) 12 个元素中有 4 个元素分布在主对角线上的 4 个小中心(当首数方向是 a', b', e', f',而组内数方向是 c,d,g,h 时,见 $a'c$ 组合的图 7-31 阴影元素)或分布在副对角线上的 4 个小中心处(当首数是 c',d',g',h',而组内数是 a,b,e,f 时)。

3) 汇总:在 1)和 2)情况下,总有 4 个元素分布在主对角线上的小中心(当首数方向是 a',b',e',f' 时)或副对角线上的小中心(当首数方向是 c',d',g',h' 时,见 $d'c$ 组合的图 7-34)。

(4)选择首数列时的适宜方阵条件整理。由上述分析可知,在选择首数列时,方阵的每行是二二排序和三三排序、每列是二二排序以及(1)或(2)或(3)条中的要求可作为 A_{12} 构造条件变量一般幻方应具有的附加条件。

为便于记忆和表述,根据对 $n=3k$ 的更高双偶数阶幻方、起始数与位置、首数组选择及可行组合之适用性验证,采用下述结论,选首数列,按照规则 4 构造 $n=3k$ 的双偶数阶一般幻方时,适宜方阵条件应同时符合以下 4 条要求:

1)通用必要条件;

2)方阵每行是二二排序和三三排序;

3)每列是二二排序;

4)下述 a)或 b)或 c)项要求。

a)方阵的每列还是三三排序,每行还是四分(如 48)排序。构造时起始元素应相应选取第 4,8,12,… 列中任意一个元素,排布在幻方主 4 格线上(当首数方向为 a', b', e', f' 时)或副 4 格线上(当首数方向为 c',d',g',h' 时)。

b)方阵的每行还是四四排序,每列还是三分(如 147)排序。构造时起始元素应相应选取第 1,4,7,… 行的元素,并排布在幻方的小中心(与组合无关)或排布在幻方主 3 格线上(组内数方向是 a,b,e,f 时)或副 3 格线上(组内数方向是 c,d,g,h 时)。

c)方阵的每行还是四分(如 48)排序,每列还是三分(如 147)排序。构造时起始元素应相应选取第 1,4,7,… 行与第 4,8,12,… 列的任意一个交叉元素,并排布在幻方主对角线上的幻方小中心(当首数方向为 a',b',e',f' 时)或副对角线上的幻方小中心（当首数方向为 c', d', g', h' 时）。

汇总 a），b）和 c）项，3 项中的起始数均可按 c）中规定排布在幻方主对角线上的小中心（当首数方向为 a', b', e', f' 时）或副对角线上的小中心（当首数方向为 c', d', g'，h' 时）。

$2a_{135}+$ $3x_{369}$	$2a_{246}+$ $3x_{258}$	$2a_{135}+$ $3x_{147}$	$2a_{246}+$ $3x_{369}$	$2a_{135}+$ $3x_{258}$	$2a_{246}+$ $3x_{147}$							$\sum_{i=1}^{12}a_i+2x_{135}$
a_1+x_{12}	a_2+x_{11}	a_3+x_{10}	a_4+x_9	a_5+x_8	a_6+x_7	a_7+x_6	a_8+x_5	a_9+x_4	$a_{10}+x_3$	$a_{11}+x_2$	$a_{12}+x_1$	
a_3+x_9	a_4+x_8	a_5+x_7	a_6+x_6	a_7+x_5	a_8+x_4	a_9+x_3	$a_{10}+x_2$	$a_{11}+x_1$	$a_{12}+x_{12}$	a_1+x_{11}	a_2+x_{10}	
a_5+x_6	a_6+x_5	a_7+x_4	a_8+x_3	a_9+x_2	$a_{10}+x_1$	$a_{11}+x_{12}$	$a_{12}+x_{11}$	a_1+x_{10}	a_2+x_9	a_3+x_8	a_4+x_7	
a_7+x_3	a_8+x_2	a_9+x_1	$a_{10}+x_{12}$	$a_{11}+x_{11}$	$a_{12}+x_{10}$	a_1+x_9	a_2+x_8	a_3+x_7	a_4+x_6	a_5+x_5	a_6+x_4	
a_9+x_{12}	$a_{10}+x_{11}$	$a_{11}+x_{10}$	$a_{12}+x_9$	a_1+x_8	a_2+x_7	a_3+x_6	a_4+x_5	a_5+x_4	a_6+x_3	a_7+x_2	a_8+x_1	$\sum_{i=1}^{12}a_i+$ $\sum_{i=1}^{12}x_i$
$a_{11}+x_9$	$a_{12}+x_8$	a_1+x_7	a_2+x_6	a_3+x_5	a_4+x_4	a_5+x_3	a_6+x_2	a_7+x_1	a_8+x_{12}	a_9+x_{11}	$a_{10}+x_{10}$	
a_1+x_6	a_2+x_5	a_3+x_4	a_4+x_3	a_5+x_2	a_6+x_1	a_7+x_{12}	a_8+x_{11}	a_9+x_{10}	$a_{10}+x_9$	$a_{11}+x_8$	$a_{12}+x_7$	
a_3+x_3	a_4+x_2	a_5+x_1	a_6+x_{12}	a_7+x_{11}	a_8+x_{10}	a_9+x_9	$a_{10}+x_8$	$a_{11}+x_7$	$a_{12}+x_6$	a_1+x_5	a_2+x_4	
a_5+x_{12}	a_6+x_{11}	a_7+x_{10}	a_8+x_9	a_9+x_8	$a_{10}+x_7$	$a_{11}+x_6$	$a_{12}+x_5$	a_1+x_4	a_2+x_3	a_3+x_2	a_4+x_1	
a_7+x_9	a_8+x_8	a_9+x_7	$a_{10}+x_6$	$a_{11}+x_5$	$a_{12}+x_4$	a_1+x_3	a_2+x_2	a_3+x_1	a_4+x_{12}	a_5+x_{11}	a_6+x_{10}	
a_9+x_6	$a_{10}+x_5$	$a_{11}+x_4$	$a_{12}+x_3$	a_1+x_2	a_2+x_1	a_3+x_{12}	a_4+x_{11}	a_5+x_{10}	a_6+x_9	a_7+x_8	a_8+x_7	
$a_{11}+x_3$	$a_{12}+x_2$	a_1+x_1	a_2+x_{12}	a_3+x_{11}	a_4+x_{10}	a_5+x_9	a_6+x_8	a_7+x_7	a_8+x_6	a_9+x_5	$a_{10}+x_4$	$3a_{147}+$ $4(x_4+x_8+x_{12})$

要求：
$$\begin{cases} a_1+a_3+a_5+a_7+a_9+a_{11}=a_2+a_4+a_6+a_8+a_{10}+a_{12} \\ a_1+a_4+a_7+a_{10}=(a_2+a_5+a_8+a_{11}+a_3+a_6+a_9+a_{12})/2 \ne a_2+a_5+a_8+a_{11} \\ x_1+x_3+x_5+x_7+x_9+x_{11}=x_2+x_4+x_6+x_8+x_{10}+x_{12} \\ x_1+x_4+x_7+x_{10}=x_2+x_5+x_8+x_{11}=x_3+x_6+x_9+x_{12} \\ x_4+x_8+x_{12}=(x_1+x_5+x_9+x_2+x_6+x_{10}+x_3+x_7+x_{11})/3 \ne x_1+x_5+x_9 \end{cases}$$

图 7-33

$\sum_{i=1}^{12}a_i+$ $3x_{258}$	$\sum_{i=1}^{12}a_i+$ $3x_{147}$	$\sum_{i=1}^{12}a_i+$ $3x_{369}$										$3a_{147}+$ $4(x_4+x_8+x_{12})$
a_6+x_5	a_8+x_{10}	$a_{10}+x_3$	$a_{12}+x_8$	a_2+x_1	a_4+x_6	a_6+x_{11}	a_8+x_4	$a_{10}+x_9$	$a_{12}+x_2$	a_2+x_7	a_4+x_{12}	$2a_{246}+\sum_{i=1}^{12}x_i$
$a_{11}+x_2$	a_1+x_7	a_3+x_{12}	a_5+x_5	a_7+x_{10}	a_9+x_3	$a_{11}+x_8$	a_1+x_1	a_3+x_6	a_5+x_{11}	a_7+x_4	a_9+x_9	$2a_{135}+\sum_{i=1}^{12}x_i$
a_4+x_{11}	a_6+x_4	a_8+x_9	$a_{10}+x_2$	$a_{12}+x_7$	a_2+x_{12}	a_4+x_5	a_6+x_{10}	a_8+x_3	$a_{10}+x_8$	$a_{12}+x_1$	a_2+x_6	
a_9+x_8	$a_{11}+x_1$	a_1+x_6	a_3+x_{11}	a_5+x_4	a_7+x_9	a_9+x_2	$a_{11}+x_7$	a_1+x_{12}	a_3+x_5	a_5+x_{10}	a_7+x_3	
a_2+x_5	a_4+x_{10}	a_6+x_3	a_8+x_8	$a_{10}+x_1$	$a_{12}+x_6$	a_2+x_{11}	a_4+x_4	a_6+x_9	a_8+x_2	$a_{10}+x_7$	$a_{12}+x_{12}$	
a_7+x_2	a_9+x_7	$a_{11}+x_{12}$	a_1+x_5	a_3+x_{10}	a_5+x_3	a_7+x_8	a_9+x_1	$a_{11}+x_6$	a_1+x_{11}	a_3+x_4	a_5+x_9	
$a_{12}+x_{11}$	a_2+x_4	a_4+x_9	a_6+x_2	a_8+x_7	$a_{10}+x_{12}$	$a_{12}+x_5$	a_2+x_{10}	a_4+x_3	a_6+x_8	a_8+x_1	$a_{10}+x_6$	
a_5+x_8	a_7+x_1	a_9+x_6	$a_{11}+x_{11}$	a_1+x_4	a_3+x_9	a_5+x_2	a_7+x_7	a_9+x_{12}	$a_{11}+x_5$	a_1+x_{10}	a_3+x_3	
$a_{10}+x_5$	$a_{12}+x_{10}$	a_2+x_3	a_4+x_8	a_6+x_1	a_8+x_6	$a_{10}+x_{11}$	$a_{12}+x_4$	a_2+x_9	a_4+x_2	a_6+x_7	a_8+x_{12}	
a_3+x_2	a_5+x_7	a_7+x_{12}	a_9+x_5	$a_{11}+x_{10}$	a_1+x_3	a_3+x_8	a_5+x_1	a_7+x_6	a_9+x_{11}	$a_{11}+x_4$	a_1+x_9	
a_8+x_{11}	$a_{10}+x_4$	$a_{12}+x_9$	a_2+x_2	a_4+x_7	a_6+x_{12}	a_8+x_5	$a_{10}+x_{10}$	$a_{12}+x_3$	a_2+x_8	a_4+x_1	a_6+x_6	
a_1+x_8	a_3+x_1	a_5+x_6	a_7+x_{11}	a_9+x_4	$a_{11}+x_9$	a_1+x_2	a_3+x_7	a_5+x_{12}	a_7+x_5	a_9+x_{10}	$a_{11}+x_3$	$\sum_{i=1}^{12}a_i+2x_{135}$

要求：
$$\begin{cases} a_1+a_3+a_5+a_7+a_9+a_{11}=a_2+a_4+a_6+a_8+a_{10}+a_{12} \\ a_1+a_4+a_7+a_{10}=(a_2+a_5+a_8+a_{11}+a_3+a_6+a_9+a_{12})/2 \ne a_2+a_5+a_8+a_{11} \\ x_1+x_3+x_5+x_7+x_9+x_{11}=x_2+x_4+x_6+x_8+x_{10}+x_{12} \\ x_1+x_4+x_7+x_{10}=x_2+x_5+x_8+x_{11}=x_3+x_6+x_9+x_{12} \\ x_4+x_8+x_{12}=(x_1+x_5+x_9+x_2+x_6+x_{10}+x_3+x_7+x_{11})/3 \ne x_1+x_5+x_9 \end{cases}$$

图 7-34

7.27.2 选择首数行时

在选首数行的完美幻方图 7-32 中,脚注要求 A_{12} 的行与列都是二二排序和三三排序,每列还是四四排序。若进行下述(1)或(2)或(3)更改,因有的泛对角线和 ≠ 幻和,幻方变成条件变量一般幻方,图号应新编,脚注要求应改变(略)。

(1) 在图 7-32 中,只将每列的四四排序改成 48 排序,其余不变。此时 A_{12} 第 4、8、12 行的 36 个元素分布在主 4 格线上(首数方向为 a')或副 4 格线上(首数方向为 c')。

(2) 在图 7-32 中,只将每行三三排序改成 147 排序时,其余不变。此时 A_{12} 第 1、4、7、10 列的 48 个元素分布在主 3 格线上(组内数方向为 e 时)或副 3 格线上(组内数方向为 c 时),但总有 16 个元素在幻方小中心处(与组合无关)。

(3) 在图 7-32 中,将每列的四四排序改为 48 排序,又将每行的三三排序改为 147 排序,其余不变。此时第 1,4,7,10 列与第 4,8,12 行的交叉元素(计 12 个)位置分布随方向组合不同而异,但总有 4 个元素分布在主对角线上的小中心(首数方向是 a' 时,见图 7-32 阴影元素)或副对角线上的小中心(首数方向是 c')。

(4)选择首数行时的适宜方阵条件整理。由以上分析可知,方阵的每行是二二排序、每列是二二排序、三三排序以及(1)或(2)或(3)条中的要求可作为 A_{12} 选首数行构造 12 阶一般幻方应具有的附加条件。

为便于记忆和表述,根据对 $n=3k$ 的更高双偶数阶一般幻方、起始数与位置、可行组合之适用性验证,适宜方阵条件采用下面表述是适宜的,即按照规则 4 并选首数行构造 $n=3k$ 的双偶数阶一般幻方时,适宜方阵条件应同时符合以下 4 条要求:

1)通用必要条件;

2)每行是二二排序;

3)每列是二二排序和三三排序;

4)下述 a)或 b)或 c)项要求:

a)方阵的每行还是三三排序,每列还是四分(如 48)排序。构造时起始元素应相应选取第 4,8,12,… 行中任意一个元素,排布在幻方主 4 格线上(当首数方向为 a'、b'、e'、f' 时)或副 4 格线上(当首数方向为 c'、d'、g'、h' 时)。

b)每行还是三分(如 147)排序,每列还是四四排序。构造时起始元素应相应选取第 1,4,7,… 列的任一元素,排布在幻方的小中心(与组合无关),或者排布在主 3 格线上(组内数方向是 a,b,e,f 时)或副 3 格线上(组内数方向是 c,d,g,h 时)。

c)每行还是三分(如 147)排序,每列还是四分(如 48)排序。构造时起始元素应相应选取第 1,4,7,… 列与第 4,8,12,… 行的交叉元素排布在幻方主对角线上的幻方小中心(当首数方向为 a', b', e', f' 时)或副对角线上的幻方小中心(当首数方向为 c', d', g', h' 时)。

汇总 a),b)和 c)项,3 项中的起始数均可按 c)中规定排布在幻方主对角线上的小中心(当首数方向为 a', b', e', f' 时)或副对角线上的小中心(当首数方向为 c', d', g', h' 时)。排布要求与 7.27.1 节中的结论相同,只是起始数的选择有异。

7.28 按规则 5 构造 n＝3k＞4 奇数阶条件变量完美幻方

以构造 9 阶幻方说明,用通用代数式基础方阵 A_9,构造步骤如下:

(1) 起始数选 A_9 中任意一个元素(如 a_1+x_1),排布在幻方任意位置,如左下角。选 a_1+x_1 所在列为首数组,选任意可行组合,如 $a'b'$,按照规则 5 排布的 9 阶方阵如图 7-35 所示。

(2) 对图 7-35 计算:

$$\text{行和交替} = 3a_{147} + \sum_{i=1}^{9} x_i, 3a_{258} + \sum_{i=1}^{9} x_i \text{ 和 } 3a_{369} + \sum_{i=1}^{9} x_i$$

$$\text{列和交替} = \sum_{i=1}^{9} a_i + 3x_{147}, \sum_{i=1}^{9} a_i + 3x_{258}, \sum_{i=1}^{9} a_i + 3x_{369}$$

$$\text{对角线和} = \text{泛对角线和} = \sum_{i=1}^{9} a_i + \sum_{i=1}^{9} x_i$$

$\sum_{i=1}^{9}a_i+$ $3x_{147}$	$\sum_{i=1}^{9}a_i+$ $3x_{258}$	$\sum_{i=1}^{9}a_i+$ $3x_{369}$							
a_9+x_4	a_6+x_5	a_3+x_6	a_9+x_7	a_6+x_8	a_3+x_9	a_9+x_1	a_6+x_2	a_3+x_3	$3a_{369}+\sum_{i=1}^{9}x_i$
a_8+x_7	a_5+x_8	a_2+x_9	a_8+x_1	a_5+x_2	a_2+x_3	a_8+x_4	a_5+x_5	a_2+x_6	$3a_{258}+\sum_{i=1}^{9}x_i$
a_7+x_1	a_4+x_2	a_1+x_3	a_7+x_4	a_4+x_5	a_1+x_6	a_7+x_7	a_4+x_8	a_1+x_9	$3a_{147}+\sum_{i=1}^{9}x_i$
a_6+x_4	a_3+x_5	a_9+x_6	a_6+x_7	a_3+x_8	a_9+x_9	a_6+x_1	a_3+x_2	a_9+x_3	
a_5+x_7	a_2+x_8	a_8+x_9	a_5+x_1	a_2+x_2	a_8+x_3	a_5+x_4	a_2+x_5	a_8+x_6	
a_4+x_1	a_1+x_2	a_7+x_3	a_4+x_4	a_1+x_5	a_7+x_6	a_4+x_7	a_1+x_8	a_7+x_9	
a_3+x_4	a_9+x_5	a_6+x_6	a_3+x_7	a_9+x_8	a_6+x_9	a_3+x_1	a_9+x_2	a_6+x_3	
a_2+x_7	a_8+x_8	a_5+x_9	a_2+x_1	a_8+x_2	a_5+x_3	a_2+x_4	a_8+x_5	a_5+x_6	
a_1+x_1	a_7+x_2	a_4+x_3	a_1+x_4	a_7+x_5	a_4+x_6	a_1+x_7	a_7+x_8	a_4+x_9	
要求:$\begin{cases} a_1+a_4+a_7=a_2+a_5+a_8=a_3+a_6+a_9 \\ x_1+x_4+x_7=x_2+x_5+x_8=x_3+x_6+x_9 \end{cases}$									$\sum_{i=1}^{9}a_i+\sum_{i=1}^{9}x_i$

图 7-35

图 7-35 中,$a_{147}=a_1+a_4+a_7$;$a_{258}=a_2+a_5+a_8$;$a_{369}=a_3+a_6+a_9$;

$$x_{147}=x_1+x_4+x_7; x_{258}=x_2+x_5+x_8; x_{369}=x_3+x_6+x_9$$

(3) 假设图 7-35 是完美幻方,由上述计算,可得到方程组:

$$\begin{cases} 3(a_1+a_4+a_7)+\sum_{i=1}^{9}x_i = \sum_{i=1}^{9}a_i + \sum_{i=1}^{9}x_i \\ 3(a_2+a_5+a_8)+\sum_{i=1}^{9}x_i = \sum_{i=1}^{9}a_i + \sum_{i=1}^{9}x_i \\ 3(a_3+a_6+a_9)+\sum_{i=1}^{9}x_i = \sum_{i=1}^{9}a_i + \sum_{i=1}^{9}x_i \\ \sum_{i=1}^{9}a_i + 3(x_1+x_4+x_7) = \sum_{i=1}^{9}a_i + \sum_{i=1}^{9}x_i \\ \sum_{i=1}^{9}a_i + 3(x_2+x_5+x_8) = \sum_{i=1}^{9}a_i + \sum_{i=1}^{9}x_i \\ \sum_{i=1}^{9}a_i + 3(x_3+x_6+x_9) = \sum_{i=1}^{9}a_i + \sum_{i=1}^{9}x_i \end{cases}$$

解 前3个方程左边都相等,同减 $\sum_{i=1}^{9}x_i$,除以3,去括号,得式(7.86)。后3个方程左边都相等,同减 $\sum_{i=1}^{9}a_i$,除以3,去括号,得式(7.87),即

$$\begin{cases} a_1+a_4+a_7=a_2+a_5+a_8=a_3+a_6+a_9 & (7.86) \\ x_1+x_4+x_7=x_2+x_5+x_8=x_3+x_6+x_9 & (7.87) \end{cases}$$

将式(7.86)、式(7.87)代入方程组,全满足,它们是方程组的解。这说明图7-35是一个9阶条件变量完美幻方,其变量是 $a_1 \sim a_9$、$x_1 \sim x_9$,要求同时符合上述式(7.86)和式(7.87),并标注在脚注中。也就是说,该解与构造时要求可作为 A_9 构造完美幻方的附加条件。

(4)适宜方阵条件整理。考虑到对更高双偶数阶幻方、起始数与位置、首数组选择及可行组合之适用性验证,可得出结论,按照规则5构造 $n=3k>4$ 奇数阶条件变量完美幻方时,适宜方阵条件应同时符合通用必要条件、每行与每列都是三三排序。构造时无特殊要求。

(5)适宜方阵条件的验证,见第5章。

7.29 按规则6构造4阶条件变量完美幻方

填入数用通用代数式基础方阵 A_4。

(1)选 a_1+x_1 为共用起始元素,排布在任意位置,选第1列为首数组,任意可行组合,如 ab。按照规则6排布的方阵如图7-36所示。

加幻方与乘幻方构造法 —— 源自方程组的解

	$\sum_{i=1}^{4}a_i+\sum_{i=1}^{4}x_i$			$2(a_2+a_3)+2(x_1+x_4)$
a_2+x_3	a_1+x_2	a_4+x_4	a_3+x_1	
a_4+x_2	a_3+x_3	a_2+x_1	a_1+x_4	$\sum_{i=1}^{4}a_i+\sum_{i=1}^{4}x_i$
a_1+x_1	a_2+x_4	a_3+x_2	a_4+x_3	
a_3+x_4	a_4+x_1	a_1+x_3	a_2+x_2	

要求：$\begin{cases} a_1+a_4=a_2+a_3 \\ x_1+x_4=x_2+x_3 \end{cases}$ $\quad 2(a_2+a_3)+2(x_2+x_3)$

图 7-36

(2) 计算图 7-36：

$$行和 = 列和 = \sum_{i=1}^{4}a_i + \sum_{i=1}^{4}x_i$$

$$主对角线和 = 2(a_2+a_3) + 2(x_2+x_3)$$

$$主泛对角线和交替 = \sum_{i=1}^{4}a_i + \sum_{i=1}^{4}x_i \text{ 和 } 2(a_1+a_4)+2(x_1+x_4)$$

$$副对角线和 = 2(a_2+a_3) + 2(x_1+x_4)$$

$$副泛对角线和交替 = \sum_{i=1}^{4}a_i + \sum_{i=1}^{4}x_i \text{ 和 } 2(a_1+a_4)+2(x_2+x_3)$$

(3) 若设图 7-36 是完美幻方，由上述计算可得到方程组：

$$\begin{cases} 2(a_2+a_3)+2(x_2+x_3) = \sum_{i=1}^{4}a_i+\sum_{i=1}^{4}x_i \\ 2(a_2+a_3)+2(x_1+x_4) = \sum_{i=1}^{4}a_i+\sum_{i=1}^{4}x_i \\ 2(a_1+a_4)+2(x_1+x_4) = \sum_{i=1}^{4}a_i+\sum_{i=1}^{4}x_i \\ 2(a_1+a_4)+2(x_2+x_3) = \sum_{i=1}^{4}a_i+\sum_{i=1}^{4}x_i \end{cases}$$

解 前两式相减，移项，除以 2，去括号，得式(7.88)。第 1 式与第 4 式相减，移项，除以 2，去括号，得式(7.89)，即

$$\begin{cases} x_1+x_4=x_2+x_3 & (7.88) \\ a_1+a_4=a_2+a_3 & (7.89) \end{cases}$$

将式(7.88)、式(7.89)代入方程组，全满足，它们是方程组的解。这说明图 7-36 是一个条件变量完美幻方，其变量是 $a_1 \sim a_4$、$x_1 \sim x_4$，要求同时满足式(7.88)、式(7.89)，并标注在脚注中。也就是说，该解与构造时要求可作为 A_4 按照马士马步构造 4 阶完美幻方应具有的附加条件。

(4) 适宜方阵条件整理。由前分析可得出结论，按照规则 6 构造 4 阶完美幻方时，适宜方阵条件应同时符合通用必要条件、每行对折和相等、每列对折和相等，构造

时应选适宜方阵中"a_1+x_1"作为共用起始数,可排布在任意位置。

7.30 加幻方运算

幻方是具有幻方特性的方阵,它也具有一些基本运算。

(1)幻方相等。两幻方相等,表示两幻方的阶数相等,且对应位置的元素相等。

(2)两加幻方相加减。数学上,两个同阶方阵可以相加减。对构造加幻方的通用基础方阵,有

$$\boldsymbol{A}_n = \begin{bmatrix} a_1+x_1 & a_1+x_2 & \cdots & a_1+x_n \\ a_2+x_1 & a_2+x_2 & \cdots & a_2+x_n \\ \vdots & \vdots & & \vdots \\ a_n+x_1 & a_n+x_2 & \cdots & a_n+x_n \end{bmatrix} = \begin{bmatrix} a_1 & a_1 & \cdots & a_1 \\ a_2 & a_2 & \cdots & a_2 \\ \vdots & \vdots & & \vdots \\ a_n & a_n & \cdots & a_n \end{bmatrix} + \begin{bmatrix} x_1 & x_2 & \cdots & x_n \\ x_1 & x_2 & \cdots & x_n \\ \vdots & \vdots & & \vdots \\ x_1 & x_2 & \cdots & x_n \end{bmatrix}$$

阶数相同的加幻方才能相加减,运算时各对应位置的元素相加减。运算后得到一个新的加幻方。当 $n=5$ 时,在构造参数相同时,上述3个方阵分别构造的完美幻方如图7-37所示。幻方图7-37(a)是幻方图7-37(b)与幻方图7-37(c)的和。

a_1+x_4	a_5+x_2	a_4+x_5	a_3+x_3	a_2+x_1
a_3+x_5	a_2+x_3	a_1+x_1	a_5+x_4	a_4+x_2
a_5+x_1	a_4+x_4	a_3+x_2	a_2+x_5	a_1+x_3
a_2+x_2	a_1+x_5	a_5+x_3	a_4+x_1	a_3+x_4
a_4+x_3	a_3+x_1	a_2+x_4	a_1+x_2	a_5+x_5

(a)

a_1	a_5	a_4	a_3	a_2
a_3	a_2	a_1	a_5	a_4
a_5	a_4	a_3	a_2	a_1
a_2	a_1	a_5	a_4	a_3
a_4	a_3	a_2	a_1	a_5

(b)

x_4	x_2	x_5	x_3	x_1
x_5	x_3	x_1	x_4	x_2
x_1	x_4	x_2	x_5	x_3
x_2	x_5	x_3	x_1	x_4
x_3	x_1	x_4	x_2	x_5

(c)

图 7-37

(3)数乘以加幻方的运算规则:数乘以加幻方时,将数乘到加幻方的每个元素上。

第8章
变量乘幻方的构造及数学依据

8.1 变量乘幻方概述

乘幻方的每行、每列、每条对角线上元素的连乘积都相等,该连乘积称为乘幻方常数(又称幻积)。根据幻方特性,乘幻方也有完美乘幻方和一般乘幻方之分。

乘幻方中含有变量时,称作变量乘幻方,其同样分一般变量乘幻方和条件变量乘幻方,前者中的变量间互相独立,后者中的全部或部分变量间存在一定的关联。

本章主要论述变量乘幻方的构造方法及数学依据,并给出构造不同阶数类别乘幻方的适宜方阵条件,还给出了构造数字乘幻方的部分示例。

8.2 术语和定义

以下术语和定义适用于本书。

(1)二分积组合、二二积排序、二二积组合、二二积数组、135 积排序、246 积排序、二分积排序。一个数组含有 $n=2m>3$ 个元素(数)($m\in \mathbf{N}$),排成数列 $\{p_n\}$:p_1,p_2,p_3,p_4,$\cdots$,p_n,若:

1)其中 m 个元素连乘积的平方等于 $p_1 p_2 p_3 \cdots p_n$,则该 m 个元素构成的组合,称为一个二分积组合。

2)满足 $(p_1 p_3 p_5 \cdots p_{n-1}) = (p_2 p_4 p_6 \cdots p_n)$,则称该数组为二二积排序(数组),必要时,可写成 22 积排序(读作二二积排序)。能够构成二二积排序数组的两个二分积组合构成一组二二积组合;能够排成二二或二分积排序的数组称为二二积数组。

一个二二积数组,当 $(p_1 p_3 p_5 \cdots p_{n-1})^2 = (p_1 p_2 p_3 \cdots p_n)$ 时,称为 135 积排序(读作一三五积排序),此时必有 $(p_2 p_4 p_6 \cdots p_n)^2 = p_1 p_2 p_3 \cdots p_n$,也可称为 246 积排序(读作二四六积排序)。二二积排序数组的奇数位元素连乘积等于偶数位元素连乘积。

本书中约定:不论数组元素个数多少,均称 135 积排序或 246 积排序。

(2)三分积组合、三三积排序、三三积组合、三三积数组、147(258,369)积排序。一个数组含有 $n=3m \geq 5$ 个元素(数)($m \in \mathbf{N}$),排成数列 $\{p_n\}$：$p_1,p_2,p_3,\cdots,p_n$,若:

1)其中 m 个元素连乘积的 3 次方等于 $p_1 p_2 p_3 \cdots p_n$,则该 m 个元素构成的组合,称为一个三分积组合。

2)满足 $p_1 p_4 p_7 \cdots p_{n-2} = p_2 p_5 p_8 \cdots p_{n-1} = p_3 p_6 p_9 \cdots p_n$,则称该数组为三三积排序(数组),必要时,可写成 33 积排序(读作三三积排序)。能够构成三三积排序的 3 个三分积组合构成一组三三积组合。能够排成三三或三分积排序的数组称为三三积数组。

一个非三三积排序数组中,若 $(p_1 p_4 p_7 \cdots p_{n-2})^3 = p_1 p_2 p_3 \cdots p_n$,则称该数组为 147 积排序(读作一四七积排序);若 $(p_2 p_5 p_8 \cdots p_{n-1})^3 = p_1 p_2 p_3 \cdots p_n$,则称该数组为 258 积排序(读作二五八积排序);若 $(p_3 p_6 p_9 \cdots p_n)^3 = p_1 p_2 p_3 \cdots p_n$,则称该数组为 369 积排序(读作三六九积排序)。

147 积排序、258 积排序和 369 积排序统称为三分积排序。本书中约定:不论 $3m$ 数组中元素个数等于 6 或大于 9,均称为 147(258 或 369)积排序。

(3)四分积组合、四四积排序、四四积组合、四四积数组、15(26,37,48)积排序、四分积排序。一个数组含有 $n=4m \geq 5$ 个元素(数)($m \in \mathbf{N}$),排成数列 $\{p_n\}$：$p_1,p_2,p_3,\cdots,p_n$,若:

1)其中 m 个元素之积的 4 次方等于 $p_1 p_2 p_3 \cdots p_n$,则该 m 个元素构成的组合,称为一个四分积组合。

2)满足 $p_1 p_5 p_9 \cdots p_{n-3} = p_2 p_6 p_{10} \cdots p_{n-2} = p_3 p_7 p_{11} \cdots p_{n-1} = p_4 p_8 p_{12} \cdots p_n$,则称该数组为四四积排序(数组),必要时,可写成 44 积排序(读作四四积排序)。能构成四四积排序数组的 4 个四分组合构成一组四四积组合。能够排成四四或四分积排序的数组称为四四积数组。

3)一个非四四积排序数组中,若 $(p_1 p_5 p_9 \cdots p_{n-3})^4 = p_1 p_2 p_3 \cdots p_n$,则称该数组为 15 积排序(读作一五积排序)。同样,可定义 26 积排序、37 积排序和 48 积排序(分别读作二六积排序、三七积排序、四八积排序)。

本书中约定:不论数组元素个数多少,均称为 15 积排序、26 积排序、37 积排序和 48 积排序(数组),又统称为四分积排序(数组)。

注:排序名称采用阿拉伯数字,采用单个数字的读音,以适应非汉语读者。

(4)对折积相等,对折积相等数组。一数列有 n 个数(n 为偶数),排列成 $p_1,p_2,\cdots,p_i,\cdots,p_n$,若 $p_{i+1} p_{n-i} = p_1 p_n$,则称该数列对折积相等。能够排列成对折积相等的数组称为对折积相等数组。

(5)n 次方根元素、n 次方根元素行、n 次方根元素列。在符合乘幻方通用必要条件的方阵 $\boldsymbol{P}=(p_{ij})$ 中,若一个元素"$p_i c_j$"的 n 次方等于"$p_i c_j$"所在列(或行)中 n 个元素的连乘积,则称"p_ic_j"为 n 次方根元素。由每列(或行)中的 n 次方根元素组成的行(或列)称为 n 次方根元素行(或列)。

8.3 构造乘幻方的通用代数式基础方阵

8.3.1 适用于乘幻方的元素排布规则

构造乘幻方时,仍采用构造加幻方的元素排布规则 1~排布规则 6。构造幻方时采用圆环面幻方表格,若采用平面幻方表格,应执行出框移入操作。

8.3.2 求解构造乘幻方的通用代数式基础方阵

以 5 阶乘幻方为例。假设将 25 个元素排列成方阵 $\boldsymbol{F}_1$,按规则 3 能构造出 5 阶变量一般乘幻方,试求解 $\boldsymbol{F}_1$ 中各个元素间的关系,方法如下。

(1) 将 $\boldsymbol{F}_1$ 的每个元素进行变换,都改写为两个变量之积。因为在乘幻方中,其构成元素应不等于零,所以设所有变量均不等于零。

因任何一个不等于零的数都可用不等于零的两个数之积表示,所以可设 $f_{11} = p_1c_1$,又因任何一个不等于零的数都可用一个不等于零的已知数与一个不等于零的未知数的积表示,所以可设 $f_{12} = p_1c_2$, $f_{13} = p_1c_3$, $f_{14} = p_1c_4$, $f_{15} = p_1c_5$; $f_{21} = b_1c_1$, $f_{22} = b_2c_2$, $\cdots$; $f_{31} = d_1c_1$, $f_{32} = d_2c_2$, $\cdots$; $f_{41} = e_1c_1$, $\cdots$; $f_{51} = f_1c_1$, $\cdots$。于是,有

$$\boldsymbol{F}_1 = \begin{bmatrix} p_1c_1 & p_1c_2 & p_1c_3 & p_1c_4 & p_1c_5 \\ b_1c_1 & b_2c_2 & b_3c_3 & b_4c_4 & b_5c_5 \\ d_1c_1 & d_2c_2 & d_3c_3 & d_4c_4 & d_5c_5 \\ e_1c_1 & e_2c_2 & e_3c_3 & e_4c_4 & e_5c_5 \\ f_1c_1 & f_2c_2 & f_3c_3 & f_4c_4 & f_5c_5 \end{bmatrix}$$

(2) 用 $\boldsymbol{F}_1$ 按照规则 3 构造 5 阶方阵。选任意一个元素(如 p_1c_5)为起始数,放在任意位置(见图 8-1),选其所在列为起始数组,选任意可行组合,如 ab,排布的 5 阶方阵如图 8-1 所示。

$p_1b_2d_3e_3f_1\times$ $\prod_{i=1}^{5}c_i$	$p_1b_3d_1e_4f_2\times$ $\prod_{i=1}^{5}c_i$	$p_1b_4d_2e_5f_3\times$ $\prod_{i=1}^{5}c_i$	$p_1b_5d_3e_1f_4\times$ $\prod_{i=1}^{5}c_i$	$p_1b_1d_4e_2f_5\times$ $\prod_{i=1}^{5}c_i$	$p_1b_1d_2e_3f_4\ \prod_{i=1}^{5}c_i$
p_1c_4	f_2c_2	e_5c_5	d_3c_3	b_1c_1	$p_1b_1d_3e_5f_2\ \prod_{i=1}^{5}c_i$
d_5c_5	b_3c_3	p_1c_1	f_4c_4	e_2c_2	$p_1b_3d_5e_2f_4\ \prod_{i=1}^{5}c_i$
f_1c_1	e_4c_4	d_2c_2	b_5c_5	p_1c_3	$p_1b_5d_2e_4f_1\ \prod_{i=1}^{5}c_i$
b_2c_2	p_1c_5	f_3c_3	e_1c_1	d_4c_4	$p_1b_2d_4e_1f_3\ \prod_{i=1}^{5}c_i$
e_3c_3	d_1c_1	b_4c_4	p_1c_2	f_5c_5	$p_1b_4d_1e_3f_5\ \prod_{i=1}^{5}c_i$
					$p_1b_3d_2e_1f_4\ \prod_{i=1}^{5}c_i$

图 8-1

图 8-1 中,$\prod_{i=1}^{5}c_i = c_1c_2c_3c_4c_5$;$\prod_{i=1}^{5}p_i = p_1p_2p_3p_4p_5$。

计算图 8-1，每行连乘积示于框右侧，每列连乘积示于框上方，主、副对角线连乘积分别示于右下角和右上角。

(3) 假设图 8-1 是变量一般乘幻方，设幻方常数 $=Z\prod_{i=1}^{5}c_i$，$Z\neq0$。对第 1 行，有 $p_1b_1d_3e_5f_2\prod_{i=1}^{5}c_i=Z\prod_{i=1}^{5}c_i$，整理得 $b_1d_3e_5f_2=Z/p_1$，于是由前述计算可得到图 8-1 所示的一般乘幻方方程组。该方程组及求解过程见附录 B。由附录 B 可知，当 $b_1=b_2=b_3=b_4=b_5$，$d_1=d_2=d_3=d_4=d_5$，$e_1=e_2=e_3=e_4=e_5$，$f_1=f_2=f_3=f_4=f_5$ 同时满足时，图 8-1 所示是一般乘幻方。

将求得的解代入 F_1，再令 $p_2=b_1$，$p_3=c_1$，$p_4=d_1$，$p_5=e_1$，F_1 更名 P_5，得到

$$P_5=\begin{bmatrix}p_1c_1 & p_1c_2 & \cdots & p_1c_5\\p_2c_1 & p_2c_2 & \cdots & p_2c_5\\\vdots & \vdots & & \vdots\\p_5c_1 & p_5c_2 & \cdots & p_5c_5\end{bmatrix}$$

则 P_5 就是按照规则 3 构造 5 阶一般变量一般乘幻方的适宜方阵。它是容易建立和验证的。

(4) 验证。选 P_5 中的 p_5c_5 为起始元素，排布在幻方任意位置，如右下角，选 ab 组合。选 p_5c_5 所在列为首数组，按规则 3 排布，构造的 5 阶方阵如图 8-2 所示。

	$\prod_{i=1}^{5}p_i\prod_{i=1}^{5}c_i$				
p_1c_4	p_5c_2	p_4c_5	p_3c_3	p_2c_1	
p_3c_5	p_2c_3	p_1c_1	p_5c_4	p_4c_2	$\prod_{i=1}^{5}p_i\prod_{i=1}^{5}c_i$
p_5c_1	p_4c_4	p_3c_2	p_2c_5	p_1c_3	
p_2c_2	p_1c_5	p_5c_3	p_4c_1	p_3c_4	
p_4c_3	p_3c_1	p_2c_4	p_1c_2	p_5c_5	$\prod_{i=1}^{5}p_i\prod_{i=1}^{5}c_i$

图 8-2

对图 8-2 计算，每行连乘积、每列连乘积、每条对角线连乘积都等于 $\prod_{i=1}^{5}p_i\prod_{i=1}^{5}c_i$，所以，图 8-2 所示是 5 阶一般变量一般乘幻方。也说明附录 B 所解得的一组解是正确、有效的。

(5) 经对更高阶乘幻方的构造，方阵 P_5 可扩展为 P_n，称为乘幻方通用代数式基础方阵：

$$P_n=\begin{bmatrix}p_1c_1 & p_1c_2 & \cdots & p_1c_n\\p_2c_1 & p_2c_2 & \cdots & p_2c_n\\\vdots & \vdots & & \vdots\\p_nc_1 & p_nc_2 & \cdots & p_nc_n\end{bmatrix}$$

经验证，方阵 P_n 是构造乘幻方的适宜方阵的最基本条件，适用于前述 6 种排布

规则,因此称它为构造乘幻方的适宜方阵通用必要条件,为区别计,简称为乘幻方通用必要条件。可表述为,乘幻方通用代数式基础方阵的任意两行(列)间的相同列(行)元素之比都相等。

采用 $\boldsymbol{P}_n$ 构造的乘幻方,其幻积 $=\Pi_{i=1}^{5}p_i\Pi_{i=1}^{5}c_i=p_1p_2\cdots p_n c_1 c_2\cdots c_n$。

幻积还可用乘幻方基础方阵的行与列元素表示:

幻积$=$(任意一行元素连乘积)$\times$(任意一列元素连乘积)$\div$(该行列交叉元素)^n

(6)积排序数组的性质。

一个二二(或二分)积排序数组的各元素同乘(或除以)不等于零的数,其积排序不变。

一个三三(或三分)积排序数组的各元素同乘(或除以)不等于零的数,其积排序不变。

一个四四(或四分)积排序数组之各元素同乘(或除以)不等于零的数,其积排序不变。

(7)乘幻方通用基础方阵的建立。在乘幻方通用基础方阵 $\boldsymbol{P}_n=(p_{ij})$ 中,$\dfrac{p_{ij}}{p_{1j}}=\dfrac{p_{i1}}{p_{11}}$,则 $p_{22}=p_{12}\,p_{21}/p_{11}$,$p_{23}=p_{13}\,p_{21}/p_{11}$,$\cdots$

8.3.3 变量乘幻方的构造方法及适宜方阵条件的求解

适宜方阵条件与元素排布规则和幻方阶数类别有关,除通用必要条件外,它往往带有附加条件(含构造时要求)。这些附加条件可在下述构造变量幻方的过程中求解。

(1)首先选择排布规则,采用基础方阵 $\boldsymbol{P}_n$ 排布 n 阶方阵。

(2)假设该 n 阶方阵符合乘幻方要求,列出方程组,求解,即得到各元素间的关系(式)及构造时要求。

(3)将方程组的"解"整理出易操作的条款,作为填入数组适宜方阵的附加条件,并以脚注方式标注在幻方图中,使其成为条件变量乘幻方。

(4)验证。通过构造数字幻方可验证适宜方阵条件,对变量幻方的验证方法有:

1)连乘积表达式查验法,即清查每行、每列,每条对角线与泛对角线上的元素连乘积是否符合幻方要求(对条件变量幻方,应将脚注中的"条件"代入),要求连乘积的表达式完全相同。

2)变量设值验证(对条件变量乘幻方,变量设值应满足脚注中的要求),设值计算后,应得到符合要求的数字乘幻方。

(5)需要说明,上述方法得到的适宜方阵条件均是通过有限阶乘幻方验证,虽然尚未发现不适用的情况,但它不是适用于无限阶乘幻方的证明。由于是按照幻方类别分析的,而同类别幻方的元素分布规律具有相似性,因而本章中关于适用于某阶数类别幻方的论述具有很好的参考性。严格地说,应是"猜想"或"期望"。

本章中构造变量乘幻方时均选择首数列,在构造过程中求解得到适宜方阵附加条件后,还应考虑到选择首数行的情况,以适应数字乘幻方的构造,这也是本章要解决的问题。第1～7章中的有关术语和定义适用于本章。

8.4 按规则3构造$n \neq 3k$奇数阶一般变量完美乘幻方

以5阶乘幻方为例,采用乘幻方通用代数式基础方阵P_5,构造步骤如下:

(1) 用方阵P_5,按照规则3构造的5阶幻方如图8-2所示。

(2) 对图8-2补充计算。其每条泛对角线元素连乘积都等于幻积,因此可判定,图8-2是一般变量完美乘幻方,其变量是$p_1 \sim p_5$、$c_1 \sim c_5$,幻积$= p_1 p_2 p_3 p_4 p_5 c_1 c_2 c_3 c_4 c_5$。

(3) 前述计算说明,按照规则3用P_5构造5阶一般变量完美乘幻方时,无附加条件,构造时无特殊要求。"无特殊要求"指起始数可在适宜方阵中任意选择,且放在幻方的任意位置,可任意选择首数组和可行方向组合。下同。

(4) 适宜方阵条件整理。考虑到对$n \neq 3k$更高奇数阶完美乘幻方、起始数与位置、首数组选择及可行组合的适用性验证,可得出结论,按照规则3构造$n \neq 3k$奇数阶完美乘幻方时,适宜方阵条件就是乘幻方通用必要条件。构造时无附加要求。

(5) 变量设值验证见例8-1,适宜方阵条件验证见例8-2。

【例8-1】 设值验证图8-2是一般变量完美乘幻方,方法如下。

设$c_1=1, c_2=2, c_3=3, c_4=4, c_5=8, p_1=1, p_2=5, p_3=6, p_4=7, p_5=11$,代入图8-2,得到图8-3,计算得到图8-4。经验证,图8-4所示是5阶完美乘幻方,幻积为443 520。所以图8-2是一般变量完美乘幻方。

1×4	11×2	7×8	6×3	5×1
6×8	5×3	1×1	11×4	7×2
11×1	7×4	6×2	5×8	1×3
5×2	1×8	11×3	7×1	6×4
7×3	6×1	5×4	1×2	11×8

图 8-3

4	22	56	18	5
48	15	1	44	14
11	28	12	40	3
10	8	33	7	24
21	6	20	2	88

图 8-4

【例8-2】 自建适宜方阵,按规则3构造7阶完美乘幻方。验证步骤如下。

(1) 建立适宜方阵:任意设第1行数1,2,3,4,5,6,7;第1列数为1,8,9,11,13,19,17。按乘幻方通用必要条件,建立适宜方阵如图8-5所示。图8-5中显示了基础方阵的建立方法。

(2) 起始数选17,可排布在任意位置,如右下角,选17所在列为首数组,ac组合,按照规则3构造的7阶乘幻方如图8-6所示。经验证,它是完美乘幻方。说明前述给出的适宜方阵条件是正确的。

幻积 $=16\ 761\ 064\ 320=1\times2\times3\times4\times5\times6\times7\times8\times9\times11\times13\times19\times17\div1^n$

(3)通过改变起始数、方向组合和行列排序,用图 8-5 可批量构造完美乘幻方。

1×1	1×2	1×3	1×4	1×5	1×6	1×7
8×1	8×2	8×3	8×4	8×5	8×6	8×7
9×1	9×2	9×3	9×4	9×5	9×6	9×7
11×1	11×2	33	44	55	66	77
13×1	13×2	39	52	65	78	91
19×1	19×2	57	76	95	114	133
17×1	17×2	51	68	85	102	119

图 8-5

54	24	7	68	19	65	22
119	76	13	55	18	48	3
11	45	16	6	51	133	52
2	102	57	91	44	9	40
39	77	36	8	5	34	114
32	1	85	38	78	33	63
95	26	66	27	56	4	17

图 8-6

8.5 按照规则 4 构造 $n\neq3k$ 奇数阶一般变量完美乘幻方

以 5 阶乘幻方为例,填入数组用乘幻方代数式基础方阵 P_5,构造步骤如下:

(1)起始数选 P_5 中任意一个数,如 p_2c_1,排布在任意位置,如图 8-7 所示。选起始数所在列为首数组,选任意方向组合,如 $a'a$,按照规则 4 排布的 5 阶方阵如图 8-7 所示。

(2)计算图 8-7:

行连乘积=列连乘积=每条对角线连乘积=每条泛对角线连乘积

(3)由计算可知,图 8-7 是一般变量完美乘幻方,其变量是 $p_1\sim p_5$,$c_1\sim c_5$,幻积为 $p_1p_2p_3p_4p_5c_1c_2c_3c_4c_5$,这说明,用 P_5 按规则 4 构造 5 阶一般变量完美乘幻方时无附加条件。

		$\prod_{i=1}^{5}p_i\prod_{i=1}^{5}c_i$			$\prod_{i=1}^{5}p_i\prod_{i=1}^{5}c_i$
p_3c_3	p_4c_2	p_5c_1	p_1c_5	p_2c_4	
p_5c_5	p_1c_4	p_2c_3	p_3c_2	p_4c_1	
p_2c_2	p_3c_1	p_4c_5	p_5c_4	p_1c_3	
p_4c_4	p_5c_3	p_1c_2	p_2c_1	p_3c_5	
p_1c_1	p_2c_5	p_3c_4	p_4c_3	p_5c_2	
		$\prod_{i=1}^{5}p_i\prod_{i=1}^{5}c_i$			

图 8-7

考虑到 $n\neq3k$ 的更高奇数阶乘幻方、起始数与位置、首数组选择及可行组合适用性验证,可得出结论,按照规则 4 构造 $n\neq3k$ 的奇数阶完美乘幻方时,适宜方阵条件就是乘幻方通用必要条件。构造时无特殊要求。

(4)验证。构造数字乘幻方验证适宜方阵条件,见例 8-3。

【例 8-3】 自建适宜方阵,按规则 4 构造 5 阶完美乘幻方。构造步骤如下:

(1)建立适宜方阵。任意设第 1 行数:1,3,5,7,11;设第 1 列数为"1",2,4,9,8。按乘幻方通用必要条件,建立适宜方阵如图 8-8 所示。

(2)构造时起始数选 1,排布左下角,选 1 所在列为首数列,$a'c$ 组合。按规则 4 构造的完美乘幻方如图 8-9 所示,幻积为 665 280,这说明适宜方阵条件正确。图 8-10 用于检查。

1	3	5	7	11
2	2×3	2×5	2×7	2×11
4	4×3	4×5	4×7	4×11
9	9×3	9×5	9×7	9×11
8	8×3	8×5	8×7	8×11

图 8-8

12	63	8	5	22
40	11	6	28	9
14	4	45	88	3
99	24	7	2	20
1	10	44	27	56

图 8-9

4×3	9×7	8	5	2×11
8×5	11	2×3	4×7	9
2×7	4	9×5	8×11	3
9×11	8×3	7	2	4×5
1	2×5	4×11	9×3	8×7

图 8-10

8.6 按规则 5 构造 $n \neq 3k$ 奇数阶一般变量完美乘幻方

以 5 阶乘幻方为例,填入数组用乘幻方代数式基础方阵 $\boldsymbol{P}_5$,步骤如下。

(1)起始数选 $\boldsymbol{P}_5$ 中任意一个数,如 p_1c_1,排布在任意位置,如图 8-11 所示。选起始数所在列为首数组,选任意方向组合,如 $a'b'$,按照规则 5 排布的 5 阶方阵如图 8-11 所示。

(2)计算图 8-11:

行连乘积=列连乘积=每条对角线连乘积=每条泛对角线连乘积

(3)计算可知,图 8-11 所示是 5 阶一般变量完美乘幻方,其变量是 $p_1 \sim p_5$、$c_1 \sim c_5$,幻积为 $p_1p_2p_3p_4p_5c_1c_2c_3c_4c_5$,这说明用 $\boldsymbol{P}_5$ 按规则 5 构造 5 阶一般变量完美乘幻方时无附加条件。

$\prod_{i=1}^{5} p_i \prod_{i=1}^{5} c_i$					$\prod_{i=1}^{5} p_i \prod_{i=1}^{5} c_i$
p_2c_2	p_3c_5	p_4c_3	p_5c_1	p_1c_4	
p_4c_1	p_5c_4	p_1c_2	p_2c_5	p_3c_3	
p_1c_5	p_2c_3	p_3c_1	p_4c_4	p_5c_2	$\prod_{i=1}^{5} p_i \prod_{i=1}^{5} c_i$
p_3c_4	p_4c_2	p_5c_5	p_1c_3	p_2c_1	
p_5c_3	p_1c_1	p_2c_4	p_3c_2	p_4c_5	
					$\prod_{i=1}^{5} p_i \prod_{i=1}^{5} c_i$

图 8-11

(4)适宜方阵条件整理。考虑到 $n \neq 3k$ 的更高奇数阶乘幻方、起始数与位置、首数组选择及可行组合适用性验证,可得出结论,按照规则 5 构造 $n \neq 3k$ 的奇数阶完美乘幻方时,适宜方阵条件就是乘幻方通用必要条件。构造时无特殊要求。

(5)验证适宜方阵条件,见例 8-4。

【例 8-4】 自建适宜方阵,按规则 5 构造 5 阶完美乘幻方,验证适宜方阵条件。步骤如下。

(1)建立适宜方阵:任意设第 1 行数:1,5,6,7,11,设第 1 列数为"1",2,3,4,8。按适宜方阵条件建立的适宜方阵如图 8-12 所示。

(2)构造时起始数选 1,排布左下角,选 1 所在列为首数列,$a'b'$ 组合。按规则 5 构造的完美乘幻方如图 8-13 所示,幻积为 443 520,这说明适宜方阵条件是正确的。

1	5	6	7	11
2	10	12	14	22
3	15	18	21	33
4	20	24	28	44
8	40	48	56	88

图 8-12

33	24	8	7	10
56	5	22	18	4
12	3	28	40	11
20	88	6	2	21
1	14	15	44	48

图 8-13

8.7 按排布规则 6 构造 4 阶一般变量一般乘幻方

(1)首数方向是马步的 a,b,e,f 时。

1)选任意方向组合,如 ab,选 P_4 中的 p_1c_1 为共用起始元素,排布在幻方副 2 格线上,如左下角。选 p_1c_1 所在列为首数组,按规则 6 排布的 4 阶方阵如图 8-14 所示。

2)计算图 8-14:

$$\text{行连乘积} = \text{列连乘积} = \text{每条对角线连乘积} = \Pi_{i=1}^{4} p_i \Pi_{i=1}^{4} c_i$$

其泛对角线连乘积中有不等于 $\Pi_{i=1}^{4} p_i \Pi_{i=1}^{4} c_i$ 者。说明图 8-14 所示是一般变量一般乘幻方,其变量是 $p_1 \sim p_4$、$c_1 \sim c_4$,幻积为 $p_1 p_2 p_3 p_4 c_1 c_2 c_3 c_4$。

	$\Pi_{i=1}^{4} p_i \Pi_{i=1}^{4} c_i$			$\Pi_{i=1}^{4} p_i \Pi_{i=1}^{4} c_i$
p_3c_4	p_4c_1	p_1c_3	p_2c_2	$\Pi_{i=1}^{4} p_i \Pi_{i=1}^{4} c_i$
p_2c_3	p_1c_2	p_4c_4	p_3c_1	
p_4c_2	p_3c_3	p_2c_1	p_1c_4	
p_1c_1	p_2c_4	p_3c_2	p_4c_3	$\Pi_{i=1}^{4} p_i \Pi_{i=1}^{4} c_i$
*存在 $p_1p_4 \neq p_2p_3$ 或 $c_1c_4 \neq c_2c_3$

图 8-14

(2)首数方向是马步的 c、d、g、h 时。

1)选任意方向组合,如 dc,选 P_4 中的 p_1c_1 为共用起始元素,排布在幻方主 2 格线上,如右下角。选 p_1c_1 所在列为首数组,按规则 6 排布的 4 阶方阵如图 8-15 所示。

2)计算图 8-15：

$$行连乘积＝列连乘积＝每条对角线连乘积＝\Pi_{i=1}^{5}p_i\Pi_{i=1}^{5}c_i$$

其泛对角线连乘积中有不等于 $\Pi_{i=1}^{5}p_i\Pi_{i=1}^{5}c_i$ 者。说明图 8-15 是一般变量一般乘幻方，其变量是 $p_1\sim p_4, c_1\sim c_4$，幻积等于 8 个变量的连乘积。仔细观察，图 8-14 右翻 $180°$ 即是图 8-15。

	$\Pi_{i=1}^{4}p_i\Pi_{i=1}^{4}c_i$				$\Pi_{i=1}^{4}p_i\Pi_{i=1}^{4}c_i$
	p_2c_2	p_1c_3	p_4c_1	p_3c_4	
	p_3c_1	p_4c_4	p_1c_2	p_2c_3	
	p_1c_4	p_2c_1	p_3c_3	p_4c_2	$\Pi_{i=1}^{4}p_i\Pi_{i=1}^{4}c_i$
	p_4c_3	p_3c_2	p_2c_4	p_1c_1	
^a存在$p_1p_4\ne p_2p_3$ 或$c_1c_4\ne c_2c_3$					$\Pi_{i=1}^{4}p_i\Pi_{i=1}^{4}c_i$

图 8-15

(3)适宜方阵条件整理。经过多种组合验证，可得出结论，按照规则 6 构造 4 阶一般变量一般乘幻方时，适宜方阵条件应同时符合以下 3 条要求：

1)乘幻方通用必要条件；

2)不符合"每行每列都对折积相等"；

3)构造时，共用起始数应选适宜方阵中的"p_1c_1"，并排布在幻方副 2 格线上(当首数方向为 a,b,e,f 时)或主 2 格线上(当首数方向为 c,d,g,h 时)。

特别说明，当适宜方阵第 1 行(或列)的元素无论怎样排列都不符合对折积相等时，共用起始数可选择适宜方阵中的任意一个数。

(4)适宜方阵条件的验证，见例 8-5。

【例 8-5】 自建适宜方阵，按规则 6 构造 4 阶一般乘幻方。构造步骤如下：

(1)建立适宜方阵：设第 1 行数为 1,2,3,4，第 1 列数为"1"，5,6,7，按适宜方阵条件建立的适宜方阵如图 8-16 所示。

图 8-16   图 8-17

(2)选 ab 组合，选 1 为共用起始数，排布在左下角，首数组直士马士马步，按规则 6 构造的 4 阶方阵如图 8-17 所示，经验算，它是一般乘幻方，幻积为 5040，说明前述适宜方阵条件正确。

(3)说明：由于图 8-16 第 1 行的 4 个元素无论怎样排列都不符合对折积相等，因此构造时共用起始数可选择图 8-16 中任意一个数。读者可自行验证。

加幻方与乘幻方构造法 —— 源自方程组的解

(5)利用规则6,通过合成法能够构造下列阶数的一般变量一般乘幻方:16阶、20阶、28阶、44阶、52阶、64阶,……具体方法步骤见例8-6。

【例8-6】 用26个字母和6个汉字作变量,构造16阶一般变量一般乘幻方。

(1)建立16阶乘幻方适宜方阵,如图8-18所示,经验算,它是适宜方阵。

1)将该16阶方阵划分为 16 个 4×4 小区块。并依次编号为 1♯～16♯。经验算,每个小区块均符合乘幻方通用必要条件。

2)用1♯～16♯符号排成4阶方阵。选"1♯"为共用起始数,排布在左下角。选1♯所在列为首数组(直士)ab组合。按照规则6构造4阶一般变量一般乘幻方,如模板图8-19所示。

(2)构造步骤。

1)画好16阶幻方框,并划分成16个4×4区块,如图8-20所示。每个小区块的编号与图8-19模板中的号码相对应,如左上角小区块编号为12♯,与模板一致。

2)在适宜方阵图8-18中,选1♯区块的填入数组,在16阶幻方图8-20中的1♯区块位置(左下角区块)构造4阶乘幻方(或构造4阶乘幻方后,拷贝到图8-20的1♯区块内)。构造时的要求宜与构造图8-19时的要求相同。

	甲a	甲b	甲c	甲d	甲e	甲f	甲g	甲h	甲i	甲j	甲k	甲l	甲m	甲n	甲o	甲p	
	qa	qb	qc	qd	qe	qf	qg	qh	qi	qj	qk	ql	qm	qn	qo	qp	
1#	ra	rb	rc	rd	re	rf	rg	rh	ri	rj	rk	rl	rm	rn	ro	rp	4#
	sa	sb	sc	sd	se	sf	sg	sh	si	sj	sk	sl	sm	sn	so	sp	
	ta	tb	tc	td	te	tf	tg	th	ti	tj	tk	tl	tm	tn	to	tp	
5#	ua	ub	uc	ud	ue	uf	ug	uh	ui	uj	uk	ul	um	un	uo	up	8#
	va	vb	vc	vd	ve	vf	vg	vh	vi	vj	vk	vl	vm	vn	vo	vp	
	wa	wb	wc	wd	we	wf	wg	wh	wi	wj	wk	wl	wm	wn	wo	wp	
	xa	xb	xc	xd	xe	xf	xg	xh	xi	xj	xk	xl	xm	xn	xo	xp	
9#	ya	yb	yc	yd	ye	yf	yg	yh	yi	yj	yk	yl	ym	yn	yo	yp	12#
	za	zb	zc	zd	ze	zf	zg	zh	zi	zj	zk	zl	zm	zn	zo	Zp	
	东a	东b	东c	东d	东e	东f	东g	东h	东i	东j	东k	东l	东m	东n	东o	东p	
	西a	西b	西c	西d	西e	西f	西g	西h	西i	西j	西k	西l	西m	西n	西o	西p	
13#	南a	南b	南c	南d	南e	南f	南g	南h	南i	南j	南k	南l	南m	南n	南o	南p	16#
	北a	北b	北c	北d	北e	北f	北g	北h	北i	北j	北k	北l	北m	北n	北o	北p	
	中a	中b	中c	中d	中e	中f	中g	中h	中i	中j	中k	中l	中m	中n	中o	中p	

图 8-18

12♯	13♯	3♯	6♯
7♯	2♯	16♯	9♯
14♯	11♯	5♯	4♯
1♯	8♯	10♯	15♯

图 8-19

		zp	东m	xo	yn	北d	中a	西a	南b	rl	si	甲k	qi	vh	we	tg	uf	
		yo	xn	东p	zm	南c	西b	中d	北a	qk	甲j	sl	ri	ug	tf	wh	ve	
12#	东n	zo	ym	xp	中b	北c	南a	东d	sj	rk	qi	甲l	wf	vg	ue	th	6#
	xm	yp	zn	东o	西a	南d	北b	中c	甲i	ql	rj	sk	te	uh	vf	wg	
	vl	wi	tk	uj	rh	se	甲g	gf	北p	中m	西o	南n	zd	东o	xc	yb	
7#	uk	tj	wl	vi	qg	甲f	sh	re	南o	西n	中p	北m	yc	xb	东d	za	9#
	wj	vk	ui	tl	sf	rg	qe	甲h	中n	北o	南m	西p	东b	zc	ya	xd	
	ti	ul	vj	wk	甲e	qh	rf	sg	西m	南p	北n	中o	xa	yd	zb	东c	
	北h	中e	西g	南f	zl	xi	xk	yj	vd	wa	tc	ub	rp	sm	甲o	qn	
14#	南g	西f	中h	北e	yk	xj	东l	zi	uc	tb	wd	va	go	甲n	sp	rm	4#
	中f	北g	南e	西h	东j	zk	yi	xl	wb	vc	ua	td	sn	ro	qm	甲p	
	西e	南h	北f	中g	xi	yl	zj	东k	ta	ud	vb	wc	甲m	qp	rn	so	
		rd	sa	甲c	qb	vp	wm	to	un	zh	东e	xg	yf	北l	中i	西k	南j	
1#	qc	甲b	sd	ra	uo	tn	wp	vm	yg	xf	东h	ze	南k	西j	中l	北i	15#
	sb	rc	qa	甲d	wn	vo	um	tp	东f	zg	ye	xh	中j	北k	南i	西l	
	甲a	qd	rb	sc	tm	up	vn	wo	xe	yh	zf	东g	西i	南l	北j	中k	

图 8-20

3）同样方法，依次选择图 8-18 中 2♯～16♯ 区块的填入数，分别在幻方框图 8-20 中的 2♯～16♯ 位置构造 4 阶乘幻方。构造时的要求均宜相同。

（3）检查、验证，若无误，则图 8-20 即是所构造的 16 阶一般变量一般乘幻方。变量是 26 个英文字母和东、西、南、北、中、甲，计 32 个变量。

幻积为 $abcdefghijklmnopqrstuvwxyz \cdot$ 东 $\cdot$ 西 $\cdot$ 南 $\cdot$ 北 $\cdot$ 中 $\cdot$ 甲。

（4）说明：若给 32 个变量设值，代入图 8-20 中，每一格乘计算，则得到一个 16 阶数字乘幻方（图略）。

8.8 按规则 1 构造奇数阶条件变量一般乘幻方

以 3 阶乘幻方为例，填入数用乘幻方通用代数式基础方阵 P_3，构造步骤如下：

（1）起始数可选 P_3 中任意一个数，如 p_2c_1，可排布在任意位置，如图 8-21 所示，可选其所在列为首数组，可选任意方向组合，如 $135°\times 45°$。按规则 1 排布的 3 阶方阵如图 8-21 所示。

	$\prod_{i=1}^{3} p_i \prod_{i=1}^{3} c_i$			$p_3 p_3 \prod_{i=1}^{3} c_i$
	$p_1 c_3$	$p_2 c_2$	$p_3 c_1$	
	$p_2 c_1$	$p_3 c_3$	$p_1 c_2$	$\prod_{i=1}^{3} p_i \prod_{i=1}^{3} c_i$
	$p_3 c_2$	$p_1 c_1$	$p_2 c_3$	
要求	$\begin{cases} p_3 p_3 = p_1 p_2 \\ c_3 c_3 = c_1 c_2 \end{cases}$			$c_3 c_3 c_3 \prod_{i=1}^{3} p_i$

图 8-21

（2）对方阵图 8-21 计算：

加幻方与乘幻方构造法 —— 源自方程组的解

行连乘积＝列连乘积＝$\prod_{i=1}^{3} p_i \prod_{i=1}^{3} c_i$

主对角线连乘积＝$c_3 c_3 c_3 \prod_{i=1}^{3} p_i$

副对角线上连乘积＝$p_3 p_3 p_3 \prod_{i=1}^{3} c_i$

(3)假设图 8-21 是一般乘幻方,由上述计算得到方程组:

$$\begin{cases} p_3 p_3 p_3 \prod_{i=1}^{3} c_i = \prod_{i=1}^{3} p_i \prod_{i=1}^{3} c_i \\ c_3 c_3 c_3 \prod_{i=1}^{3} p_i = \prod_{i=1}^{3} p_i \prod_{i=1}^{3} c_i \end{cases}$$

解 因所有变量$\neq 0$,前式两边消去 $\prod_{i=1}^{3} c_i$,代入 $\prod_{i=1}^{3} p_i$,得 $p_3 p_3 p_3 = p_1 p_2 p_3$,即式(8.1)。

后式两边消去 $\prod_{i=1}^{3} p_i$,代入 $\prod_{i=1}^{3} c_i$,得 $c_3 c_3 c_3 = c_1 c_2 c_3$,消去相同因子,开平方,得式(8.2)。

$$\begin{cases} p_3 = \pm(p_1 p_2)^{1/2} & (8.1) \\ c_3 = \pm(c_1 c_2)^{1/2} & (8.2) \end{cases}$$

将式(8.1)、式(8.2)代入方程组,全满足,它们是方程组的解。这说明图 8-21 是 3 阶条件变量一般乘幻方,变量是 $p_1 \sim p_3$、$c_1 \sim c_3$,幻积为 $p_1 p_2 p_3 c_1 c_2 c_3$。式(8.1)表示 P_3 中第 3 行是 3 次方根元素行,式(8.2)表示 P_3 中第 3 列是 3 次方根元素列,二者的交叉元素 $p_3 c_3$ 在幻方正中心。也就是说,方程组的解与构造时要求可作为构造 3 阶一般乘幻方应具有的附加条件。

(4)适宜方阵条件整理。考虑到较高奇数阶幻方、起始数与位置、首数组选择及可行组合的适用性验证,可得到结论,按照规则 1 构造奇数阶一般乘幻方时,适宜方阵条件应同时符合乘幻方通用必要条件、方阵中同时存在 n 次方根元素行与 n 次方根元素列,构造时应将 n 次方根元素行与 n 次方根元素列的交叉元素排布在幻方正中心。

(5)适宜方阵条件的验证,见例 8-7 和例 8-8。

【**例 8-7**】 自建适宜方阵,按照规则 1 构造 3 阶一般乘幻方,步骤如下。

(1) 建立适宜方阵。设第 1 行数为 $1, 4, \pm 2$(算出 $\pm 2 = \pm 4^{1/2}$)。

设第 1 列数为 $1, 9, \pm 3$(算出 $\pm 3 = \pm 9^{1/2}$)。

可建立 4 个适宜方阵,如图 8-22、图 8-24、图 8-26、图 8-28 所示。

(2)选方向组合 $135°\times 45°$。

1)采用图 8-22,因 $6^3 = 3 \times 12 \times 6 = 2 \times 18 \times 6$,所以第 3 行是 3 次方根元素行,第 3 列是 3 次方根元素列,交叉元素是 6。构造时先将 6 排布在幻方正中心,选 6 所在列为首数组,再按规则 1 排布,即按 135°填首数组"6"、2、18,按 45°填各组非首数。这样构造的 3 阶一般乘幻方如图 8-23 所示,幻积＝1×9×3×4×2＝216,说明适宜方阵条件是适宜的。

1×1	1×4	1×2
9×1	9×4	9×2
3×1	3×4	3×2

图 8-22

2	36	3
9	6	4
12	1	18

图 8-23

1×1	1×4	−2×1
9×1	9×4	−2×9
3×1	3×4	−2×3

图 8-24

−2	36	3
9	−6	4
12	1	−18

图 8-25

2) 同样,采用图 8-24、图 8-26、图 8-28,分别构造的 3 阶一般乘幻方如图 8-25、图 8-27、图 8-29 所示。幻积分别为−216,−216,216。

1×1	1×4	1×2
9×1	9×4	9×2
−3×1	−3×4	−3×2

图 8-26

2	36	−3
9	−6	4
−12	1	18

图 8-27

1×1	1×4	1×(−2)
9×1	9×4	9×(−2)
−3×1	−3×4	−3×(−2)

图 8-28

−2	36	−3
9	6	4
−12	1	−18

图 8-29

说明:以下所有变量均设为正值,不再讨论元素存在负值的情况。

【例 8-8】 自建适宜方阵,按照规则 1 构造 5 阶一般乘幻方,构造步骤如下:

(1) 建立适宜方阵:设第 1 行数为 1,2,8,16,4,其中 $4=(1\times2\times8\times16)^{1/4}$,4 是第 1 行的 5 次方根元素。设第 1 列数为"1",3,27,81,9,其中 $9=(1\times3\times27\times9^2)^{1/4}$,9 是第 1 列的 5 次方根元素。根据乘幻方通用必要条件,计算出适宜方阵,如图 8-30 所示,图中,6＝2×3,24＝8×3,…其中第 5 列是 5 次方根元素列,第 5 行是 5 次方根元素行,二者交叉数是 36。

(2) 构造时,将 36 排布在幻方正中心,选 36 所在列为首数组,方向组合 135°×45°。

(3) 按规则 1 排布,构造的 5 阶一般乘幻方如图 8-31 所示,幻积为 60 466 176。

1	2	8	16	4
3	6	24	48	12
27	54	216	432	108
81	162	648	1296	324
9	18	72	144	36

图 8-30

12	648	1	432	18
162	4	216	9	48
16	54	36	24	81
27	144	6	324	8
72	3	1296	2	108

图 8-31

8.9 按规则 2 构造 $n\neq3k$ 奇数阶条件变量一般乘幻方

以 5 阶乘幻方为例,采用乘幻方通用代数式基础方阵 P_5,构造步骤如下:

(1) 起始数可选 P_5 中任意一个数,如 p_4c_4,可排布在任意位置,如右下角,可选其所在列为首数组,可选任意方向组合,如 $a45°$。按规则 2 排布的 5 阶方阵如图 8-32

加幻方与乘幻方构造法 —— 源自方程组的解

所示。

		$\prod_{i=1}^{5}p_i\prod_{i=1}^{5}c_i$			$(p_5)^5\prod_{i=1}^{5}c_i$
p_1c_1	p_2c_5	p_3c_4	p_4c_3	p_5c_2	
p_2c_4	p_3c_3	p_4c_2	p_5c_1	p_1c_5	
p_3c_2	p_4c_1	p_5c_5	p_1c_4	p_2c_3	$\prod_{i=1}^{5}p_i\prod_{i=1}^{5}c_i$
p_4c_5	p_5c_4	p_1c_3	p_2c_2	p_3c_1	
p_5c_3	p_1c_2	p_2c_1	p_3c_5	p_4c_4	
要求 $(p_5)^4=p_1p_2p_3p_4$					$\prod_{i=1}^{5}p_i\prod_{i=1}^{5}c_i$

图 8-32

(2) 对图 8-32 计算：

行连乘积＝列连乘积＝主对角线连乘积＝$\prod_{i=1}^{5}p_i\prod_{i=1}^{5}c_i$

副对角线连乘积＝$(p_5)^5\prod_{i=1}^{5}c_i$

方阵 $\boldsymbol{P}_5$ 的第 5 行元素全部在副对角线上。

(3) 若设图 8-32 是条件变量一般乘幻方，由上述计算可得方程为

$$p_5p_5p_5p_5\prod_{i=1}^{5}c_i=\prod_{i=1}^{5}p_i\prod_{i=1}^{5}c_i$$

解 两端消去 $\prod_{i=1}^{5}c_i$，代入 $\prod_{i=1}^{5}p_i$，化简得

$$(p_5)^4=p_1p_2p_3p_4 \tag{8.3}$$

将式(8.3)代入方程，两边相等，方程成立，它是方程的解。这说明图 8-32 是一个 5 阶条件变量一般幻方，其变量是 $p_1\sim p_5$、$c_1\sim c_5$，要求 $(p_5)^4=p_1p_2p_3p_4$，幻积＝$\prod_{i=1}^{5}p_i\prod_{i=1}^{5}c_i$。式(8.3)表示 $\boldsymbol{P}_5$ 的第 5 行是 5 次方根元素行。也就是说，$\boldsymbol{P}_5$ 中存在一个 5 次方根元素行，且构造时应排布在与组内数方向一致的对角线上，可作为按规则 2 构造一般乘幻方应具有的附加条件。

(4) 适宜方阵条件整理。考虑到 $n\neq 3k$ 较高奇数阶乘幻方、起始数与位置、首数组选择及可行组合的适用性验证，可得到结论，按照规则 2 构造 $n\neq 3k$ 的奇数阶一般乘幻方时，适宜方阵条件应同时符合以下两个要求：

1) 乘幻方通用必要条件。

2) 方阵中存在一个 n 次方根元素行（或列，或者兼而有之）。构造时起始数应取该行（或列）中的任意一个元素，将其排布在幻方正中心，并相应选择首数列（或行）。

(5) 构造数字乘幻方验证，见例 8-9。

【例 8-9】 自建适宜方阵，按照规则 2 构造 5 阶一般乘幻方，步骤如下。

(1) 建立适宜方阵：第 1 行可任意选 1,3,5,7,9；设第 1 列数为 1,2,8,16,4，第 5 位的 $4=(1\times 2\times 8\times 16)^{1/4}$（是第 1 列的 5 次方根元素，本例取正值）。据乘幻方通用必要条件，建立适宜方阵如图 8-33 所示，其中第 5 行是 5 次方根元素行。

(2) 构造时，应选第 5 行（5 次方根元素行）中的任意一个数（如 20）为起始数，排布在幻方正中心，选 20 所在列为首数列。选方向组合 $a45°$，按规则 2 构造的 5 阶一

般乘幻方如图 8-34 所示，幻积为 967 680，说明适宜方阵条件适宜的。

(3)说明：构造时也可先选方向组合，将起始数排布在与组内数方向一致的对角线上。

1	3	5	7	9
2	6	10	14	18
8	24	40	56	72
16	48	80	112	144
4	12	20	28	36

图 8-33

7	10	24	16	36
6	8	144	28	5
72	112	20	3	2
80	12	1	18	56
4	9	14	40	48

图 8-34

8.10 按规则 2 构造 $n=3k>3$ 奇数阶条件变量一般乘幻方

以 9 阶乘幻方为例，采用乘幻方通用代数式基础方阵 P_9，构造步骤如下：

(1)起始数选 P_9 中任意一个数，如 p_1c_1，放在任意位置，如图 8-35 所示，选其所在列为首数组，可选任意方向组合，如 $a45°$。按照规则 2 排布的 9 阶方阵如图 8-35 所示。

(2)对方阵图 8-35 计算：

行元素连乘积＝列元素连乘积＝$\prod_{i=1}^{9} p_i \prod_{i=1}^{9} c_i$

主对角线元素连乘积＝$\prod_{i=1}^{9} p_i (c_2 c_5 c_8)^3$

副对角线元素连乘积＝$(p_9)^9 \prod_{i=1}^{9} c_i$

				$\prod_{i=1}^{9} p_i \prod_{i=1}^{9} c_i$					$(p_9)^9 \prod_{i=1}^{9} c_i$
p_1c_8	p_2c_7	p_3c_6	p_4c_5	p_5c_4	p_6c_3	p_7c_2	p_8c_1	p_9c_9	
p_2c_6	p_3c_5	p_4c_4	p_5c_3	p_6c_2	p_7c_1	p_8c_9	p_9c_8	p_1c_7	
p_3c_4	p_4c_3	p_5c_2	p_6c_1	p_7c_9	p_8c_8	p_9c_7	p_1c_6	p_2c_5	
p_4c_2	p_5c_1	p_6c_9	p_7c_8	p_8c_7	p_9c_6	p_1c_5	p_2c_4	p_3c_3	$\prod_{i=1}^{9} p_i \prod_{i=1}^{9} c_i$
p_5c_9	p_6c_8	p_7c_7	p_8c_6	p_9c_5	p_1c_4	p_2c_3	p_3c_2	p_4c_1	
p_6c_7	p_7c_6	p_8c_5	p_9c_4	p_1c_3	p_2c_2	p_3c_1	p_4c_9	p_5c_8	
p_7c_5	p_8c_4	p_9c_3	p_1c_2	p_2c_1	p_3c_9	p_4c_8	p_5c_7	p_6c_6	
p_8c_3	p_9c_2	p_1c_1	p_2c_9	p_3c_8	p_4c_7	p_5c_6	p_6c_5	p_7c_4	
p_9c_1	p_1c_9	p_2c_8	p_3c_7	p_4c_6	p_5c_5	p_6c_4	p_7c_3	p_8c_2	
要求 $\begin{cases}(p_9)^8=p_1p_2p_3p_4p_5p_6p_7p_8\\(c_2c_5c_8)^2=c_1c_3c_4c_6c_7c_9\end{cases}$									$\prod_{i=1}^{9} p_i (c_2c_5c_8)^3$

图 8-35

(3)假设图 8-35 是条件变量一般幻方，由上述计算可得到方程组：

$$\begin{cases}(p_9)^9 \prod_{i=1}^{9} c_i = \prod_{i=1}^{9} p_i \prod_{i=1}^{9} c_i \\ (c_2 c_5 c_8)^3 \prod_{i=1}^{9} p_i = \prod_{i=1}^{9} p_i \prod_{i=1}^{9} c_i \end{cases}$$

加幻方与乘幻方构造法 —— 源自方程组的解

解 第 1 式两端消去 $\Pi_{i=1}^{9} c_i$，代入 $\Pi_{i=1}^{9} p_i$，化简得 $(p_9)^8 = p_1 p_2 p_3 p_4 p_5 p_6 p_7 p_8$。
第 2 式两端消去 $\Pi_{i=1}^{9} p_i$，代入 $\Pi_{i=1}^{9} c_i$，化简得 $(c_2 c_5 c_8)^2 = c_1 c_3 c_4 c_6 c_7 c_9$，即

$$\begin{cases} (p_9)^8 = p_1 p_2 p_3 p_4 p_5 p_6 p_7 p_8 & (8.4) \\ (c_2 c_5 c_8)^2 = c_1 c_4 c_7 c_3 c_6 c_9 & (8.5) \end{cases}$$

式(8.5)表示，每行是三三积排序(当 $c_2 c_5 c_8 = c_1 c_4 c_7$ 时)或者 258 积排序(当 $c_2 c_5 c_8 \neq c_1 c_4 c_7$ 时)。式(8.4)表示第 9 行是 9 次方根元素行。

将式(8.4)、式(8.5)代入方程组，全满足，它们是方程组的解。这说明图 8-35 是一个条件变量一般幻方，其变量是 $p_1 \sim p_8$，$c_1 \sim c_9$，要求同时符合式(8.4)、式(8.5)，并标注在脚注中。此时，幻方正中心是第 9 行(9 次方根元素行)中构成三分积排序的元素。也就是说，该解与构造时要求可作为按照规则 2 构造 9 阶一般乘幻方应具有的附加条件。

(4)适宜方阵条件整理。考虑到对 $n = 3k > 3$ 更高奇数阶乘幻方、起始数与位置、首数组选择及可行组合的适用性验证，可得出结论，按照规则 2 构造 $n = 3k > 3$ 的奇数阶一般乘幻方时，适宜方阵条件应同时符合以下两个要求：

1)乘幻方通用必要条件。

2)方阵中有三三积排序或者有 147(或 258 或 369)积排序的 n 次方根元素行(或列，或兼而有之)。构造时起始元素应相应选取该行(或列)中任意一位元素(当其是三三积排序时)或者第 1,4,7(或第 2,5,8 或第 3,6,9)，…位元素，排布在幻方正中心，相应选择首数列(或行)。

(5)验证适宜方阵条件，见例 8-10。

【例 8-10】 自建适宜方阵，按规则 2 构造 9 阶一般乘幻方，构造步骤如下：

建立适宜方阵如图 8-36 所示。因 $6^8 = 1 \times 2 \times 3 \times 4 \times 8 \times 9 \times 27 \times 36$，所以"6"是第 1 列的 9 次方根元素，"6"所在行(第 9 行)是 9 次方根元素行。又因 $1 \times 25 \times 630 = 5 \times 35 \times 90 = 7 \times 125 \times 18$，所以第 1 行是三三积排序，第 9 行也是三三积排序。构造时选第 9 行中的 6×25 为起始数，排布在幻方正中心。选 6×25 所在列为首数组，方向组合 $a45°$，按规则 2 构造的 9 阶一般乘幻方如图 8-37 所示。

幻积 $= 8 \times 27^5 \times 7^3 \times 10^9 = 6^9 \times 25^3 \times 630^3 = 39\,373\,400\,808\,000\,000\,000$

图 8-37 为便于计算幻积的表达式，格中未计算结果。

1	5	7	25	35	125	630	90	18
2	2×5	2×7	2×25	2×35	2×125	2×630	2×90	2×18
3	3×5	3×7	3×25	3×35	3×125	3×630	3×90	3×18
4	4×5	4×7	4×25	4×35	4×125	4×630	4×90	4×18
8	8×5	8×7	8×25	8×35	8×125	8×630	8×90	8×18
9	9×5	9×7	9×25	9×35	9×125	9×630	9×90	9×18
27	27×5	27×7	27×25	27×35	3375	17010	27×90	27×18
36	36×5	36×7	36×25	36×35	4500	22680	36×90	36×18
6	6×5	6×7	6×25	6×35	6×125	6×630	6×90	6×18

图 8-36

630	2×125	3×35	4×25	8×7	9×5	27	36×18	6×90
2×35	3×25	4×7	8×5	9	27×18	36×90	6×630	125
3×7	4×5	8	9×18	27×90	22680	6×125	35	2×25
4	8×18	9×90	17010	4500	6×35	25	2×7	3×5
8×90	9×630	3375	36×35	6×25	7	2×5	3	4×18
9×125	27×35	36×25	6×7	5	2	3×18	4×90	8×630
27×25	36×7	6×5	1	2×18	3×90	4×630	8×125	9×35
36×5	6	18	2×90	3×630	4×125	8×35	9×25	27×7
6×18	90	2×630	3×125	4×35	8×25	9×7	27×5	36

图 8-37

8.11 按规则 3 构造 $n \neq 3k$ 双偶数阶条件变量完美乘幻方

以 4 阶乘幻方为例,用乘幻方通用代数式基础方阵 $\boldsymbol{P}_4$,构造步骤如下:

(1) 起始数选 $\boldsymbol{P}_4$ 中任意一个数,如 p_1c_1,排布在任意位置,如左下角。选 p_1c_1 所在列为首数组,选任意可行组合,如 ab,按照规则 3 排布的 4 阶方阵如图 8-38 所示。

$(c_1c_3)^2\prod_{i=1}^{4}p_i$	$(c_2c_4)^2\prod_{i=1}^{4}p_i$			$\prod_{i=1}^{4}p_i\prod_{i=1}^{4}c_i$
p_4c_3	p_2c_4	p_4c_1	p_2c_2	$(p_2p_4)^2\prod_{i=1}^{4}c_i$
p_3c_1	p_1c_2	p_3c_3	p_1c_4	$(p_1p_3)^2\prod_{i=1}^{4}c_i$
p_2c_3	p_4c_4	p_2c_1	p_4c_2	
p_1c_1	p_3c_2	p_1c_3	p_3c_4	
要求 $\begin{cases} p_1p_3=p_2p_4 \\ c_1c_3=c_2c_4 \end{cases}$				$\prod_{i=1}^{4}p_i\prod_{i=1}^{4}c_i$

图 8-38

(2) 计算方阵图 8-38:

主(副)对角线连乘积 $= \prod_{i=1}^{4}p_i\prod_{i=1}^{4}c_i$

每条泛对角线连乘积 $= \prod_{i=1}^{4}p_i\prod_{i=1}^{4}c_i$

行连乘积交替 $= (p_1p_3)^2\prod_{i=1}^{4}c_i$ 和 $(p_2p_4)^2\prod_{i=1}^{4}c_i$

列连乘积交替 $= (c_1c_3)^2\prod_{i=1}^{4}p_i$ 和 $(c_2c_4)^2\prod_{i=1}^{4}p_i$

(3) 假设图 8-38 所示是完美乘幻方,由上述计算可得到方程组:

$$\begin{cases} (p_1p_3)^2\prod_{i=1}^{4}c_i = \prod_{i=1}^{4}p_i\prod_{i=1}^{4}c_i \\ (p_2p_4)^2\prod_{i=1}^{4}c_i = \prod_{i=1}^{4}p_i\prod_{i=1}^{4}c_i \\ (c_1c_3)^2\prod_{i=1}^{4}p_i = \prod_{i=1}^{4}p_i\prod_{i=1}^{4}c_i \\ (c_2c_4)^2\prod_{i=1}^{4}p_i = \prod_{i=1}^{4}p_i\prod_{i=1}^{4}c_i \end{cases}$$

解 因方程中变量$\neq 0$,由前二式左边相等,约去$\Pi_{i=1}^{4}c_i$,开二次方,去括号,得式(8.6)。

由后二式左边相等,约去$\Pi_{i=1}^{4}p_i$,开二次方,去括号,得(8.7),即

$$\begin{cases} p_1 p_3 = p_2 p_4 & (8.6) \\ c_1 c_3 = c_2 c_4 & (8.7) \end{cases}$$

将式(8.6)、式(8.7)代入方程组,全满足,它们是方程组的解。这说明图 8-36 是 4 阶条件变量完美乘幻方,其变量是 $p_1 \sim p_4, c_1 \sim c_4$,要求同时满足式(8.6)、式(8.7),并标注在脚注中。也就是说,该解与构造时要求可作为构造 4 阶完美乘幻方应具有的附加条件。

(4)适宜方阵条件整理。考虑到对 $n \neq 3k$ 较高双偶数阶乘幻方、起始数与位置、首数组选择及可行组合的适用性验证,可得出结论,按照规则 3 构造 $n \neq 3k$ 双偶数阶条件变量完美乘幻方时,适宜方阵条件应同时符合乘幻方通用必要条件、每行与每列都是二二积排序。构造时无特殊要求。

(5)适宜方阵条件验证,见例 8-11。

【例 8-11】 自建适宜方阵,按照规则 3 构造 4 阶完美乘幻方,构造步骤如下:

(1)建立适宜方阵:设第 1 行数为 1,2,8,4,因 $1 \times 8 = 2 \times 4$,所以第 1 行是二二积排序。设第 1 列数是 1,3,15,5,因 $1 \times 15 = 3 \times 5$,所以第 1 列是二二积排序。根据乘幻方通用必要条件,建立适宜方阵如图 8-39 所示。

1	2	8	4
3	6	24	12
15	30	120	60
5	10	40	20

图 8-39

40	12	5	6
15	2	120	4
24	20	3	10
1	30	8	60

图 8-40

(2)选 1 为起始数,排布在左下角。选 1 所在列为首数组,ab 组合,按照规则 3 构造的 4 阶完美乘幻方如图 8-40 所示,幻积为 14 400。

8.12 按规则 3 构造 $n \neq 3k$ 单偶数阶条件变量完美乘幻方

以 10 阶乘幻方为例,采用乘幻方通用代数式基础方阵 $\boldsymbol{P}_{10}$,构造步骤如下:

(1)起始数选自 $\boldsymbol{P}_{10}$ 中任意一个数,如 $p_1 c_1$,可排布在任意位置,如左下角。选 $p_1 c_1$ 所在列为首数组,选任意可行组合,如 ab,按照规则 3 排布的 10 阶方阵如图 8-41 所示。

$(c_{135})^2 \times \Pi_{i=1}^{10} p_i$	$(c_{246})^2 \times \Pi_{i=1}^{10} p_i$									$\Pi_{i=1}^{10} p_i \Pi_{i=1}^{10} c_i$
$p_8 c_7$	$p_2 c_{10}$	$p_6 c_3$	$p_{10} c_6$	$p_4 c_9$	$p_8 c_2$	$p_2 c_5$	$p_6 c_8$	$p_{10} c_1$	$p_4 c_4$	$(c_{246})^2 \Pi_{i=1}^{10} c_i$
$p_5 c_3$	$p_9 c_6$	$p_3 c_9$	$p_7 c_2$	$p_1 c_5$	$p_5 c_8$	$p_9 c_1$	$p_3 c_4$	$p_7 c_7$	$p_1 c_{10}$	$(c_{135})^2 \Pi_{i=1}^{10} c_i$
$p_2 c_9$	$p_6 c_2$	$p_{10} c_5$	$p_4 c_8$	$p_8 c_1$	$p_2 c_4$	$p_6 c_7$	$p_{10} c_{10}$	$p_4 c_3$	$p_8 c_6$	
$p_9 c_5$	$p_3 c_8$	$p_7 c_1$	$p_1 c_4$	$p_5 c_7$	$p_9 c_{10}$	$p_3 c_3$	$p_7 c_6$	$p_1 c_9$	$p_5 c_2$	
$p_6 c_1$	$p_{10} c_4$	$p_4 c_7$	$p_8 c_{10}$	$p_2 c_3$	$p_6 c_6$	$p_{10} c_9$	$p_4 c_2$	$p_8 c_5$	$p_2 c_8$	
$p_3 c_7$	$p_7 c_{10}$	$p_1 c_3$	$p_5 c_6$	$p_9 c_9$	$p_3 c_2$	$p_7 c_5$	$p_1 c_8$	$p_5 c_1$	$p_9 c_4$	
$p_{10} c_3$	$p_4 c_6$	$p_8 c_9$	$p_2 c_2$	$p_6 c_5$	$p_{10} c_8$	$p_4 c_1$	$p_8 c_4$	$p_2 c_7$	$p_6 c_{10}$	
$p_7 c_9$	$p_1 c_2$	$p_5 c_5$	$p_9 c_8$	$p_3 c_1$	$p_7 c_4$	$p_1 c_7$	$p_5 c_{10}$	$p_9 c_3$	$p_3 c_6$	
$p_4 c_5$	$p_8 c_8$	$p_2 c_1$	$p_6 c_4$	$p_{10} c_7$	$p_4 c_{10}$	$p_8 c_3$	$p_2 c_6$	$p_6 c_9$	$p_{10} c_2$	
$p_1 c_1$	$p_5 c_4$	$p_9 c_7$	$p_3 c_{10}$	$p_7 c_3$	$p_1 c_6$	$p_5 c_9$	$p_9 c_2$	$p_3 c_5$	$p_7 c_8$	
要求 $\begin{cases} p_1 p_3 p_5 p_7 p_9 = p_2 p_4 p_6 p_8 p_{10} \\ c_1 c_3 c_5 c_7 c_9 = c_2 c_4 c_6 c_8 c_{10} \end{cases}$										$\Pi_{i=1}^{10} p_i \Pi_{i=1}^{10} c_i$

图 8-41

图 8-41 中,$p_{135} = p_1 p_3 p_5 p_7 p_9$;$p_{246} = p_2 p_4 p_6 p_8 p_{10}$;$c_{135} = c_1 c_3 c_5 c_7 c_9$;$c_{246} = c_2 c_4 c_6 \times c_8 c_{10}$。

(2)计算图 8-41:

$$\text{主副对角线连乘积} = \Pi_{i=1}^{10} p_i \Pi_{i=1}^{10} c_i$$

$$\text{每条泛对角线连乘积} = \Pi_{i=1}^{10} p_i \Pi_{i=1}^{10} c_i$$

$$\text{行连乘积交替} = (p_{135})^2 \Pi_{i=1}^{10} c_i \text{ 和 } (p_{246})^2 \Pi_{i=1}^{10} c_i$$

$$\text{列连乘积交替} = \Pi_{i=1}^{10} p_i (c_{135})^2 \text{ 和 } \Pi_{i=1}^{10} p_i (c_{246})^2$$

(3)假设图 8-41 是完美乘幻方,由上述计算可得到方程组:

$$\begin{cases} (p_1 p_3 p_5 p_7 p_9)^2 \prod_{i=1}^{10} c_i = \prod_{i=1}^{10} p_i \prod_{i=1}^{10} c_i \\ (p_2 p_4 p_6 p_8 p_{10})^2 \prod_{i=1}^{10} c_i = \prod_{i=1}^{10} p_i \prod_{i=1}^{10} c_i \\ (c_1 c_3 c_5 c_7 c_9)^2 \prod_{i=1}^{10} c_i = \prod_{i=1}^{10} p_i \prod_{i=1}^{10} c_i \\ (c_2 c_4 c_6 c_8 c_{10})^2 \prod_{i=1}^{10} c_i = \prod_{i=1}^{10} p_i \prod_{i=1}^{10} c_i \end{cases}$$

解 因所有变量$\neq 0$,由前两式左端相等,约去$\Pi_{i=1}^{10} c_i$,开二次方,去括号,得式(8.8)。

同理,由后两式左端相等,可化简得式(8.9),即

$$\begin{cases} p_1 p_3 p_5 p_7 p_9 = p_2 p_4 p_6 p_8 p_{10} & (8.8) \\ c_1 c_3 c_5 c_7 c_9 = c_2 c_4 c_6 c_8 c_{10} & (8.9) \end{cases}$$

将式(8.8)、式(8.9)代入方程组,全满足,它们是方程组的解。这说明图 8-41 是 10 阶条件变量完美乘幻方,其变量是 $p_1 \sim p_{10}$、$c_1 \sim c_{10}$,要求同时满足式(8.8)、式(8.9),并标注在脚注中。也就是说,该解与构造时要求可作为构造 10 阶完美乘幻方应具有的附加条件。

(4) 适宜方阵条件整理。考虑到对 $n \neq 3k$ 较高单偶数阶乘幻方、起始数与位置、首数组选择及可行组合的适用性验证，可得出结论，按照规则 3 构造 $n \neq 3k$ 的单偶数阶完美乘幻方时，适宜方阵条件应同时符合乘幻方通用必要条件、方阵的行与列均是二二积排序。构造时无特殊要求。

(5) 连乘积表达式查验。在计算图 8-41 时，将脚注中要求代入，则每行、每列、每条对角线及每条泛对角线元素连乘积表达式均相同。所以图 8-41 是 10 阶条件变量完美乘幻方。

8.13　按规则 3 构造 $n=3k>3$ 奇数阶条件变量完美乘幻方

以 9 阶乘幻方为例，填入数组用乘幻方通用代数式基础方阵 P_9，构造步骤如下：

(1) 起始数选 P_9 中任意一个数，如 "$p_1 c_1$"，可排布在幻方任意位置，如左下角。选 $p_1 c_1$ 所在列为首数组，选任意可行组合，如 ac，按照规则 3 排布的 9 阶方阵如图 8-42 所示。

								$(p_1 p_4 p_7)^3 \prod c$
$p_8 c_6$	$p_3 c_4$	$p_7 c_2$	$p_2 c_9$	$p_6 c_7$	$p_1 c_5$	$p_5 c_3$	$p_9 c_1$	$p_4 c_8$
$p_6 c_2$	$p_1 c_9$	$p_5 c_7$	$p_9 c_5$	$p_4 c_3$	$p_8 c_1$	$p_3 c_8$	$p_7 c_6$	$p_2 c_4$
$p_4 c_7$	$p_8 c_5$	$p_3 c_3$	$p_7 c_1$	$p_2 c_8$	$p_6 c_6$	$p_1 c_4$	$p_5 c_2$	$p_9 c_9$
$p_2 c_3$	$p_6 c_1$	$p_1 c_8$	$p_5 c_6$	$p_9 c_4$	$p_4 c_2$	$p_8 c_9$	$p_3 c_7$	$p_7 c_5$
$p_9 c_8$	$p_4 c_6$	$p_8 c_4$	$p_3 c_2$	$p_7 c_9$	$p_2 c_7$	$p_6 c_5$	$p_1 c_3$	$p_5 c_1$
$p_7 c_4$	$p_2 c_2$	$p_6 c_9$	$p_1 c_7$	$p_5 c_5$	$p_9 c_3$	$p_4 c_1$	$p_8 c_8$	$p_3 c_6$
$p_5 c_9$	$p_9 c_7$	$p_4 c_5$	$p_8 c_3$	$p_3 c_1$	$p_7 c_8$	$p_2 c_6$	$p_6 c_4$	$p_1 c_2$
$p_3 c_5$	$p_7 c_3$	$p_2 c_1$	$p_6 c_8$	$p_1 c_6$	$p_5 c_4$	$p_9 c_2$	$p_4 c_9$	$p_8 c_7$
$p_1 c_1$	$p_5 c_8$	$p_9 c_6$	$p_4 c_4$	$p_8 c_2$	$p_3 c_9$	$p_7 c_7$	$p_2 c_5$	$p_6 c_3$

表头: $\prod_{i=1}^{9} p_i \prod_{i=1}^{9} c_i$；右侧: $\prod_{i=1}^{9} p_i \prod_{i=1}^{9} c_i$；底部: $\prod_{i=1}^{9} p_i (c_3 c_6 c_9)^3$

要求 $\begin{cases} p_1 p_4 p_7 = p_2 p_5 p_8 = p_3 p_6 p_9 \\ c_1 c_4 c_7 = c_2 c_5 c_8 = c_3 c_6 c_9 \end{cases}$

图 8-42

(2) 对图 8-42 计算：

行连乘积 = 列连乘积 = $\prod_{i=1}^{9} p_i \prod_{i=1}^{9} c_i$

主对角线连乘积 = $\prod_{i=1}^{9} p_i (c_3 c_6 c_9)^3$

副对角线连乘积 = $(p_1 p_4 p_7)^3 \prod_{i=1}^{9} c_i$

每条主泛对角线连乘积交替 = $\prod_{i=1}^{9} p_i (c_2 c_5 c_8)^3$、$\prod_{i=1}^{9} p_i (c_1 c_4 c_7)^3$ 和 $\prod_{i=1}^{9} p_i (c_3 c_6 c_9)^3$

每条副泛对角线连乘积交替 = $(p_2 p_5 p_8)^3 \prod_{i=1}^{9} c_i$、$(p_1 p_4 p_7)^3 \prod_{i=1}^{9} c_i$ 和 $(p_3 p_6 p_9)^3 \prod_{i=1}^{9} c_i$

(3) 假设图 8-42 是完美乘幻方,由上述计算可得到方程组:

$$\begin{cases} (c_1c_4c_7)^3 \prod_{i=1}^{9} p_i = \prod_{i=1}^{9} p_i \prod_{i=1}^{9} c_i \\ (c_2c_5c_8)^3 \prod_{i=1}^{9} p_i = \prod_{i=1}^{9} p_i \prod_{i=1}^{9} c_i \\ (c_3c_6c_9)^3 \prod_{i=1}^{9} p_i = \prod_{i=1}^{9} p_i \prod_{i=1}^{9} c_i \\ (p_1p_4p_7)^3 \prod_{i=1}^{9} c_i = \prod_{i=1}^{9} p_i \prod_{i=1}^{9} c_i \\ (p_2p_5p_8)^3 \prod_{i=1}^{9} c_i = \prod_{i=1}^{9} p_i \prod_{i=1}^{9} c_i \\ (p_3p_6p_9)^3 \prod_{i=1}^{9} c_i = \prod_{i=1}^{9} p_i \prod_{i=1}^{9} c_i \end{cases}$$

解 前三式左边相等,约去 $\prod_{i=1}^{9} p_i$,开三次方,去括号,得式(8.10)。同理,后三式左边相等,约去 $\prod_{i=1}^{9} c_i$,化简得式(8.11)。即

$$\begin{cases} c_1c_4c_7 = c_2c_5c_8 = c_3c_6c_9 & (8.10) \\ p_1p_4p_7 = p_2p_5p_8 = p_3p_6p_9 & (8.11) \end{cases}$$

将式(8.10)、式(8.11)代入方程组,全满足,它们是方程组的解。这说明图 8-42 是 9 阶条件变量完美乘幻方,其变量是 $p_1 \sim p_9$、$c_1 \sim c_9$,要求同时满足式(8.10)、式(8.11),并标注在脚注中。幻积等于 18 个变量的连乘积。也就是说,该解与构造时要求可作为构造 9 阶完美乘幻方应具有的附加条件。

(4) 适宜方阵条件整理。考虑到对 $n=3k$ 的更高奇数阶乘幻方、起始数与位置、首数组选择及可行组合的适用性验证,可得出结论,按照规则 3 构造 $n=3k>3$ 的奇数阶完美乘幻方时,适宜方阵条件应同时符合乘幻方通用必要条件、方阵的行与列都是三三积排序。构造时无特殊要求。

(5) 验证适宜方阵条件,见例 8-12。

【**例 8-12**】 自建适宜方阵,按照规则 3 构造 9 阶完美乘幻方,构造步骤如下:

(1) 按适宜方阵条件,建立适宜方阵如图 8-43 所示,验算如下。

第 1 行,$1 \times 4 \times 72 = 2 \times 6 \times 24 = 3 \times 8 \times 12 = 288$,符合三三积排序。

第 1 列,$1 \times 25 \times 315 = 5 \times 35 \times 45 = 7 \times 125 \times 9 = 7875$,符合三三积排序。

(2) 选图 8-43 中任意数(如 1)为起始数,排布在任意位置,如左下角。选第 1 列为首数组,选 ac 组合,按规则 3 构造的 9 阶完美乘幻方如图 8-44 所示。图 8-45 用于验算。

幻积 $= 2 \times 3 \times 4 \times 6 \times 8 \times 12 \times 24 \times 72 \times 5 \times 7 \times 9 \times 25 \times 35 \times 45 \times 125 \times 315$

$= 288^3 \times 7875^3 = 11\ 666\ 192\ 832\ 000\ 000\ 000$

加幻方与乘幻方构造法 —— 源自方程组的解

1×1	1×2	1×3	1×4	1×6	1×8	1×72	1×24	1×12
5×1	5×2	5×3	5×4	5×6	5×8	5×72	5×24	5×12
7×1	7×2	7×3	7×4	7×6	7×8	7×72	7×24	7×12
25×1	25×2	25×3	25×4	25×6	25×8	25×72	25×24	25×12
35×1	35×2	35×3	35×4	35×6	35×8	35×72	35×24	35×12
125×1	125×2	125×3	125×4	125×6	125×8	9000	3000	1500
315×1	315×2	315×3	315×4	315×6	315×8	22680	7560	3780
45×1	45×2	45×3	45×4	45×6	45×8	45×72	45×24	45×12
9×1	9×2	9×3	9×4	9×6	9×8	9×72	9×24	9×12

图 8-43

360	28	630	60	9000	6	105	9	600
250	12	2520	54	75	45	168	2520	20
1800	270	21	315	120	1000	4	70	108
15	125	24	280	36	50	540	504	1890
216	200	180	14	3780	360	750	3	35
1260	10	1500	72	210	27	25	1080	56
420	648	150	135	7	7560	40	500	2
42	945	5	3000	8	140	18	300	3240
1	840	72	100	90	84	22680	30	375

图 8-44

45×8	7×4	315×2	5×12	9000	6	35×3	9	25×24
125×2	12	35×72	9×6	25×3	45	7×24	315×8	5×4
25×72	45×6	7×3	315	5×24	125×8	4	35×2	9×12
5×3	125	24	35×8	9×4	25×2	45×12	7×72	315×6
9×24	25×8	45×4	7×2	3780	5×72	125×6	3	35
315×4	5×2	1500	72	35×6	9×3	25	45×24	7×8
35×12	9×72	25×6	45×3	7	7560	5×8	125×4	2
7×6	315×3	5	3000	8	35×4	9×2	25×12	45×72
1	35×24	9×8	25×4	45×2	7×12	22680	5×6	125×3

图 8-45

8.14 按规则 3 构造 $n=3k>3$ 奇数阶条件变量一般乘幻方

对完美乘幻方图 8-42,在下列 3 种情况下,因有的泛对角线连乘积不等于幻积而变成条件变量一般乘幻方。

(1) 在图 8-42 中,当 P_9 的每行是 369 积排序,每列是 147 积排序时。此时应新编图号,脚注中要求相应改为

$$\begin{cases} (p_1 p_4 p_7)^2 = p_2 p_5 p_8 p_3 p_6 p_9 \neq (p_2 p_5 p_8)^2 \\ (c_3 c_6 c_9)^2 = c_1 c_4 c_7 c_2 c_5 c_8 \neq (c_1 c_4 c_7)^2 \end{cases}$$

此时第 1,4,7 行与第 3,6,9 列的交叉元素位于 9 个小中心处。

说明:构造时若改变起始数或位置,或方向组合,则三分积排序也将相应改变。

(2) 在图 8-42 中 P_9 的每行是三三积排序,而每列是 147 积排序。此时应新编图号,脚注中要求应改为

$$\begin{cases} (p_1 p_4 p_7)^2 = p_2 p_5 p_8 p_3 p_6 p_9 \neq (p_2 p_5 p_8)^2 \\ c_1 c_4 c_7 = c_2 c_5 c_8 = c_3 c_6 c_9 \end{cases}$$

此时第 1,4,7 行的元素位于幻方的副 3 格线上(组内数方向 c)(包括 9 个小中心)。

(3) 在图 8-42 中 P_9 的每列是三三积排序,而每行是 369 积排序。此时应新编图号,脚注中要求应改为

$$\begin{cases} p_1 p_4 p_7 = p_2 p_5 p_8 = p_3 p_6 p_9 \\ (c_3 c_6 c_9)^2 = c_1 c_4 c_7 c_2 c_5 c_8 \neq (c_1 c_4 c_7)^2 \end{cases}$$

此时第 3,6,9 列的元素位于幻方的主 3 格线(组内数方向 c)(包括 9 个小中心)上。

(4) 适宜方阵条件整理。前述(1)(2)(3)中的要求与构造时要求可作为构造 9 阶一般乘幻方应具有的附加条件。

考虑到对 $n=3k$ 的更高奇数阶乘幻方、起始数与位置、首数组选择及可行组合的适用性验证,可得出结论,按照规则 3 构造 $n=3k>3$ 奇数阶一般乘幻方时,适宜方阵条件应同时符合乘幻方通用必要条件以及下述 1)或 2)或 3)项要求:

1) 每行是三分(如 369)积排序,每列是三分(如 147)积排序。构造时起始数应相应选择第 3,6,9,…列与第 1,4,7,…行的交叉元素,并排布在幻方小中心。

2)每行是三三积排序,每列是三分(如147)积排序。构造时起始数应相应选择第 1,4,7,…行元素,并排布在幻方小中心。若选择首数列,起始数可排布在幻方的主3格线上(当组内数方向是 a,b,e,f 时)或副3格线上(当组内数方向是 c,d,g,h 时)。

3)每行是三分(如369)积排序,每列是三三积排序。构造时起始数应相应选择第 3,6,9,…列的元素,并排布在幻方小中心。若选择首数列,起始数可排布在幻方的副3格线上(当组内数方向是 a,b,e,f 时)或主3格线上(当组内数方向是 c,d,g,h 时)。

8.15 按规则 3 构造 $n=3k$ 单偶数阶条件变量完美乘幻方

以 6 阶乘幻方为例,用乘幻方通用代数式基础方阵 P_6,构造步骤如下:

(1)起始数选自 P_6 中任意一个数,如 p_1c_1,排布在任意位置,如左下角。选 p_1c_1 所在列为首数组,选任意可行组合,如 ac,按照规则3排布的方阵如图 8-46 所示。

$\prod_{i=1}^{6}p_i \times$ $(c_1c_3c_5)^2$	$\prod_{i=1}^{6}p_i \times$ $(c_2c_4c_6)^2$					$(p_1p_4)^3\prod_{i=1}^{6}c_i$
p_2c_3	p_6c_4	p_4c_5	p_2c_6	p_6c_1	p_4c_2	$(p_2p_4p_6)^2\prod_{i=1}^{6}c_i$
p_3c_5	p_1c_6	p_5c_1	p_3c_2	p_1c_3	p_5c_4	$(p_1p_3p_5)^2\prod_{i=1}^{6}c_i$
p_4c_1	p_2c_2	p_6c_3	p_4c_4	p_2c_5	p_6c_6	
p_5c_3	p_3c_4	p_1c_5	p_5c_6	p_3c_1	p_1c_2	
p_6c_5	p_4c_6	p_2c_1	p_6c_2	p_4c_3	p_2c_4	
p_1c_1	p_5c_2	p_3c_3	p_1c_4	p_5c_5	p_3c_6	$\prod_{i=1}^{6}p_i(c_3c_6)^3$

要求 $\begin{cases} p_1p_3p_5=p_2p_4p_6 \\ c_1c_3c_5=c_2c_4c_6 \\ p_1p_4=p_2p_5=p_3p_6 \\ c_1c_4=c_2c_5=c_3c_6 \end{cases}$

图 8-46

(2)计算图 8-46:

每行连乘积交替 $=(p_1p_3p_5)^2\prod_{i=1}^{6}c_i$ 和 $(p_2p_4p_6)^2\prod_{i=1}^{6}c_i$

每列连乘积交替 $=\prod_{i=1}^{6}p_i(c_1c_3c_5)^2$ 和 $\prod_{i=1}^{6}p_i(c_2c_4c_6)^2$

主对角线连乘积 $=\prod_{i=1}^{6}p_i(c_3c_6)^3$

副对角线连乘积 $=(p_1p_4)^3\prod_{i=1}^{6}c_i$

主泛对角线连乘积交替 $=\prod_{i=1}^{6}p_i(c_2c_5)^3$、$\prod_{i=1}^{6}p_i(c_1c_4)^3$ 和 $\prod_{i=1}^{6}p_i(c_3c_6)^3$

副泛对角线连乘积交替 $=(p_2p_5)^3\prod_{i=1}^{6}c_i$、$(p_3p_6)^3\prod_{i=1}^{6}c_i$ 和 $(p_1p_4)^3\prod_{i=1}^{6}c_i$

(3)设图 8-46 是完美乘幻方,由计算可得到图 8-46 完美乘幻方方程组式:

$$\begin{cases} (p_1 p_3 p_5)^2 \prod_{i=1}^{6} c_i = \prod_{i=1}^{6} p_i \prod_{i=1}^{6} c_i, & (8.12) \\ (p_2 p_4 p_6)^2 \prod_{i=1}^{6} c_i = \prod_{i=1}^{6} p_i \prod_{i=1}^{6} c_i & (8.13) \\ (c_1 c_3 c_5)^2 \prod_{i=1}^{6} p_i = \prod_{i=1}^{6} p_i \prod_{i=1}^{6} c_i & (8.14) \\ (c_2 c_4 c_6)^2 \prod_{i=1}^{6} p_i = \prod_{i=1}^{6} p_i \prod_{i=1}^{6} c_i & (8.15) \\ (c_1 c_4)^3 \prod_{i=1}^{6} p_i = \prod_{i=1}^{6} p_i \prod_{i=1}^{6} c_i & (8.16) \\ (c_2 c_5)^3 \prod_{i=1}^{6} p_i = \prod_{i=1}^{6} p_i \prod_{i=1}^{6} c_i & (8.17) \\ (c_3 c_6)^3 \prod_{i=1}^{6} p_i = \prod_{i=1}^{6} p_i \prod_{i=1}^{6} c_i & (8.18) \\ (p_2 p_5)^3 \prod_{i=1}^{6} c_i = \prod_{i=1}^{6} p_i \prod_{i=1}^{6} c_i & (8.19) \\ (p_3 p_6)^3 \prod_{i=1}^{6} c_i = \prod_{i=1}^{6} p_i \prod_{i=1}^{6} c_i & (8.20) \\ (p_1 p_4)^3 \prod_{i=1}^{6} c_i = \prod_{i=1}^{6} p_i \prod_{i=1}^{6} c_i & (8.21) \end{cases}$$

解 每个变量$\neq 0$。由式(8.12)、式(8.13)左边相等,约去$\prod_{i=1}^{6} c_i$,开二次方,去括号,得式(8.22)。

同理,由式(8.14)、式(8.15)左边相等,可解得式(8.23)。

由式(8.16)~式(8.18)左边相等,约去$\prod_{i=1}^{6} p_i$,开三次方,去括号,得式(8.24)。

由式(8.19)~式(8.21)左边相等,可解得式(8.25),即

$$\begin{cases} p_1 p_3 p_5 = p_2 p_4 p_6 & (8.22) \\ c_1 c_3 c_5 = c_2 c_4 c_6 & (8.23) \\ c_1 c_4 = c_2 c_5 = c_3 c_6 & (8.24) \\ p_1 p_4 = p_2 p_5 = p_3 p_6 & (8.25) \end{cases}$$

将式(8.22)~式(8.25)代入式(8.12)~式(8.21),全满足,它们是方程组的解。这说明,图8-46是一个条件变量完美幻方,其变量是$p_1 \sim p_6$,$c_1 \sim c_6$,要求同时满足式(8.22)~式(8.25),并标注在脚注中。也就是说,该解与构造时要求可作为构造6阶完美乘幻方应具有的附加条件。

(4)适宜方阵条件整理。考虑到对$n=3k$的更高单偶数阶乘幻方、起始数与位置、首数组选择及可行组合的适用性验证,可得出结论,按照规则3构造$n=3k$的单偶数阶完美乘幻方时,适宜方阵条件应同时符合乘幻方通用必要条件、每行与每列均是二二积排序和三三积排序。构造时无特殊要求。

(5)在图8-46中,对连乘积表达式查验,符合完美幻方要求。所以图8-46是条件变量完美乘幻方。

8.16　按规则3构造 $n=3k$ 单偶数阶条件变量一般乘幻方

1. 分析

以 6 阶乘幻方为例,在完美乘幻方图 8-46 中,若 P_6 保持每行与每列都是二二积排序不变,在下述(1)或(2)或(3)项变动后,因有的泛对角线连乘积不等于幻积,幻方变成条件变量一般乘幻方,应新编图号,脚注中要求应作相应更改(略)。

(1)在图 8-46 中,只将 P_6 每行的三三积排序改为 369 积排序,每列的三三积排序改为 147 积排序,其余不变。此时 P_6 中第 3,6 列与第 1,4 行的交叉元素分布在 4 个小中心。

(2)在图 8-46 中,只将 P_6 每列的三三积排序改为 147 积排序,其余不变。此时 P_6 中第 1,4 行的 12 个元素分布在副 3 格线上(组内数方向为 c)或主 3 格线上(组内数方向为 e,如将图 8-46 整体逆时针转 90°)。都有 4 个元素分布在小中心。

(3)在图 8-46 中,只将 P_6 每行的三三积排序改为 369 积排序,其余不变。此时 P_6 中第 3,6 列的 12 个元素分布在主 3 格线上(组内数方向为 c 时)或副 3 格线上(组内数方向为 e 时),都有 4 个元素分布在小中心。

2. 适宜方阵条件整理

由上述分析可知,P_6 同时符合每行与每列都是二二积排序以及(1)或(2)或(3)项要求,可作为构造 6 阶一般乘幻方应具有的附加条件。

考虑到对 $n=3k$ 更高单偶数阶幻方、起始数与位置、首数组选择及可行组合的适用性验证,可得出结论,按照规则 3 构造 $n=3k$ 单偶数阶一般乘幻方时,适宜方阵条件应同时符合乘幻方通用必要条件、每行与每列都是二二积排序及下述(1)或(2)或(3)项要求:

(1)每行是三分(如 369)积排序,每列是三分(如 147)积排序。构造时起始数应相应选择第 3,6,⋯列与第 1,4,⋯行的任意一个交叉元素,排布在幻方小中心。

(2)每行是三三积排序,每列是三分(如 147)积排序。构造时起始数应相应选择第 1,4,⋯行的任意一个元素,排布在幻方小中心。若选择首数列,起始元素可排布在主 3 格线上(组内数方向是 a,b,e,f 时)或副 3 格线上(组内数方向是 c,d,g,h 时)。

(3)每行是三分(如 369)积排序,每列是三三积排序。构造时起始数应相应选择 3,6,⋯列的任意一个元素,排布在幻方小中心。若选择首数列,起始数可排布在副 3 格线上(组内数方向是 a,b,e,f 时)或主 3 格线上(组内方向是 c,d,g,h 时)。

8.17　按规则 3 构造 $n=3k$ 双偶数阶条件变量完美乘幻方

以 12 阶乘幻方为例,用乘幻方通用代数式基础方阵 $\boldsymbol{P}_{12}$。

(1)起始数选 $\boldsymbol{P}_{12}$ 中任意一个数,如 p_1c_1,排布在任意位置,如左下角。选 p_1c_1 所在列为首数组,选任意可行组合,如 ac,按照规则 3 排布的方阵如图 8-47 所示。

$\Pi_{i=1}^{12}p_i \times$ $(c_{135})^2$	$\Pi_{i=1}^{12}p_i \times$ $(c_{246})^2$											$(p_{147})^3\Pi_{i=1}^{12}c_i$
p_8c_3	p_6c_{10}	p_4c_5	p_2c_{12}	$p_{12}c_7$	$p_{10}c_2$	p_8c_9	p_6c_4	p_4c_{11}	p_2c_6	$p_{12}c_1$	$p_{10}c_8$	$(p_{246})^2\Pi_{i=1}^{12}c_i$
p_3c_5	p_1c_{12}	$p_{11}c_7$	p_9c_2	p_7c_9	p_5c_4	p_3c_{11}	p_1c_6	$p_{11}c_1$	p_9c_8	p_7c_3	p_5c_{10}	$(p_{135})^2\Pi_{i=1}^{12}c_i$
$p_{10}c_7$	p_8c_2	p_6c_9	p_4c_4	p_2c_{11}	$p_{12}c_6$	$p_{10}c_1$	p_8c_8	p_6c_3	p_4c_{10}	p_2c_5	$p_{12}c_{12}$	
p_5c_9	p_3c_4	p_1c_{11}	$p_{11}c_6$	p_9c_1	p_7c_8	p_5c_3	p_3c_{10}	p_1c_5	$p_{11}c_{12}$	p_9c_7	p_7c_2	
$p_{12}c_{11}$	$p_{10}c_6$	p_8c_1	p_6c_8	p_4c_3	p_2c_{10}	$p_{12}c_5$	$p_{10}c_{12}$	p_8c_7	p_6c_2	p_4c_9	p_2c_4	
p_7c_1	p_5c_8	p_3c_3	p_1c_{10}	$p_{11}c_5$	p_9c_{12}	p_7c_7	p_5c_2	p_3c_9	p_1c_4	$p_{11}c_{11}$	p_9c_6	
p_2c_3	$p_{12}c_{10}$	$p_{10}c_5$	p_8c_{12}	p_6c_7	p_4c_2	p_2c_9	$p_{12}c_4$	$p_{10}c_{11}$	p_8c_6	p_6c_1	p_4c_8	
p_9c_5	p_7c_{12}	p_5c_7	p_3c_2	p_1c_9	$p_{11}c_4$	p_9c_{11}	p_7c_6	p_5c_1	p_3c_8	p_1c_3	$p_{11}c_{10}$	
p_4c_7	p_2c_2	$p_{12}c_9$	$p_{10}c_4$	p_8c_{11}	p_6c_6	p_4c_1	p_2c_8	$p_{12}c_3$	$p_{10}c_{10}$	p_8c_5	p_6c_{12}	
$p_{11}c_9$	p_9c_4	p_7c_{11}	p_5c_6	p_3c_1	p_1c_8	$p_{11}c_3$	p_9c_{10}	p_7c_5	p_5c_{12}	p_3c_7	p_1c_2	
p_6c_{11}	p_4c_6	p_2c_1	$p_{12}c_8$	$p_{10}c_3$	p_8c_{10}	p_6c_5	p_4c_{12}	p_2c_7	$p_{12}c_2$	$p_{10}c_9$	p_8c_4	
p_1c_1	$p_{11}c_8$	p_9c_3	p_7c_{10}	p_5c_5	p_3c_{12}	p_1c_7	$p_{11}c_2$	p_9c_9	p_7c_4	p_5c_{11}	p_3c_6	

要求
$p_1p_3p_5p_7p_9p_{11}=p_2p_4p_6p_8p_{10}p_{12}$
$c_1c_3c_5c_7c_9c_{11}=c_2c_4c_6c_8c_{10}c_{12}$
$p_1p_4p_7p_{10}=p_2p_5p_8p_{11}=p_3p_6p_9p_{12}$
$c_1c_4c_7c_{10}=c_2c_5c_8c_{11}=c_3c_6c_9c_{12}$

$\Pi_{i=1}^{12}p_i(c_{369})^3$

图 8-47

图 8-47 中,$p_{135}=p_1p_3p_5p_7p_9p_{11}$;$p_{246}=p_2p_4p_6p_8p_{10}p_{12}$;$p_{147}=p_1p_4p_7p_{10}$

$p_{258}=p_2p_5p_8p_{11}$;$p_{369}=p_3p_6p_9p_{12}$;$c_{135}=c_1c_3c_5c_7c_9c_{11}$;$c_{246}=c_2c_4c_6c_8c_{10}c_{12}$

$c_{147}=c_1c_4c_7c_{10}$;$c_{258}=c_2c_5c_8c_{11}$;$c_{369}=c_3c_6c_9c_{12}$

(2)对图 8-47 计算:

每行连乘积交替$=(p_1p_3p_5p_7p_9p_{11})^2\Pi_{i=1}^{12}c_i$ 和 $(p_2p_4p_6p_8p_{10}p_{12})^2\Pi_{i=1}^{12}c_i$

每列连乘积交替$=\Pi_{i=1}^{12}p_i(c_1c_3c_5c_7c_9c_{11})^2$ 和 $\Pi_{i=1}^{12}p_i(c_2c_4c_6c_8c_{10}c_{12})^2$

主对角线连乘积$=\Pi_{i=1}^{12}p_i(c_3c_6c_9c_{12})^3$

副对角线连乘积$=(p_1p_4p_7p_{10})^3\Pi_{i=1}^{12}c_i$

主泛对角线连乘积交替$=\Pi_{i=1}^{12}p_i(c_3c_6c_9c_{12})^3$、$\Pi_{i=1}^{12}p_i(c_2c_5c_8c_{11})^3$

和 $\Pi_{i=1}^{12}p_i(c_1c_4c_7c_{10})^3$

副泛对角线连乘积交替$=(p_1p_4p_7p_{10})^3\Pi_{i=1}^{12}c_i$、$(p_2p_5p_8p_{11})^3\Pi_{i=1}^{12}c_i$ 和

$(p_3p_6p_9p_{12})^3\Pi_{i=1}^{12}c_i$

(3) 假设图 8-47 是完美乘幻方,由上述计算可得到方程组:

$$\begin{cases} (p_1 p_3 p_5 p_7 p_9 p_{11})^2 \prod_{i=1}^{12} c_i = \prod_{i=1}^{12} p_i \prod_{i=1}^{12} c_i & (8.26) \\ (p_2 p_4 p_6 p_8 p_{10} p_{12})^2 \prod_{i=1}^{12} c_i = \prod_{i=1}^{12} p_i \prod_{i=1}^{12} c_i & (8.27) \\ (c_1 c_3 c_5 c_7 c_9 c_{11})^2 \prod_{i=1}^{12} p_i = \prod_{i=1}^{12} p_i \prod_{i=1}^{12} c_i & (8.28) \\ (c_2 c_4 c_6 c_8 c_{10} c_{12})^2 \prod_{i=1}^{12} p_i = \prod_{i=1}^{12} p_i \prod_{i=1}^{12} c_i & (8.29) \\ (c_1 c_4 c_7 c_{10})^3 \prod_{i=1}^{12} p_i = \prod_{i=1}^{12} p_i \prod_{i=1}^{12} c_i & (8.30) \\ (c_2 c_5 c_8 c_{11})^3 \prod_{i=1}^{12} p_i = \prod_{i=1}^{12} p_i \prod_{i=1}^{12} c_i & (8.31) \\ (c_3 c_6 c_9 c_{12})^3 \prod_{i=1}^{12} p_i = \prod_{i=1}^{12} p_i \prod_{i=1}^{12} c_i & (8.32) \\ (p_1 p_4 p_7 p_{10})^3 \prod_{i=1}^{12} c_i = \prod_{i=1}^{12} p_i \prod_{i=1}^{12} c_i & (8.33) \\ (p_2 p_5 p_8 p_{11})^3 \prod_{i=1}^{12} c_i = \prod_{i=1}^{12} p_i \prod_{i=1}^{12} c_i & (8.34) \\ (p_3 p_6 p_9 p_{12})^3 \prod_{i=1}^{12} c_i = \prod_{i=1}^{12} p_i \prod_{i=1}^{12} c_i & (8.35) \end{cases}$$

解 各变量$\neq 0$,式(8.26)、式(8.27)左边相等,约去$\prod_{i=1}^{12} c_i$,开二次方,去括号,得式(8.36)。

同理,式(8.28)、式(8.29)左边相等,约去$\prod_{i=1}^{12} p_i$,开二次方,去括号,得式(8.37)。

式(8.30)~式(8.32)左边都相等,约去$\prod_{i=1}^{12} p_i$,开三次方,去括号,得式(8.38)。

式(8.33)~式(8.35)左边都相等,约去$\prod_{i=1}^{12} c_i$,开三次方,去括号,得式(8.39),即

$$\begin{cases} p_1 p_3 p_5 p_7 p_9 p_{11} = p_2 p_4 p_6 p_8 p_{10} p_{12} & (8.36) \\ c_1 c_3 c_5 c_7 c_9 c_{11} = c_2 c_4 c_6 c_8 c_{10} c_{12} & (8.37) \\ c_1 c_4 c_7 c_{10} = c_2 c_5 c_8 c_{11} = c_3 c_6 c_9 c_{12} & (8.38) \\ p_1 p_4 p_7 p_{10} = p_2 p_5 p_8 p_{11} = p_3 p_6 p_9 p_{12} & (8.39) \end{cases}$$

将式(8.36)~式(8.39)代入方程组,全满足,它们是方程组的解。这说明图8-47是一个条件变量完美幻方,幻积$= \prod_{i=1}^{12} p_i \prod_{i=1}^{12} c_i$,变量是$p_1 \sim p_{12}$,$c_1 \sim c_{12}$,要求同时符合式(8.36)~式(8.39),并标注在脚注中。

也就是说,该解与构造时要求可作为构造12阶完美乘幻方应具有的附加条件。

(4)适宜方阵条件整理。考虑到对$n = 3k$的更高双偶数阶幻方、起始数与位置、首数组选择及可行组合的适用性验证,可得出结论,按照规则3构造$n = 3k$的双偶数阶完美乘幻方时,适宜方阵条件应同时符合乘幻方通用必要条件、每行与每列都是二二积排序和三三积排序。构造时无特殊要求。

(5)在图 8-47 中,对连乘积表达式查验,符合完美幻方要求。所以图 8-47 是条件变量完美乘幻方。

8.18　按规则 3 构造 $n=3k$ 的双偶数阶条件变量一般乘幻方

1. 分析

以 12 阶乘幻方为例。12 阶幻方有 16 个 3 格×3 格区块,计有小中心 16 个。

在完美乘幻方图 8-47 中,若保持每行与每列都是二二排序不变,在下述(1)或(2)或(3)情况下,因有的泛对角线连乘积不等于幻积,幻方变成条件变量一般乘幻方,应新编图号,脚注中要求应相应更改(略)。

(1)在乘幻方图 8-47 中,只将 P_{12} 每行的三三积排序改为 369 积排序,每列的三三积排序改为 147 积排序,其余不变。此时 P_{12} 第 3,6,9,12 列与第 1,4,7,10 行的 16 个交叉元素分布在 16 个小中心。

(2)在乘幻方图 8-47 中,只将 P_{12} 的每列由三三积排序改为 147 积排序,其余不变。此时 P_{12} 第 1,4,7,10 行 48 个元素分布在副 3 格线上(组内数方向是 c)或主 3 格线上(组内数方向是 e)。

(3)在乘幻方图 8-47 中,只将 P_{12} 的每行由三三积排序改为 369 积排序,其余不变。此时第 3,6,9,12 列的 48 个元素分布在主 3 格线上(组内数方向为 c)或副 3 格线上(组内数方向为 e)。

2. 适宜方阵条件整理

由以上分析可知,适宜方阵行列排序的改变与构造时的要求,都可作为构造一般乘幻方应具有的附加条件。

考虑到对 $n=3k$ 更高双偶数阶幻方、起始数与位置、首数组选择及可行组合的适用性验证,可得出结论,按照规则 3 构造 $n=3k$ 双偶数阶一般乘幻方时,适宜方阵条件应同时符合以下三个要求:

(1)乘幻方通用必要条件;
(2)方阵的每行与每列都是二二积排序;
(3)下述 1)或 2)或 3)项要求。

1) 每行还是三分(如 369)积排序,每列还是三分(如 147)积排序。构造时起始数应相应选择第 3,6,9,…列与第 1,4,7,…行的交叉元素,并排布在幻方小中心。

2) 每行还是三三积排序,每列还是三分(如 147)积排序。构造时起始数应相应选择第 1,4,7,…行的任意一个元素,应排布在幻方的小中心。若选择首数列,起始数可排布在主3格线上(当组内数方向是 a,b,e,f 时)或副3格线上(当组内数方向是 c,d,g,h 时)。

3) 每行还是三分(如369)积排序,每列还是三三积排序。构造时起始数应选第 $3,6,9,\cdots$ 列的任意一个元素,排布在幻方的小中心。若选择首数列,起始数可排布在副3格线上(当组内数方向是 a,b,e,f 时)或主3格线上(当组内数方向是 c,d,g,h 时)。

8.19 按规则4构造 $n \neq 3k$ 单偶数阶条件变量完美乘幻方

以10阶乘幻方为例。填入数采用乘幻方通用代数式基础方阵 P_{10}。

(1)起始数选 P_{10} 中任意一个数,如 p_1c_1,排布在任意位置,如左下角。选 p_1c_1 所在列为首数组,选任意可行组合,如 $a'c$,按照规则4排布的10阶方阵如图8-48所示。

$\Pi_{i=1}^{10}p_i,\Pi_{i=1}^{10}c_i$										
p_8c_2	p_4c_9	$p_{10}c_6$	p_6c_3	p_2c_{10}	p_8c_7	p_4c_4	$p_{10}c_1$	p_6c_8	p_2c_5	$(p_{246})^2\Pi_{i=1}^{10}c_i$
p_5c_3	p_1c_{10}	p_7c_7	p_3c_4	p_9c_1	p_5c_8	p_1c_5	p_7c_2	p_3c_9	p_9c_6	$(p_{135})^2\Pi_{i=1}^{10}c_i$
p_2c_4	p_8c_1	p_4c_8	$p_{10}c_5$	p_6c_2	p_2c_9	p_8c_6	p_4c_3	$p_{10}c_{10}$	p_6c_7	
p_9c_5	p_5c_2	p_1c_9	p_7c_6	p_3c_3	p_9c_{10}	p_5c_7	p_1c_4	p_7c_1	p_3c_8	
p_6c_6	p_2c_3	p_8c_{10}	p_4c_7	$p_{10}c_4$	p_6c_1	p_2c_8	p_8c_5	p_4c_2	$p_{10}c_9$	
p_3c_7	p_9c_4	p_5c_1	p_1c_8	p_7c_5	p_3c_2	p_9c_9	p_5c_6	p_1c_3	p_7c_{10}	
$p_{10}c_8$	p_6c_5	p_2c_2	p_8c_9	p_4c_6	$p_{10}c_3$	p_6c_{10}	p_2c_7	p_8c_4	p_4c_1	
p_7c_9	p_3c_6	p_9c_3	p_5c_{10}	p_1c_7	p_7c_4	p_3c_1	p_9c_8	p_5c_5	p_1c_2	
p_4c_{10}	$p_{10}c_7$	p_6c_4	p_2c_1	p_8c_8	p_4c_5	$p_{10}c_2$	p_6c_9	p_2c_6	p_8c_3	
p_1c_1	p_7c_8	p_3c_5	p_9c_2	p_5c_9	p_1c_6	p_7c_3	p_3c_{10}	p_9c_7	p_5c_4	
要求 $\begin{cases} p_1p_3p_5p_7p_9=p_2p_4p_6p_8p_{10} \\ c_1c_3c_5c_7c_9=c_2c_4c_6c_8c_{10} \end{cases}$										$\Pi_{i=1}^{10}p_i(c_{246})^2$

图 8-48

图8-48中, $p_{135}=p_1p_3p_5p_7p_9$; $p_{246}=p_2p_4p_6p_8p_{10}$; $c_{135}=c_1c_3c_5c_7c_9$; $c_{246}=c_2c_4c_6c_8c_{10}$。

(2)计算图8-48:

行连乘积交替 $=(p_1p_3p_5p_7p_9)^2\Pi_{i=1}^{10}c_i$ 和 $(p_2p_4p_6p_8p_{10})^2\Pi_{i=1}^{10}c_i$

列连乘积 $=\Pi_{i=1}^{10}p_i\Pi_{i=1}^{10}c_i$

主对角线连乘积 $=\Pi_{i=1}^{10}p_i(c_2c_4c_6c_8c_{10})^2$

副对角线连乘积 $=\Pi_{i=1}^{10}p_i(c_1c_3c_5c_7c_9)^2$

主泛对角线连乘积交替 $=\Pi_{i=1}^{10}p_i(c_2c_4c_6c_8c_{10})^2$ 和 $\Pi_{i=1}^{10}p_i(c_1c_3c_5c_7c_9)^2$

副泛对角线连乘积交替 $=\Pi_{i=1}^{10}p_i(c_1c_3c_5c_7c_9)^2$ 和 $\Pi_{i=1}^{10}p_i(c_2c_4c_6c_8c_{10})^2$

(3)若设方阵图8-48是完美幻方,由上述计算,可得到方程组:

$$\begin{cases} (p_1 p_3 p_5 p_7 p_9)^2 \prod_{i=1}^{10} c_i = \prod_{i=1}^{10} p_i \prod_{i=1}^{10} c_i \\ (p_2 p_4 p_6 p_8 p_{10})^2 \prod_{i=1}^{10} c_i = \prod_{i=1}^{10} p_i \prod_{i=1}^{10} c_i \\ (c_1 c_3 c_5 c_7 c_9)^2 \prod_{i=1}^{10} p_i = \prod_{i=1}^{10} p_i \prod_{i=1}^{10} c_i \\ (c_2 c_4 c_6 c_8 c_{10})^2 \prod_{i=1}^{10} p_i = \prod_{i=1}^{10} p_i \prod_{i=1}^{10} c_i \end{cases}$$

解 所有变量≠0，前两式左边相等，约去 $\prod_{i=1}^{10} c_i$，开二次方，去括号，得式(8.40)。后两式左边相等，约去 $\prod_{i=1}^{10} p_i$，开二次方，去括号，得式(8.41)，即

$$\begin{cases} p_1 p_3 p_5 p_7 p_9 = p_2 p_4 p_6 p_8 p_{10} & (8.40) \\ c_1 c_3 c_5 c_7 c_9 = c_2 c_4 c_6 c_8 c_{10} & (8.41) \end{cases}$$

将式(8.40)、式(8.41)代入方程组，全满足，它们是方程组的解。这说明，图 8-48 是条件变量完美乘幻方，其变量是 $p_1 \sim p_{10}$、$c_1 \sim c_{10}$，要求同时符合式(8.40)、式(8.41)，并标注在脚注中。也就是说，该解与构造时要求可作为构造 10 阶完美乘幻方应具有的附加条件。

(4)适宜方阵条件整理。考虑到对更高 $n \neq 3k$ 的单偶数阶乘幻方、起始数与位置、首数组选择及可行组合的适用性验证，可得出结论，按照规则 4 构造 $n \neq 3k$ 的单偶数阶完美乘幻方时，适宜方阵条件应同时符合乘幻方通用必要条件、方阵的每行与每列都是二二积排序。构造时无特殊要求。

(5)在图 8-48 中，对连乘积表达式查验，符合完美幻方要求。所以图 8-48 是条件变量完美乘幻方。

8.20 按规则 4 构造 $n \neq 3k > 4$ 双偶数阶条件变量完美乘幻方

以 8 阶乘幻方为例，采用乘幻方通用代数式基础方阵 $\boldsymbol{P}_8$。按首数组的选择进行分析。

1. 选择首数列

(1)起始数选 $\boldsymbol{P}_8$ 中任意一个数，如 $p_1 c_1$，排布在任意位置，如左下角。选 $p_1 c_1$ 所在列为首数组，选任意可行组合，如 $a'c$，按规则 4 排布的 8 阶方阵如图 8-49 所示。

(2)计算图 8-49：

每行连乘积交替 = $\prod_{i=1}^{8} c_i (p_1 p_3 p_5 p_7)^2$ 和 $\prod_{i=1}^{8} c_i (p_2 p_4 p_6 p_8)^2$

每列连乘积 = $\prod_{i=1}^{8} p_i \prod_{i=1}^{8} c_i$

| 加幻方与乘幻方构造法 —— 源自方程组的解

副对角线连乘积 $= \Pi_{i=1}^{8} p_i (c_1 c_3 c_5 c_7)^2$

副泛对角线连乘积交替$= \Pi_{i=1}^{8} p_i (c_1 c_3 c_5 c_7)^2$ 和 $\Pi_{i=1}^{8} p_i (c_2 c_4 c_6 c_8)^2$

主对角线连乘积 $= \Pi_{i=1}^{8} p_i (c_{48})^4$

主泛对角线连乘积交替$= \Pi_{i=1}^{8} p_i (c_4 c_8)^4$、$\Pi_{i=1}^{8} p_i (c_3 c_7)^4$、$\Pi_{i=1}^{8} p_i (c_2 c_6)^4$ 和 $\Pi_{i=1}^{8} p_i \times (c_1 c_5)^4$

$\Pi_{i=1}^{8} p_i \Pi_{i=1}^{8} c_i$								$\Pi_{i=1}^{8} p_i (c_1 c_3 c_5 c_7)^2$
$p_2 c_4$	$p_8 c_5$	$p_6 c_6$	$p_4 c_7$	$p_2 c_8$	$p_8 c_1$	$p_6 c_2$	$p_4 c_3$	$(p_2 p_4 p_6 p_8)^2 \Pi_{i=1}^{8} c_i$
$p_3 c_7$	$p_1 c_8$	$p_7 c_1$	$p_5 c_2$	$p_3 c_3$	$p_1 c_4$	$p_7 c_5$	$p_5 c_6$	$(p_1 p_3 p_5 p_7)^2 \Pi_{i=1}^{8} c_i$
$p_4 c_2$	$p_2 c_3$	$p_8 c_4$	$p_6 c_5$	$p_4 c_6$	$p_2 c_7$	$p_8 c_8$	$p_6 c_1$	
$p_5 c_5$	$p_3 c_6$	$p_1 c_7$	$p_7 c_8$	$p_5 c_1$	$p_3 c_2$	$p_1 c_3$	$p_7 c_4$	
$p_6 c_8$	$p_4 c_1$	$p_2 c_2$	$p_8 c_3$	$p_6 c_4$	$p_4 c_5$	$p_2 c_6$	$p_8 c_7$	
$p_7 c_3$	$p_5 c_4$	$p_3 c_5$	$p_1 c_6$	$p_7 c_7$	$p_5 c_8$	$p_3 c_1$	$p_1 c_2$	
$p_8 c_6$	$p_6 c_7$	$p_4 c_8$	$p_2 c_1$	$p_8 c_2$	$p_6 c_3$	$p_4 c_4$	$p_2 c_5$	
$p_1 c_1$	$p_7 c_2$	$p_5 c_3$	$p_3 c_4$	$p_1 c_5$	$p_7 c_6$	$p_5 c_7$	$p_3 c_8$	
要求 $\begin{cases} p_1 p_3 p_5 p_7 = p_2 p_4 p_6 p_8 \\ c_1 c_3 c_5 c_7 = c_2 c_4 c_6 c_8 \\ c_1 c_5 = c_2 c_6 = c_3 c_7 = c_4 c_8 \end{cases}$								$\Pi_{i=1}^{8} p_i (c_4 c_8)^4$

图 8-49

(3) 设图 8-49 是完美乘幻方,由计算可得到图 8-49 完美乘幻方方程组:

$$\begin{cases} (p_1 p_3 p_5 p_7)^2 \prod_{i=1}^{8} c_i = \prod_{i=1}^{8} p_i \prod_{i=1}^{8} c_i & (8.42) \\ (p_2 p_4 p_6 p_8)^2 \prod_{i=1}^{8} c_i = \prod_{i=1}^{8} p_i \prod_{i=1}^{8} c_i & (8.43) \\ (c_1 c_3 c_5 c_7)^2 \prod_{i=1}^{8} p_i = \prod_{i=1}^{8} p_i \prod_{i=1}^{8} c_i & (8.44) \\ (c_2 c_4 c_6 c_8)^2 \prod_{i=1}^{8} p_i = \prod_{i=1}^{8} p_i \prod_{i=1}^{8} c_i & (8.45) \\ (c_1 c_5)^4 \prod_{i=1}^{8} p_i = \prod_{i=1}^{8} p_i \prod_{i=1}^{8} c_i & (8.46) \\ (c_2 c_6)^4 \prod_{i=1}^{8} p_i = \prod_{i=1}^{8} p_i \prod_{i=1}^{8} c_i & (8.47) \\ (c_3 c_7)^4 \prod_{i=1}^{8} p_i = \prod_{i=1}^{8} p_i \prod_{i=1}^{8} c_i & (8.48) \\ (c_4 c_8)^4 \prod_{i=1}^{8} p_i = \prod_{i=1}^{8} p_i \prod_{i=1}^{8} c_i & (8.49) \end{cases}$$

解 所有变量$\neq 0$,由式(8.42)、式(8.43)左边相等,约去 $\Pi_{i=1}^{8} c_i$,开二次方,去括号,得式(8.50)。

同理,由式(8.44)、式(8.45)左边相等,约去 $\Pi_{i=1}^{8} p_i$,去括号,得式(8.51)。

由式(8.46)~式(8.49)左边相等,约去 $\Pi_{i=1}^{8} p_i$,开 4 次方,去括号,得式(8.52),即

$$\begin{cases} p_1 p_3 p_5 p_7 = p_2 p_4 p_6 p_8 & (8.50) \\ c_1 c_3 c_5 c_7 = c_2 c_4 c_6 c_8 & (8.51) \\ c_1 c_5 = c_2 c_6 = c_3 c_7 = c_4 c_8 & (8.52) \end{cases}$$

将式(8.50)~式(8.52)代入方程组,全满足,它们是方程组的解。这说明,图8-49是条件变量完美乘幻方,其变量是 $p_1 \sim p_8$、$c_1 \sim c_8$,要求同时符合式(8.50)~式(8.52),并标注在脚注中。也就是说,该解与构造时要求可作为构造8阶完美乘幻方应具有的附加条件。

2. 选择首数行

(1)选 $p_1 c_1$ 为起始数,选 $p_1 c_1$ 所在行为首数组,选任意可行组合,如 $a'c$,按规则4排布的8阶方阵如图8-50所示。

(2)对图8-50计算,假设图8-50是完美乘幻方,同样可建立方程组,解得一组解为

$$\begin{cases} p_1 p_3 p_5 p_7 = p_2 p_4 p_6 p_8 & (8.50) \\ c_1 c_3 c_5 c_7 = c_2 c_4 c_6 c_8 & (8.51) \\ p_1 p_5 = p_2 p_6 = p_3 p_7 = p_4 p_8 & (8.53) \end{cases}$$

与选择首数列的解比较,前两式相同,而式(8.53)表示此时每列是四四积排序。

$\prod_{i=1}^{8} p_i \prod_{i=1}^{8} c_i$								$(p_1 p_3 p_5 p_7)^2 \prod_{i=1}^{8} c_i$
$p_4 c_2$	$p_5 c_8$	$p_6 c_6$	$p_7 c_4$	$p_8 c_2$	$p_1 c_8$	$p_2 c_6$	$p_3 c_4$	$\prod_{i=1}^{8} p_i (c_2 c_4 c_6 c_8)^2$
$p_7 c_3$	$p_8 c_1$	$p_1 c_7$	$p_2 c_5$	$p_3 c_3$	$p_4 c_1$	$p_5 c_7$	$p_6 c_5$	$\prod_{i=1}^{8} p_i (c_1 c_3 c_5 c_7)^2$
$p_2 c_4$	$p_3 c_2$	$p_4 c_8$	$p_5 c_6$	$p_6 c_4$	$p_7 c_2$	$p_8 c_8$	$p_1 c_6$	
$p_5 c_5$	$p_6 c_3$	$p_7 c_1$	$p_8 c_7$	$p_1 c_5$	$p_2 c_3$	$p_3 c_1$	$p_4 c_7$	
$p_8 c_6$	$p_1 c_4$	$p_2 c_2$	$p_3 c_8$	$p_4 c_6$	$p_5 c_4$	$p_6 c_2$	$p_7 c_8$	
$p_3 c_7$	$p_4 c_5$	$p_5 c_3$	$p_6 c_1$	$p_7 c_7$	$p_8 c_5$	$p_1 c_3$	$p_2 c_1$	
$p_6 c_8$	$p_7 c_6$	$p_8 c_4$	$p_1 c_2$	$p_2 c_8$	$p_3 c_6$	$p_4 c_4$	$p_5 c_2$	
$p_1 c_1$	$p_2 c_7$	$p_3 c_5$	$p_4 c_3$	$p_5 c_1$	$p_6 c_7$	$p_7 c_5$	$p_8 c_3$	
要求 $\begin{cases} p_1 p_3 p_5 p_7 = p_2 p_4 p_6 p_8 \\ c_1 c_3 c_5 c_7 = c_2 c_4 c_6 c_8 \\ c_1 c_5 = c_2 c_6 = c_3 c_7 = c_4 c_8 \end{cases}$								$(p_4 p_8)^4 \prod_{i=1}^{8} c_i$

图 8-50

3. 适宜方阵条件整理

由以上分析可知,P_8 的每行与每列都是二二积排序、每行(列)还是四四积排序与构造时要求可作为构造8阶完美乘幻方应具有的附加条件。

考虑到对 $n \neq 3k$ 的更高双偶数阶幻方、起始数与位置、首数组选择及可行组合的适用性验证,可得出结论,按照规则4构造 $n \neq 3k > 4$ 的双偶数阶完美乘幻方时,适宜方阵条件应同时符合乘幻方通用必要条件、每行与每列均是二二积排序,且每行(或列,或兼而有之)还是四四积排序。构造时相应选首数列或行。

4. 验证

在图8-49中,对连乘积表达式查验,符合完美乘幻方要求。所以图8-49是条件变量完美乘幻方。

8.21 按规则4构造 $n \neq 3k > 4$ 双偶数阶条件变量一般乘幻方

1. 分析

(1) 在选首数列的完美乘幻方图 8-49 中,若只将 P_8 的每行的四四积排序改为 48 积排序,其余不变,因有的泛对角线连乘积不等于幻积,幻方变成条件变量一般乘幻方,应新编图号,图脚注中要求应作相应更改(略)。此时 P_8 的第 4、8 列中的元素分布在主 4 格线上(首数方向为 a' 时)或副 4 格线上(首数方向为 c' 时)。

(2) 在选首数行的完美乘幻方图 8-50 中,若只将每列的四四积排序改为 48 积排序,其余不变,同样,幻方变成条件变量一般乘幻方。此时 P_8 的第 4、8 行中的元素分布在主 4 格线上(首数方向为 a' 时)或副 4 格线上(当首数方向为 c' 时)。

2. 适宜方阵条件整理

由分析可知,P_8 的行与列都是二二积排序且组内数是四分积排序与构造时要求,可作为 P_8 构造一般乘幻方应具有的附加条件。

考虑到对 $n \neq 3k$ 更高双偶数阶乘幻方、起始数与位置、首数组选择及可行组合的适用性验证,可得出结论,按照规则 4 构造 $n \neq 3k > 4$ 双偶数阶一般乘幻方时,适宜方阵条件应同时符合乘幻方通用必要条件、方阵中每行与每列均是二二积排序以及下述(1)或(2)项要求:

(1) 每行是四分(如 48)积排序。应选首数列,起始数应相应选择第 4,8,… 列的元素,并排布在主 4 格线上(首数方向为 a', b', e', f' 时)或副 4 格线上(首数方向为 c', d', g', h' 时)。

(2) 每列是四分(如 48)积排序。应选首数行,起始数应相应选择第 4,8,… 行的元素,并排布在主 4 格线上(首数方向为 a', b', e', f' 时)或副 4 格线上(首数方向为 c', d', g', h' 时)。

8.22 按规则4构造 $n = 3k > 4$ 奇数阶条件变量完美乘幻方

以构造 9 阶乘幻方说明。用乘幻方通用代数式基础方阵 P_9,按首数组的选择进行分析。

1. 选择首数列

(1) 起始数选 P_9 中任意一个数,如"$p_1 c_1$",可排布在任意位置,如左下角,选 $p_1 c_1$

所在列为首数组,选任意可行组合,如 $a'c$,按照规则 4 构造 9 阶方阵如图 8-51。

$\Pi_{i=1}^{9}p_i \times (c_{147})^3$	$\Pi_{i=1}^{9}p_i \times (c_{369})^3$	$\Pi_{i=1}^{9}p_i \times (c_{258})^3$							$(p_{147})^3 \times \Pi_{i=1}^{9}c_i$
p_6c_7	p_5c_3	p_4c_8	p_3c_4	p_2c_9	p_1c_5	p_9c_1	p_8c_6	p_7c_2	
p_2c_4	p_1c_9	p_9c_5	p_8c_1	p_7c_6	p_6c_2	p_5c_7	p_4c_3	p_3c_8	
p_7c_1	p_6c_6	p_5c_2	p_4c_7	p_3c_3	p_2c_8	p_1c_4	p_9c_9	p_8c_5	
p_3c_7	p_2c_3	p_1c_8	p_9c_4	p_8c_9	p_7c_5	p_6c_1	p_5c_6	p_4c_2	$\Pi_{i=1}^{9}p_i\Pi_{i=1}^{9}c_i$
p_8c_4	p_7c_9	p_6c_5	p_5c_1	p_4c_6	p_3c_2	p_2c_7	p_1c_3	p_9c_8	
p_4c_1	p_3c_6	p_2c_2	p_1c_7	p_9c_3	p_8c_8	p_7c_4	p_6c_9	p_5c_5	
p_9c_7	p_8c_3	p_7c_8	p_6c_4	p_5c_9	p_4c_5	p_3c_1	p_2c_6	p_1c_2	
p_5c_4	p_4c_9	p_3c_5	p_2c_1	p_1c_6	p_9c_2	p_8c_7	p_7c_3	p_6c_8	
p_1c_1	p_9c_6	p_8c_2	p_7c_7	p_6c_3	p_5c_8	p_4c_4	p_3c_9	p_2c_5	
要求 $\begin{cases} p_1p_4p_7=p_2p_5p_8=p_3p_6p_9 \\ c_1c_4c_7=c_2c_5c_8=c_3c_6c_9 \end{cases}$									$\Pi_{i=1}^{9}p_i\Pi_{i=1}^{9}c_i$

图 8-51

图 8-51 中,$p_{147}=p_1p_4p_7$;$p_{258}=p_2p_5p_8$;$p_{369}=p_3p_6p_9$;$c_{147}=c_1c_4c_7$;$c_{258}=c_2c_5c_8$;$c_{369}=c_3c_6c_9$。

(2)对图 8-51 计算:

$$\text{行连乘积} = \Pi_{i=1}^{9}p_i\Pi_{i=1}^{9}c_i$$

$$\text{列连乘积交替} = \Pi_{i=1}^{9}p_i(c_1c_4c_7)^3 \text{、} \Pi_{i=1}^{9}p_i(c_3c_6c_9)^3 \text{ 和 } \Pi_{i=1}^{9}p_i(c_2c_5c_8)^3$$

$$\text{主对角线连乘积} = \Pi_{i=1}^{9}p_i\Pi_{i=1}^{9}c_i$$

$$\text{每条主泛对角线连乘积} = \Pi_{i=1}^{9}p_i\Pi_{i=1}^{9}c_i$$

$$\text{副对角线连乘积} = (P_{147})^3\Pi_{i=1}^{9}c_i$$

$$\text{副泛对角线连乘积交替} = (p_2p_5p_8)^3\Pi_{i=1}^{9}c_i \text{、} (p_3p_6p_9)^3\Pi_{i=1}^{9}c_i \text{ 和 } (p_1p_4p_7)^3\Pi_{i=1}^{9}c_i$$

(3)若设图 8-51 是完美乘幻方,由上述计算可得到方程组:

$$\begin{cases}
(c_1c_4c_7)^3\prod_{i=1}^{9}p_i = \prod_{i=1}^{9}p_i\prod_{i=1}^{9}c_i \\
(c_2c_5c_8)^3\prod_{i=1}^{9}p_i = \prod_{i=1}^{9}p_i\prod_{i=1}^{9}c_i \\
(c_3c_6c_9)^3\prod_{i=1}^{9}p_i = \prod_{i=1}^{9}p_i\prod_{i=1}^{9}c_i \\
(p_1p_4p_7)^3\prod_{i=1}^{9}c_i = \prod_{i=1}^{9}p_i\prod_{i=1}^{9}c_i \\
(p_2p_5p_8)^3\prod_{i=1}^{9}c_i = \prod_{i=1}^{9}p_i\prod_{i=1}^{9}c_i \\
(p_3p_6p_9)^3\prod_{i=1}^{9}c_i = \prod_{i=1}^{9}p_i\prod_{i=1}^{9}c_i
\end{cases}$$

解 所有变量 $\neq 0$,前 3 式左边都相等,约去 $\Pi_{i=1}^{9}p_i$,开二次方,去括号,得式(8.54)。同理,由后三式左边都相等,解得式(8.55),即

$$\begin{cases} c_1c_4c_7 = c_2c_5c_8 = c_3c_6c_9 & (8.54) \\ p_1p_4p_7 = p_2p_5p_8 = p_3p_6p_9 & (8.55) \end{cases}$$

将式(8.54)、式(8.55)代入方程组,全满足,它们是方程组的解。这说明,图 8-51 是 9 阶条件变量完美乘幻方,其变量是 $p_1 \sim p_9$,$c_1 \sim c_9$,要求同时符合式(8.54)、式(8.55),并标注在脚注中。也就是说,该解与构造时要求可作为构造 9 阶完美乘幻方应具有的附加条件。

2. 选择首数行

起始数选 P_9 中任意一个数,如"p_1c_1",可排布在任意位置,如左下角,选 p_1c_1 所在行为首数组,选任意可行组合,如 $a'c$,按照规则 4 构造 9 阶方阵,如图 8-52 所示。

对图 8-52 计算,同样可建立方程组,求解(过程略)。解得的解与选择首数列时的解相同,即式(8.54)、式(8.55)联立。

$\Pi_{i=1}^{9}c_i \times (p_{147})^3$	$\Pi_{i=1}^{9}c_i \times (p_{369})^3$	$\Pi_{i=1}^{9}c_i \times (p_{258})^3$							$(c_{147})^3 \times \Pi_{i=1}^{9}p_i$
p_7c_6	p_3c_5	p_8c_4	p_4c_3	p_9c_2	p_5c_1	p_1c_9	p_6c_8	p_2c_7	
p_4c_2	p_9c_1	p_5c_9	p_1c_8	p_6c_7	p_2c_6	p_7c_5	p_3c_4	p_8c_3	
p_1c_7	p_6c_6	p_2c_5	p_7c_4	p_3c_3	p_8c_2	p_4c_1	p_9c_9	p_5c_8	
p_7c_3	p_3c_2	p_8c_1	p_4c_9	p_9c_8	p_5c_7	p_1c_6	p_6c_5	p_2c_4	$\Pi_{i=1}^{9}p_i\Pi_{i=1}^{9}c_i$
p_4c_8	p_9c_7	p_5c_6	p_1c_5	p_6c_4	p_2c_3	p_7c_2	p_3c_1	p_8c_9	
p_1c_4	p_6c_3	p_2c_2	p_7c_1	p_3c_9	p_8c_8	p_4c_7	p_9c_6	p_5c_5	
p_7c_9	p_3c_8	p_8c_7	p_4c_6	p_9c_5	p_5c_4	p_1c_3	p_6c_2	p_2c_1	
p_4c_5	p_9c_4	p_5c_3	p_1c_2	p_6c_1	p_2c_9	p_7c_8	p_3c_7	p_8c_6	
p_1c_1	p_6c_9	p_2c_8	p_7c_7	p_3c_6	p_8c_5	p_4c_4	p_9c_3	p_5c_2	
要求 $\begin{cases} p_1p_4p_7=p_2p_5p_8=p_3p_6p_9 \\ c_1c_4c_7=c_2c_5c_8=c_3c_6c_9 \end{cases}$									$\Pi_{i=1}^{9}p_i\Pi_{i=1}^{9}c_i$

图 8-52

3. 适宜方阵条件整理

考虑到对 $n=3k$ 更高奇数阶乘幻方、起始数与位置、首数组选择及可行组合的适用性验证,可得出结论,按照规则 4 构造 $n=3k>4$ 的奇数阶完美乘幻方时,适宜方阵条件应同时符合乘幻方通用必要条件、方阵的每行与每列都是三三积排序。构造时无特殊要求。

4. 验证

在图 8-51 中,对连乘积表达式查验,符合完美乘幻方要求。所以图 8-51 是条件变量完美乘幻方。

8.23 按规则 4 构造 $n=3k>4$ 奇数阶条件变量一般乘幻方

1. 分析

(1) 在选择首数列的完美幻方图 8-51 中,若只将 P_9 的每列由三三积排序改为

147积排序,则变成条件变量一般乘幻方。此时应新编图号,脚注中要求应相应更改。(略)。此时 P_9 的第1,4,7行元素分布在副3格线上(组内数方向是 c 时)。

(2) 在选择首数行的完美幻方图8-52中,若只将 P_9 的每行由三三积排序改为147积排序,则幻方变成条件变量一般乘幻方。此时应新编图号,脚注中要求应相应更改(略)。此时 P_9 的第1、4、7列的元素分布在幻方的副3格线上(组内数方向是 c 时)。

2. 适宜方阵条件整理

考虑到对 $n=3k>4$ 更高奇数阶乘幻方、起始数与位置、首数组选择及可行组合的适用性验证,可得出结论,按照规则4构造 $n=3k>4$ 的奇数阶一般乘幻方时,适宜方阵条件应同时符合乘幻方通用必要条件及下述的(1)或(2)项要求:

(1) 每行是三三积排序,每列是三分(如147)积排序。构造时应选首数列,起始元素应选第1,4,7,…行的任一元素,排布在幻方小中心(与组合无关),也可排布在幻方主3格线上(组内数方向是 a,b,e,f 时)或副3格线上(组内数方向是 c,d,g,h 时)。

(2) 每列是三三积排序,每行是三分(如147)积排序。构造时应选首数行,起始元素应选第1,4,7,…列的任一元素,排布在幻方的小中心(与组合无关),也可排布在主3格线上(组内数方向是 a,b,e,f 时)或副3格线上(组内数方向是 c,d,g,h 时)。

8.24 按规则4构造 $n=3k$ 单偶数阶条件变量完美乘幻方

以6阶乘幻方为例,用乘幻方通用代数式基础方阵 P_6,按首数组的选择进行分析。

1. 选择首数列

(1) 起始数选 P_6 中任意一个元素,如 p_1c_1,排布在任一位置,如左下角。选 p_1c_1 所在列为首数组,选任意可行组合,如 $a'c$,按照规则4排布的方阵如图8-53所示。

$\Pi_{i=1}^{6}p_i \times$ $(c_1c_4)^3$	$\Pi_{i=1}^{6}p_i \times$ $(c_3c_6)^3$	$\Pi_{i=1}^{6}p_i \times$ $(c_2c_5)^3$				$(p_1p_4)^3(c_1c_3c_5)^2$
p_6c_4	p_2c_3	p_4c_2	p_6c_1	p_2c_6	p_4c_5	$(p_2p_4p_6)^2\Pi_{i=1}^{6}c_i$
p_5c_1	p_1c_6	p_3c_5	p_5c_4	p_1c_3	p_3c_2	$(p_1p_3p_5)^2\Pi_{i=1}^{6}c_i$
p_4c_4	p_6c_3	p_2c_2	p_4c_1	p_6c_6	p_2c_5	
p_3c_1	p_5c_6	p_1c_5	p_3c_4	p_5c_3	p_1c_2	
p_2c_4	p_4c_3	p_6c_2	p_2c_1	p_4c_6	p_6c_5	
p_1c_1	p_3c_6	p_5c_5	p_1c_4	p_3c_3	p_5c_2	
要求	$p_1p_3p_5=p_2p_4p_6$ $p_1p_4=p_2p_5=p_3p_6$ $c_1c_3c_5=c_2c_4c_6$ $c_1c_4=c_2c_5=c_3c_6$					$\Pi_{i=1}^{6}p_i(c_2c_4c_6)^2$

图 8-53

(2) 计算图 8-53：

每行连乘积交替 $= (p_1 p_3 p_5)^2 \Pi_{i=1}^{6} c_i$ 和 $(p_2 p_4 p_6)^2 \Pi_{i=1}^{6} c_i$

每列连乘积交替 $= \Pi_{i=1}^{6} p_i (c_1 c_4)^3$、$\Pi_{i=1}^{6} p_i (c_2 c_5)^3$ 和 $\Pi_{i=1}^{6} p_i (c_3 c_6)^3$

主对角线及主泛对角线连乘积交替 $= \Pi_{i=1}^{6} p_i (c_1 c_3 c_5)^2$ 和 $\Pi_{i=1}^{6} p_i (c_2 c_4 c_6)^2$.

副对角线及副泛对角线连乘积交替 $= (p_1 p_4)^3 (c_1 c_3 c_5)^2$，$(p_1 p_4)^3 (c_2 c_4 c_6)^2$，$(p_2 p_5)^3 (c_1 c_3 c_5)^2$，$(p_2 p_5)^3 (c_2 c_4 c_6)^2$，$(p_3 p_6)^3 (c_1 c_3 c_5)^2$ 和 $(p_3 p_6)^3 (c_2 c_4 c_6)^2$.

(3) 假设图 8-53 是完美幻方，由上述计算，可得到方程组：

$$(p_1 p_3 p_5)^2 \prod_{i=1}^{6} c_i = \prod_{i=1}^{6} p_i \prod_{i=1}^{6} c_i \tag{8.56}$$

$$(p_2 p_4 p_6)^2 \prod_{i=1}^{6} c_i = \prod_{i=1}^{6} p_i \prod_{i=1}^{6} c_i \tag{8.57}$$

$$(c_1 c_4)^3 \prod_{i=1}^{6} p_i = \prod_{i=1}^{6} p_i \prod_{i=1}^{6} c_i \tag{8.58}$$

$$(c_2 c_5)^3 \prod_{i=1}^{6} p_i = \prod_{i=1}^{6} p_i \prod_{i=1}^{6} c_i \tag{8.59}$$

$$(c_3 c_6)^3 \prod_{i=1}^{6} p_i = \prod_{i=1}^{6} p_i \prod_{i=1}^{6} c_i \tag{8.60}$$

$$(c_1 c_3 c_5)^2 \prod_{i=1}^{6} p_i = \prod_{i=1}^{6} p_i \prod_{i=1}^{6} c_i \tag{8.61}$$

$$(c_2 c_4 c_6)^2 \prod_{i=1}^{6} p_i = \prod_{i=1}^{6} p_i \prod_{i=1}^{6} c_i \tag{8.62}$$

$$(p_1 p_4)^3 (c_1 c_3 c_5)^2 = \prod_{i=1}^{6} p_i \prod_{i=1}^{6} c_i \tag{8.63}$$

$$(p_1 p_4)^3 (c_2 c_4 c_6)^2 = \prod_{i=1}^{6} p_i \prod_{i=1}^{6} c_i \tag{8.64}$$

$$(p_2 p_5)^3 (c_1 c_3 c_5)^2 = \prod_{i=1}^{6} p_i \prod_{i=1}^{6} c_i \tag{8.65}$$

$$(p_2 p_5)^3 (c_2 c_4 c_6)^2 = \prod_{i=1}^{6} p_i \prod_{i=1}^{6} c_i \tag{8.66}$$

$$(p_3 p_6)^3 (c_1 c_3 c_5)^2 = \prod_{i=1}^{6} p_i \prod_{i=1}^{6} c_i \tag{8.67}$$

$$(p_3 p_6)^3 (c_2 c_4 c_6)^2 = \prod_{i=1}^{6} p_i \prod_{i=1}^{6} c_i \tag{8.68}$$

解 所有变量 $\neq 0$，式(8.56)、式(8.57)左边相等，约去 $\Pi_{i=1}^{6} c_i$，开二次方，去括号，得式(8.69)。

式(8.63)、式(8.65)与式(8.67)左边相等，约去 $(c_1 c_3 c_5)^2$，开三次方，去括号，得式

(8.70)。

式(8.61)、式(8.62)左边相等,约去 $\Pi_{i=1}^{6}p_i$,开三次方,去括号,得式(8.71)。

式(8.58)~式(8.60)左边相等,约去 $\Pi_{i=1}^{6}p_i$,开三次方,去括号,得式(8.72),即

$$\begin{cases} p_1p_3p_5=p_2p_4p_6 & (8.69)\\ p_1p_4=p_2p_5=p_3p_6 & (8.70)\\ c_1c_3c_5=c_2c_4c_6 & (8.71)\\ c_1c_4=c_2c_5=c_3c_6 & (8.72)\end{cases}$$

将式(8.69)~式(8.72)代入方程组,全满足,它们是方程组的解。这说明图 8-53 是条件变量完美乘幻方,其变量是 $p_1\sim p_6$,$c_1\sim c_6$,要求同时符合式(8.69)~式(8.72),并标注在脚注中。该解与构造时要求可作为构造 6 阶完美乘幻方应具有的附加条件。

2. 选择首数行

起始数选 P_6 中任意一个元素,如 p_1c_1,排布在任一位置,如左下角。选 p_1c_1 所在行为首数组,选任意可行组合,如 $a'c$,按照规则 4 排布的方阵如图 8-54 所示。

对图 8-54 计算,假设它是变量完美幻方,同样可列出方程组,求得一组解。得到的解与选择首数列的解相同(证明略)。

$(p_1p_4)^3 \times$ $\Pi_{i=1}^{6}c_i$	$(p_3p_6)^3 \times$ $\Pi_{i=1}^{6}c_i$	$(p_2p_5)^3 \times$ $\Pi_{i=1}^{6}c_i$				$(p_1p_3p_5)^2(c_1c_4)^3$
p_4c_6	p_3c_2	p_2c_4	p_1c_6	p_6c_2	p_5c_4	$\Pi_{i=1}^{6}p_i(c_2c_4c_6)^2$
p_1c_5	p_6c_1	p_5c_3	p_4c_5	p_3c_1	p_2c_3	$\Pi_{i=1}^{6}p_i(c_1c_3c_5)^2$
p_4c_4	p_3c_6	p_2c_2	p_1c_4	p_6c_6	p_5c_2	
p_1c_3	p_6c_5	p_5c_1	p_4c_3	p_3c_5	p_2c_1	
p_4c_2	p_3c_4	p_2c_6	p_1c_2	p_6c_4	p_5c_6	
p_1c_1	p_6c_3	p_5c_5	p_4c_1	p_3c_3	p_2c_5	
要求 $\begin{cases}p_1p_3p_5=p_2p_4p_6\\ p_1p_4=p_2p_5=p_3p_6\\ c_1c_3c_5=c_2c_4c_6\\ c_1c_4=c_2c_5=c_3c_6\end{cases}$						$(p_2p_4p_6)^2\Pi_{i=1}^{6}c_i$

图 8-54

3. 适宜方阵条件整理

考虑到对 $n=3k$ 的更高单偶数阶乘幻方、起始数与位置、首数组选择及可行组合的适用性验证,可得出结论,按照规则 4 构造 $n=3k$ 单偶数阶完美乘幻方时,适宜方阵条件应同时符合乘幻方通用必要条件、方阵每行与每列都是二二积排序和三三积排序。构造时无特殊要求。

4. 验证

适宜方阵条件验证见例 8-13。

加幻方与乘幻方构造法 —— 源自方程组的解

【例 8-13】 自建适宜方阵,按照规则 4 构造 6 阶完美乘幻方,构造步骤如下:

(1) 按适宜方阵条件,建立适宜方阵如图 8-55 所示,验算如下。

第 1 行,$1×64=2×32=16×4=64$,它是三三积排序;又 $1×16×32=2×64×4$,它是二二积排序。

第 1 列,$1×3^6=3×3^5=3^4×3^2$,它是三三积排序;又 $1×3^4×3^5=3×3^6×3^2$,它是二二积排序。

(2) 选 $a'c$ 组合,第 1 列为首数组,按规则 4 构造的 6 阶完美乘幻方如图 8-56 及图 8-57 所示。

$$幻积=1×2×2^4×2^6×2^5×2^2×3×3^4×3^6×3^5×3^2=2^{18}×3^{18}$$
$$=262\,144×19\,683×19\,683=101\,559\,956\,668\,416$$

$1×1$	$1×2$	$1×2^4$	$1×2^6$	$1×2^5$	$1×2^2$
$3×1$	$3×2$	$3×2^4$	$3×2^6$	$3×2^5$	$3×4$
$3^4×1$	$3^4×2$	$3^4×2^4$	$3^4×2^6$	$3^4×2^5$	$3^4×4$
$3^6×1$	$3^6×2$	$3^6×2^4$	$3^6×2^6$	$3^6×2^5$	$3^6×4$
$3^5×1$	$3^5×2$	$3^5×2^4$	$3^5×2^6$	$3^5×2^5$	$3^5×4$
$3^2×1$	$3^2×2$	$3^2×2^4$	$3^2×2^6$	$3^2×2^5$	$3^2×4$

图 8-55

$3^2×2^6$	$3×2^4$	$2×3^6$	3^2	$3×2^2$	$3^6×2^5$
3^5	2^2	$3^4×2^5$	$3^5×2^6$	2^4	$2×3^4$
$3^6×2^6$	$3^2×2^4$	$3×2$	3^6	$3^2×2^2$	$3×2^5$
3^4	$3^5×2^2$	2^5	$3^4×2^6$	$3^5×2^4$	2
$3×2^6$	$3^6×2^4$	$3^2×2$	3	$3^6×2^2$	$3^2×2^5$
1	$3^4×2^2$	$3^5×2^5$	2^6	$3^4×2^4$	$2×3^5$

图 8-56

576	48	1458	9	12	23328
243	4	2592	15552	16	162
46656	144	6	729	36	96
81	972	32	5184	3888	2
192	11664	18	3	2916	288
1	324	7776	64	1296	486

图 8-57

8.25 按规则 4 构造 $n=3k$ 单偶数阶条件变量一般乘幻方

以 6 阶乘幻方为例,按首数组的选择进行分析。

1. 选择首数列

在选首数列的完美乘幻方图 8-53 中,若 P_6 的每列由三三积排序改为 147 积排序,其余不变,因有的泛对角线连乘积不再等于幻积,幻方变成条件变量一般乘幻方,应新编图号,脚注中要求应相应更改(略)。此时 P_6 中第 1、4 行的元素分布在副 3 格线上(组内数方向是 c 时)或主 3 格线上(组内数方向是 e 时),二者都包括 4 个小中心。

2. 选择首数行

在选首数行排布的图 8-54 中,若 P_6 的每列是二二积排序、三三积排序,每行是二二积排序、147 积排序,则幻方是条件变量一般乘幻方。此时 P_6 中第 1、4 列中的元素分布在幻方副 3 格线上(组内数方向是 c 时)或主 3 格线上(组内数方向是 e 时),二者都包括 4 个小中心。

3. 适宜方阵条件整理

据上述分析知,P_6 行列排序变化及构造时要求可作为构造一般乘幻方应具有的附加条件。

考虑到对 $n=3k$ 更高单偶数阶幻方、起始数与位置、首数组选择及可行组合的适用性验证,可得出结论,按照规则 4 构造 $n=3k$ 单偶数阶一般乘幻方时,适宜方阵条件应同时符合乘幻方通用必要条件、方阵的每行与每列都是二二积排序以及下述的(1)或(2)项要求:

(1)每行是三三积排序,每列是三分(如 147)积排序。构造时应选首数列,起始数应相应选择第 1,4,… 行的数,排布在幻方的小中心,也可排布在主 3 格线上(组内数方向为 a,b,e,f 时)或副 3 格线上(组内数方向为 c,d,g,h 时)。

(2)每列是三三积排序,每行是三分(如 147)积排序。构造时应选首数行,起始数应相应选择第 1,4,… 列的数,排布在幻方的小中心,也可排布在幻方主 3 格线上(组内数方向为 a,b,e,f 时)或副 3 格线上(组内数方向为 c,d,g,h 时)。

8.26 按规则 4 构造 $n=3k$ 双偶数阶条件变量完美乘幻方

以 12 阶幻方为例。填入数用乘幻方通用代数式基础方阵 P_{12}，按首数组的选择进行分析。

1. 选择首数列

(1)起始数可选 P_{12} 中任意一个元素，如 p_1c_1，可排布在幻方任一位置，如左下角。选 p_1c_1 所在列为首数列，选任意可行组合，如 $a'c$，按照规则 4 排布的 12 阶方阵如图 8-58 所示。

$\Pi_{i=1}^{12}p_i \times (c_{147})^3$	$\Pi_{i=1}^{12}p_i \times (c_{369})^3$	$\Pi_{i=1}^{12}p_i \times (c_{258})^3$									$(p_{147})^3(c_{135})^2$
p_6c_4	p_8c_9	$p_{10}c_2$	$p_{12}c_7$	p_2c_{12}	p_4c_5	p_6c_{10}	p_8c_3	$p_{10}c_8$	$p_{12}c_1$	p_2c_6	p_4c_{11}	$(p_{246})^2\Pi_{i=1}^{12}c_i$
$p_{11}c_7$	p_1c_{12}	p_3c_5	p_5c_{10}	p_7c_3	p_9c_8	$p_{11}c_1$	p_1c_6	p_3c_{11}	p_5c_4	p_7c_9	p_9c_2	$(p_{135})^2\Pi_{i=1}^{12}c_i$
p_4c_{10}	p_6c_3	p_8c_8	$p_{10}c_1$	$p_{12}c_6$	p_2c_{11}	p_4c_4	p_6c_9	p_8c_2	$p_{10}c_7$	$p_{12}c_{12}$	p_2c_5	
p_9c_1	$p_{11}c_6$	p_1c_{11}	p_3c_4	p_5c_9	p_7c_2	p_9c_7	$p_{11}c_{12}$	p_1c_5	p_3c_{10}	p_5c_3	p_7c_8	
p_2c_4	p_4c_9	p_6c_2	p_8c_7	$p_{10}c_{12}$	$p_{12}c_5$	p_2c_{10}	p_4c_3	p_6c_8	p_8c_1	$p_{10}c_6$	$p_{12}c_{11}$	
p_7c_7	p_9c_{12}	$p_{11}c_5$	p_1c_{10}	p_3c_3	p_5c_8	p_7c_1	p_9c_6	$p_{11}c_{11}$	p_1c_4	p_3c_9	p_5c_2	
$p_{12}c_{10}$	p_2c_3	p_4c_8	p_6c_1	p_8c_6	$p_{10}c_{11}$	$p_{12}c_4$	p_2c_9	p_4c_2	p_6c_7	p_8c_{12}	$p_{10}c_5$	
p_5c_1	p_7c_6	p_9c_{11}	$p_{11}c_4$	p_1c_9	p_3c_2	p_5c_7	p_7c_{12}	p_9c_5	$p_{11}c_{10}$	p_1c_3	p_3c_8	
$p_{10}c_4$	$p_{12}c_9$	p_2c_2	p_4c_7	p_6c_{12}	p_8c_5	$p_{10}c_{10}$	$p_{12}c_3$	p_2c_8	p_4c_1	p_6c_6	p_8c_{11}	
p_3c_7	p_5c_{12}	p_7c_5	p_9c_{10}	$p_{11}c_3$	p_1c_8	p_3c_1	p_5c_6	p_7c_{11}	p_9c_4	$p_{11}c_9$	p_1c_2	
p_8c_{10}	$p_{10}c_3$	$p_{12}c_8$	p_2c_1	p_4c_6	p_6c_{11}	p_8c_4	$p_{10}c_9$	$p_{12}c_2$	p_2c_7	p_4c_{12}	p_6c_5	
p_1c_1	p_3c_6	p_5c_{11}	p_7c_4	p_9c_9	$p_{11}c_2$	p_1c_7	p_3c_{12}	p_5c_5	p_7c_{10}	p_9c_3	$p_{11}c_8$	$\Pi_{i=1}^{12}p_i \times (c_4c_8c_{12})^4$

要求
$$\begin{cases} p_1p_3p_5p_7p_9p_{11}=p_2p_4p_6p_8p_{10}p_{12} \\ p_1p_4p_7p_{10}=p_2p_5p_8p_{11}=p_3p_6p_9p_{12} \\ c_1c_3c_5c_7c_9c_{11}=c_2c_4c_6c_8c_{10}c_{12} \\ c_1c_4c_7c_{10}=c_2c_5c_8c_{11}=c_3c_6c_9c_{12} \\ c_1c_5c_9=c_2c_6c_{10}=c_3c_7c_{11}=c_4c_8c_{12} \end{cases}$$

图 8-58

图 8-58 中，$p_{135}=p_1p_3p_5p_7p_9p_{11}$；$p_{246}=p_2p_4p_6p_8p_{10}p_{12}$

$$c_{135}=c_1c_3c_5c_7c_9c_{11}; c_{246}=c_2c_4c_6c_8c_{10}c_{12}$$

$$p_{147}=p_1p_4p_7p_{10}; p_{258}=p_2p_5p_8p_{11}; p_{369}=p_3p_6p_9p_{12}$$

(2)计算图 8-58：

每行连乘积交替 $=(p_1p_3p_5p_7p_9p_{11})^2\Pi_{i=1}^{12}c_i$ 和 $(p_2p_4p_6p_8p_{10}p_{12})^2\Pi_{i=1}^{12}c_i$

每列连乘积交替 $=\Pi_{i=1}^{12}p_i(c_1c_4c_7c_{10})^3, \Pi_{i=1}^{12}p_i(c_2c_5c_8c_{11})^3$ 或 $\Pi_{i=1}^{12}p_i(c_3c_6c_9c_{12})^3$

主对角线连乘积 $=\Pi_{i=1}^{12}p_i(c_4c_8c_{12})^4$

副对角线连乘积 $=(p_1p_4p_7p_{10})^3(c_1c_3c_5c_7c_9c_{11})^2$

主泛对角线连乘积交替 $=\Pi_{i=1}^{12}p_i(c_3c_7c_{11})^4, \Pi_{i=1}^{12}p_i(c_2c_6c_{10})^4, \Pi_{i=1}^{12}p_i(c_1c_5c_9)^4$ 和 $\Pi_{i=1}^{12}p_i(c_4c_8c_{12})^4$

副泛对角线连乘积交替 $=(p_2p_5p_8p_{11})^3(c_2c_4c_6c_8c_{10}c_{12})^2, (p_3p_6p_9p_{12})^3$

$(c_1c_3c_5c_7c_9c_{11})^2$,$(p_1p_4p_7p_{10})^3(c_2c_4c_6c_8c_{10}c_{12})^2$,$(p_2p_5p_8p_{11})^3(c_1c_3c_5c_7c_9c_{11})^2$,$(p_3p_6p_9p_{12})^3(c_2c_4c_6c_8c_{10}c_{12})^2$ 和 $(p_1p_4p_7p_{10})^3(c_1c_3c_5c_7c_9c_{11})^2$

(3)设图 8-58 是完美乘幻方,由上述计算可得到方程组:

$$\begin{cases} (p_1p_3p_5p_7p_9p_{11})^2\prod_{i=1}^{12}c_i = \prod_{i=1}^{12}p_i\prod_{i=1}^{12}c_i & (8.73)\\ (p_2p_4p_6p_8p_{10}p_{12})^2\prod_{i=1}^{12}c_i = \prod_{i=1}^{12}p_i\prod_{i=1}^{12}c_i & (8.74)\\ (c_1c_4c_7c_{10})^3\prod_{i=1}^{12}p_i = \prod_{i=1}^{12}p_i\prod_{i=1}^{12}c_i & (8.75)\\ (c_2c_5c_8c_{11})^3\prod_{i=1}^{12}p_i = \prod_{i=1}^{12}p_i\prod_{i=1}^{12}c_i & (8.76)\\ (c_3c_6c_9c_{12})^3\prod_{i=1}^{12}p_i = \prod_{i=1}^{12}p_i\prod_{i=1}^{12}c_i & (8.77)\\ (c_1c_5c_9)^4\prod_{i=1}^{12}p_i = \prod_{i=1}^{12}p_i\prod_{i=1}^{12}c_i & (8.78)\\ (c_2c_6c_{10})^4\prod_{i=1}^{12}p_i = \prod_{i=1}^{12}p_i\prod_{i=1}^{12}c_i & (8.79)\\ (c_3c_7c_{11})^4\prod_{i=1}^{12}p_i = \prod_{i=1}^{12}p_i\prod_{i=1}^{12}c_i & (8.80)\\ (c_4c_8c_{12})^4\prod_{i=1}^{12}p_i = \prod_{i=1}^{12}p_i\prod_{i=1}^{12}c_i & (8.81)\\ (p_1p_4p_7p_{10})^3(c_1c_3c_5c_7c_9c_{11})^2 = \prod_{i=1}^{12}p_i\prod_{i=1}^{12}c_i & (8.82)\\ (p_2p_5p_8p_{11})^3(c_1c_3c_5c_7c_9c_{11})^2 = \prod_{i=1}^{12}p_i\prod_{i=1}^{12}c_i & (8.83)\\ (p_3p_6p_9p_{12})^3(c_1c_3c_5c_7c_9c_{11})^2 = \prod_{i=1}^{12}p_i\prod_{i=1}^{12}c_i & (8.84)\\ (p_1p_4p_7p_{10})^3(c_2c_4c_6c_8c_{10}c_{12})^2 = \prod_{i=1}^{12}p_i\prod_{i=1}^{12}c_i & (8.85)\\ (p_2p_5p_8p_{11})^3(c_2c_4c_6c_8c_{10}c_{12})^2 = \prod_{i=1}^{12}p_i\prod_{i=1}^{12}c_i & (8.86)\\ (p_3p_6p_9p_{12})^3(c_2c_4c_6c_8c_{10}c_{12})^2 = \prod_{i=1}^{12}p_i\prod_{i=1}^{12}c_i & (8.87) \end{cases}$$

解 各变量$\neq 0$,式(8.73)、式(8.74)左边相等,约去 $\prod_{i=1}^{12}c_i$,开二次方,去括号,得式(8.88)。同理,式(8.82)~(8.84)左边相等,约去 $(c_1c_3c_5c_7c_9c_{11})^2$,开三次方,去括号,得式(8.89)。

式(8.82)、式(8.85)左边相等,约去 $(p_1p_4p_7p_{10})^3$,开二次方,去括号,得式(8.90)。

式(8.75)~式(8.77)左边相等,约去 $\prod_{i=1}^{12}p_i$,开三次方,去括号,得式(8.91)。

式(8.78)~(8.81)左边相等,约去 $\prod_{i=1}^{12}p_i$,开四次方,去括号,得式(8.92),即

$$\begin{cases} p_1p_3p_5p_7p_9p_{11}=p_2p_4p_6p_8p_{10}p_{12} & (8.88)\\ p_1p_4p_7p_{10}=p_2p_5p_8p_{11}=p_3p_6p_9p_{12} & (8.89)\\ c_1c_3c_5c_7c_9c_{11}=c_2c_4c_6c_8c_{10}c_{12} & (8.90)\\ c_1c_4c_7c_{10}=c_2c_5c_8c_{11}=c_3c_6c_9c_{12} & (8.91)\\ c_1c_5c_9=c_2c_6c_{10}=c_3c_7c_{11}=c_4c_8c_{12} & (8.92)\end{cases}$$

将式(8.88)～式(8.92)代入方程组，全满足，它们是方程组的解。这说明图 8-58 是一个 12 阶条件变量完美幻方，其变量是 $p_1\sim p_{12}$、$c_1\sim c_{12}$，要求同时满足式(8.88)～式(8.92)，并标注在脚注中。

2. 选择首数行

(1) 选 p_1c_1 为起始数，选其所在行为首数组，选任意可行组合，如 $a'c$，按照规则 4 构造的 12 阶方阵如图 8-59 所示。

$(p_{147})^3$人 $\prod_{i=1}^{12}c_i$	$(p_{369})^3$人 $\prod_{i=1}^{12}c_i$	$(p_{258})^3$人 $\prod_{i=1}^{12}c_i$										$(p_{135})^2\times(c_{147})^3$
p_4c_6	p_9c_8	p_2c_{10}	p_7c_{12}	$p_{12}c_2$	p_5c_4	$p_{10}c_6$	p_3c_8	p_8c_{10}	p_1c_{12}	p_6c_2	$p_{11}c_4$	$(c_{246})^2\prod_{i=1}^{12}p_i$
p_7c_{11}	$p_{12}c_1$	p_5c_3	$p_{10}c_5$	p_3c_7	p_8c_9	p_1c_{11}	p_6c_1	$p_{11}c_3$	p_4c_5	p_9c_7	p_2c_9	$(c_{135})^2\prod_{i=1}^{12}p_i$
$p_{10}c_4$	p_3c_6	p_8c_8	p_1c_{10}	p_6c_{12}	$p_{11}c_2$	p_4c_4	p_9c_6	p_2c_8	p_7c_{10}	$p_{12}c_{12}$	p_5c_2	
p_1c_9	p_6c_{11}	$p_{11}c_1$	p_4c_3	p_9c_5	p_2c_7	p_7c_9	$p_{12}c_{11}$	p_5c_1	$p_{10}c_3$	p_3c_5	p_8c_7	
p_4c_2	p_9c_4	p_2c_6	p_7c_8	$p_{12}c_{10}$	p_5c_{12}	$p_{10}c_2$	p_3c_4	p_8c_6	p_1c_8	p_6c_{10}	$p_{11}c_{12}$	
p_7c_7	$p_{12}c_9$	p_5c_{11}	$p_{10}c_1$	p_3c_3	p_8c_5	p_1c_7	p_6c_9	$p_{11}c_{11}$	p_4c_1	p_9c_3	p_2c_5	
$p_{10}c_{12}$	p_3c_2	p_8c_4	p_1c_6	p_6c_8	$p_{11}c_{10}$	p_4c_{12}	p_9c_2	p_2c_4	p_7c_6	$p_{12}c_8$	p_5c_{10}	
p_1c_5	p_6c_7	$p_{11}c_9$	p_4c_{11}	p_9c_1	p_2c_3	p_7c_5	$p_{12}c_7$	p_5c_9	$p_{10}c_{11}$	p_3c_1	p_8c_3	
p_4c_{10}	p_9c_{12}	p_2c_2	p_7c_4	$p_{12}c_6$	p_5c_8	$p_{10}c_{10}$	p_3c_{12}	p_8c_2	p_1c_4	p_6c_6	$p_{11}c_8$	
p_7c_3	$p_{12}c_5$	p_5c_7	$p_{10}c_9$	p_3c_{11}	p_8c_1	p_1c_3	p_6c_5	$p_{11}c_7$	p_4c_9	p_9c_{11}	p_2c_1	
$p_{10}c_8$	p_3c_{10}	p_8c_{12}	p_1c_2	p_6c_4	$p_{11}c_6$	p_4c_8	p_9c_{10}	p_2c_{12}	p_7c_2	$p_{12}c_4$	p_5c_6	
p_1c_1	p_6c_3	$p_{11}c_5$	p_4c_7	p_9c_9	p_2c_{11}	p_7c_1	$p_{12}c_3$	p_5c_5	$p_{10}c_7$	p_3c_9	p_8c_{11}	

要求 $\begin{cases} p_1p_3p_5p_7p_9p_{11}=p_2p_4p_6p_8p_{10}p_{12}\\ p_1p_4p_7p_{10}=p_2p_5p_8p_{11}=p_3p_6p_9p_{12}\\ p_1p_5p_9=p_2p_6p_{10}=p_3p_7p_{11}=p_4p_8p_{12}\\ c_1c_3c_5c_7c_9c_{11}=c_2c_4c_6c_8c_{10}c_{12}\\ c_1c_4c_7c_{10}=c_2c_5c_8c_{11}=c_3c_6c_9c_{12}\end{cases}$

$\prod_{i=1}^{12}c_i\times(p_4p_8p_{12})^4$

图 8-59

(2)对图 8-59 计算，假设它是完美乘幻方，同样可建立方程组，求得一组解(过程略)：

$$\begin{cases} p_1p_3p_5p_7p_9p_{11}=p_2p_4p_6p_8p_{10}p_{12} & (8.88)\\ p_1p_4p_7p_{10}=p_2p_5p_8p_{11}=p_3p_6p_9p_{12} & (8.89)\\ c_1c_3c_5c_7c_9c_{11}=c_2c_4c_6c_8c_{10}c_{12} & (8.90)\\ c_1c_4c_7c_{10}=c_2c_5c_8c_{11}=c_3c_6c_9c_{12} & (8.91)\\ p_1p_5p_9=p_2p_6p_{10}=p_3p_7p_{11}=p_4p_8p_{12} & (8.93)\end{cases}$$

式(8.93)表示每列是四四积排序。这说明，当选首数行时，$\boldsymbol{P}_{12}$ 每行与每列是二二积排序和三三积排序，且每列还是四四积排序时，图 8-59 才是条件变量完美幻方。

3. 适宜方阵条件整理

对以上两种情况汇总，可以说，$\boldsymbol{P}_{12}$ 的每行与每列都是二二积排序、三三积排序及组内数是四四积排序,可作为构造 12 阶完美乘幻方应具有的附加条件。

考虑到对 $n=3k$ 更高双偶数阶乘幻方、起始数与位置、首数组选择及可行组合之适用性验证,可得出结论,按规则 4 构造 $n=3k$ 双偶数阶完美乘幻方时,适宜方阵条件应同时符合乘幻方通用必要条件、方阵的每行与每列都是二二积排序和三三积排序,且每行(或列,或兼而有之)还是四四积排序,构造时相应选择首数列(或行)。

4. 验证

在图 8-58 中,对连乘积表达式查验,符合完美幻方要求。

8.27 按规则 4 构造 $n=3k$ 双偶数阶条件变量一般乘幻方

1. 选首数列时

在选首数列的完美乘幻方图 8-58 中,脚注要求方阵的行与列都是二二积排序和三三积排序,且要求每行还是四四积排序。若进行下述(1)或(2)或(3)项更改,因有的泛对角线连乘积不等于幻积,幻方变成条件变量一般乘幻方,应新编图号,脚注中要求应更改(略)。

(1) 在图 8-58 中,只将 P_{12} 每行的四四积排序改为 48 积排序,其余不变。此时方阵的第 4,8,12 列的 36 个元素分布在主 4 格线上(首数方向是 a' 时)。在图 8-61 中,第 4,8,12 列元素分布在副 4 格线上(首数方向 d' 时)。

(2) 在图 8-58 中,只将 P_{12} 每列的三三积排序改为 147 积排序,其余不变。此时方阵的第 1,4,7,10 行的 48 个元素分布在副 3 格线上(组内数方向是 c 时)或主 3 格线上(组内数方向是 e 时)。但二者都有 16 个元素在小中心处(与组合无关)。

说明,图 8-58 是 $a'c$ 组合,若将图 8-58 整体逆时针转 90°,则可视为 $c'e$ 组合。

(3) 在图 8-58 中,只将 P_{12} 每行的四四积排序改为 48 积排序、每列的三三积排序改为 147 积排序,其余不变。此时 P_{12} 的第 1,4,7,10 行与第 4,8,12 列的交叉元素位置分布随方向组合而异:

1) 12 个元素全分布在主对角线上(首数组与组内数方向都在第 1、3 象限,见 $a'a$ 组合的图 8-60 阴影元素)或副对角线上(首数组与组内数方向都在第 2、4 象限,见 $d'c$ 组合的图 8-61 阴影元素)。

2) 12 个元素中有 4 个元素分布在主对角线上的 4 个小中心(当首数方向是 a',b',e',f',而组内数方向是 c,d,g,h 时,见 $a'c$ 组合的图 8-58 中带阴影元素)或分布在副对角线上的 4 个小中心处(当首数是 c',d',g',h',而组内数是 a,b,e,f 时)。

加幻方与乘幻方构造法——源自方程组的解

$(p_{135})^2\times$ $(c_{369})^3$	$(p_{246})^2\times$ $(c_{258})^3$	$(p_{246})^2\times$ $(c_{147})^3$	$(p_{246})^2\times$ $(c_{369})^3$	$(p_{246})^2\times$ $(c_{258})^3$	$(p_{246})^2\times$ $(c_{147})^3$							$(c_{135})^2\prod_{i=1}^{12}p_i$
p_1c_{12}	p_2c_{11}	p_3c_{10}	p_4c_9	p_5c_8	p_6c_7	p_7c_6	p_8c_5	p_9c_4	$p_{10}c_3$	$p_{11}c_2$	$p_{12}c_1$	
p_3c_9	p_4c_8	p_5c_7	p_6c_6	p_7c_5	p_8c_4	p_9c_3	$p_{10}c_2$	$p_{11}c_1$	$p_{12}c_{11}$	p_1c_{11}	p_2c_{10}	
p_5c_6	p_6c_5	p_7c_4	p_8c_3	p_9c_2	$p_{10}c_1$	$p_{11}c_{12}$	$p_{12}c_{11}$	p_1c_{10}	p_2c_9	p_3c_8	p_4c_7	
p_7c_3	p_8c_2	p_9c_1	$p_{10}c_{12}$	$p_{11}c_{11}$	$p_{12}c_{10}$	p_1c_9	p_2c_8	p_3c_7	p_4c_6	p_5c_5	p_6c_4	
p_9c_{12}	$p_{10}c_{11}$	$p_{11}c_{10}$	$p_{12}c_9$	p_1c_8	p_2c_7	p_3c_6	p_4c_5	p_5c_4	p_6c_3	p_7c_2	p_8c_1	$\prod_{i=1}^{12}p_i\prod_{i=1}^{12}c_i$
$p_{11}c_9$	$p_{12}c_8$	p_1c_7	p_2c_6	p_3c_5	p_4c_4	p_5c_3	p_6c_2	p_7c_1	p_8c_{12}	p_9c_{11}	$p_{10}c_{10}$	
p_1c_6	p_2c_5	p_3c_4	p_4c_3	p_5c_2	p_6c_1	p_7c_{12}	p_8c_{11}	p_9c_{10}	$p_{10}c_9$	$p_{11}c_8$	$p_{12}c_7$	
p_3c_3	p_4c_2	p_5c_1	p_6c_{12}	p_7c_{11}	p_8c_{10}	p_9c_9	$p_{10}c_8$	$p_{11}c_7$	$p_{12}c_6$	p_1c_5	p_2c_4	
p_5c_{12}	p_6c_{11}	p_7c_{10}	p_8c_9	p_9c_8	$p_{10}c_7$	$p_{11}c_6$	$p_{12}c_5$	p_1c_4	p_2c_3	p_3c_2	p_4c_1	
p_7c_9	p_8c_8	p_9c_7	$p_{10}c_6$	$p_{11}c_5$	$p_{12}c_4$	p_1c_3	p_2c_2	p_3c_1	p_4c_{12}	p_5c_{11}	p_6c_{10}	
p_9c_6	$p_{10}c_5$	$p_{11}c_4$	$p_{12}c_3$	p_1c_2	p_2c_1	p_3c_{12}	p_4c_{11}	p_5c_{10}	p_6c_9	p_7c_8	p_8c_7	
$p_{11}c_3$	$p_{12}c_2$	p_1c_1	p_2c_{12}	p_3c_{11}	p_4c_{10}	p_5c_9	p_6c_8	p_7c_7	p_8c_6	p_9c_5	$p_{10}c_4$	

要求 $\begin{cases} p_1p_3p_5p_7p_9p_{11}=p_2p_4p_6p_8p_{10}p_{12} \\ (p_1p_4p_7p_{10})^2=p_2p_5p_8p_{11}p_3p_6p_9p_{12}\neq(p_2p_5p_8p_{11})^2 \\ c_1c_3c_5c_7c_9c_{11}=c_2c_4c_6c_8c_{10}c_{12} \\ c_1c_4c_7c_{10}=c_2c_5c_8c_{11}=c_3c_6c_9c_{12} \\ (c_4c_8c_{12})^3=c_1c_5c_9c_2c_6c_{10}c_3c_7c_{11}\neq(c_1c_5c_9)^3 \end{cases}$ $(c_4c_8c_{12})^4\times(p_{147})^3$

图 8-60

3)总结：在 1)和 2)情况下，总有 4 个元素分布在主对角线上的小中心（当首数方向是 a', b', e', f' 时）或副对角线上的小中心（当首数方向是 c', d', g', h' 时，见图 8-61）。

$\prod_{i=1}^{12}p_i\times$ $(c_{258})^3$	$\prod_{i=1}^{12}p_i\times$ $(c_{147})^3$	$\prod_{i=1}^{12}p_i\times$ $(c_{369})^3$										$(p_{147})^3\times$ $(c_4c_8c_{12})^4$
p_6c_5	p_8c_{10}	$p_{10}c_3$	$p_{12}c_8$	p_2c_1	p_4c_6	p_6c_{11}	p_8c_4	$p_{10}c_9$	$p_{12}c_2$	p_2c_7	p_4c_{12}	$(p_{246})^2\prod_{i=1}^{12}c_i$
$p_{11}c_2$	p_1c_7	p_3c_{12}	p_5c_5	p_7c_{10}	p_9c_3	$p_{11}c_8$	p_1c_1	p_3c_6	p_5c_{11}	p_7c_4	p_9c_9	$(p_{135})^2\prod_{i=1}^{12}c_i$
p_4c_{11}	p_6c_4	p_8c_9	$p_{10}c_2$	$p_{12}c_7$	p_2c_{12}	p_4c_5	p_6c_{10}	p_8c_3	$p_{10}c_8$	$p_{12}c_1$	p_2c_6	
p_9c_8	$p_{11}c_1$	p_1c_6	p_3c_{11}	p_5c_4	p_7c_9	p_9c_2	$p_{11}c_7$	p_1c_{12}	p_3c_5	p_5c_{10}	p_7c_3	
p_2c_5	p_4c_{10}	p_6c_3	p_8c_8	$p_{10}c_1$	$p_{12}c_6$	p_2c_{11}	p_4c_4	p_6c_9	p_8c_2	$p_{10}c_7$	$p_{12}c_{12}$	
p_7c_2	p_9c_7	$p_{11}c_{12}$	p_1c_5	p_3c_{10}	p_5c_3	p_7c_8	p_9c_1	$p_{11}c_6$	p_1c_{11}	p_3c_4	p_5c_9	
$p_{12}c_{11}$	p_2c_4	p_4c_9	p_6c_2	p_8c_7	$p_{10}c_{12}$	$p_{12}c_5$	p_2c_{10}	p_4c_3	p_6c_8	p_8c_1	$p_{10}c_6$	
p_5c_8	p_7c_1	p_9c_6	$p_{11}c_{11}$	p_1c_4	p_3c_9	p_5c_2	p_7c_7	p_9c_{12}	$p_{11}c_5$	p_1c_{10}	p_3c_3	
$p_{10}c_5$	$p_{12}c_{10}$	p_2c_3	p_4c_8	p_6c_1	p_8c_6	$p_{10}c_{11}$	$p_{12}c_4$	p_2c_9	p_4c_2	p_6c_7	p_8c_{12}	
p_3c_2	p_5c_7	p_7c_{12}	p_9c_5	$p_{11}c_{10}$	p_1c_3	p_3c_8	p_5c_1	p_7c_6	p_9c_{11}	$p_{11}c_4$	p_1c_9	
p_8c_{11}	$p_{10}c_4$	$p_{12}c_9$	p_2c_2	p_4c_7	p_6c_{12}	p_8c_5	$p_{10}c_{10}$	$p_{12}c_3$	p_2c_8	p_4c_1	p_6c_6	
p_1c_8	p_3c_1	p_5c_6	p_7c_{11}	p_9c_4	$p_{11}c_9$	p_1c_2	p_3c_7	p_5c_{12}	p_7c_5	p_9c_{10}	$p_{11}c_3$	

要求 $\begin{cases} p_1p_3p_5p_7p_9p_{11}=p_2p_4p_6p_8p_{10}p_{12} \\ (p_1p_4p_7p_{10})^2=p_2p_5p_8p_{11}p_3p_6p_9p_{12}\neq(p_2p_5p_8p_{11})^2 \\ c_1c_3c_5c_7c_9c_{11}=c_2c_4c_6c_8c_{10}c_{12} \\ c_1c_4c_7c_{10}=c_2c_5c_8c_{11}=c_3c_6c_9c_{12} \\ (c_4c_8c_{12})^3=c_1c_5c_9c_2c_6c_{10}c_3c_7c_{11}\neq(c_1c_5c_9)^3 \end{cases}$ $(c_{135})^2\prod_{i=1}^{12}p_i$

图 8-61

(4) 选首数列时的适宜方阵条件整理。分析可知，适宜方阵在(1)或(2)或(3)时的排序及构造时要求可作为构造 12 阶一般乘幻方应具有的附加条件。

为便于记忆和表述，考虑到对 $n=3k$ 更高双偶数阶幻方、起始数与位置、首数组选择及可行组合之适用性验证，采用下述结论，当选择首数列，按照规则 4 构造 $n=3k$ 双偶数阶一般乘幻方时，适宜方阵条件应同时符合乘幻方通用必要条件、方阵的每行是二二积排序和三三积排序、每列是二二积排序以及下述的 1)或 2)或 3)项要求：

1)方阵的每列还是三三积排序，每行还是四分（如 48）积排序。构造时起始元素应相应选择第 4,8,12、…列的元素,排布在主 4 格线上(当首数方向为 a',b',e',f' 时)或副 4 格线上(当首数方向为 c',d',g',h' 时)。

2)方阵的每行还是四四积排序,每列还是三分(如 147)积排序。构造时起始元素应相应选择第 1,4,7,10、…行的元素,并排布在幻方的小中心(与组合无关),或排布在主 3 格线上(组内数方向是 a,b,e,f 时)或副 3 格线上(组内数方向是 c,d,g,h 时)。

3)方阵的每行还是四分(如 48)积排序,每列还是三分(如 147)积排序。构造时起始元素应相应选择第 1,4,7,10、…行与第 4,8,12、…列的交叉元素排布在幻方主对角线上的小中心(当首数方向为 a',b',e',f' 时)或副对角线上的 4 个小中心处(当首数方向为 c',d',g',h' 时)。

汇总 1)、2)和 3),3 项中的起始数均可按 3)中规定排布在幻方主对角线上的小中心(当首数方向为 a',b',e',f' 时)或副对角线上的 4 个小中心处(当首数方向为 c',d',g',h' 时)。

2.选择首数行时

在选首数行完美乘幻方图 8-59 中,若脚注要求进行下述(1)或(2)或(3)更改,因有的泛对角线连乘积不等于幻积,幻方变成条件变量一般乘幻方,图号及脚注要求应改变。

(1)在图 8-59 中,只将 $\boldsymbol{P}_{12}$ 每列的四四积排序改为 48 积排序,其余不变。此时幻方变成一般乘幻方,$\boldsymbol{P}_{12}$ 的第 4,8,12 行的 36 个元素分布在主 4 格线上(首数方向为 a')或副 4 格线上(首数方向是 c')。

(2)在图 8-59 中,只将每行的三三积排序改为 147 积排序时,其余不变。此时幻方变成一般乘幻方,$\boldsymbol{P}_{12}$ 的第 1,4,7,10 列的 48 个元素分布在副 3 格线上(组内数方向为 c 时)或主 3 格线上(组内数方向为 e)。二者都有 16 个元素分布在小中心。

(3)在图 8-59 中,只将每列的四四积排序改为 48 积排序,每行的三三积排序改为 147 积排序,幻方变成一般乘幻方,$\boldsymbol{P}_{12}$ 的第 1,4,7,10 列与第 4,8,12 行的 12 个交叉元素总有 4 个元素分布在主对角线上的小中心(首数方向是 a')或副对角线上的小中心(首数方向是 c')。

(4)选首数行时的适宜方阵条件整理。由上述(1)(2)(3)分析可知,在选择首数行时,$\boldsymbol{P}_{12}$ 的每列是二二积排序、三三积排序,每行是二二积排序及(1)或(2)或(3)要求可作为构造一般乘幻方应具有的附加条件。

根据上述分析,为便于记忆和表述,考虑到对 $n=3k$ 更高双偶数阶幻方、起始数与位置、首数组选择及可行组合之适用性验证,采用以下结论,当选择首数行按照规则 4 构造 $n=3k$ 双偶数阶一般乘幻方时,适宜方阵条件应同时符合乘幻方通用必要条件、方阵的每列是二二积排序和三三积排序、每行是二二积排序以及下述 1)或 2)

或3)项要求：

1)方阵的每行还是三三积排序，每列还是四分(如48)积排序。构造时起始元素应相应选择第4,8,12,…行的元素，排布在主4格线上任意格(当首数方向为a',b',e',f'时)或副4格线上任意格(当首数方向为c',d',g',h'时)。

2) 每行还是三分(如147)积排序，每列还是四四积排序。构造时起始元素应相应选择第1,4,7,10,…列的元素，并排布在幻方的小中心(与组合无关)，或排布在主3格线上(组内数方向是a,b,e,f时)或副3格线上(组内数方向是c,d,g,h时)。

3) 每行还是三分(如147)积排序，每列还是四分(如48)积排序。构造时起始元素应相应选择第1,4,7,10,…列与第4,8,12,…行的交叉元素排布在幻方主对角线上的小中心(当首数方向为a',b',e',f'时)或副对角线上的小中心(当首数方向为c',d',g',h'时)。

汇总1)、2)和3)项，3项中的起始数均可按3)中规定排布在幻方主对角线上的小中心(当首数方向为a',b',e',f'时)或副对角线上的小中心(当首数方向为c',d',g',h'时)。排布要求与本节中第1部分的结论相同，只是起始数的选择有异。

8.28 按规则5构造$n=3k>3$奇数阶条件变量完美乘幻方

以9阶乘幻方为例，填入数组用乘幻方通用代数式基础方阵P_9，构造步骤如下：

(1) 起始数选P_9中任意一个数，如"p_1c_1"，可排布在幻方任意位置，如左下角。选p_1c_1所在列为首数组，选任意可行组合，如$a'b'$，按照规则5排布的9阶方阵如图8-62所示。

$\Pi_{i=1}^{9}p_i\times$ $(c_1c_4c_7)$	$\Pi_{i=1}^{9}p_i\times$ $(c_2c_5c_8)$	$\Pi_{i=1}^{9}p_i\times$ $(c_3c_6c_9)$							$\Pi_{i=1}^{9}p_i\,\Pi_{i=1}^{9}c_i$
p_9c_4	p_6c_5	p_3c_6	p_9c_7	p_6c_8	p_3c_9	p_9c_1	p_6c_2	p_3c_3	$(p_3p_6p_9)^3\Pi_{i=1}^{9}c_i$
p_8c_7	p_5c_8	p_2c_9	p_8c_1	p_5c_2	p_2c_3	p_8c_4	p_5c_5	p_2c_6	$(p_2p_5p_8)^3\Pi_{i=1}^{9}c_i$
p_7c_1	p_4c_2	p_1c_3	p_7c_4	p_4c_5	p_1c_6	p_7c_7	p_4c_8	p_1c_9	$(p_1p_4p_7)^3\Pi_{i=1}^{9}c_i$
p_6c_4	p_3c_5	p_9c_6	p_6c_7	p_3c_8	p_9c_9	p_6c_1	p_3c_2	p_9c_3	
p_5c_7	p_2c_8	p_8c_9	p_5c_1	p_2c_2	p_8c_3	p_5c_4	p_2c_5	p_8c_6	
p_4c_1	p_1c_2	p_7c_3	p_4c_4	p_1c_5	p_7c_6	p_4c_7	p_1c_8	p_7c_9	
p_3c_4	p_9c_5	p_6c_6	p_3c_7	p_9c_8	p_6c_9	p_3c_1	p_9c_2	p_6c_3	
p_2c_7	p_8c_8	p_5c_9	p_2c_1	p_8c_2	p_5c_3	p_2c_4	p_8c_5	p_5c_6	
p_1c_1	p_7c_2	p_4c_3	p_1c_4	p_7c_5	p_4c_6	p_1c_7	p_7c_8	p_4c_9	
要求	$\begin{cases}p_1p_4p_7=p_2p_5p_8=p_3p_6p_9\\c_1c_4c_7=c_2c_5c_8=c_3c_6c_9\end{cases}$								$\Pi_{i=1}^{9}p_i\,\Pi_{i=1}^{9}c_i$

图8-62

(2) 对图8-62计算：

每条对角线连乘积=每条泛对角线连乘积=$\Pi_{i=1}^{9}p_i\Pi_{i=1}^{9}c_i$

行连乘积交替 $= (p_3 p_6 p_9)^3 \prod_{i=1}^{9} c_i$、$(p_2 p_5 p_8)^3 \prod_{i=1}^{9} c_i$ 和 $(p_1 p_4 p_7)^3 \prod_{i=1}^{9} c_i$

列连乘积交替 $= \prod_{i=1}^{9} p_i (c_1 c_4 c_7)^3$、$\prod_{i=1}^{9} p_i (c_2 c_5 c_8)^3$ 和 $\prod_{i=1}^{9} p_i (c_3 c_6 c_9)^3$

(3) 假设图 8-62 是完美乘幻方,由上述计算可得到方程组:

$$\begin{cases} (p_1 p_4 p_7)^3 \prod_{i=1}^{9} c_i = \prod_{i=1}^{9} p_i \prod_{i=1}^{9} c_i \\ (p_2 p_5 p_8)^3 \prod_{i=1}^{9} c_i = \prod_{i=1}^{9} p_i \prod_{i=1}^{9} c_i \\ (p_3 p_6 p_9)^3 \prod_{i=1}^{9} c_i = \prod_{i=1}^{9} p_i \prod_{i=1}^{9} c_i \\ (c_1 c_4 c_7)^3 \prod_{i=1}^{9} p_i = \prod_{i=1}^{9} p_i \prod_{i=1}^{9} c_i \\ (c_2 c_5 c_8)^3 \prod_{i=1}^{9} p_i = \prod_{i=1}^{9} p_i \prod_{i=1}^{9} c_i \\ (c_3 c_6 c_9)^3 \prod_{i=1}^{9} p_i = \prod_{i=1}^{9} p_i \prod_{i=1}^{9} c_i \end{cases}$$

解 各变量 $\neq 0$。由前三式左边都相等,约去 $\prod_{i=1}^{9} c_i$,开三次方,去括号,得式(8.94)。由后三式左边都相等,约去 $\prod_{i=1}^{9} p_i$,开三次方,去括号,得式(8.95),即

$$\begin{cases} p_1 p_4 p_7 = p_2 p_5 p_8 = p_3 p_6 p_9 & (8.94) \\ c_1 c_4 c_7 = c_2 c_5 c_8 = c_3 c_6 c_9 & (8.95) \end{cases}$$

将式(8.94)、式(8.95)代入方程组,全满足,它们是方程组的解,这说明图 8-62 是一个 9 阶条件变量完美幻方,其变量是 $p_1 \sim p_9$,$c_1 \sim c_9$,要求同时满足式(8.94)、式(8.95),并标注在脚注中。也就是说,该解与构造时要求可作为构造 9 阶完美乘幻方应具有的附加条件。

(4) 适宜方阵条件整理。考虑到对 $n=3k$ 的更高奇数阶乘幻方、起始数与位置、首数组选择及可行组合的适用性验证,可得出结论,按照规则 5 构造 $n=3k>4$ 的奇数阶完美乘幻方时,适宜方阵条件应同时符合乘幻方通用必要条件、方阵的行与列都是三三积排序,且构造时无特殊要求。

(5) 适宜方阵条件的验证见例 8-14。

【**例 8-14**】 自选适宜方阵,按照规则 5 构造 9 阶完美乘幻方,构造步骤如下:

(1) 按适宜方阵条件,建立适宜方阵如图 8-63 所示,验算如下。

第 1 行,$1 \times 4 \times 72 = 2 \times 6 \times 24 = 3 \times 8 \times 12 = 288$,符合三三积排序。

第 1 列,$1 \times 25 \times 315 = 5 \times 35 \times 45 = 7 \times 125 \times 9 = 7875$,符合三三积排序。

其他元素计算:$10 = 2 \times 5 \div 1$,$15 = 3 \times 5 \div 1$,$20 = 4 \times 5 \div 1$,$\cdots$

(2) 选图 8-63 中任意数(如 1)为起始数,排布在任意位置,如左下角。选第 1 列为首数组,$a'b'$ 组合,按规则 5 构造的 9 阶方阵如图 8-64 所示。经验算,它是完美乘幻方,说明前述适宜方阵条件是正确的。

加幻方与乘幻方构造法 —— 源自方程组的解

幻积$=2\times 3\times 4\times 6\times 8\times 12\times 24\times 72\times 5\times 7\times 9\times 25\times 35\times 45\times 125\times 315$
$=288^3\times 7\,875^3=11\,666\,192\,832\,000\,000\,000$

1	2	3	4	6	8	72	24	12
5	10	15	20	30	40	360	120	60
7	14	21	28	42	56	504	168	84
25	50	75	100	150	200	1800	600	300
35	70	105	140	210	280	2520	840	420
125	250	375	500	750	1000	9000	3000	1500
315	630	945	1260	1890	2520	22680	7560	3780
45	90	135	180	270	360	3240	1080	540
9	18	27	36	54	72	648	216	108

图 8-63

36	750	56	648	3000	84	9	250	21
3240	840	60	45	70	15	180	210	40
315	50	3	1260	150	8	22680	600	12
500	42	72	9000	168	108	125	14	27
2520	120	540	35	10	135	140	30	360
25	2	945	100	6	2520	1800	24	3780
28	54	1000	504	216	1500	7	18	375
360	1080	420	5	90	105	20	270	280
1	630	75	4	1890	200	72	7560	300

图 8-64

8.29 按规则 6 构造 4 阶条件变量完美乘幻方

设填入数用乘幻方通用代数式基础方阵 $\boldsymbol{P}_4$，构造步骤如下：

(1) 共用起始数选 $\boldsymbol{P}_4$ 中的 p_1c_1，排布在任意位置，如左下角。选 p_1c_1 所在列为首数组，选任意可行组合，如 ab，按照规则 6 排布的方阵如图 8-65 所示。

	$\prod_{i=1}^{4}p_i \prod_{i=1}^{4}c_i$				$\prod_{i=1}^{4}p_i \prod_{i=1}^{4}c_i$
	p_3c_4	p_4c_1	p_1c_3	p_2c_2	
	p_2c_3	p_1c_2	p_4c_4	p_3c_1	
	p_4c_2	p_3c_3	p_2c_1	p_1c_4	
	p_1c_1	p_2c_4	p_3c_2	p_4c_3	
要求 $\begin{cases} p_1p_4=p_2p_3 \\ c_1c_4=c_2c_3 \end{cases}$					$\prod_{i=1}^{4}p_i \prod_{i=1}^{4}c_i$

图 8-65

(2) 计算图 8-65：

行连乘积＝列连乘积＝每条对角线连乘积＝$\prod_{i=1}^{4}p_i\prod_{i=1}^{4}c_i$

主泛对角线连乘积交替＝$p_1p_1p_4p_4c_1c_1c_4c_4$、$\prod_{i=1}^{4}p_i\prod_{i=1}^{4}c_i$ 和 $p_2p_2p_3p_3c_2c_2c_3c_3$

副泛对角线连乘积交替＝$p_2p_2p_3p_3c_1c_1c_4c_4$、$\prod_{i=1}^{4}p_i\prod_{i=1}^{4}c_i$ 和 $p_1p_1p_4p_4c_2c_2c_3c_3$

(3) 假设图 8-65 是完美乘幻方，由上述计算可得到方程组：

$$\begin{cases} p_1p_1p_4p_4c_1c_1c_4c_4=\prod_{i=1}^{4}p_i\prod_{i=1}^{4}c_i \\ p_1p_1p_4p_4c_2c_2c_3c_3=\prod_{i=1}^{4}p_i\prod_{i=1}^{4}c_i \\ p_2p_2p_3p_3c_2c_2c_3c_3=\prod_{i=1}^{4}p_i\prod_{i=1}^{4}c_i \\ p_2p_2p_3p_3c_1c_1c_4c_4=\prod_{i=1}^{4}p_i\prod_{i=1}^{4}c_i \end{cases}$$

解 变量≠0,由前两式左边相等,约去 $p_1p_1p_4p_4$,开二次方,得,式(8.96)。由中间两式左边相等,约去 $c_2c_2c_3c_3$,开二次方,得式(8.97),即

$$\begin{cases} c_1c_4 = c_2c_3 & (8.96) \\ p_1p_4 = p_2p_3 & (8.97) \end{cases}$$

将式(8.96)、式(8.97)代入方程组,全满足,它们是方程组的解。这说明图 8-65 是一个条件变量完美乘幻方,其变量是 $p_1 \sim p_4$、$c_1 \sim c_4$,要求同时满足式(8.96)、式(8.97),并标注在脚注中。也就是说,该解与构造时要求可作为构造 4 阶完美乘幻方应具有的附加条件。

(4) 考虑到起始数位置、首数组选择及可行组合的适用性验证,可得出结论,按照规则 6 构造 4 阶条件变量完美乘幻方时,适宜方阵条件应同时符合乘幻方通用必要条件、方阵的每行与每列都是对折积相等,构造时共用起始数应选适宜方阵的"p_1c_1",可排布在任意位置。

(5) 验证。在图 8-65 中,对连乘积表达式查验,符合完美幻方要求。所以图 8-65 是 4 阶条件变量完美乘幻方。验证适宜方阵条件,见例 8-15。

【例 8-15】 自建适宜方阵,按照规则 6 构造 4 阶完美乘幻方,构造步骤如下:

(1) 建立适宜方阵:第 1 行数为 1,2,3,6。因 2×3=1×6,所以第 1 行是对折积相等。

第 1 列数为 1,4,5,20。因 4×5=1×20,所以第 1 列是对折积相等。建立的适宜方阵如图 8-66 所示。

(2) 构造时,选"1"作为共用起始数,排布在左下角,选 ab 组合,按规则 6 构造的完美幻方如图 8-67 所示,幻积为 14 400。

图 8-66

图 8-67

8.30 乘幻方运算

1. 数乘乘幻方

运算规则:数乘以乘幻方时,应将数乘到乘幻方的每个元素上,则得到一个新的乘幻方。若 $\mathbf{A}=(a_{ij})$ 是一个乘幻方,则乘幻方 $\mathbf{A}$ 乘以数 k 时,有

加幻方与乘幻方构造法 —— 源自方程组的解

$$k\begin{bmatrix} a_{11} & a_{12} & \cdots & a_{1n} \\ a_{21} & a_{22} & \cdots & a_{2n} \\ \vdots & \vdots & & \vdots \\ a_{n1} & a_{n2} & \cdots & a_{nn} \end{bmatrix} = \begin{bmatrix} ka_{11} & ka_{12} & \cdots & ka_{1n} \\ ka_{21} & ka_{22} & \cdots & ka_{2n} \\ \vdots & \vdots & & \vdots \\ ka_{n1} & ka_{n2} & \cdots & ka_{nn} \end{bmatrix}$$

2. 乘幻方与乘幻方的"对位乘"探讨

运算规则：乘幻方 $A=(a_{ij})$ 与乘幻方 $B=(b_{ij})$ 的阶数相同时，将乘幻方 A 与乘幻方 B 的对应位置元素相乘，则可得到新的乘幻方 $C=(c_{ij})$。本书中暂称这种运算为乘幻方的"对位乘"，暂用代号 ◇（◇是一种特殊符号，在此取其是乘号"×"的左半部移右组合）表示。于是，有乘幻方 $C=A◇B$，即

$$\begin{bmatrix} c_{11} & c_{12} & \cdots & c_{1n} \\ c_{21} & c_{22} & \cdots & c_{2n} \\ \vdots & \vdots & & \vdots \\ c_{n1} & c_{n2} & \cdots & c_{nn} \end{bmatrix} = \begin{bmatrix} a_{11} & a_{12} & \cdots & a_{1n} \\ a_{21} & a_{22} & \cdots & a_{2n} \\ \vdots & \vdots & & \vdots \\ a_{n1} & a_{n2} & \cdots & a_{nn} \end{bmatrix} ◇ \begin{bmatrix} b_{11} & b_{12} & \cdots & b_{1n} \\ b_{21} & b_{22} & \cdots & b_{2n} \\ \vdots & \vdots & & \vdots \\ b_{n1} & b_{n2} & \cdots & b_{nn} \end{bmatrix}$$

式中 $c_{ij}=a_{ij}b_{ij}$ $(i=1,2,\cdots,n; j=1,2,\cdots,n)$

称乘幻方 C 是乘幻方 A 与乘幻方 B 的"对位乘"之积。只有当 A 与 B 都是相同阶数的完美乘幻方时，C 才是完美乘幻方。C 的幻积＝A 的幻积×B 的幻积。

3. 乘幻方的自对位乘法探讨

一个乘幻方可以与自己进行对位乘，得到的新乘幻方的元素是原乘幻方元素自乘（即平方）。如果该新乘幻方与原乘幻方再对位乘，则得到的新乘幻方的元素是原乘幻方元素的 3 次方，……于是，可得出结论，若图 8-68 是 5 阶完美乘幻方，幻积为 443 520，则图 8-69 也是完美乘幻方（k 是正整数），幻积为 $(443\,520)^k$。

4	22	56	18	5
48	15	1	44	14
11	28	12	40	3
10	8	33	7	24
21	6	20	2	88

图 8-68

4^k	22^k	56^k	18^k	5^k
48^k	15^k	$1k$	44^k	14^k
11^k	28^k	12^k	40^k	3^k
10^k	8^k	33^k	7^k	24^k
21^k	6^k	20^k	2^k	88^k

图 8-69

4. 方阵与方阵间的"对位乘"探讨

对乘幻方的通用代数式基础方阵，若设

$$\begin{bmatrix} p_1c_1 & p_1c_2 & \cdots & p_1c_n \\ p_2c_1 & p_2c_2 & \cdots & p_2c_n \\ \vdots & \vdots & & \vdots \\ p_nc_1 & p_nc_2 & \cdots & p_nc_n \end{bmatrix} = \begin{bmatrix} p_1 & p_1 & \cdots & p_1 \\ p_2 & p_2 & \cdots & p_2 \\ \vdots & \vdots & & \vdots \\ p_n & p_n & \cdots & p_n \end{bmatrix} ◇ \begin{bmatrix} c_1 & c_2 & \cdots & c_n \\ c_1 & c_2 & \cdots & c_n \\ \vdots & \vdots & & \vdots \\ c_1 & c_2 & \cdots & c_n \end{bmatrix}$$

当 $n=5$ 时,有

$$\begin{bmatrix} p_1c_1 & p_1c_2 & \cdots & p_1c_5 \\ p_2c_1 & p_2c_2 & \cdots & p_2c_5 \\ \vdots & \vdots & & \vdots \\ p_5c_1 & p_5c_2 & \cdots & p_5c_5 \end{bmatrix} = \begin{bmatrix} p_1 & p_1 & \cdots & p_1 \\ p_2 & p_2 & \cdots & p_2 \\ \vdots & \vdots & & \vdots \\ p_5 & p_5 & \cdots & p_5 \end{bmatrix} \diamondsuit \begin{bmatrix} c_1 & c_2 & \cdots & c_5 \\ c_1 & c_2 & \cdots & c_5 \\ \vdots & \vdots & & \vdots \\ c_1 & c_2 & \cdots & c_5 \end{bmatrix}$$

式中,3 个方阵都符合按规则 3 构造 5 阶完美幻方的适宜方阵条件。若选用相同的构造参数,则相应得到完美幻方图 8-70。按照排布规则 3~排布规则 5,通过起始元素选取及位置排布、方向组合和行(列)排序改变可构造许多幻方。经验算,这些幻方[图 8-70(b)(c)]都是完美加乘幻方(有重复元素),若二者对位乘,则得完美乘幻方图 8-70(a);若二者相加,则得完美加幻方图 8-73。

图 8-70

8.31　一般变量"准加乘"幻方

(1)用通用基础方阵 $\boldsymbol{A}_5$,选第 1 列为首数,ab 组合,"a_1+x_1"放在左下角,按规则 3 可构造 5 阶一般变量完美加幻方,如图 8-71 所示。

(2)用乘幻方通用基础方阵 $\boldsymbol{P}_5$,选第 1 列为首数,ab 组合,"p_1c_1"放在左下角,按规则 3 可构造 5 阶一般变量完美幻方,如图 8-72 所示。

图 8-71　5 阶一般变量完美加幻方

图 8-72　5 阶一般变量完美乘幻方

(3)分析图 8-71 与图 8-72。比较两图,不同处有:一是幻方元素的变量代号不同,二是前者两个变量间有个"+"号。如果将图 8-71 中的变量代号"a"改为"p"、"x"改为"c",则变成图 8-73。图 8-73 仍是一般变量完美加幻方(此时视"+"为加号)。

在图 8-73 中,如果视"+"为一个不等于零的变量,则可以认为图 8-73 是一个带有变量"+"的含有 11 个变量的一般变量完美乘幻方,幻积 $=\prod_{i=1}^{5} p_i \prod_{i=1}^{5} c_i (+)^5$。如

加幻方与乘幻方构造法 —— 源自方程组的解

果设"＋"为等于常数 1 的变量,则其幻积与图 8-72 的幻积相同。于是,也可以认为图 8-73 是一个视"＋"为常数 1 的含有 10 个变量的一般变量完美乘幻方。

这样,图 8-73 又可认为是一个带有附加条件的一般变量完美"准加乘"幻方。

P_3+c_2	p_2+c_5	p_1+c_3	P_5+c_1	p_4+c_4
P_5+c_3	p_4+c_1	P_3+c_4	p_2+c_2	p_1+c_5
p_2+c_4	p_1+c_2	P_5+c_5	p_4+c_3	P_3+c_1
p_4+c_5	P_3+c_3	p_2+c_1	p_1+c_4	P_5+c_2
p_1+c_1	P_5+c_4	p_4+c_2	P_3+c_5	p_2+c_3

a 视"＋"为加号时,为加幻方。
b 视"＋"为 1 时,为乘幻方。

图 8-73 5 阶一般变量完美"准加乘"幻方

第9章
幻方构造制作中的学习与乐趣

在古代，幻方常用于娱乐游戏，还常用于制作幻方吉祥物、护身符等。在西安东郊考古出土的铁板幻方、在上海陆家嘴公园考古出土的玉挂幻方，均属此类。

现在，幻方已成为组合数学的分支。幻方中隐含的哲学思维能启发人的灵感吗，这不是本书探讨的问题。本章只探讨如何在构造幻方中丰富人们的学习和日常生活。

9.1 幻方构造中学习

在本书中，构造幻方实际是"算"幻方，也就是先建立或验算适宜方阵，这一过程需要进行加、减、乘、除，甚至乘方或开方运算，对较难的幻方，甚至需要解方程组，幻方的验算也需要计算。填幻方时只要细心地按规则排布就可以了。对于不同年龄段的读者，可选择不同的内容，由于计算量大，宜采用比赛游戏（分组计算）的方式，可在快乐中学习。对较小儿童，应有人辅导甚至讲解。

9.1.1 3阶幻方与四则运算

1. 利用幻和等式组合3阶幻方

在用1,2,3,4,5,6,7,8,9构造的3阶幻方中，每行、每列、每条对角线上的3个数加起来都等于15，称为幻和。为叙述方便，把填入数中的3个数加起来等于15的式子称为幻和等式，也就是说，每行、每列、每条对角线上数的连加式子都是幻和等式。如果把1~9中能够组成的幻和等式都计算出来，通过组合，就能"凑"出3阶幻方。下面介绍用"幻和等式""凑"出3阶幻方的方法步骤。

加幻方与乘幻方构造法 —— 源自方程组的解

(1) 计算幻和等式,见表9-1。

表9-1　3数和等于15的幻和等式

含有9的	含有8的	含有7的	含有6的	含有5的	含有4的	含有3的	含有2的	含有1的
9+1+5	8+1+6	7+2+6	6+1+8	5+1+9	4+5+6			
9+2+4	8+2+5	7+3+5	6+2+7	5+2+8	4+9+2			
	8+3+4		6+4+5	5+3+7	4+8+3			
				5+4+6				

(2) 填数。为了表述幻方中的位置,可将3阶幻方看作一座城池,按照看地图方向(上北,下南,左西,右东),将各格名称标注在图9-1中。

1) 先填中心。在图9-1中,只有"中心"能组成4个加法式子:西北角+中心+东南角,东北角+中心+西南角,北门+中心+南门,东门+中心+西门。而在表9-1中,只有含"5"的幻和等式有4个,其余都少于4个,所以中心只能填"5"(见图9-2)。

2) 填四角,如"西北角",它能组成3个加法式子:西北角+中心+东南角,西北角+北门+东北角,西北角+西门+西南角。在表9-1中含有3个幻和等式的数有8,6,4,…。从中任意取一个,如8,填在西北角,则2应填东南角(因8+2+5=15,见图9-3)。6和4应填剩下的两个四角上(见图9-4)。

3) 填上1,3,7,9,(补齐幻和等式8+1+6,8+3+4,6+7+2,4+9+2),如图9-5所示。

(3) 验证。图9-5就是所构造的3阶幻方。

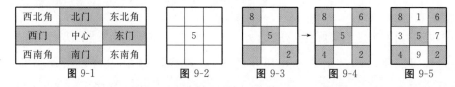

图9-1　　图9-2　　图9-3　　图9-4　　图9-5

(4) 需要说明,利用幻和等式"组合"成幻方,从理论上讲是可行的,很适合较小儿童的加减法练习。前述步骤中是先在中心填"5",其实,也可以不先填中心,通过试探的方法,一步步"凑出"3阶幻方,对儿童更有启发。利用幻和等式组合构造4阶幻方也是可行的,只是计算量较大。若用该方法构造5阶或6阶幻方,则计算量太大。但在构造5阶或6阶幻方时,可在3阶或4阶幻方的基础上进行,虽有多种路径,但原理是基于幻和等式组合。

2. 利用幻方构造法1,构造3阶幻方

在第1章介绍的构造法1中,涉及平均值的概念。对未学过平均值概念的较小儿童,可变通一下。如5是4,5,6的中间数,也可以说,5是5−1,5,5+1的中间数。

下述用4~12的整数来构造3阶幻方。构造步骤如下:

(1) 将9个数按从小到大排列4,5,6,7,8,9,10,11,12,将中间的数8,放到幻方正

中心,如图 9-6 所示。

(2)将 8-1 和 8+1 填在左下角和右上角,将 8-3 和 8+3 填在右下角和左上角,如图 9-7 所示。

(3)先计算四角的数,再填 4 个阴影格的数,如图 9-8 所示。

(4)计算阴影格的数,如图 9-9 所示。

(5)检查验算。计算各行和、各列和及对角线和。

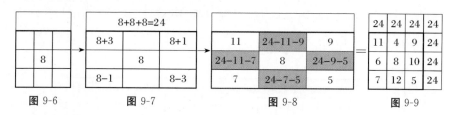

图 9-6　　　图 9-7　　　图 9-8　　　图 9-9

(6)说明。

1)填入数组可以是自然数、负数、小数、分数、代数式等。

2)图 9-7 中的 8-1,8+1,8-3,8+3 也可改为 8-2,8+2,8-4,8+4,…,这样改后,填入数就不是连续数了。

3. 相同阶数的幻方可以相加减,得到新幻方

(1)规则:相同阶数的幻方相加减时,对应位置的数相加减,得到一个新幻方,如图 9-10～图 9-14 所示。

图 9-10　　图 9-11　　图 9-12　　图 9-13　　图 9-14

(2)通过改变图 9-15～图 9-20 中的数,练习心算。

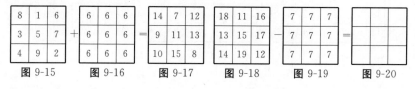

图 9-15　　图 9-16　　图 9-17　　图 9-18　　图 9-19　　图 9-20

4. 一个不等于零的数乘以幻方,可以得到新幻方

运算规则:用一个不等于零的数乘幻方时,应将数乘到幻方的每个数上。相乘后得到新幻方,幻和等于这个数乘以原幻和,如图 9-21～图 9-25 所示。

说明:乘数可以是整数、小数、分数、负数、……。幻方中的数也可以是整数、小数、分数、负数……运算时,尽量用心算。

加幻方与乘幻方构造法 —— 源自方程组的解

8	1	6
3	5	7
4	9	2

图 9-21

8×6	1×6	6×6
3×6	5×6	7×6
4×6	9×6	2×6

×6=

图 9-22

48	6	36
18	30	42
24	54	12

=

图 9-23

18	11	16
13	15	17
14	19	12

×6=

图 9-24

图 9-25

9.1.2 通过建立(或验算)通用基础方阵或适宜方阵,练习四则运算

(1)利用适宜方阵中对平均值、排序等要求,在练习四则运算的同时,增强对一些数学概念的理解。

(2)通过建立乘幻方的通用基础方阵,练习乘法运算。

利用图 9-26,建立构造 5 阶、7 阶完美乘幻方的适宜方阵,要求幻方中元素不重复。

1	2	3	4	5	6	7	8	9	10	11	12	13	14	15	16	17	18	19
2	4	6	8	10	12	14	16	18	20	22	24	26	28	30	32	34	36	38
3	6	9	12	15	18	21	24	27	30	33	36	39	42	45	48	51	54	57
4	8	12	16	20	24	28	32	36	40	44	48	52	56	60	64	68	72	76
5	10	15	20	25	30	35	40	45	50	55	60	65	70	75	80	85	90	95
6	12	18	24	30	36	42	48	54	60	66	72	78	84	90	96	102	108	114
7	14	21	28	35	42	49	56	63	70	77	84	91	98	105	112	119	126	133
8	16	24	32	40	48	56	64	72	80	88	96	104	112	120	128	136	144	152
9	18	27	36	45	54	63	72	81	90	99	108	117	126	135	144	153	162	171
10	20	30	40	50	60	70	80	90	100	110	120	130	140	150	160	170	180	190
11	22	33	44	55	66	77	88	99	110	121	132	143	154	165	176	187	198	209
12	24	36	48	60	72	84	96	108	120	132	144	156	168	180	192	204	216	228
13	26	39	52	65	78	91	104	117	130	143	156	169	182	195	208	221	234	247
14	28	42	56	70	84	98	112	126	140	154	168	182	196	210	224	238	252	266
15	30	45	60	75	90	105	120	135	150	165	180	195	210	225	240	255	270	285
16	32	48	64	80	96	112	128	144	160	176	192	208	224	240	256	272	288	304
17	34	51	68	85	102	119	136	153	170	187	204	221	238	255	272	289	306	323
18	36	54	72	90	108	126	144	162	180	198	216	234	252	270	288	306	324	342
19	38	57	76	95	114	133	152	271	190	209	228	247	266	285	304	323	342	361

图 9-26

注:①18×19=18×10+18×9+8×9=(18+9)×10+72=(18+9+7)×10+2 或 18×19=(19+8+7)×10+2(7 是个位数乘积的进位,2 是乘积个位);②18×9=(9+7)×10+2。

(3)中学生读者可通过采用不同的方向组合或构造法,提高对幂函数、参数方程、多元一次方程组求解、排列组合等的理解。

9.1.3 编程题材

对学习计算机、智能制造、通信等专业的读者,可参考前几章,先易后难、选择合适的题材(如构造法、首数选择、方向组合、起始数及位置等),对幻方构造的全过程练

习编程,包括幻方的输出,尤其是将幻方打印在立体物体的表面上,还可以通过编程利用变量幻方构造所需的幻方。

9.2 幻方与娱乐

1. 幻方游戏

现在常用的幻方游戏是"一笔填幻方",本书提出的多种构造法丰富了这一游戏的种类,如"双士巡城"(用规则1)、"单骑走四方"(用规则2)、"双骑巡城"(用规则3,4,5)。可采用的幻方阶数多、种类多。因有适宜方阵指导,难度降低,用时适中。若采用圆环面幻方表格(如在泳圈圈身上印上幻方表格),别有一番风趣。这很适合老年读者,动手动脑、增强自信、获得快乐,可以自娱,亦可博弈。

(1) 要求:构造幻方时,要求连走,一步接着一步,不间断,最终完成幻方填制,并使起始数与结束数在幻方中的距离尽量小。

(2) 步骤:

1)根据幻方阶数,选择相应的构造法,不熟练时,可先建立适宜方阵。

2)确定起始数和起始位置,在适宜方阵上设计排布路线。

3)确定起始数在幻方上的排布位置。然后进行构造,直到所有数排布完。

4)检查排布的方阵是否符合幻方要求,结束数与起始数的位置是否符合较近的要求。

(3) 幻方游戏用表格

1)当采用平面表格时,存在出框后移入问题。这虽不是严格意义上的"一笔画全图",但需用时间适当,表格制作容易。

2)用"对折围筒"表格或"麻将块"表格,见第10章。

3)在圆柱或棱柱物体表面上,画上幻方表格,要求圆周上的格数等于幻方阶数 n,在竖直方向上的格数等于幻方阶数 n,存在一个方向上的出框移入问题。

4)在圆环面或棱环面(如塑料环或游泳圈)上画上幻方表格,更有立体感,更有趣。

【例 9-1】 双骑巡城:以8阶为例。

填入数 1~64 整数,适宜方阵如图 9-27 所示,行和列均是顺2倒2排列,路线图为:

起始数 1:1-2-4-3-5-6-8-7→15-16-14-13-11-12-10-9→25-26-28-27-29-30-32-31→23-24-22-21-19-20-18-17→33-34-36-35-37-38-40-39→47-48-46-45-43-44-42-41→57-58-60-59-61-62-64-63→55-56-54-53-51-50-49。

得到结果如图 9-28 所示。

起始	1	2	4	3	5	6	8	7
	9	10	12	11	13	14	16	15
	25	26	28	27	29	30	32	31
	17	18	20	19	21	22	24	23
	33	34	36	35	37	38	40	39
	41	42	44	43	45	46	48	47
	57	58	60	59	61	62	64	63
结束	49	50	52	51	53	54	56	55

图 9-27

24	42	53	15	20	46	49	11
61	7	28	38	57	3	32	34
12	22	41	51	16	18	45	55
33	59	8	26	37	63	4	30
56	10	21	47	52	14	17	43
29	39	60	6	25	35	64	2
44	54	9	19	48	50	13	23
1	27	40	58	5	31	36	62

图 9-28

【例 9-2】 16 阶双骑巡城,可参照 8 阶完美幻方(略)。

2. 幻方与棋牌

有了易学易记的构造方法,幻方构造也会成为人们的常识,就像跳棋、扑克、麻将、围棋一样,或者参与其中,为人们提供快乐,这需要人们去探讨。

9.3 制作幻方工艺品

应用本书构造法可直接构造一般变量完美幻方,其幻方元素也可以用汉字。例如,西安市有尚仁路、尚德路、尚勤路、尚俭路、尚朴路、尚爱路、尚文路、……,可构造出完美乘幻方图 9-29 与一般乘幻方图 9-30,其中每个汉字都是一个变量(不等于零)。

尚德	彰俭	习仁	弘勤	讲爱
习勤	弘爱	讲德	尚俭	彰仁
讲俭	尚仁	彰勤	习爱	弘德
彰爱	习德	弘俭	讲仁	尚勤
弘仁	讲勤	尚爱	彰德	习俭

图 9-29

习俭	彰德	尚勤	讲仁
讲勤	尚仁	彰德	习德
彰仁	习德	讲德	尚俭
尚德	讲俭	习仁	彰勤

图 9-30

根据第 7 章中的分析,完美幻方可书写在圆(棱)柱体表面,更适宜书写在圆环面或多棱环面上,可显示 $n×n$ 个完美幻方,更显魅力。有兴趣的的读者构造幻方后,可以试做幻方工艺品。

1)将幻方书写在笔筒、茶具、花瓶、陶器、瓷器、漆器、竹折扇表面、……

2)将幻方书写在自制的多棱圆环胎和多棱棱环胎上。这适宜有手艺又有合适材料和时间的读者。若能制作出 5 棱圆环胎、6 棱棱环胎、8 棱棱环胎(外形上是正 8 边形,截面是正 8 边形),配上支架等,则是一件很好的幻方工艺品。

第10章
简易圆环面幻方表格与幻圆的构造方法

10.1 简易圆环面幻方表格

10.1.1 幻方表格分析

为了求解幻方的构造方法,引入了圆环面幻方表格。在圆环面幻方表格上构造幻方虽然别有一番情趣,但表格制作不容易。通过下述分析,找到简易圆环面幻方表格制作方法。

(1)先在有弹性的薄胶板上画一个4阶方阵型幻方表格,两边对接粘牢成圆筒,再套在一个直立的圆柱体上(将有表格的一面贴着圆柱面)。然后用一个横截面较小的塑料圆环紧紧套在表格圆筒的外面(上半部)。之后,将表格圆筒的下半部往上卷过塑料圆环,与圆筒表格的上半部对接,这样即制作了一个4阶圆环面幻方表格。实际上,如果设想薄胶板是一个"圆环胎",将表格下半部翻上去与上半部对接,就可认为是一个简易的圆环面幻方表格。

(2)先在有弹性的薄胶板上画一个4阶方阵型幻方表格,两边对接粘牢成圆筒,再套(粘)在一个直立的圆柱体上(无表格的一面紧贴圆柱体),并使方阵型表格的上边线与圆柱体上端面平齐。然后假设圆柱体上端面半径缩小,使圆柱体变成圆台,则幻方表格的俯视图就变成了被径向线分割的同心圆,原来的幻方的行线变成了圆,列线变成了径向线,如图10-1所示。

若圆台小端面半径越来越小,趋近于零时,图10-1中的最小圆就与圆心重合。俯视图上幻方表格就如图10-2所示,列线变成了半径。这样一来,原来的4阶长方形表格就变成了图10-1和图10-2中的表格。在图10-1中幻方的16个格子是"部分圆环"形,在图10-2中幻方的16个格子中有12个格子是"部分圆环"形,有4个格子是扇形。对构造幻方(或幻圆)来说,图10-1和图10-2与4阶方阵型表格是等同的。

(3)将一个充气后的泳圈平放在平板上,上面用一块平板压住。若在泳圈最大与最小直径处,各画一条圆环线,在泳圈与上下板接触处各画一条圆环线,则形成4条圆环线,可视为圆环面幻方表格的行线。然后在泳圈圈身上画4条围绕圈身的圆线(圆心即圈身截面圆心),等间隔分布,作为圆环面幻方表格的列线。这样4阶圆环面幻方表格就做成了。这时在泳圈的俯视图上就有3个被径向线分隔的同心圆,如图10-3所示。这是一个双层同心圆表格,共有4×4个"部分圆环"形格子,与4阶圆环面幻方表格是等同的。

(4)在折扇扇面上画出4格×4格"部分圆环"表格。

1)若将扇子折叠,则4格×4格表格变成近似长方形。

2)若折扇展开成圆,则成4格×4格"部分圆环"表格,如图10-1所示;若视最小圆半径趋于零,则如图10-2所示,4个同心圆被4条半径分隔成4×4个格子(4个是扇形格,12个是部分圆环形格)。

3)假设用两个相同折扇,各展开成半圆,则可组合成一个圆,变成5个同心圆表格。当最小内圆直径为零时,就变成图10-4,4个同心圆被4条直径分隔成2×4×4个格子。

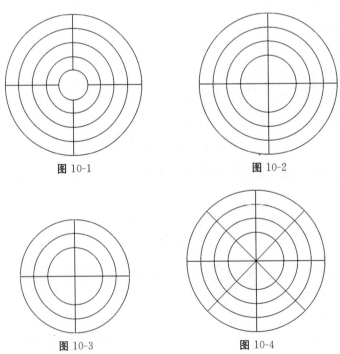

图 10-1　　　　　　　图 10-2

图 10-3　　　　　　　图 10-4

10.1.2　简易型圆环面幻方表格的制作

1."对折围筒"表格的制作步骤(6阶幻方)

(1)画6×6空白表格,右边加1列宽度(插入用),如图10-5(a)所示,数字为便于理解。

(2)上下对折,如图10-5(b)所示。

(3)左右对接,围成圆筒,将插入格插入左边一列(13,7,1列)中(插入前倒角),用回形针夹住或粘接,即成对折围筒表格,如图10-5(c)所示。使用时两层间可插入薄塑料筒。

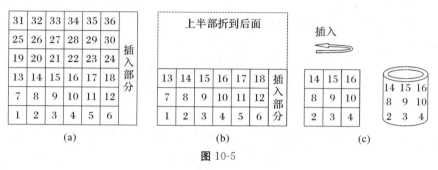

图 10-5

构造幻方时,视这种"对折围筒"表格的内外底边重合,就可当作圆环面幻方表格使用。这种表格简称为围筒表格。幻方构造完成后,可展开得到一个平面幻方。

(4)用较好纸张在双面对应画出4格×8格表格,围成高4格圆筒,则成8阶圆环面幻方表格。若用塑料薄板,印或刻上表格线,用无毒可洗水彩笔填数,可循环使用,适用于幻方游戏。此表格不能展开生成平面幻方。

(5)制作5阶圆环面幻方表格:先裁好表格尺寸,画好列线,再上下对折,然后展开,下部画3行,上部画2行后,对折、围圆,用回形针夹住。筒外3行、筒内2行。

也可以在较好纸张上,正面上画3行,背面上画2行,两面的列线应对齐,然后围筒,即制成一个5阶简易圆环面幻方表格。

对折围筒表格,可就地取材,制作容易,使用方便,适宜于幻方游戏。

2."麻将块"表格制作

(1)制作8阶"麻将块"表格时,可取"麻将凉席"中的4块×8块,围成高4块的8棱筒,则是一个8阶棱环面幻方表格。每块的内外面上填写数字,筒的上下端面上不填数。

(2)制作5阶"麻将块"表格时,用2块×5块,围成5棱筒,每块的内外面及筒的上端面填写数字,下端面不填数。

(3)取"麻将凉席"中的8×8块,先对折,再围成高4块的8棱筒,即成。构造幻方后,可展开为平面8阶幻方。

3.环式幻方表格

环式幻方表格,有双层、单层之分。

(1)双面环式幻方表格如图10-6所示。在纸板的正、背两面上,画出同心圆和径

加幻方与乘幻方构造法 —— 源自方程组的解

向线,就是双面环式幻方表格。正面和背面的 4 条径向分隔线应对齐。图 10-6 是 4 阶双面环式幻方表格。双层环式幻方表格使用起来不太方便,因为幻方表格分布在两面上,构造幻方时要考虑排布方向及正背面。在双面环式表格上构造幻方见例 10-1。

(2)单面环式幻方表格如图 10-1 所示,是由幻方表格围圆后推演而来,构造幻方时,应视最小同心圆与最大同心圆重合,即执行数出框移入操作。由于不涉及反面,操作容易些。

【例 10-1】 用 1~16 的整数在双面环式幻方表格上构造的 4 阶完美幻方,如图 10-6 所示。

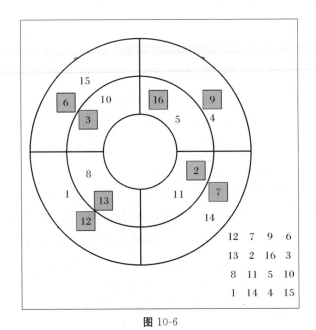

图 10-6

图 10-6 中,带阴影数字在背面,不带阴影数字在正面。

(1)构造时,选用顺逆序排布法。选第 1 列为首数组,ab 组合。

1) 先填首数组正为 1,5,背面为 13,9。

2) 填各组数。正面"1"、背面 2、正面 4、背面 3;正面"5"、背面 6、正面 8、背面 7;背面"13"、正面 14、背面 16、正面 15;背面"9"、正面 10、背面 12、正面 11。

(2)经验算,图 10-6 符合 4 阶第一种幻圆要求,幻圆常数为 34。

最外圈开始的对角线上 4 个数之连加和均等于 34:1,11,16,6;14,5,3,12;4,10,13,7;15,8,2,9;1,10,16,7;14,8,3,9;4,11,13,6;15,5,2,12。

右下角给出了相应的按规则 3 的顺逆序排布法构造的 4 阶完美幻方。读者可对照它了解在环式幻方表格上的"马步",如 1—5 是 a 向马步,1—背面的 2 是 b 向马步。

10.2 用幻方构造法构造幻圆的探讨

幻圆也属于组合数学范畴。幻圆源于中国宋朝数学家杨辉的攒九图和丁宜东的太衍五十图,主要研究如何将连续自然数排列在多个同心圆上,使其每圈中数字连加和等于相邻直(或半)径间数字连加和,也称之为经典幻圆。

根据 10.1 节中分析,方阵型幻方表格与同心圆型幻圆表格的形状不同(前者是长方形,后者是"部分圆环"形和扇形),但在构造幻方时,二者具有等同性。在性能要求上,同心圆型幻圆目前只要求相邻两同心圆间(即每圈)数字连加和等于相邻直径(或)半径间数字连加和,不考虑对角线上数字。显然,幻圆的要求比幻方低,构造应该容易些。因此,用构造幻方的双分构造法是可以构造幻圆的。

由于填幻圆比填幻方更有趣,可能更适合老年读者。

目前常用的同心圆型幻圆表格有两种,分别论述其构造方法。

1. 第 1 种幻圆表格及幻圆

第 1 种幻圆表格如图 10-2 所示,即 n 个同心圆被 n 条半径分割成的 $n \times n$ 个格子。在第 1 种幻圆表格中构造的幻圆称为第 1 种幻圆。

(1) 第 1 种加幻圆。

1) 第 1 种加幻圆要求。在 $n \times n$ 个空格中填入 $n \times n$ 个连续正整数(或不连续数或变量),要求任意两相邻同心圆间(即每圈)所有元素的连加和=任意两相邻半径间所有元素的连加和,该连加和称为幻圆常数。按此要求构造的幻圆称为 n 阶第 1 种加幻圆。

2) 第 1 种加幻圆求解。第 1 种幻圆表格有 $n \times n$ 个格子。当 $n > 2$ 时,由 10.1.1 节中分析可知,这种表格等同于方阵型表格。因此可在第 1 种幻圆表格中直接构造幻圆或构造一个方阵型幻方,再拷贝到第 1 种幻圆表格中。可用本书双分构造法,也可用其他方法。

3) 说明。由于幻圆特性中无"对角线"要求,当选用本书双分构造法时,用规则 1(双士步)、规则 2(马士步)、规则 3(双马步)构造奇数阶幻圆,适宜方阵只要符合通用必要条件即可,用双士步最容易。用规则 3 构造偶数阶幻圆时,可采用顺逆序排布法等。有兴趣的读者可在极坐标系下建立元素排布规则的参数方程,计算或通过编程计算元素排布位置。

由于可以在第 1 种乘幻圆表格中构造幻方,因而有一般幻圆和完美幻圆之分。

在完美幻圆中,还可要求由最外圈上任意一个数开始的任意一个方向对角线上 n 个元素(简称最外圈数开始的对角线元素)连加和(或连乘积)等于幻圆常数。

(2)第1种乘幻圆。

1)第1种乘幻圆排布要求。当 $n>2$ 时,在 $n\times n$ 个空格中填入 $n\times n$ 数或变量($\neq 0$),要求任意两相邻同心圆间(即每圈)所有元素的连乘积=任意两相邻半径间所夹的所有元素连乘积。该连乘积称为乘幻圆常数。按此要求构造的乘幻圆称为第1种乘幻圆。

2)第1种乘幻圆求解方法。运用双分幻方构造法可直接构造乘幻圆或构造乘幻方后再拷贝到幻圆表格中,见例10-2。

3)关于选用排布规则的说明见第1种加幻圆的说明。

【例10-2】 用图1-9的整数构造5阶加幻圆。构造步骤如下:

(1)图10-7中的表格是第1种5阶幻圆表格。

(2)图1-9是适宜方阵,选第1列为首数组,ab 组合。

(3)按照规则3在第1种同心圆型幻圆表格上构造的5阶幻圆,如图10-7所示。

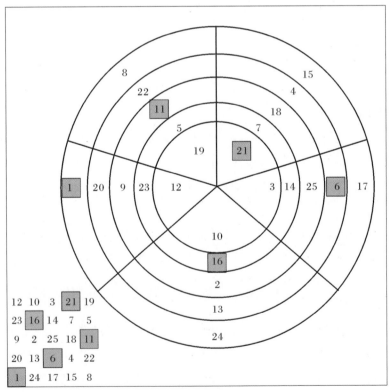

图10-7

(4)验算。每两条半径间的数相当于方阵型幻方每列的数,每圈(即相邻两环间线)的数相当于方阵型幻方每行的数,最外圈数开始的对角线的数相当于方阵型幻方的对角线与泛对角线的数。计算如下。

相邻半径间数连加和：
$$12+23+9+20+1=10+16+2+13+24=3+14+25+6+17$$
$$=21+7+18+4+15=19+5+11+22+8=65$$

每圈数的连加和：
$$12+10+3+21+19=23+16+14+7+5=9+2+25+18+11$$
$$=20+13+6+4+22=1+24+17+15+8=65$$

最外圈数开始的对角线的数连加和：
$$12+16+25+4+8=12+5+18+6+24=1+13+25+7+19$$
$$=7+3+24+20+11=\cdots=65$$

即

每相邻半径间数的连加和＝每圈数的连加和
＝最外圈任意一条对角线上数的连加和

由验算可知，图 10-7 是按双马步构造的第 1 种 5 阶完美加幻圆。

在图 10-7 的左下角给出了相应的完美幻方。读者可对照它了解在幻圆上的"马步"走法。

2. 第 2 种幻圆表格及幻圆

第 2 种幻圆表格如图 10-4 所示，即 n 个同心圆被 n 条直径分隔成的 $2n\times n$ 个格子。

(1) 第 2 种加幻圆。

1) 第 2 种加幻圆要求。在 $2n\times n$ 个空格中填入 $2n\times n$ 个连续整数（或不连续整数或变量），要求：任意两相邻同心圆间（即每圈）所有元素连加和＝任意两相邻直径间所有元素连加和，该连加和称为幻圆常数。按此要求构造的幻圆称为 n 阶加幻圆。

2) 第 2 种加幻圆求解。对第 2 种幻圆表格，若从任意一条直径分隔，每边都有 $n\times n$ 个"部分圆环或扇形"格。由 10.1.1 节中的分析可知，每边都等同于一个方阵型表格。因此，当 $n>2$ 时，可用 2 组数分别构造 2 个方阵型 n 阶幻方，分别拷贝在两个半圆形表格中。拷贝时，可将幻方的行数顺序排布在相邻圆环线间，列数顺序排布在相邻半径间。显然，这样构成的幻圆的每圈数的连加和与相邻两直径间数的连加和都等于两个幻方的幻方常数的和。

3) 关于选用排布规则的说明见第 1 种加幻圆说明。

(2) 第 2 种乘幻圆要求及求解。

1) 第 2 种乘幻圆要求，在 $2n\times n$ 个空格中填入 $2n\times n$ 个数或变量（$\neq 0$），要求任意两相邻同心圆间（即每圈）所有数的连乘积＝任意两相邻直径间所夹的所有数连乘积，该连乘积称为幻圆常数，构造的幻圆称为 n 阶乘幻圆。

2) 第 2 种乘幻圆求解方法。当 $n>2$ 时,运用双分幻方构造法构造 2 组乘幻方,分别排布在第 2 种同心圆幻圆表格的上半部和下半部。具体见例 10-3。

3) 说明:关于选用排布规则的说明见第 1 种加幻圆说明。

【例 10-3】 用图 10-8 和图 10-10 方阵,构造第 2 种同心圆型 4 阶乘幻圆。构造步骤如下:

经验算,图 10-8 和图 10-10 均符合按规则 6 构造一般变量一般乘幻方适宜方阵条件。

ta	tb	tc	td
ua	ub	uc	ud
va	vb	vc	vd
wa	wb	wc	wd

图 10-8

vd	wa	tc	ub
uc	tb	wd	va
wb	vc	ua	td
ta	ud	vb	wc

图 10-9

zl	zk	zj	zi
sl	sk	sj	si
xl	xk	xj	xi
yl	yk	yj	yi

图 10-10

xi	yl	zj	sk
sj	zk	yi	xl
yk	xj	sl	zi
zl	si	xk	yj

图 10-11

用图 10-8、图 10-10 按规则 6 构造的 4 阶乘幻方分别是图 10-9、图 10-11。

将图 10-9、图 10-11 分别拷贝到图 10-12 的上半部和下半部。

经验证,图 10-12 符合一般变量第 2 种 4 阶一般变量一般乘幻圆要求。其幻圆常数 $= abcdijklstuvwxyz$。

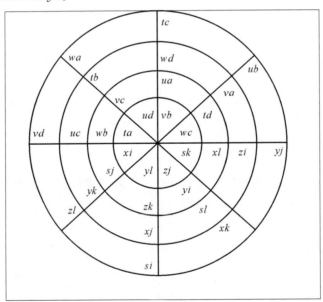

图 10-12

在图 10-12 中,tc 与 si 对中心对称,二者可对换位置,对其他元素同样。第 2 种加幻圆同样有元素中心对称特性。

在图 10-12 中,若将两个变量由相乘改为相加,则变成 4 阶一般变量一般加幻圆,其幻圆常数 $= a+b+c+d+i+j+k+l+s+t+u+v+w+x+y+z$。

附　录

附录 A　图 7-2 一般幻方方程组与求解

图 7-2 一般幻方方程组为

$$\begin{cases} b_1 + c_3 + d_5 + e_2 = y - a_1 & \text{(A.1)} \\ b_3 + c_5 + d_2 + e_4 = y - a_1 & \text{(A.2)} \\ b_5 + c_2 + d_4 + e_1 = y - a_1 & \text{(A.3)} \\ b_2 + c_4 + d_1 + e_3 = y - a_1 & \text{(A.4)} \\ b_4 + c_1 + d_3 + e_5 = y - a_1 & \text{(A.5)} \\ b_2 + c_5 + d_3 + e_1 = y - a_1 & \text{(A.6)} \\ b_3 + c_1 + d_4 + e_2 = y - a_1 & \text{(A.7)} \\ b_4 + c_2 + d_5 + e_3 = y - a_1 & \text{(A.8)} \\ b_5 + c_3 + d_1 + e_4 = y - a_1 & \text{(A.9)} \\ b_1 + c_4 + d_2 + e_5 = y - a_1 & \text{(A.10)} \\ b_1 + c_2 + d_3 + e_4 = y - a_1 & \text{(A.11)} \\ b_3 + c_2 + d_1 + e_5 = y - a_1 & \text{(A.12)} \end{cases}$$

解 1　因各方程右边相等，所以式左边都相等。

若统称 $b_1 \sim b_5$ 为 b 元素，统称 $c_1 \sim c_5$ 为 c 元素，统称 $d_1 \sim d_5$ 为 d 元素，统称 $e_1 \sim e_5$ 为 e 元素，则每式左边只有 4 个加数，且 4 个加数中都含有且只含有 1 个 b 元素、1 个 c 元素、1 个 d 元素、1 个 e 元素。因各式左边都相等，设

$$\left. \begin{matrix} b_1 = b_2 = b_3 = b_4 = b_5 \\ c_1 = c_2 = c_3 = c_4 = c_5 \\ d_1 = d_2 = d_3 = d_4 = d_5 \\ e_1 = e_2 = e_3 = e_4 = e_5 \end{matrix} \right\} \quad \text{(A.13)}$$

将式(A.13)代入方程组，全满足，所以式(A.13)是方程组的解。

解 2　因各方程右边相等，所以左边都相等。

式(A.11)-式(A.1),得
$$c_2 - c_3 + d_3 - d_5 + e_4 - e_2 = 0 \tag{A.14}$$

式(A.12)-式(A.7),得
$$c_2 - c_1 + d_1 - d_4 + e_5 - e_2 = 0 \tag{A.15}$$

式(A.8)-式(A.5),得
$$c_2 - c_1 + d_5 - d_3 + e_3 - e_5 = 0 \tag{A.16}$$

式(A.9)-式(A.3),得
$$c_3 - c_2 + d_1 - d_4 + e_4 - e_1 = 0 \tag{A.17}$$

式(A.17)+式(A.14),得
$$d_1 - d_4 + d_3 - d_5 + 2e_4 - e_1 - e_2 = 0 \tag{A.18}$$

式(A.15)-式(A.16),得
$$d_1 + d_3 - d_4 - d_5 + 2e_5 - e_2 - e_3 = 0 \tag{A.19}$$

式(A.18)-式(A.19),得
$$2e_4 - 2e_5 = e_1 - e_3 \tag{A.20}$$

分析:满足式(A.20)的解不止一个。考虑到 $\boldsymbol{F}_5$ 第1行元素的组成特点及适宜方阵应容易建立的要求,选取以下两式作为式(A.20)的解:
$$e_1 = e_3 \tag{A.21}$$
$$e_4 = e_5 \tag{A.22}$$

式(A.6)-式(A.4),将式(A.21)代入,得 $c_5 - c_4 + d_3 - d_1 = 0$,即 $c_5 - c_4 = d_1 - d_3$。同前分析,取解
$$c_5 = c_4 \tag{A.23}$$
$$d_1 = d_3 \tag{A.24}$$

式(A.12)-式(A.2),将式(A.22)代入得 $c_2 - c_5 + d_1 - d_2 = 0$,即 $c_2 - c_5 = d_2 - d_1$。同前分析,取解 $c_5 = c_2, d_1 = d_2$ 代入式(A.23)、式(A.24),得
$$c_2 = c_5 = c_4 \tag{A.25}$$
$$d_1 = d_2 = d_3 \tag{A.26}$$

式(A.12)-式(A.10),将式(A.25)、式(A.26)代入,得 $b_3 - b_1 = 0$,即
$$b_1 = b_3 \tag{A.27}$$

式(A.12)-式(A.6),将式(A.25)、式(A.26)代入,整理得 $b_3 - b_2 = e_1 - e_5$。同前分析,取解 $e_1 = e_5, b_3 = b_2$,代入式(A.21)、式(A.22)、式(A.27),得
$$e_1 = e_3 = e_4 = e_5 \tag{A.28}$$
$$b_1 = b_2 = b_3 \tag{A.29}$$

式(A.12)-式(A.8),将式(A.28)代入,整理得 $b_3 - b_4 = d_1 - d_5$。同前分析,取解 $d_1 = d_5, b_3 = b_4$,代入式(A.29)、式(A.26),得

$$b_1 = b_2 = b_3 = b_4 \quad (A.30)$$

$$d_1 = d_2 = d_3 = d_5 \quad (A.31)$$

式(A.2)-式(A.1),将式(A.27)、式(A.31)代入,整理得 $c_5 - c_3 = e_2 - e_4$。同前分析,取解 $c_5 = c_3, e_2 = e_4$,代入式(A.25)、式(A.28),得

$$c_2 = c_3 = c_4 = c_5 \quad (A.32)$$

$$e_1 = e_2 = e_3 = e_4 = e_5 \quad (A.33)$$

式(A.11)-式(A.3),将式(A.33)代入,整理得 $b_1 - b_5 = d_4 - d_3$。同前分析,取解 $b_1 = b_5, d_4 = d_3$,代入式(A.30)、式(A.31),得

$$b_1 = b_2 = b_3 = b_4 = b_5 \quad (A.34)$$

$$d_1 = d_2 = d_3 = d_4 = d_5 \quad (A.35)$$

式(A.12)-式(A.5),将式(A.34)、式(A.35)代入,得 $c_2 = c_1$,即

$$c_1 = c_2 = c_3 = c_4 = c_5 \quad (A.36)$$

将式(A.34)、式(A.36)、式(A.35)、式(A.33)联立,即构成方程组,与解1所得解相同,即

$$\left. \begin{aligned} b_1 &= b_2 = b_3 = b_4 = b_5 \\ c_1 &= c_2 = c_3 = c_4 = c_5 \\ d_1 &= d_2 = d_3 = d_4 = d_5 \\ e_1 &= e_2 = e_3 = e_4 = e_5 \end{aligned} \right\} \quad (A.13)$$

附录 B 图 8-1 一般乘幻方方程组及解法

图 8-1 一般乘幻方方程组为

$$\begin{cases} b_1 d_3 e_5 f_2 = Z/p_1 & (B.1) \\ b_3 d_5 e_2 f_4 = Z/p_1 & (B.2) \\ b_5 d_2 e_4 f_1 = Z/p_1 & (B.3) \\ b_2 d_4 e_1 f_3 = Z/p_1 & (B.4) \\ b_4 d_1 e_3 f_5 = Z/p_1 & (B.5) \\ b_2 d_5 e_3 f_1 = Z/p_1 & (B.6) \\ b_5 d_1 e_4 f_2 = Z/p_1 & (B.7) \\ b_4 d_2 e_5 f_3 = Z/p_1 & (B.8) \\ b_5 d_3 e_1 f_4 = Z/p_1 & (B.9) \\ b_1 d_4 e_2 f_5 = Z/p_1 & (B.10) \\ b_1 d_2 e_3 f_4 = Z/p_1 & (B.11) \\ b_3 d_2 e_1 f_5 = Z/p_1 & (B.12) \end{cases}$$

所有变量 $\neq 0$。

解1 各变量均不等于零。各方程右边都相等,所以方程左边都相等。

若统称 $b_1 \sim b_5$ 为 b 元素,统称 $d_1 \sim d_5$ 为 d 元素,统称 $e_1 \sim e_5$ 为 e 元素,统称 $f_1 \sim f_5$ 为 f 元素,则每式左边都有且只有4个因子,而且都含有且只含有1个 b 元素、1个 d 元素、1个 e 元素、1个 f 元素。

设 $b_1 = b_2 = b_3 = b_4 = b_5, d_1 = d_2 = d_3 = d_4 = d_5, e_1 = e_2 = e_3 = e_4 = e_5, f_1 = f_2 = f_3 = f_4 = f_5$,代入方程组各式,全满足,可得方程组解集中有一组解为

$$\left.\begin{array}{l} b_1 = b_2 = b_3 = b_4 = b_5 \\ d_1 = d_2 = d_3 = d_4 = d_5 \\ e_1 = e_2 = e_3 = e_4 = e_5 \\ f_1 = f_2 = f_3 = f_4 = f_5 \end{array}\right\} \tag{B.13}$$

解2 变量均不等于零,各方程右边相等,可得左边相等。

由式(B.11)—式(B.10),移项,消元,得

$$d_2 e_3 f_4 = d_4 e_2 f_5 \tag{B.14}$$

同理,由式(B.11)—式(B.1),得

$$d_2 e_3 f_4 = d_3 e_5 f_2 \tag{B.15}$$

由式(B.6)—式(B.4),得

$$d_5 e_3 f_1 = d_4 e_1 f_3 \tag{B.16}$$

由式(B.12)—式(B.5),得

$$b_3 d_2 e_1 = b_4 d_1 e_3 \tag{B.17}$$

由式(B.12)—(B.7),得

$$d_2 e_1 f_5 = d_1 e_4 f_2 \tag{B.18}$$

由式(B.5)—式(B.8),得

$$d_1 e_3 f_5 = d_2 e_5 f_3 \tag{B.19}$$

由式(B.9)—式(B.3),得

$$d_3 e_1 f_4 = d_2 e_4 f_1 \tag{B.20}$$

式(B.15)×式(B.20),得 $d_2 e_3 f_4 d_3 e_1 f_4 = d_3 e_5 f_2 d_2 e_4 f_1$,即

$$e_1 e_3 f_4 f_4 = e_4 e_5 f_1 f_2 \tag{B.21}$$

式(B.18)×式(B.19),得 $d_2 e_1 f_5 d_1 e_3 f_5 = d_1 e_4 f_2 d_2 e_5 f_3$,即

$$e_1 e_3 f_5 f_5 = e_4 e_5 f_2 f_3 \tag{B.22}$$

式(B.21)÷式(B.22),得

$$f_4 f_4 / f_5 f_5 = f_1 / f_3 \tag{B.23}$$

分析:满足式(B.23)的解有多个。考虑到方阵 $\boldsymbol{F}_5$ 第1行元素组成均含因子 p_1 及适宜方阵应容易建立的要求,选取以下两式作为式(B.23)的解:

$$f_1 = f_3 \tag{B.24}$$
$$f_4 = f_5 \tag{B.25}$$

将式(B.25)代入式(B.14)可得 $d_2 e_3 = d_4 e_2$,即 $d_2/d_4 = e_2/e_3$。同前分析,取解为
$$d_2 = d_4 \tag{B.26}$$
$$e_2 = e_3 \tag{B.27}$$

将式(B.24)代入式(B.16),得 $d_5 e_3 = d_4 e_1$。同前分析,取解 $d_5 = d_4$, $e_1 = e_3$,代入式(B.26)、式(B.27),得
$$d_2 = d_4 = d_5 \tag{B.28}$$
$$e_1 = e_2 = e_3 \tag{B.29}$$

由式(B.12)−式(B.9)移项,约去 e_1,再将式(B.25)代入,得 $b_3 d_2 = b_5 d_3$。同前分析,取解 $d_3 = d_2$, $b_3 = b_5$,代入式(B.28),得
$$d_2 = d_3 = d_4 = d_5 \tag{B.30}$$
$$b_3 = b_5 \tag{B.31}$$

将式(B.29)代入式(B.17)得 $b_3 d_2 = b_4 d_1$。同前分析,取解 $b_3 = b_4$, $d_1 = d_2$,代入式(B.30)、式(B.31),得
$$b_3 = b_4 = b_5 \tag{B.32}$$
$$d_1 = d_2 = d_3 = d_4 = d_5 \tag{B.33}$$

将式(B.33)代入式(B.18)得 $e_1 f_5 = e_4 f_2$。同前分析,取解 $e_1 = e_4$, $f_2 = f_5$,再代入式(B.29)、式(B.25),得
$$e_1 = e_2 = e_3 = e_4 \tag{B.34}$$
$$f_2 = f_4 = f_5 \tag{B.35}$$

将式(B.33)代入式(B.19)得 $e_3 f_5 = e_5 f_3$。同前分析,取解 $e_3 = e_5$, $f_3 = f_5$,代入式(B.34)、式(B.35)、式(B.24),得
$$e_1 = e_2 = e_3 = e_4 = e_5 \tag{B.36}$$
$$f_1 = f_2 = f_3 = f_4 = f_5 \tag{B.37}$$

将式(B.33)、式(B.36)、式(B.37)、式(B.32)代入式(B.1)、式(B.2)、式(B.4),可得
$$b_1 = b_2 = b_3 = b_4 = b_5 \tag{B.38}$$

由式(B.33)、式(B.36)、式(B.37)、式(B.38)联立,即构成方程组的解,与解1所得解相同,即式(B.13)。

将其代入方程组,全满足。式(B.13)是图8-1一般乘幻方方程组的一组解,且该解生成的适宜方阵是容易建立和验证的。